Philip K. Dick · Der Fall Rautavaara

PHILIP K. DICK

Der Fall Rautavaara

Sämtliche Erzählungen
Band 10

Aus dem Amerikanischen
von
Clara Drechsler,
Eike Harms, Karl A. Klewer,
Michel Bodmer und
Harry Rowohlt

HAFFMANS VERLAG

Die Erzählungen in diesem Band
erschienen 1987 als zweite Hälfte von
»Volume Five
The Collected Stories of Philip K. Dick
The Little Black Box«
bei Underwood-Miller, Los Angeles.

»Die endgültig allerletzte Geschichte«
wurde von Eike Harms übersetzt,
»Der Tag, an dem Herrn Computer die Tassen aus dem Schrank fielen«
von Karl A. Klewer,
»Der Ausgang führt hinein«
von Harry Rowohlt und
»Der Fall Rautavaara«
von Michel Bodmer;
alle übrigen Übertragungen von
Clara Drechsler.

Deutsche Erstausgabe

Umschlagbild von Nikolaus Heidelbach

Gesamtherstellung: Ebner Ulm
ISBN 3 251 20303 7

INHALT

Glaube unserer Väter

Auf den Straßen von Hanoi sah er sich einem beinamputierten Straßenhändler gegenüber, der einen kleinen Holzkarren fuhr und schrill jeden Passanten anrief. Chien ging langsamer, hörte zu, blieb aber nicht stehen; seine Gedanken waren vollständig absorbiert von den Angelegenheiten des Ministeriums für Kulturelle Artefakte: es war, als sei er völlig allein, und keiner der Leute auf ihren Fahrrädern, Motorrollern und Motorrädern mit Düsenantrieb schien zu existieren. Auch der Straßenhändler schien nicht zu existieren.

»Genosse«, rief der Straßenhändler trotzdem und verfolgte ihn auf seinem Karren; eine Heliumbatterie trieb den Motor an und ließ den Karren gekonnt hinter Chien herflitzen. »Ich besitze ein umfangreiches Sortiment altbewährter Kräuterarzneien, dazu Empfehlungsschreiben Tausender treuer Kunden; nennen Sie mir Ihr Leiden, und ich helfe Ihnen.«

Innehaltend, sagte Chien: »Ja, ich habe aber kein Leiden.« Außer, dachte er, dem chronischen Leiden aller beim Zentralkomitee Angestellten, dem Leiden der Karrieristen, die jedem Funktionär unentwegt am Stuhl sägten. Meinem eingeschlossen.

»Ich kann zum Beispiel Strahlenkrankheit heilen«, betete der Straßenhändler, der ihn immer noch verfolgte, herunter. »Oder, falls nötig, das Element sexueller Potenz steigern. Ich kann karzinogene Veränderungen rückgängig machen, selbst das gefürchtete Melanom, das, was Sie als Schwarzen Krebs bezeichnen.« Ein Tablett mit Flaschen, kleinen Aluminiumdosen und verschiedenen Pülverchen in Plastiktiegeln hochhebend, sang der Straßenhändler: »Wenn ein Rivale beharrlich versucht, Sie von Ihrem einträglichen Bürokratenposten zu verdrängen, hätte ich da eine Salbe, die auf den ersten Blick wie Hautcreme aussieht, in Wirklichkeit aber ein mörderisch effektives Toxin ist. Und meine Preise, Genosse, sind moderat. Und als besonderes Entgegenkommen für eine vornehme Erscheinung wie Sie werde ich Nachkriegsinflationsdollars akzeptieren, dieses angeblich internationale Zahlungsmittel, das in Wirklichkeit nicht viel mehr als verdammtes Klopapier wert ist.«

»Gehen Sie zum Teufel«, sagte Chien und winkte ein vorbeifahrendes Schwebetaxi heran; er kam jetzt schon dreieinhalb Minuten zu spät zu seinem ersten Termin des Tages, und seine diversen fettärschigen Vorgesetzten im Ministerium würden sich beeilen, das im Geiste zu vermerken – wie auch, in noch höherem Maße, seine Untergebenen.

Der Straßenhändler sagte leise: »Aber Genosse; Sie *müssen* bei mir kaufen.«

»Warum?« fragte Chien. Wider Willen.

»Weil ich, Genosse, Kriegsheimkehrer bin. Ich habe im Kolossalen Endkampf der Nationalen Befreiung mit der Volksdemokratischen Einheitsfront gegen die Imperialisten gekämpft; ich habe meine Beinglieder in der Schlacht um San Francisco verloren.« Seine Stimme klang jetzt auftrumpfend und verschlagen. »*Das ist Gesetz.* Wenn Sie sich weigern, von einem Kriegsheimkehrer angebotene Waren zu kaufen, riskieren Sie ein Bußgeld und möglicherweise Gefängnis – und noch dazu die Schande.«

Mit einem müden Nicken schickte Chien das Schwebetaxi weiter. »Schon recht«, sagte er. »Okay, ich muß bei dir kaufen.« Er ließ einen flüchtigen Blick über das spärliche Angebot von Kräuterarzneien gleiten und suchte aufs Geratewohl eine aus. »Das da«, entschied er und deutete auf ein in Papier eingeschlagenes Päckchen in der hintersten Reihe.

Der Straßenhändler lachte. »Das, Genosse, ist ein Spermatozid, das von Frauen gekauft wird, die aus politischen Gründen nicht für die Pille in Frage kommen. Es wäre für Sie als Gentleman von geringem, ja sogar von keinerlei Nutzen.«

»Das Gesetz«, sagte Chien beißend, »schreibt mir nicht vor, dir etwas Sinnvolles abzukaufen; nur, dir irgendwas abzukaufen. Ich nehme das da.« Er langte in seinen gefütterten Mantel nach seiner Brieftasche, die prall gefüllt mit den Nachkriegsinflationsscheinen war, die ihm als Regierungsbeamten viermal wöchentlich ausgezahlt wurden.

»Schildern Sie mir Ihre Probleme«, sagte der fliegende Händler.

Chien starrte ihn an, entrüstet von diesem Eingriff in seine Privatsphäre – und das von jemandem, der nicht der Regierung angehörte.

»Schon gut, Genosse«, sagte der Straßenhändler, als er Chiens Miene sah. »Ich will Sie nicht löchern; entschuldigen Sie. Aber ich als Arzt – als Kräuterheilkundiger – sollte soviel wie möglich wissen.« Er dachte nach, und seine hageren Züge zeigten einen tiefernsten Ausdruck. »Sehen Sie außergewöhnlich viel fern?« fragte er abrupt.

Überrascht sagte Chien: »Jeden Abend. Außer freitags, wenn ich in meinen Club gehe, um mich in der esoterischen, aus dem im Krieg unterlegenen Westen eingeführten Kunst des Lassowerfens zu üben.« Das war sein einziges Laster; davon abgesehen hatte er sich ganz und gar der Parteiarbeit verschrieben.

Der Straßenhändler griff ein graues Packpapierpäckchen heraus. »Sechzig Handelsdollars«, verkündete er. »Mit voller Garantie; wenn es nicht wirkt wie versprochen, geben Sie die nicht verbrauchte Portion zurück, und der volle Preis wird Ihnen mit Freuden erstattet.«

»Und was«, sagte Chien schneidend, »soll es garantiert bewirken?«

»Es beruhigt die von höflicher Aufmerksamkeit bei bedeutungslosen offiziellen Ansprachen müde gewordenen

Augen«, sagte der Straßenhändler. »Ein linderndes Präparat; nehmen Sie es ein, sobald Sie den üblichen trockenen und weitschweifigen Predigten ausgesetzt sind, die –«

Chien bezahlte das Geld, nahm das Päckchen entgegen und machte sich davon. Humbug, sagte er sich. Halsabschneiderei, überlegte er, dieser Erlaß, der Kriegsveteranen zur privilegierten Klasse ernannte. Sie fallen uns an – uns Jüngere – wie Raubtiere.

Das graue Päckchen steckte, längst vergessen, in seiner Manteltasche, als er den imposanten Bau des Nachkriegsministeriums für Kulturelle Artefakte und sein eigenes auch nicht gerade schäbiges Büro betrat, um seinen Arbeitstag zu beginnen.

Ein beleibter Weißer mittleren Alters in einem braunen Anzug aus Hongkongseide, zweireihig mit Weste, wartete in seinem Büro. Neben dem unbekannten Weißen stand sein eigener direkter Vorgesetzter, Ssu-Ma Tso-Pin. Tso-Pin stellte sie einander in Kantonesisch vor, einem Dialekt, den er nur gebrochen sprach.

»Mr. Tung Chien, das ist Mr. Darius Pethel. Mr. Pethel wird Direktor an der neuen ideologischen und kulturellen Institution didaktischen Typs, die demnächst in San Francisco, Kalifornien, eröffnet wird.« Er fügte hinzu: »Mr. Pethel hat sein erfülltes und langes Leben dem Kampf des Volkes gewidmet, Staaten des Imperialistischen Blocks mit pädagogischen Mitteln zu stürzen, daher seine hohe Stellung.«

Sie gaben sich die Hände.

»Tee?« fragte Chien sie beide; er drückte den Schalter seines Infrarot-Hibachi, und augenblicklich begann das Wasser in dem reich verzierten Keramiktopf – japanischen Fabrikats – zu blubbern. Als er sich an seinen Schreibtisch setzte, sah er, daß die verläßliche Miss Hsi ihm einen Spickzettel (streng vertraulich) zu Genosse Pethel bereitgelegt hatte; er überflog ihn und tat dabei, als sei er mit nichts Bestimmtem beschäftigt.

»Der Unumschränkte Wohltäter des Volkes«, sagte Tso-pin, »hat Mr. Pethel persönlich empfangen und vertraut ihm. Das ist selten. Die Schule in San Francisco wird nach außen hin absolut normale taoistische Philosophie lehren, uns aber in Wirklichkeit natürlich einen Kommunikationskanal zum liberalen und intellektuellen Jugendsegment der westlichen Vereinigten Staaten offenhalten. Viele von ihnen leben noch, von San Diego bis Sacramento; wir schätzen sie auf mindestens zehntausend. Die Schule wird zweitausend aufnehmen. Die von uns Ausgewählten werden zwangsimmatrikuliert werden. Ihre Verbindung mit Mr. Pethels Unterrichtsplan ist von entscheidender Bedeutung. Ähm, Ihr Teewasser kocht.«

»Danke schön«, murmelte Chien und tat den Beutel Lipton-Tee hinein.

Tso-pin fuhr fort: »Obwohl Mr. Pethel den Unterrichtsbetrieb in den Studiengängen, welche die Schule der Studentenschaft anbietet, beaufsichtigen wird, werden alle Prüfungsarbeiten zur fachmännischen, sorgfältigen ideologischen Überprüfung durch Sie persönlich Ihrem Büro zugeleitet. Mit anderen Worten, Mr. Chien, Sie haben zu ermitteln, wer unter den zweitausend Studenten verläßlich ist, welche von ihnen wirklich auf die Schulung ansprechen und welche nicht.«

»Ich werde mir jetzt Tee eingießen«, sagte Chien und tat es dem Zeremoniell entsprechend.

»Was wir uns klarmachen müssen«, polterte Pethel in noch schlimmerem Kantonesisch als dem von Tso-pin, »ist, daß die amerikanische Jugend, nachdem sie nun mal den globalen Krieg gegen uns verloren hat, ein Talent zu arglistiger Täuschung entwickelt hat.« »Arglistige Täuschung« sagte er auf Englisch; da er es nicht verstand, drehte Chien sich fragend zu seinem Vorgesetzten um.

»Zu lügen«, erklärte Tso-pin.

Pethel sagte: »Nach außen hin die korrekten Parolen im Mund führen, sie aber insgeheim für falsch halten. Die Prüfungsarbeiten dieser Gruppe werden ganz ähnlich aussehen wie die aufrechter –«

»Soll das heißen, die Prüfungsarbeiten von zweitausend Studenten werden durch mein Büro gehen?« wollte Chien wissen. Er konnte es nicht glauben. »Das allein ist ein Fulltimejob; ich habe nicht mal ansatzweise die Zeit für so etwas.« Er war entsetzt. »Kritische, offizielle Billigung oder Ablehnung von der ausgefuchsten Sorte, die ihnen vorschwebt, zu erteilen –« Er warf die Hände hoch. »Vergiß es«, sagte er auf Englisch.

Über diese derbe westliche Vulgarität höflich hinweggehend, sagte Tso-pin: »Sie haben einen Stab von Mitarbeitern. Überdies können Sie einige weitere aus dem Pool anfordern; das dieses Jahr verabschiedete Budget des Ministeriums wird es erlauben. Und bedenken Sie: der Unumschränkte Wohltäter des Volkes hat Mr. Pethel persönlich auserwählt.« In seinem Tonfall klang jetzt eine unterschwellige Drohung mit. Deutlich genug, um Chiens Hysterie zu durchdringen und zu unterwürfigem Gehorsam verkümmern zu lassen. Fürs erste wenigstens. Um seine Position zu verdeutlichen, ging Tso-pin zur anderen Seite des Büros; er blieb vor dem mannshohen 3-D-Porträt des Unumschränkten Wohltäters stehen, und nach kurzer Verzögerung löste seine Nähe das hinter dem Porträt angebrachte Tonband aus; Bewegung kam in das Gesicht des Wohltäters, und aus ihm heraus ertönte eine nur allzu vertraute Stimme. »Kämpft für den Frieden, meine Söhne«, hob sie mit sanfter Strenge an.

»Ha«, sagte Chien, noch immer beunruhigt, aber ohne es sich anmerken zu lassen. Möglicherweise konnte ein Computer des Ministeriums die Prüfungsarbeiten auswerten; man könnte ein Ja-Nein-Vielleicht-Schema zugrunde legen, verbunden mit einer Vorabanalyse der Form der ideologischen Korrektheit – oder Inkorrektheit. Die Angelegenheit ließ sich zur Routinesache machen. Wahrscheinlich.

Darius Pethel sagte: »Ich habe gewisse Unterlagen bei mir, die ich von Ihnen begutachten lassen möchte, Mr. Chien.« Er zog den Reißverschluß einer unansehnlichen, altmodischen Kunststoffaktentasche auf. »Zwei Prüfungsaufsätze«, sagte er und übergab Chien die Dokumente. »Das wird uns zeigen, ob Sie qualifiziert sind.« Dann sah er schnell zu Tso-pin hinüber; ihre Blicke trafen sich. »Soweit ich weiß«, sagte Pethel, »werden Sie, falls Sie das Unternehmen erfolgreich abschließen, zum Vize-Berater des Ministeriums ernannt werden, und Seine Hoheit, der Unumschränkte Wohltäter des Volkes, wird Ihnen persönlich die Kisterigian-Medaille verleihen.« Er und Tso-pin lächelten voller Skepsis.

»Die Kisterigian-Medaille«, wiederholte Chien; er nahm die Aufsätze entgegen und überflog sie mit dem Anschein lässigen Desinteresses. Aber sein Herz pochte. »Warum diese beiden? Also, ich meine – wonach suche ich, Sir?«

»Einer davon«, sagte Pethel, »ist das Werk eines entschlossenen Progressiven, eines loyalen Parteimitglieds von hinlänglich erwiesener aufrechter Gesinnung. Der andere stammt von einem jungen *stilyagi*, den wir im Verdacht haben, insgeheim kleinbürgerlichen imperialistischen degenerierten Ideen anzuhängen. Sie, Sir, haben zu bestimmen, welcher welcher ist.«

Na, besten Dank, dachte Chien. Aber er las nickend den Titel der zuoberst liegenden Arbeit.

Doktrinen des Unumschränkten Wohltäters vorweggenommen in der Dichtung des Bahad'din Zuhayr aus dem Arabien des 13. Jahrhunderts

Als er die Augen über die ersten Seiten des Textes wandern ließ, sah Chien einen ihm wohlvertrauten Vierzeiler; er hieß »Tod«, und er kannte ihn beinahe solange er denken konnte.

Die eine oder andere pflückt er nicht,
In vielen Stunden bückt er sich ein einz'ges Mal,
er sieht auf Erden weder Berg noch Tal,
nur eine weite Ebene, auf der er Blumen bricht.

»Kraftvoll«, sagte Chien, »dieses Gedicht.«

»Er benutzt das Gedicht«, sagte Pethel, der beobachtete, wie Chiens Lippen sich bewegten, während er das Gedicht erneut las, »um die uralte, in unserem heutigen Leben vom Unumschränkten Wohltäter demonstrierte Weisheit aufzuzeigen, daß kein Individuum unverwundbar ist; jeder ist sterblich, und nur die suprapersonale, historisch notwendige Sache überdauert. Ganz wie es sein sollte. Würden Sie ihm zustimmen? Diesem Studenten, meine ich? Oder –« Pethel machte eine Pause. »Verballhornt er in Wahrheit womöglich die Darlegungen des Unumschränkten Wohltäters?«

Chien sagte ausweichend: »Geben Sie mir Gelegenheit, die andere Arbeit durchzusehen.«

»Sie brauchen keine weitere Information; entscheiden Sie.«

Stockend sagte Chien: »Ich – ich hatte das Gedicht nie so betrachtet.« Er war etwas gereizt. »Übrigens ist es nicht von Bahad'Din Zuhayr; es ist aus der Geschichtensammlung Tausend und eine Nacht. Aus dem dreizehnten Jahrhundert ist es allerdings; das gebe ich zu.« Er las rasch den Text der Arbeit durch, der das Gedicht begleitete. Er wirkte wie ein routinierter, einfallsloser Aufguß von Parteiklischees, die ihm allesamt von Geburt an vertraut waren. Das blinde, imperialistische Monster, das menschliches Streben niederwalzte und abwürgte (gemischte Metapher), die Ränke der immer noch bestehenden Gruppe von Parteigegnern in den Vereinigten Oststaaten . . . Er fühlte sich dumpf gelangweilt und ebenso uninspiriert wie der Aufsatz des Studenten. Wir müssen standhaft bleiben, erklärte der Text. Die Überbleibsel des Pentagon in den Catskills ausräuchern, Tennessee und ganz besonders das Widerstandsnest unbeugsamer Reaktion in den roten Bergen Oklahomas ausheben. Er seufzte.

»Ich denke«, sagte Tso-pin, »wir sollten Mr. Chien Gelegenheit geben, dieser schwierigen Angelegenheit in aller Ruhe nachzugehen.« Zu Chien sagte er: »Es steht Ihnen frei, das heute abend mit nach Hause in Ihre Wohnung zu nehmen und zu bewerten, sobald Sie dazu kommen.« Er verbeugte sich, halb spöttisch, halb beflissen. Ob beleidigend oder nicht, auf jeden Fall hatte er Chiens Kopf aus der Schlinge geholt, und dafür war Chien ihm dankbar.

»Zu freundlich von Ihnen«, murmelte er, »mir zu erlauben, diese neue und höchst anregende Arbeit nach Feierabend zu erledigen. Mikoyan, weilte er noch unter den Lebenden, würde es billigen.« Du Hundesohn, sagte er zu sich. Und meinte damit ebenso seinen Vorgesetzten wie Pethel. Mir auf die Art den Schwarzen Peter zuzuschieben; und das in meiner Freizeit. Offensichtlich hat die KPUSA Probleme; ihre Indoktrinationsakademien werden mit den notorisch störrischen, exzentrischen jungen Yanks nicht fertig. Und diesen Schwarzen Peter habt ihr herumgereicht, bis er bei mir gelandet ist.

Nichts zu danken, dachte er verbittert.

An diesem Abend las er sich in seiner kleinen, aber sehr wohnlichen Eigentumswohnung die andere der beiden Arbeiten durch, von einer Marion Culper, und stellte fest, daß auch sie sich mit Dichtung befaßte. Offensichtlich sollte das einen Lyrikkurs darstellen; ihm wurde übel. Das war ihm immer gegen den Strich gegangen, dieser Mißbrauch von Dichtung – überhaupt jeder Kunst – für gesellschaftliche Ziele. Trotzdem machte er es sich in seinem besonders rückenstreckenden Kunstledersessel gemütlich, zündete sich eine immense *Cuesta Rey Number One English Market*-Corona-Zigarre an und begann zu lesen.

Die Verfasserin der Arbeit, Miss Culper, hatte sich als

Text die Passage eines Gedichts von John Dryden, dem englischen Poeten des siebzehnten Jahrhunderts, ausgesucht, die letzten Zeilen aus dem bekannten »Song for St. Cecilias Day«.

. . . Wenn dann dereinst am letzten Tag
Die Schöpfung stehet zu Gericht
Es schallt die Posaune von der Höh
Was tot ist lebt, was lebet stirbt
Und Musik tönt die Welt zu Grab.

Na, wenn das nicht die Höhe ist, dachte Chien bissig. Dryden, will man uns weismachen, hat den Untergang des Kapitalismus vorausgesagt? Das also hat er mit »die Schöpfung stehet zu Gericht« gemeint? Jesus. Er beugte sich vor, um nach seiner Zigarre zu greifen, und stellte fest, daß sie ausgegangen war. Er kramte in seinen Taschen nach seinem Feuerzeug, einem japanischen Fabrikat, und stand halb auf.

Fiiiiiep! machte der Fernseher am anderen Ende des Wohnzimmers.

Aha, dachte Chien. Der Führer will zu uns sprechen. Der Unumschränkte Wohltäter des Volkes, da oben in Peking, wo er seit neunzig Jahren lebt; oder sind es hundert? Oder, wie wir ihn manchmal unter uns nennen, der Beschränkte Unwohl –

»Mögen die zehntausend Knospen bitterster, selbstgewählter Armut in den Gärten eures Geistes aufblühen«, sagte der Fernsehansager. Mit einem Ächzen erhob sich Chien, machte die vorgeschriebene Verbeugung; jeder Fernseher war mit einer Monitorvorrichtung ausgerüstet, die der Sipo, der Sicherheitspolizei, übermittelte, ob sein Besitzer sich verneigte und/oder zusah.

Auf dem Bildschirm manifestierte sich ein klar geschnittenes Gesicht, die breiten, faltenlosen, gesunden Züge des einhundertzwanzig Jahre alten Führers der KP Ost, Herrscher über viele. Viel zu viele, überlegte Chien. Selber blah, dachte er und setzte sich wieder in seinen Kunstledersessel, nun dem Bildschirm zugewandt.

»Meine Gedanken«, sagte der Unumschränkte Wohltäter in seinem tragenden und gemessenen Tonfall, »sind bei euch, meine Kinder. Und besonders bei Mr. Tung Chien in Hanoi, auf den eine schwierige Aufgabe wartet, eine Aufgabe zum Wohle des Volkes des demokratischen Ostens sowie der amerikanischen Westküste. Wir müssen einhellig dieses noblen, entschlossenen Mannes und der vor ihm liegenden Mühen gedenken, und ich habe beschlossen, einige Augenblicke meiner Zeit zu opfern, um ihn zu würdigen und ihm Mut zuzusprechen. Hören Sie zu, Mr. Chien?«

»Ja, Euer Hoheit«, sagte Chien und erwog im stillen die Wahrscheinlichkeit, daß der Parteivorsitzende sich an diesem Abend gerade *ihn* herauspickte. Seine Erwägungen stimmten ihn abweichlerisch sarkastisch; nicht sehr wahrscheinlich. Sicherlich wurde diese Übertragung einzig und allein in sein Apartmenthaus ausgestrahlt – oder allenfalls in diese Stadt. Es konnte auch eine Playbackgeschichte sein, die sie bei Hanoi TV Incorporated fabriziert hatten. Auf jeden Fall wurde von ihm verlangt, zuzuhören und zuzusehen – und alles zu schlucken. Das tat er, aus lebenslanger Gewohnheit. Äußerlich war er ganz gespannte Aufmerksamkeit. Innerlich zerbrach er sich noch immer den Kopf über die beiden Prüfungsarbeiten und fragte sich, welche welche war; wo hörte devoter Parteienthusiasmus auf und wo fing sardonische Spottlust an? Schwer zu sagen ... was natürlich erklärte, wieso sie ihm diese Aufgabe untergejubelt hatten.

Wieder stöberte er in seinen Taschen nach seinem Feuerzeug – und fand den kleinen grauen Umschlag, den der kriegsversehrte Straßenhändler ihm verkauft hatte. Mannomann, dachte er, als ihm einfiel, was er gekostet hatte. Geld zum Fenster rausgeschmissen, und was bewirkte diese Kräuterarznei nun? Nichts. Er drehte das Päckchen um und sah auf der Rückseite Kleingedrucktes. Oho, dachte er und begann das Päckchen vorsichtig aufzufalten. Die Worte hatten ihn geködert – was natürlich ihr Sinn und Zweck gewesen war.

> Gescheitert als Parteimitglied und Mensch?
> Fürchten Sie, ausrangiert zu werden und auf der
> Müllhalde der Geschichte zu landen, weil Sie ...

Er überflog hastig den Text, ohne die wilden Anpreisungen zu beachten, um festzustellen, was er gekauft hatte.

Der Unumschränkte Wohltäter fuhr derweil mit seinem Sermon fort.

Schnupftabak. Das Päckchen enthielt Schnupftabak. Zahllose winzige, schwarze Körnchen, wie Schießpulver, von denen ein interessantes Aroma aufstieg und seine Nase kitzelte. Der Name dieser besonderen Mischung war *Princes Special*, entdeckte er. Und sehr ansprechend, wie er feststellte. Er hatte mal für eine Weile Schnupftabak genommen – da Tabakrauchen eine Zeitlang aus Gesundheitsgründen illegal war –, damals in seinen Studententagen an der Uni Peking; es war der letzte Schrei gewesen, besonders die in Chungking zubereiteten Erotikmischungen, die aus Gott weiß was bestanden. War es das? Schnupftabak konnte fast jeder Aromastoff zugesetzt werden, von Organextrakten bis zu zerstoßenen Babykrebsen ... so schmeckten einige wenigstens; besonders eine *High Dry Toast* genannte englische Mischung war es gewesen, die ihm mehr oder minder die Lust auf durch die Nase geschnupften Tabak ausgetrieben hatte.

Auf dem Bildschirm knarzte der Unumschränkte Wohltäter monoton vor sich hin, während Chien vorsichtig an dem Pulver schnupperte und den Beipackzettel las – es heilte alles, von Zu-spät-zur-Arbeit-Kommen bis zur Liebe zu einer Frau mit dubiosem politischem Hintergrund. Interessant. Aber typisch für solche Beipackzettel –

An seiner Tür klingelte es.

Er stand auf, ging zur Tür und öffnete; er wußte genau, was ihn erwartete. Dort stand, wer sonst, Mou Kuei, der Hauswart, klein, streng blickend und pflichteifrig; er hatte seine Armbinde um und den Metallhelm auf, um zu zeigen, daß er keinen Spaß verstand. »Mr. Chien, Genosse Parteiarbeiter. Ich erhielt einen Anruf der Fernsehbehörde. Sie haben es unterlassen, auf Ihren Fernsehschirm zu achten, und hantieren statt dessen mit einem Päckchen zweifelhaften Inhalts herum.« Er zückte ein Clipboard und einen Kugelschreiber. »Zwei rote Kreuzchen, und bis auf weiteres sind Sie summarisch angewiesen, wieder eine bequeme, stressfreie Haltung vor dem Fernseher einzunehmen und dem Führer Ihre ungeteilte Aufmerksamkeit zu schenken. Seine Worte heute abend richten sich direkt an Sie, Sir, an Sie.«

»Das bezweifle ich«, hörte Chien sich sagen.

Blinzelnd sagte Kuei: »Wie meinen?«

»Der Führer regiert acht Millionen Genossen. Er wird sich nicht gerade mich heraussuchen.« Ihn hatte die Wut gepackt; die prompte Maßregelung durch den Hauswart wurmte ihn.

Kuei sagte: »Aber ich habe es mit eigenen Ohren deutlich gehört. Sie wurden erwähnt.«

Chien ging zum Fernseher und stellte ihn lauter. »Aber jetzt spricht er über Pannen in der Volksrepublik Indien; das betrifft mich nicht.«

»Was immer der Führer zur Sprache bringt, betrifft auch Sie.« Mou Kuei hieb ein Kreuzchen auf das Blatt auf seinem Clipboard, verbeugte sich förmlich und wandte sich zum Gehen. »Meine Order, hier heraufzukommen und Sie wegen Ihrer Schlamperei zur Rede zu stellen, kam direkt von Central. Offensichtlich erachtet man Ihre Aufmerksamkeit für wichtig; ich muß Sie anweisen, Ihre automatische Übertragungsaufzeichnung in Betrieb zu nehmen und die früheren Abschnitte der Rede des Führers erneut abzuspielen.«

Chien furzte. Und schloß die Tür.

Zurück vor den Fernseher, sagte er sich. Vor dem unser Feierabend draufgeht. Und da lagen die beiden Prüfungsarbeiten des Studenten; das hatte er auch noch am Hals. Und alles in meiner Freizeit. Zur Hölle mit ihnen. Sie konnten ihn mal. Er trabte zum Fernseher und wollte ihn abschalten; sofort blinkte ein rotes Warnlicht auf und wies ihn darauf hin, daß er nicht befugt war, den Fernseher abzuschalten – ja, es nicht einmal konnte, selbst wenn er den Stecker zog. Diese obligatorischen Ansprachen, dachte er, werden uns noch alle umbringen; wenn ich nur vom Leiern der Reden verschont bliebe, verschont vom Gekläff der Partei, mit dem sie die Menschheit heimsucht ...

Immerhin wußte er von keiner Verordnung, die ihm untersagte, Schnupftabak zu nehmen, während er sich den Führer ansah. Also öffnete er das kleine graue Päckchen und schüttelte ein Häuflein der schwarzen Körnchen auf den Rücken seiner linken Hand. Dann führte er professionell seine Hand zur Nase und inhalierte kräftig, den Schnupftabak schön in die Stirnhöhle hochziehend. Man stelle sich den alten Aberglauben vor, dachte er. Daß die Stirnhöhle mit dem Gehirn verbunden ist und die Inhalation von Schnupftabak daher direkt die Großhirnrinde stimuliert. Er lächelte, setzte sich wieder, konzentrierte den Blick auf den Fernseher und die ihnen allen nur allzu bekannte, gestikulierende Gestalt.

Das Gesicht verblaßte und verschwand. Der Ton verstummte. Er blickte in eine Leere, ein Vakuum. Der Bildschirm starrte ihn weiß und leer an, und aus den Lautsprechern klang ein leises Zischen.

Der verflixte Schnupftabak, sagte er sich. Und schnupfte gierig den Pulverrest auf seiner Hand, zog ihn eifrig durch die Nase, hoch in die Stirnhöhle und, so fühlte es sich an, direkt ins Hirn; er machte sich über das Zeug her, absorbierte es mit Begeisterung.

Der Bildschirm blieb leer, und dann entstand langsam ein neues Bild und gewann Kontur. Es war nicht der Führer.

Nicht der Unumschränkte Wohltäter des Volkes, überhaupt keine menschliche Gestalt, um genau zu sein.

Er erblickte ein totes, mechanisches Konstrukt aus Festkörperschaltungen, schwenkbaren Pseudopodien, Objektiven und einer Schnatterbox. Und die Box begann ihn mit monotonem Plärren zu nerven.

Er starrte hin und fragte sich: *Was ist das*? Realität? Eine Halluzination, dachte er. Der fliegende Händler hat irgendwelche von diesen psychedelischen Drogen aufgetrieben, die im Befreiungskrieg eingesetzt wurden – er verkauft das Zeug, und ich hab was davon genommen, sogar eine ganze Menge!

Er ging etwas wacklig zum Videofon und wählte die Nummer des nächstgelegenen Sipo-Reviers. »Ich möchte jemand anzeigen, der mit halluzinogenen Drogen handelt«, sagte er in den Hörer.

»Ihren Namen und Eigenwohnstandort, Sir?« Ein pflichtbewußter kurz angebundener Polizeibeamter.

Er gab ihm die Information, schleppte sich dann zu seinem Kunstledersessel zurück, um erneut die Erscheinung auf dem Bildschirm mitansehen zu müssen. Das ist ja tödlich, sagte er sich. Muß ein in Washington, D.C., oder London entwickeltes Präparat sein – stärker und seltsamer als das LSD-25, das sie mit so durchschlagendem Erfolg in unsere Trinkwasserspeicher gekippt hatten. Und ich dachte, es würde mich von der Last der Führer-Reden befreien … das ist viel schlimmer, diese elektronische, blubbernde, schwankende Monstrosität aus Metall und Plastik, die einen da anquengelt – das ist grausig.

Dem für den Rest meines Lebens ausgesetzt zu sein –

Es dauerte zehn Minuten, bis das Zweimannteam der Sipo an seine Tür pochte. Und bis dahin war auf dem Bildschirm in mehreren degenerierenden Schritten der vertraute Anblick des Führers ins Blickfeld zurückgesickert, hatte das abscheuliche, künstliche Konstrukt verdrängt, das seine Podien schwenkte und unaufhörlich plärrte. Er ließ zittrig die beiden Cops ein, führte sie an den Tisch, auf dem er den Rest des Schnupftabaks in seinem Päckchen liegengelassen hatte.

»Psychedelisches Toxin«, sagte er mit belegter Stimme. »Von kurzer Wirkungsdauer. Über die Nasenschleimhaut direkt in den Blutkreislauf aufgenommen. Ich gebe Ihnen die Einzelheiten, wo ich es bekommen habe, von wem und alles.« Er nahm einen tiefen, zittrigen Atemzug; die Anwesenheit der Polizei war beruhigend.

Die beiden Polizeibeamten warteten mit gezückten Kugelschreibern. Und die ganze Zeit rasselte im Hintergrund der Führer seine endlose Rede herunter. Wie er es an Tausenden Abenden zuvor in Tung Chiens Leben getan hatte. Aber es wird nie wieder wie früher sein, dachte er, zumindest nicht für mich. Nicht nachdem ich diesen Wahnsinns-Schnupftabak inhaliert habe.

Er fragte sich: ob das deren Absicht war?

Es kam ihm sonderbar vor, an irgendwelche »anderen« zu denken. Absonderlich – aber irgendwie zutreffend. Einen Augenblick lang zögerte er, die Details preiszugeben, der Polizei nicht genug zu sagen, um den Mann zu finden. Ein Straßenhändler, wollte er sagen. Ich weiß nicht wo; kann mich nicht erinnern. Aber er erinnerte sich, erinnerte sich an die genaue Straßenkreuzung. Also sagte er es ihnen mit unerklärlichem Widerwillen.

»Danke sehr, Genosse Chien.« Der Chef des Polizistengespanns sammelte sorgfältig den Schnupftabaksrest ein – das meiste war noch übrig – und steckte ihn in die Tasche seiner – schicken, schneidigen – Uniform. »Wir lassen es bei nächster Gelegenheit analysieren«, sagte der Cop, »und teilen Ihnen sofort mit, falls medizinische Gegenmaßnahmen zu ergreifen für Sie ratsam sein sollte. Einige der alten Kriegspsychedelika waren letztlich tödlich, wie Sie zweifellos gelesen haben werden.«

»Hab ich gelesen«, bestätigte er. Das war exakt das, woran er gedacht hatte.

»Viel Glück, und danke, daß Sie uns benachrichtigt haben«, sagten die beiden Cops und gingen. Die Affäre schien sie bei allem Pflichtbewußtsein nicht groß aus der Ruhe zu bringen; so eine Beschwerde war offenbar Routine für sie.

Der Laborbericht kam rasch – erstaunlich rasch für einen derart gigantischen staatlichen Verwaltungsapparat. Er wurde ihm per Videofon übermittelt, noch ehe der Führer seine Fernsehansprache beendet hatte.

»Es ist kein Halluzinogen«, teilte ihm der Sipo-Labortechniker mit.

»Nein?« sagte er verwirrt und seltsamerweise alles andere als erleichtert.

»Im Gegenteil. Es ist ein Phenothiazin, das, wie Sie zweifellos wissen, anti-halluzinogen wirkt. Eine starke Dosis auf ein Gramm; aber harmlos. Könnte Ihren Blutdruck senken oder Sie schläfrig machen. Wahrscheinlich aus einem geheimen Medikamentenlager aus Kriegszeiten gestohlen. Von den abziehenden Barbaren zurückgelassen. Ich würde mir keine Sorgen machen.«

Grübelnd legte Chien das Videofon auf. Und trat ans Fenster seiner Eigenwohn – das Fenster mit der schönen Aussicht auf Hanois Eigenwohnsilos –, um nachzudenken.

Es klingelte an der Tür. Wie in Trance schritt er über den Teppichboden des Wohnzimmers, um zu öffnen.

Das Mädchen, das dort stand im dunklen Regenmantel, mit einem großen Kopftuch um das dunkle, glänzende und sehr lange Haar, sagte mit schüchternem Stimmchen: »Ähm, Genosse Chien? Tung Chien? Vom Ministerium für –«

Ganz automatisch ließ er sie ein und schloß die Tür hinter ihr. »Sie haben mein Videofon abgehört«, sagte er zu ihr; es war auf gut Glück geraten, aber etwas in ihm, eine unausgesprochene Gewißheit, sagte ihm, daß sie es getan hatte.

»Haben – die den Rest vom Schnupftabak mitgenommen?« Sie sah sich kurz um. »Oh, ich hoffe nicht; er ist heutzutage so schwer zu beschaffen.«

»Schnupftabak«, sagte er, »ist leicht zu beschaffen; Phenothiazin nicht. Ist es das, was Sie meinen?«

Das Mädchen hob den Kopf, musterte ihn mit großen, monddunklen Augen. »Ja, Mr. Chien –« Sie zögerte so unsicher, wie die Sipo-Cops forsch gewesen waren. »Sagen Sie mir, was Sie gesehen haben; es ist von großer Wichtigkeit für uns, sicher zu sein.«

»Ich hatte eine Wahl?« sagte er scharf.

»J-ja, sehr sogar. Das verwirrt uns ja so; das ist eben das, was wir nicht geplant hatten. Wir verstehen es nicht; es paßt in keine unserer Theorien.« Ihre Augen verdunkelten sich noch mehr: »War es das aquatische Scheusal? Das Ding aus Schleim und Zähnen, die extraterrestrische Lebensform? Bitte sagen Sie es mir; wir müssen es wissen.« Sie atmete ungleichmäßig, schwer, der dunkle Regenmantel hob und senkte sich; er ertappte sich dabei, wie er den Rhythmus beobachtete.

»Eine Maschine«, sagte er.

»Oh!« Sie zog den Kopf ein und nickte heftig. »Ich verstehe; ein mechanischer Organismus ohne jede Ähnlichkeit mit einem menschlichen Wesen. Kein Simulakrum, oder irgend etwas, das einem Menschen nachgebildet wäre.«

Er sagte: »Das hier hat nicht wie ein Mensch ausgesehen.« Er fügte bei sich hinzu: Und gesprochen hat es auch nicht wie einer – nicht andeutungsweise.

»Sie sehen doch ein, daß es keine Halluzination war?«

»Man hat mich offiziell unterrichtet, daß das, was ich genommen habe, ein Phenothiazin gewesen sei. Das ist alles, was ich weiß.« Er sagte so wenig wie möglich; er wollte nicht reden, sondern zuhören. Zuhören, was das Mdächen zu sagen hatte.

»Nun, Mr. Chien –« Sie atmete tief und unsicher durch. »Wenn es keine Halluzination war, was war es dann? Was bleibt dann noch? Das, was man ›erweiterten Bewußtseinszustand‹ nennt – könnte es das sein?«

Er antwortete nicht, er kehrte ihr den Rücken, hob beiläufig die beiden Prüfungsarbeiten der Studenten auf, die er überflog, ohne das Mädchen zu beachten. Er wartete auf ihren nächsten Anlauf.

Sie erschien an seiner Schulter; der Duft von Frühlingsregen, von Süße und Erregung ging von ihr aus, wunderbar, wie sie roch und aussah und, dachte er, wie sie spricht. So ganz anders als das lieblose, platte Gerede, das wir im Fernsehen zu hören bekommen.

»Ein paar von denen«, sagte sie heiser, »die das Stelazin nehmen – was Sie bekommen haben, war Stelazin, Mr. Chien –, sehen die eine Erscheinung, manche eine andere. Aber es haben sich feste Klassen herausgebildet; es gibt nicht unbegrenzt viele. Einige sehen, was Sie gesehen haben; wir nennen das die Rassel. Einige das aquatische Scheusal; das ist der Schlund. Und dann gibt es noch den Vogel, die Kletternde Röhre, und –« Sie brach ab. »Nun ja, andere Reaktionen werden Ihnen nicht viel sagen. Sagen selbst *uns* sehr wenig.« Sie zögerte und redete dann hastig weiter: »Nachdem Ihnen das widerfahren ist, Mr. Chien, möchten wir, daß Sie an unserem Treffen teilnehmen. Schließen Sie sich Ihrer speziellen Gruppe an, denen, die sehen, was Sie sehen. Gruppe Rot. Wir wollen wissen, was es wirklich ist, und –« Sie gestikulierte mit schlanken, geschmeidigen Fingern. »Das Wesen kann nicht *alle* diese Manifestationen sein.« Ihr Tonfall war ergreifend in seiner Naivität. Sein Mißtrauen legte sich – ein klein wenig.

Er sagte: »Was sehen Sie? Sie speziell?«

»Ich gehöre zu Gruppe Gelb. Ich sehe – einen Sturm. Einen heulenden, wütenden Wirbelsturm. Der alles entwurzelt, Wohnblöcke in Schutt legt, die ein Jahrhundert halten sollten.« Sie lächelte schwach. »Der Brecher. Alles in allem zwölf Gruppen, Mr. Chien. Zwölf absolut unterschiedliche Erfahrungen, alle nach demselben Phenothiazin, alle vom Führer, während er im Fernsehen spricht. Während es spricht, vielmehr.« Sie lächelte zu ihm auf mit ihren – wahrscheinlich künstlich verlängerten – Wimpern, ihr Blick war einnehmend, ja, vertrauensvoll. Als dächte sie, er wisse etwas oder könne etwas tun.

»Ich sollte Sie der Polizei übergeben«, sagte er sofort.

»Es gibt kein Gesetz, was diese Angelegenheit betrifft. Wir haben sowjetische Gesetzestexte studiert, ehe wir – Leute angeworben haben, die das Stelazin vertreiben. Unsere Vorräte sind begrenzt; wir müssen uns sehr vorsehen, wem wir es geben. Sie sind uns als aussichtsreicher Kandidat erschienen ... ein allseits bekannter, treu ergebener, junger Nachkriegskarrierist auf dem Weg nach oben.« Sie nahm ihm die Prüfungsarbeiten aus den Fingern. »Die lassen Sie pol-lesen?« fragte sie.

»›Pol-lesen‹?« Er kannte den Ausdruck nicht.

»Gesagtes oder Geschriebenes daraufhin überprüfen, ob es mit der gegenwärtigen Weltsicht der Partei übereinstimmt. Sie in der Hierarchie sagen einfach ›lesen‹ dazu, oder?« Sie lächelte wieder. »Wenn Sie eine Stufe höhersteigen und zu Mr. Tso-pin aufrücken, werden Sie den Ausdruck kennenlernen.« Sie fügte düster hinzu: »Und Mr. Pethel. Er ist ein ganz hohes Tier. Mr. Chien, es gibt in San Francisco kein Ideologieseminar; das sind gefälschte Arbeiten, dazu vorgesehen, aus Ihrer Analyse *Ihre* politische Ideologie ermitteln zu können. Und, haben Sie auseinanderhalten können, welche Arbeit orthodox und welche häretisch ist?« Sie klang wie ein kleiner Kobold, neckte ihn mit boshaftem Vergnügen. »Wählen Sie die falsche, und Ihre vielversprechende Karriere ist – zack, bums – gestorben. Wählen Sie die richtige –«

»Wissen Sie, welche welche ist?« wollte er wissen.

»Ja.« Sie nickte sachlich. »Wir haben Abhörgeräte in Mr. Tso-pins Privatbüros; wir haben seine Unterhaltung mit Mr. Pethel abgehört – der nicht Mr. Pethel ist, sondern Judd Craine, Inspektor der Höheren Sipo. Sie haben wahrscheinlich schon von ihm gehört; er trat als Erster Beisitzer von Richter Vorlawsky bei den Kriegsverbrecherprozessen von '98 in Zürich auf.«

Mit einiger Mühe sagte er: »Ich – verstehe.« Tja, das erklärte einiges.

Das Mädchen sagte: »Mein Name ist Tanya Lee.«

Er sagte nichts; er nickte bloß, zu perplex, um einen klaren Gedanken zu fassen.

»Genau genommen«, sagte Miss Lee, »bin ich eine kleine Angestellte in Ihrem Ministerium. Sie sind mir trotzdem nie über den Weg gelaufen, soweit kann ich mich immerhin erinnern. Wir versuchen, Posten zu besetzen, wo immer wir können. So weit oben wie möglich. Mein Boss –«

»Wollen Sie mir das wirklich erzählen?« sagte er mit einem Wink zum Fernseher, der immer noch lief. »Hören die nicht mit?«

Tanya Lee sagte: »Wir haben ein Störsignal in den Empfang des Video- und Audiomaterials aus diesem Apartmenthaus eingespeist; sie werden beinahe eine Stunde brauchen, um die Abschirmung zu lokalisieren. Also haben wir« – sie schaute auf die winzige Armbanduhr an ihrem schmalen Handgelenk – »noch fünfzehn Minuten. Und sind noch sicher.«

»Sagen Sie mir«, sagte er, »welche Arbeit othodox ist.«

»Daran liegt Ihnen was? Wirklich?«

»Sollte mir das nicht?«

»Begreifen Sie nicht, Mr. Chien? Sie haben etwas dazugelernt. Der Führer ist nicht der Führer; er ist etwas anderes, nur wissen wir nicht, was. Noch nicht. Mr. Chien, mit allem schuldigen Respekt, haben Sie je Ihr Trinkwasser analysieren lassen? Ich weiß, es klingt paranoid, aber haben Sie das?«

»Nein«, sagte er. »Natürlich nicht.« Und wußte, was sie sagen würde.

Miss Lee sagte lebhaft: »Unsere Tests zeigen, daß es mit Halluzinogenen durchtränkt ist. Das ist so, war so und wird so bleiben. Nicht die, die im Krieg eingesetzt wurden; nicht die desorientierenden, sondern ein synthetisches Pseudo-Mutterkornderivat namens Datrox-3. Sie trinken es hier im Haus, sobald Sie morgens aufstehen; Sie trinken es in Restaurants und anderen Wohnungen, in denen Sie zu Gast sind. Sie trinken es im Ministerium; es wird alles aus einer einzigen, zentralen Quelle gespeist.« Ihre Stimme war herb geworden. »Wir haben das Problem gelöst; als wir es entdeckten, war uns klar, daß jedes bessere Phenothiazin es neutralisieren würde. Was wir natürlich nicht wissen konnten, war eben – diese Vielzahl authentischer Erfahrungen; das ist rational nicht zu erklären. Es ist die Halluzination, die von Person zu Person anders ausfallen müßte; die Realitätserfahrungen müßten übereinstimmen – es ist alles auf den Kopf gestellt. Wir können noch nicht mal eine vorläufige Theorie aufstellen, die das erklärt, und wir haben es weiß Gott versucht. Zwölf einander ausschließende Halluzinationen – das würde sich von selbst verstehen. Aber nicht eine Halluzination und zwölf Realitäten.« Sie sprach nicht weiter und betrachtete die beiden Aufsätze mit gerunzelter Stirn. »Die mit dem arabischen Gedicht ist orthodox«, stellte sie fest. »Wenn Sie denen das sagen, werden sie Ihnen vertrauen und Sie auf einen höheren Posten versetzen. Sie haben dann eine weitere Sprosse in der Hierarchie der Parteibürokratie erklommen.« Lächelnd – ihre Zähne waren ebenmäßig und wunderschön – schloß sie: »Da sehen Sie, was Ihnen Ihre Investition von heute morgen eingebracht hat. Ihre Karriere ist fürs erste gesichert. Und das durch uns.«

Er sagte: »Ich glaube Ihnen nicht.« Instinktiv schaltete sich seine innere Wachsamkeit ein, die Wachsamkeit dessen, der sein ganzes Leben unter den Schergen der Hanoier Abteilung der KP Ost zugebracht hat. Sie hatte viele Mittel, einem Rivalen ein Bein zu stellen – einige hatte er selbst angewandt, andere erlitten oder bei anderen beobachtet. Das konnte eine neue Masche sein, die er noch nicht kannte. Man konnte nie wissen.

»Heute abend«, sagte Miss Lee, »hat der Führer Sie in seiner Rede persönlich angesprochen. Kam Ihnen das nicht seltsam vor? Ausgerechnet Sie? Einen kleinen Bürohengst aus einem Schmalspurministerium –«

»Zugegeben«, sagte er. »So kam es mir vor, ja.«

»Und das mit gutem Grund. Seine Hoheit züchtet sich einen Elitekader junger Männer, Nachkriegsmänner, heran, von denen er hofft, daß sie neuen Wind in die engstirnige, moribunde Hierarchie der alten Käuze und Parteischlachtrösser bringen. Seine Hoheit hat Sie aus dem gleichen Grund ausgesucht, aus dem auch wir Sie ausgesucht haben; mit dem richtigen Einsatz könnte Ihre Karriere Sie bis ganz an die Spitze bringen. Zumindest eine Zeitlang ... wie wir wissen. So läuft das.«

Er dachte: Es baut also praktisch jeder auf mich. Außer mir selbst; und erst recht nicht nach dieser Geschichte, dieser Sache mit dem antihalluzinogenen Zeug. Sie hatte eine jahrelange Gewißheit erschüttert, und zweifellos zu Recht. Trotzdem gewann er seine Gelassenheit zurück; er fühlte, wie sie ihn durchströmte, erst zaghaft, dann mit aller Macht.

Er ging ans Videofon, hob den Hörer ab und wählte zum zweitenmal an diesem Abend die Nummer der Sicherheitspolizei von Hanoi.

»Mich anzuschwärzen«, sagte Miss Lee, »wäre die zweitnachteiligste Entscheidung, die Sie treffen können. Ich werde denen sagen, daß Sie mich haben herkommen lassen, um mich zu bestechen; Sie dachten, wegen meines Jobs beim Ministerium würde ich die Wahl der richtigen Prüfungsarbeit kennen.«

Er sagte: »Und was wäre meine allernachteiligste Entscheidung?«

»Ihr Phenothiazin nicht weiter zu nehmen«, sagte Miss Lee ruhig.

Tung Chien legte das Fon auf und dachte bei sich: Ich verstehe nicht, was mit mir vorgeht. Zwei Mächte: die Partei und seine Hoheit auf der einen Seite – dieses Mädchen und ihre vermeintliche Gruppe auf der anderen. Eine will mich so weit wie möglich in der Parteihierarchie aufsteigen lassen, die andere – *Was wollte Tanya Lee*? Unter ihren Worten, unter dem dünnen Deckmantel einer beinahe läppischen Geringschätzung der Partei, des Führers, der ethischen Maßstäbe der Volksdemokratischen Einheitsfront – was hatte sie mit ihm vor?

Er sagte neugierig: »Sind Sie Anti-Partei?«

»Nein.«

»Aber –« Er fuchtelte mit den Händen. »Was anderes gibt es nicht: Partei und Anti-Partei. Dann müssen Sie Partei sein.« Er starrte sie verstört an; sie erwiderte seinen Blick mit Gleichmut. »Ihr habt eine Organisation«, sagte er, »und ihr trefft euch. Was habt ihr vor zu zerstören? Den geregelten Ablauf der Regierungsgeschäfte? Seid ihr wie die abtrünnigen Collegestudenten der Vereinigten Staaten während des Vietnamkriegs, die Truppentransporte aufhielten, demonstrierten –«

Müde sagte Miss Lee: »So war es nicht. Aber vergessen Sie's; das ist ein anderes Thema. Wir wollen nur wissen: Wer oder was regiert uns? Wir müssen weit genug vorstoßen, um irgendwen anzuwerben, einen aufstrebenden jungen Parteitheoretiker, der aller Voraussicht nach zu einem Gespräch unter vier Augen mit dem Führer gebeten werden könnte – verstehen Sie?« Ihre Stimme hob sich; sie sah auf ihre Uhr, offensichtlich wollte sie fort: Die fünfzehn Minuten waren nahezu um. »Sehr wenige Menschen sehen den Führer tatsächlich, wie Sie wissen. Ich meine, sehen ihn wirklich.«

»Die Abgeschiedenheit«, sagte er. »Aufgrund seines hohen Alters.«

»Wir haben die Hoffnung«, sagte Miss Lee, »daß Sie, wenn Sie den fingierten Test bestehen, den man für Sie arrangiert hat – und das haben Sie mit meiner Hilfe –, zu einem der Herrenabende eingeladen werden, die der Führer von Zeit zu Zeit gibt, worüber die Zeitungen natürlich nicht berichten. Verstehen Sie jetzt?« Ihre Stimme wurde schrill in einem Anflug von Verzweiflung. »Dann wüßten wir Bescheid; wenn Sie unter dem Einfluß der anti-halluzinogenen Droge da reinkönnten –: Sie würden ihn von Angesicht zu Angesicht sehen, sehen, wie er wirklich ist –«

Laut nachdenkend, sagte er: »Und meiner Karriere im Öffentlichen Dienst ein Ende setzen. Wenn nicht meinem Leben.«

»Sie schulden uns was«, schnappte Tanya Lee, ihre Wangen waren bleich. »Hätte ich Ihnen nicht gesagt, für welchen Aufsatz Sie sich entscheiden sollen, hätten Sie den falschen gewählt, und mit Ihrer ehrgeizigen Karriere im Öffentlichen Dienst wäre es ohnehin aus gewesen; Sie wären durchgefallen – durchgefallen bei einem Test, von dem Sie noch nicht einmal wußten, daß Sie ihm unterzogen wurden!«

Er sagte mit ruhiger Stimme: »Meine Chancen standen fifty-fifty.«

»Nein.« Sie schüttelte wütend den Kopf. »Der häretische ist mit jeder Menge Parteijargon frisiert; sie haben die beiden Texte bewußt so abgefaßt, um Sie reinzulegen. Die wollten, daß Sie durchfallen!«

Er sah sich die beiden Arbeiten noch einmal gründlich an, mit gemischten Gefühlen. Hatte sie recht? Möglicherweise. Wahrscheinlich sogar. Es klang plausibel, so wie er die Parteibonzen kannte, ganz besonders Tso-pin, seinen Vorgesetzten. Er fühlte sich auf einmal sehr müde. Geschlagen. Nach einer Weile sagte er zu dem Mädchen: »Was Sie von mir erwarten, ist ein Geschäft auf Gegenseitigkeit. Sie haben mir einen Dienst erwiesen – Sie haben die Antwort auf diese Parteianfrage gefunden, so behaupten Sie wenigstens. Aber Sie haben Ihren Teil schon geleistet. Was soll mich daran hindern, Sie hochkant rauszuschmeißen? Ich muß nicht einmal einen Finger rühren.« Er bemerkte seine tonlose Stimme; sie war mitleidlos, so wie es in Parteikreisen nur allzu gängig war.

Miss Lee sagte: »Es wird weitere Tests geben, je höher Sie

aufsteigen. Und auch die werden wir für Sie überwachen.« Sie war ruhig, entspannt; offensichtlich hatte sie seine Reaktion vorausgesehen.

»Wie lange habe ich Zeit, es mir zu überlegen?« sagte er.

»Ich gehe jetzt. Wir haben es nicht eilig; Sie haben weder diese Woche noch diesen Monat eine Einladung in die Führervilla am Jangtse zu erwarten.« Sie ging zur Tür, öffnete sie und blieb noch einen Moment stehen. »Sobald Sie verdeckte Eignungstests erhalten, werden wir uns melden und die Antworten liefern – Sie werden also noch den einen oder anderen von uns bei diesen Anlässen kennenlernen. Ich werde es wohl nicht sein; es wird der Kriegsversehrte sein, der Ihnen die Bögen mit den korrekten Antworten verkaufen wird, wenn Sie das Ministerium verlassen.« Sie lächelte kurz, wie eine erlöschende Kerzenflamme. »Aber eines Tages werden Sie, zweifellos unerwartet, eine protzige, offizielle, sehr formelle Einladung in die Villa erhalten, und wenn Sie hingehen, werden Sie schwerstens mit Stelazin ruhiggestellt sein ... möglicherweise der letzten Dosis unseres schwindenden Vorrats. Gute Nacht.« Die Tür schloß sich hinter ihr; sie war fort.

Mein Gott, dachte er. Sie können mich erpressen. Mit dem, was ich getan habe. Und sie hatte es gar nicht erst erwähnt; in Anbetracht dessen, worin sie verwickelt waren, war das nicht der Rede wert.

Aber um was zu erpressen? Er hatte dem Sipo-Kommando bereits mitgeteilt, daß er eine Droge verabreicht bekommen hatte, die sich als Phenothiazin herausgestellt hatte. *Dann wissen sie es*, begriff er. Sie werden mich beobachten; sie sind gewarnt. Rein rechtlich habe ich zwar kein Gesetz übertreten, aber – sie werden ein Auge auf mich haben, und fertig.

Na egal, sie beboachteten einen ja immer. Bei dem Gedanken entspannte er sich etwas. Er hatte sich mit den Jahren mehr oder weniger daran gewöhnt, wie jedermann.

Ich werde den Unumschränkten Wohltäter des Volkes so

sehen, wie er ist, sagte er sich. Was womöglich niemandem sonst gelungen war. Was wird es sein? Welche der Unterklassen von Nicht-Halluzinationen? Klassen, von denen ich nicht einmal weiß ... ein Anblick, der mich vollkommen umschmeißen könnte. Wie wird es mir gelingen, den Abend zu überstehen, Haltung zu bewahren, wenn es wie die Gestalt ist, die ich im Fernsehen gesehen habe? Der Brecher, die Rassel, der Vogel, die Kletternde Röhre, der Schlund – oder Schlimmeres.

Er fragte sich, wie wohl die anderen Erscheinungen aussehen mochten ... und gab dann alle derartigen Spekulationen auf; sie waren fruchtlos. Und zu beängstigend.

Am nächsten Morgen suchten Mr. Tso-pin und Mr. Darius Pethel ihn in seinem Büro auf, beide ruhig, aber ernst. Wortlos reichte er ihnen eine der beiden »Prüfungsaufsätze«. Die orthodoxe mit ihrem kurzen, beklemmenden arabischen Gedicht.

»Die hier«, sagte Chien kurz angebunden, »ist das Produkt eines treu ergebenen Parteimitglieds oder Anwärters auf die Mitgliedschaft. Die andere –« Er schlug mit der flachen Hand auf die verbleibenden Blätter. »Reaktionärer Müll.« Er empfand Wut. »Trotz einer gewissen oberflächlichen –«

»Schon gut, Mr. Chien«, sagte Pethel nickend. »Wir müssen nicht in die Einzelheiten gehen; Ihre Analyse ist korrekt. Sie haben die Bemerkung über sich in der Fernsehansprache des Führers gestern abend gehört?«

»Aber gewiß doch«, sagte Chien.

»Dann haben Sie zweifellos daraus geschlossen, daß einiges von dem abhängt, was wir hier vorhaben. Der Führer hat ein Auge auf Sie geworfen, soviel ist klar. Übrigens hat er mir Sie betreffend etwas mitgeteilt.« Er öffnete seine ausgebeulte Aktentasche und kramte darin herum. »Hab das verdammte Ding verloren. Na, wie auch immer –« Er sah rasch zu Tso-pin, der flüchtig nickte. »Seine Hoheit sähe es gern, wenn Sie nächsten Donnerstag abend zum Dinner auf der Jangtse-Ranch erschienen. Besonders Mrs. Fletcher fände es nett, wenn –«

Chien sagte: »Mrs. Fletcher? Wer ist Mrs. Fletcher?«

Nach kurzem Zögern sagte Tso-pin trocken: »Die Gattin des Unumschränkten Wohltäters. Sein Name – den Sie natürlich nie gehört haben – ist Thomas Fletcher.«

»Er ist Weißer«, erklärte Pethel. »Ursprünglich aus der Kommunistischen Partei Neuseelands; er hat bei der schwierigen Übernahme drüben mitgewirkt. Diese Information ist nicht geheim im engeren Sinne, man hat sie allerdings auch nicht an die große Glocke gehängt.« Er zögerte und spielte an seiner Uhrkette. »Es wäre wohl besser, Sie vergessen das wieder. Sie werden es natürlich sehen, wenn Sie ihm persönlich gegenüberstehen – daß er ein Weißer ist. Wie ich. Wie viele von uns.«

»Rasse«, gab Mr. Tso-pin zu bedenken, »hat nichts mit der Loyalität gegenüber Partei und Führer zu tun. Wovon Mr. Pethel hier zeugt.«

Aber Seine Hoheit – dachte Chien aufgeschreckt. Auf dem Fernsehschirm wirkte er keineswegs westlich. »Im Fernsehen –« fing er an.

»Die äußere Erscheinung«, unterbrach Tso-pin, »wird einer großen Zahl ausgeklügeltster Korrekturen unterzogen. Aus ideologischen Erwägungen. Die meisten Personen in leitender Position wissen davon.« Er musterte Chien kritisch.

Dann sind sich ja alle einig, dachte Chien. Das, was wir jeden Abend sehen, ist nicht real. Die Frage ist: wie irreal? Nur teilweise? Oder vollständig?

»Ich werde darauf vorbereitet sein«, sagte er angespannt. Und er dachte: Da ist was schiefgegangen. Die anderen – die Leute, die Tanya Lee vertritt – waren nicht darauf vorbereitet, daß ich so schnell Zutritt bekommen würde. Wo ist das Anti-Halluzinogen? Können sie es mir zuspielen oder nicht? So kurzfristig wahrscheinlich nicht.

Er empfand seltsamerweise Erleichterung. Er würde, wenn er zur Audienz mit Seiner Hoheit ging, imstande sein, ihn als menschliches Wesen zu sehen, ihn so zu sehen, wie er – und jeder andere – ihn im Fernsehen sah. Es würde eine anregende und unbeschwerte Dinnerparty mit einigen der einflußreichsten Parteimitglieder Asiens werden. Ich glaube, wir können ohne das Phenothiazin auskommen, sagte er sich. Und sein Gefühl der Erleichterung wuchs.

»Da ist sie ja endlich«, sagte Pethel plötzlich und zauberte einen weißen Briefumschlag aus seiner Aktentasche. »Ihre Einladungskarte. Sie werden Donnerstag morgen per Sino-Rakete zur Residenz des Führers eingeflogen; dort wird der Protokollbeamte Sie über das von Ihnen erwartete Verhalten unterrichten. Abendgarderobe – Frack und Fliege –, aber die Atmosphäre wird familiär sein. Es werden immer jede Menge Toasts ausgebracht.« Er fügte hinzu: »Ich habe zweien dieser Herrenabende beigewohnt. Mr. Tso-pin« – er lächelte gequält – »hatte noch nicht diese Ehre. Aber wie es so schön heißt: Gut Ding will Weile haben. Ben Franklins Motto.«

Tso-pin sagte: »Für Mr. Chien kommt es etwas verfrüht, würde ich sagen.« Er zuckte gelassen die Achseln. »Aber meine Meinung ist ja zu keiner Zeit gefragt gewesen.«

»Noch eins«, sagte Pethel zu Chien. »Es ist möglich, daß Sie, wenn Sie Seiner Hoheit in Person begegnen, in der einen oder anderen Beziehung enttäuscht sein werden. Achten Sie darauf, daß Sie, sollten Sie so empfinden, das nicht durchblicken lassen. Wir haben uns angewöhnt – wurden dazu erzogen –, ihn als Übermenschen zu betrachten. Aber bei Tisch ist er ein« – er gestikulierte – »ein komischer Kauz. In gewisser Hinsicht jemand wie Sie und ich. Es kann zum Beispiel durchaus sein, daß er sich allzu menschlichen Verbalaggressivitäten hingibt; es wäre auch möglich, daß er einen schlüpfrigen Witz reißt oder zuviel trinkt ... Frei heraus gesagt, es weiß niemand im voraus, wie diese Sachen ausgehen, aber sie ziehen sich im allgemeinen bis spät in die Nacht hin. Sie täten also gut daran, die Dosis Amphetamine anzunehmen, die der Protokollbeamte Ihnen anbieten wird.«

»Ach?« sagte Mr. Chien. Das war ihm neu; klang interessant.

»Damit Sie besser durchhalten. Und als Ausgleich zum Alkohol. Seine Hoheit besitzt eine enorme Trinkfestigkeit; er ist oft noch auf den Beinen und groß in Fahrt, nachdem alle anderen schlappgemacht haben.«

»Ein bemerkenswerter Mann«, stimmte Tso-pin ein. »Ich glaube, seine – Schwächen zeigen nur, was für ein großartiger Kerl er ist. Und das in jeder Hinsicht; er entspricht ganz dem Ideal des Renaissancemenschen – Lorenzo de Medici etwa.«

»Das kommt einem in den Sinn, ja«, sagte Pethel; er musterte Chien mit solcher Intensität, daß etwas von der Ernüchterung des gestrigen Abends zurückkehrte. Tappe ich bereits in die nächste Falle? fragte sich Chien. Dieses Mädchen – war sie in Wirklichkeit eine Agentin der Sipo, hat mich ausspioniert, einen illoyalen, parteifeindlichen Zug an mir aufzuspüren versucht?

Ich glaube, beschloß er, ich sehe zu, daß der beinamputierte Händler mit den Kräuterarzneien mich nicht zu fassen kriegt, wenn ich von der Arbeit komme; ich werde einen anderen Heimweg zu meiner Eigenwohn nehmen.

Er hatte Erfolg. An diesem Tag ging er dem Straßenhändler aus dem Weg, am nächsten Tag ebenso, und so weiter bis Donnerstag.

Am Donnerstag morgen preschte der Händler unter einem geparkten LKW hervor, schnitt ihm den Weg ab und blieb vor ihm stehen.

»Mein Medikament –« wollte der Händler wissen, »es hat gewirkt? Wußte ich's doch; das Rezept geht auf die Sung-Dynastie zurück – ich sehe, daß es gewirkt hat. Stimmt's?«

Chien sagte: »Lassen Sie mich zufrieden.«

»Wären Sie wohl so freundlich, zu antworten?« Der Tonfall war nicht das erwartete, gewohnte Winseln eines Straßenhändlers; und Chien vernahm den Tonfall nur zu gut; er vernahm ihn hell und klar... wie es im Jargon der längstvergessenen imperialistischen Marionettentruppen geheißen hatte.

»Ich weiß, was Sie mir gegeben haben«, sagte Chien. »Und ich will nichts mehr. Wenn ich es mir anders überlege, kann ich es mir aus der Apotheke holen. Danke.« Er wollte weitergehen, aber der Karren mit seinem beinlosen Insassen verfolgte ihn.

»Miss Lee hat mit mir geredet«, sagte der Straßenhändler laut.

»Hmmm«, sagte Chien und beschleunigte automatisch seine Schritte; er entdeckte ein Schwebetaxi und winkte es heran.

»Heute ist der Abend, an dem Sie zum Treffen in der Residenz am Jangtse gehen«, sagte der Händler, beim Versuch, mit ihm Schritt zu halten, schwer nach Luft ringend. »Nehmen Sie das Mittel – sofort!« Er hielt ihm gebieterisch ein flaches Päckchen hin. »Bitte, Parteimitglied Chien; zu Ihrem eigenen Besten, für uns alle. Damit wir wissen, wogegen wir antreten. Guter Gott, es könnte non-terrestrisch sein; das ist unsere größte Befürchtung. Verstehen Sie nicht, Chien? Was bedeutet dagegen Ihre gottverdammte Karriere? Wenn wir nicht herausfinden –«

Das Taxi kam holpernd auf dem Gehsteig zum Stehen; seine Türen glitten auf. Chien wollte einsteigen.

Das Päckchen segelte an ihm vorbei, landete auf dem Trittbrett des Taxis und rutschte dann auf den noch regenfeuchten Boden.

»Bitte«, sagte der Händler. »Und es kostet Sie auch nichts; heute ist es umsonst. Nur nehmen Sie es, nehmen Sie es vor dem Dinner ein. Und nehmen Sie nicht die Amphetamine; sie stimulieren den Thalamus und sind kontraindiziert, wenn ein Adrenalinblocker wie Phenothiazin –«

Die Taxitür schloß sich hinter Chien. Er setzte sich.

»Wohin, Genosse?« erkundigte sich der Robot-Fahrmechanismus.

Er gab ihm die Identschild-Nummer seiner Eigenwohn.

»Dieser Schwachkopf von Händler hat es geschafft, seine unappetitlichen Waren in mein sauberes Interieur einzuschleusen«, sagte das Taxi. »Obacht, es ruht neben Ihrem Fuß.«

Er sah das Päckchen – nichts weiter als ein ganz gewöhnlich aussehender Umschlag. Ich nehme an, dachte er, so kommt man an Drogen; ganz plötzlich sind sie da. Für einen Moment saß er da, dann hob er das Päckchen auf.

Wie zuvor stand über und unter den Gebrauchsinformationen ein schriftlicher Zusatz, aber diesmal war er, wie er sah, handgeschrieben. Eine feminine Schrift – von Miss Lee:

> Diese Plötzlichkeit hat uns überrascht. Aber Gott sei Dank waren wir vorbereitet. Wo haben Sie Dienstag und Mittwoch gesteckt? Hier ist es jedenfalls, und viel Glück. Ich werde im Lauf der Woche an Sie herantreten; ich möchte nicht, daß Sie mich versuchen zu finden.

Er zündete den Zettel an, verbrannte ihn im Aschenbecher des Taxis.

Und behielt die dunklen Körnchen.

Die ganze Zeit, dachte er. Halluzinogene in unserer Wasserversorgung. All die Jahre. Jahrzehntelang. Und nicht in Kriegs-, sondern in Friedenszeiten. Und nicht im feindlichen Lager, sondern hier in unserem eigenen. Diese Schweinehunde, sagte er sich. Vielleicht sollte ich das hier nehmen; vielleicht sollte ich rausfinden, wer oder was er ist, und es Tanyas Gruppe berichten.

Das werde ich, beschloß er. Und – er war neugierig.

Eine böse Regung, das wußte er. Neugier war, besonders was Parteiaktivitäten anging, ein karrieretechnisch fataler Zustand.

Ein Zustand, der ihn im Moment gehörig gepackt hatte. Er fragte sich, ob dieser Zustand den Abend überdauern würde, ob er, wenn es soweit war, wirklich die Prise nehmen würde.

Abwarten. Alles würde sich ergeben. Wir sind blühende Blumen auf der Wiese, dachte er, die von ihm gepflückt werden. Wie es in dem arabischen Gedicht geheißen hatte. Er versuchte sich an den Rest des Gedichts zu erinnern, konnte es aber nicht.

Das war wahrscheinlich auch besser so.

Der Protokollbeamte der Villa, ein Japaner namens Kimo Okubara, hochgewachsen und stämmig, offensichtlich Quondam-Ringer, maß ihn mit unverhohlener Mißgunst, selbst nachdem er seine geprägte Einladung vorgezeigt hatte und es ihm gelungen war, seine Identität nachzuweisen.

»Warum Sie hierherkommen«, murmelte Okubara. »Warum Sie nicht zu Haus bleiben und im Fernsehen gukken? Sie keiner vermißt. Sind gut ohne Sie ausgekommen bis jetzt.«

Chien sagte knapp: »Im Fernsehen hab ich's schon gesehen.« Allerdings wurden die Herrenabende selten im Fernsehen übertragen; sie waren zu derb.

Okubaras Mannschaft durchsuchte ihn nach Waffen, einschließlich eines möglichen Suppositoriums, und gab ihm dann seine Kleider zurück. Das Phenothiazin fanden sie allerdings nicht. Weil er es bereits eingenommen hatte. Die Wirkung einer solchen Droge hielt, wie er wußte, schätzungsweise vier Stunden an; das würde allemal reichen. Und es war, wie Tanya gesagt hatte, eine kräftige Dosis gewesen; er fühlte sich schwerfällig, unbeholfen und benommen, und seine Zunge hatte plötzlich Anfälle von pseudo-parkinsonschem Zucken – eine unangenehme Nebenwirkung, mit der er nicht gerechnet hatte.

Ein Mädchen, nackt von den Hüften aufwärts, mit langem, kupferfarbenem Haar, das ihr über Schultern und Rücken fiel, ging vorbei. Interessant.

Aus der anderen Richtung kommend, erschien ein von Kopf bis Fuß nacktes Mädchen. Auch interessant. Beide Mädchen wirkten leer und gelangweilt, und völlig selbstbeherrscht.

»Sie auch so reingehen«, befahl Okubara Chien.

Schockiert sagte Chien: »Ich hatte Frack und Fliege verstanden.«

»Scherz«, sagte Okubara. »Auf Ihre Kosten. Nur Mädchen gehen nackt; Sie auch so Freude haben, außer Sie homosexuell.«

Nun denn, dachte Chien, wenn es weiter nichts ist. Er schlenderte ziellos zwischen den anderen Gästen herum – die, wie er, Frack und Fliege trugen, oder, falls Frauen, bodenlange Abendkleider – und fühlte sich unwohl, trotz der beruhigenden Wirkung des Stelazins. Warum bin ich hier? fragte er sich. Die Zwiespältigkeit der Situation entging ihm nicht. Er war hier, um seine Karriere im Parteiapparat zu fördern, von Seiner Hoheit das intime und persönliche Nicken der Zustimmung zu erhalten . . . und darüber hinaus war er hier, um Seine Hoheit als faulen Zauber zu entlarven; er wußte nicht, welche Sorte von faulem Zauber, aber fauler Zauber auf jeden Fall: gegen die Partei, gegen alle friedliebenden, demokratischen Völker auf Terra. Welche Ironie, dachte er. Und mischte sich weiter unter die Leute.

Ein Mädchen mit kleinen, hell-leuchtenden Brüsten fragte ihn nach einem Streichholz; er holte geistesabwesend sein Feuerzeug heraus. »Was läßt Ihre Brüste leuchten?« fragte er sie. »Radioaktive Injektionen?«

Sie zuckte die Achseln, sagte nichts und ließ ihn stehen. Offenbar hatte er unangemessen reagiert.

Vielleicht ist es eine Kriegsmutation, überlegte er.

»Drink, Sir.« Ein Diener hielt ihm graziös ein Tablett hin; er ließ sich einen Martini geben – der letzte Schrei unter den höheren Parteiklassen in Volks-China – und nippte an dem eiskalten, trockenen Getränk. Guter englischer Gin, sagte er sich. Oder möglicherweise die holländische Originalmischung; Wacholder oder was immer sie reintaten. Nicht schlecht. Er schlenderte weiter und fühlte sich besser; eigentlich fand er die Atmosphäre ganz angenehm. Die Leute waren selbstsicher; sie hatten Erfolg, und hier konnten sie sich nun entspannen. Es war offenkundig ein Mythos, daß die Nähe zu Seiner Hoheit neurotische Beklemmungen auslöste: zumindest sah er nichts, was darauf hindeutete, und spürte selbst nichts dergleichen.

Ein untersetzter älterer kahler Mann bremste ihn, indem er einfach sein Cocktailglas vor Chiens Brust hielt. »Die fippichte Kleine, die Sie nach einem Streichholz gefragt hat«, sagte der Mann mit hämischem Grinsen, »der Queck mit den Weihnachtsbaum-Brüsten – das war ein Junge, im Fummel.« Er kicherte. »Hier müssen Sie sich vorsehen.«

»Wo, wenn überhaupt«, fragte Chien, »stecken die Frauen? In Frack und Fliege?«

»Verflixt nah dran«, sagte der ältere Mann, verschwand mit einem Schwarm hyperaktiver Gäste und ließ Chien mit seinem Martini allein.

Eine attraktive, große Frau, elegant gekleidet, die neben Chien stand, legte plötzlich die Hand auf seinen Arm; er spürte, wie sich ihre Finger verkrampften, und sie sagte: »Da kommt er. Seine Hoheit. Das ist das erste Mal für mich; ich habe ein wenig Angst. Sitzt meine Frisur?«

»Wunderbar«, sagte Chien, ohne zu überlegen, und folgte ihrem Blick, um – zum ersten Mal – den Unumschränkten Wohltäter zu Gesicht zu bekommen.

Was da durch den Raum und auf den Tisch in der Mitte zukam, war kein Mensch.

Und ein mechanisches Konstrukt war es auch nicht, wie Chien feststellte; es war nicht das, was er im Fernsehen gesehen hatte. Das war offenbar eine simple Vorrichtung für Ansprachen, wie der künstliche Arm, den Mussolini einst benutzt hatte, um bei langen, ermüdenden Aufmärschen zu salutieren.

Gott, dachte er, und ihm wurde übel. War das die Form, die Tanya Lee »aquatisches Scheusal« genannt hatte? Es hatte keine Form. Auch keine Pseudopodien, weder aus Fleisch noch Metall. Ja, in gewisser Weise war es überhaupt nicht vorhanden; als ihm ein direkter Blick auf die Gestalt gelang, verschwand sie; er sah durch sie hindurch, sah die Menschen auf der anderen Seite – aber die Gestalt selbst sah er nicht. Wenn er aber den Kopf wandte, sie aus dem Augenwinkel betrachtete, konnte er ihre Umrisse ausmachen.

Es war abscheulich; es versengte ihm die Sinne. Im Vorübergehen sog es der Reihe nach jedem einzelnen das Leben aus; es fraß die Leute, die sich versammelt hatten, zog weiter, fraß und fraß, mit unstillbarem Appetit. Es haßte; er spürte seinen Haß. Es empfand Ekel; er spürte den Ekel, den es vor allem empfand – ja, er teilte sogar seinen Ekel. Mit einem Mal waren er und alle in der Villa sich windende Schnecken, und über den gefallenen Schneckenkadavern labte sich die Kreatur, verweilte, und hielt doch die ganze Zeit direkt auf ihn zu – oder bildete er sich das alles nur ein? Wenn das eine Halluzination ist, dachte Chien, ist es die schlimmste, die ich je hatte; wenn nicht, dann ist es böse Realität; es ist ein böses Etwas, das tötet und zerstört. Er sah die Spur zermalmter Männer- und Frauenkadaver, die das Wesen hinterließ; sah, wie sie sich wieder zusammenzusetzen, ihre verkrüppelten Körper zu bewegen versuchten; hörte, wie sie sich zu sprechen bemühten.

Ich weiß, wer du bist, dachte Tung Chien bei sich. Du, das Oberhaupt des weltumspannenden Parteiapparats. Du, der du jedes lebende Geschöpf tötest, das du berührst. Ich sehe vor mir das arabische Gedicht, das Suchen nach den Blumen des Lebens, um sie zu fressen – ich sehe dich breitbeinig auf der Ebene, die dir die Erde ist, stehen, Ebene ohne Berg und ohne Tal. Du gehst, wohin du willst, erscheinst, wann immer du willst, verschlingst alles und jedes; du erschaffst Leben, um es dir dann einzuverleiben, und das genießt du.

Er dachte: Du bist Gott.

»Mr. Chien«, sagte die Stimme, aber sie kam aus dem Inneren seines Kopfes, nicht aus dem mundlosen Geist, der direkt vor ihm Gestalt annahm. »Es ist gut, Sie wiederzutreffen. Sie wissen nichts. Gehen Sie. Sie interessieren mich nicht. Was kümmert mich Schleim. Schleim – ich suhle mich darin, ich muß ihn ausscheiden, und das ist, was ich will. Ich könnte Sie zerbrechen; ich kann selbst mich zerbrechen. Schneidendes Gestein ist unter mir; ich schleuder rauhes Gestein auf den Morast. Ich lasse die Zufluchtsorte, die Höhlen, wie einen Kessel brodeln; für mich ist der Ozean ein Meer von Salbe. Die Splitter meines Fleischs sind eins mit allem. Sie sind ich. Ich bin sie. Es ist ohne Belang, wie es auch ohne Belang ist, ob das Geschöpf mit den glühenden Brüsten Mädchen oder Junge ist; Sie könnten an beiden Gefallen finden lernen.« Es lachte.

Er konnte nicht glauben, daß es zu ihm sprach; er konnte sich nicht vorstellen – es war zu entsetzlich –, daß es ihn auserwählt hatte.

»Ich habe jeden auserwählt«, sagte es. »Niemand ist zu gering, ein jeder fällt und stirbt, und ich bin da, um es mitanzusehen. Ich muß nichts weiter tun, als zuschauen; es läuft automatisch; es ist so vorbestimmt.« Und dann sprach es nicht weiter zu ihm; es zerteilte sich. Doch er sah es immer noch; er spürte seine vielfältige Präsenz. Es war eine Kugel, die im Raum hing, mit fünfzigtausend Augen, einer Million Augen – Milliarden: einem Auge für jedes lebende Wesen, während es darauf wartete, daß jedes lebende Etwas fiel, um auf es zu treten, wenn es zerstört am Boden lag. Darum hatte es die Wesen geschaffen, und er wußte es; er verstand es. Was in dem arabischen Gedicht als Tod erschienen war, war nicht der Tod, sondern Gott; oder vielmehr, Gott war der Tod, es war eine Macht, ein Jäger, ein kannibalisches Etwas, und immer wieder entging ihm jemand, aber bei aller Zeit der Ewigkeit konnte es sich erlauben, ab und an jemanden entschlüpfen zu lassen. Beide Gedichte, begriff er; auch das von Dryden. Die Schöpfung vor Gericht; das ist unsere Welt, und du tust das. Entstellst sie, um sie so erscheinen zu lassen; uns knechtest du damit.

Aber immerhin, dachte er, habe ich noch meine Würde. Mit Würde stellte er sein Cocktailglas ab, wandte sich um, schritt auf die Zimmertüren zu. Er passierte die Türen. Er durchquerte einen langen, mit Teppich ausgelegten Flur. Ein purpurn gekleideter Lakai der Villa öffnete ihm eine Tür; dann stand er draußen im Dunkel der Nacht, auf einer Veranda, allein.

Nicht allein.

Es war ihm gefolgt. Oder es war vor ihm dagewesen; ja, es hatte schon gewartet. Es war noch nicht fertig mit ihm.

»Also denn«, sagte er und schwang sich über das Geländer; sechs Stockwerke lagen unter ihm, und dort unten schimmerten der Fluß und der Tod, nicht das, was das arabische Gedicht gesehen hatte.

Als er vornüberkippte, legte das Wesen ihm eine seiner Extremitäten auf die Schulter.

»Warum?« sagte Chien. Aber tatsächlich hielt er inne. Staunend. Er begriff nichts, ganz und gar nichts.

»Meinetwegen brauchen Sie nicht zu fallen«, sagte es. Er konnte es nicht sehen, weil es sich hinter ihn geschoben hatte. Aber das Teil von ihm auf seiner Schulter – es begann jetzt wie eine menschliche Hand auszusehen.

Und dann lachte es.

»Was gibt es da zu lachen?« wollte er wissen, während er, von der Pseudohand zurückgehalten, an dem Geländer baumelte.

»Sie nehmen mir meine Arbeit ab«, sagte es. »Sie können nicht warten; haben Sie keine Zeit zu warten? Ich werde Sie unter allen finden, Sie brauchen den Prozeß nicht zu verkürzen.«

»Und was, wenn ich's tue?« sagte er. »Aus Ekel vor dir?«

Es lachte. Und antwortete nicht.

»Da schweigst du«, sagte er.

Wieder keine Antwort. Er stieg zurück auf die Veranda. Und sofort lockerte sich der Druck der Pseudohand.

»Du hast die Partei ins Leben gerufen?« fragte er.

»Alles habe ich ins Leben gerufen. Ich rief die Anti-Partei ins Leben und die Partei, die keine Partei ist, und die, die dafür, und die, die dagegen sind, die ihr Yankee-Imperialisten nennt, die im reaktionären Lager, und so fort, ohne Ende. Ich habe alles ins Leben gerufen. Als wäre es Gras.«

»Und du bist hier, dir einen Spaß daraus zu machen?« sagte er.

»Was ich will«, sagte es, »ist, daß du mich siehst, wie ich bin, wie du mich gesehen hast, und dann auf mich vertraust.«

»Dir?« sagte er bebend. »Zu welchem Zweck?«

Es sagte: »Glaubst du an mich?«

»Ja«, sagte er. »Ich kann dich sehen.«

»Dann geh an deinen Platz im Ministerium zurück. Sag Tanya Lee, daß du einen überarbeiteten, übergewichtigen, älteren Mann gesehen hast, der zuviel trinkt und gerne Mädchen in den Hintern kneift.«

»Mein Gott!« sagte er.

»Während du weiterlebst, ohne einhalten zu können, werde ich dich peinigen«, sagte es. »Ich werde dich Stück für Stück all dessen berauben, was du besitzt oder ersehnst. Und dann, wenn du tot, zerschmettert daliegst, werde ich dir ein Geheimnis enthüllen.«

»Was für ein Geheimnis?«

»Was tot ist, lebt, was lebt, stirbt. Ich töte, was lebt; ich erlöse, was gestorben ist. Und ich sage dir: *Es gibt Schlimmeres als mich.* Aber du wirst es nie sehen, weil ich dich dann schon getötet haben werde. Jetzt geh zurück ins Speisezimmer und mach dich zum Essen fertig. Stell nicht in Frage, was ich tue; ich habe es lange, ehe es einen Tung Chien gab, getan und werde es lange danach noch tun.«

Er schlug es, so fest er konnte.

Und spürte einen rasenden Schmerz im Kopf.

Und Dunkelheit; dann das Gefühl zu fallen.

Danach wieder Dunkelheit. Er dachte: Ich krieg dich. Ich sorge dafür, daß du auch stirbst. Daß du leidest; du wirst leiden, so wie wir, ganz genau so, wie wir es tun. Ich krieg dich; ich schwöre bei Gott, ich krieg dich dran. Und es wird weh tun. So sehr, wie es mir jetzt weh tut.

Er schloß die Augen.

Er wurde grob geschüttelt. Und hörte Mr. Kimo Okubaras Stimme. »Auf die Beine, Saufbruder! Hopp, hopp!«

Ohne die Augen zu öffnen, sagte er: »Holen Sie mir ein Taxi.«

»Taxi wartet schon. Sie fahren heim. Eine Schande. Machen uns Szene.«

Er rappelte sich mühsam auf, öffnete die Augen und untersuchte sich. Unser Führer, dem wir folgen, dachte er, ist der eine wahre Gott. Und der Feind, den wir bekämpfen und bekämpft haben, ist auch Gott. Sie haben recht; er ist überall. Aber was das bedeutet, ist mir nie klar gewesen. Er stierte den Protokollbeamten an und dachte: Auch du bist Gott. Also gibt es kein Entkommen, wahrscheinlich nicht einmal, wenn man sich in die Tiefe stürzt. Wie ich es instinktiv tun wollte. Ihn schauderte.

»Wenn Alkohol und Drogen mischen«, sagte Okubara vernichtend. »Karriere im Eimer. Hab schon oft gesehen. Zieh Leine.«

Unsicher ging er auf das große Eingangsportal der Jangtse-Villa zu; zwei Lakaien, gekleidet wie mittelalterliche Ritter, mit Helmbusch, öffneten ihm förmlich die Tür, und einer von ihnen sagte: »Gute Nacht, Sir.«

»Leck mich«, sagte Chien und trat hinaus in die Nacht.

Als er am Morgen um Viertel vor drei schlaflos im Wohnzimmer seiner Eigenwohn saß und eine Cuesta Rey Astoria nach der anderen qualmte, hörte er es an der Tür klopfen.

Er öffnete, und vor ihm stand Tanya Lee im Trenchcoat, mit blaugefrorenem Gesicht. Ihre Augen leuchteten erwartungsvoll.

»Sehen Sie mich nicht so an«, sagte er schroff. Seine Zigarre war ausgegangen; er zündete sie wieder an. »Ich hab genug Blicke auf mich gezogen«, sagte er.

»Sie haben es gesehen«, sagte sie.

Er nickte.

Sie setzte sich auf die Armlehne der Couch, und nach einer Weile sagte sie: »Und? Was können Sie mir sagen?«

»Gehen Sie fort von hier«, sagte er. »So weit fort wie möglich.« Und dann fiel es ihm wieder ein: Kein Weg war weit genug. Er erinnerte sich, auch das gelesen zu haben. »Vergessen Sie's«, sagte er; er stand auf und schlurfte in die Küche, um Kaffee aufzusetzen.

Tanya kam ihm nach und sagte: »War es – so schlimm?«

»Wir haben keine Chance«, sagte er. »Ihr habt keine Chance; ich meine nicht mich. Ich mache da nicht mit; ich wollte nur meinen Job im Ministerium machen und es vergessen. Die ganze verdammte Sache vergessen.«

»Ist es non-terrestrisch?«

»Ja.« Er nickte.

»Ist es uns feindlich gesinnt?«

»Ja«, sagte er. »Nein. Beides. Hauptsächlich feindlich.«

»Dann müssen wir –«

»Nach Hause«, sagte er, »und ins Bett gehen.« Er musterte sie eingehend; er hatte lange dagesessen und viel Zeit zum Nachdenken gehabt. Über vieles. »Sind Sie verheiratet?« sagte er.

»Nein. Nicht mehr. Früher mal.«

Er sagte: »Bleib heute nacht bei mir. Den Rest der Nacht jedenfalls. Bis die Sonne aufgeht.« Er fügte hinzu: »Nachts ist es ganz schlimm.«

»Ich bleibe«, sagte Tanya und öffnete den Gürtel ihres Regenmantels, »aber ich muß ein paar Antworten bekommen.«

»Was meinte Dryden«, sagte Chien, »mit der Musik, die die Welt zu Grab tönt? Das ist zu hoch für mich. Was richtet die Musik im Himmel an?«

»Die gesamte himmlische Ordnung des Universums endet«, sagte sie, als sie ihren Regenmantel in den Schlafzimmerschrank hängte; darunter trug sie einen orange gestreiften Sweater und eine Stretchhose.

Er sagte: »Und das ist schlimm?«

Sie überlegte ruhig. »Ich weiß nicht. Ich nehme es an.«

Er sagte: »Daß man Musik so große Macht einräumt ...«

»Tja, du kennst ja die alte pythagoreische Geschichte von der ›Musik der Sphären‹.« Nüchtern setzte sie sich aufs Bett und zog ihre slipperartigen Schuhe aus.

»Glaubst du daran?« sagte er. »Oder glaubst du an Gott?«

»Gott!« Sie lachte. »Der ist mit der Dampfmaschine aus der Mode gekommen. Wovon sprichst du? Gott, oder Gott?« Sie trat dicht neben ihn und sah ihm direkt ins Gesicht.

»Sieh mich nicht so scharf an«, sagte er und fuhr zurück. »Ich will nie wieder so angesehen werden.« Er wich ihr gereizt aus.

»Ich glaube«, sagte Tanya, »wenn es einen Gott gibt, interessieren ihn menschliche Angelegenheiten herzlich wenig. Das ist zumindest meine Theorie. Ich meine, es scheint ihn nicht zu kümmern, ob das Böse triumphiert und Tiere oder Menschen leiden und sterben. Offen gesagt, entdecke ich hier nichts von ihm. Und die Partei hat stets geleugnet, jedwede Form von –«

»Hast du ihn je gesehen?« fragte er. »Als du ein Kind warst?«

»Ach, als Kind, natürlich. Aber ich glaubte auch an den –«

»Ist dir je in den Sinn gekommen«, sagte Chien, »daß Gut und Böse Namen für ein und dasselbe sind? Daß Gott zugleich gut und böse sein könnte?«

»Ich mach dir einen Drink«, sagte Tanya und tapste barfuß in die Küche.

Chien sagte: »Der Brecher. Die Rassel. Der Schlund und der Vogel und die Kletternde Röhre – plus anderer Namen, Erscheinungsformen, was weiß ich. Ich hatte eine Halluzination. Bei diesem Herrenabend. Eine große. Eine grauenhafte.«

»Aber das Stelazin –«

»Hat noch eine schlimmere verursacht«, sagte er.

»Haben wir irgendeine Möglichkeit, das Ding zu bekämpfen, das du gesehen hast?« fragte Tanya düster. »Diese Erscheinung, die du Halluzination nennst, die aber ganz offensichtlich keine war?«

Er sagte: »An es glauben.«

»Was wird das ändern?«

»Nichts«, sagte er müde. »Überhaupt nichts. Ich bin müde; ich will keinen Drink – gehen wir einfach ins Bett.«

»Okay.« Sie tapste ins Schlafzimmer zurück, zog sich ihren gestreiften Sweater über den Kopf. »Das besprechen wir morgen ausführlicher.«

»Halluzinationen«, sagte Chien, »sind barmherzig. Ich wünschte, ich hätte welche; ich hätte meine gern zurück. Ich will wieder sein wie vorher, ehe mich der Straßenhändler mit diesem Phenothiazin zu fassen gekriegt hat.«

»Komm einfach ins Bett. Da ist es gemütlich. Ganz warm und kuschlig.«

Er löste seinen Schlips, zog sein Hemd aus – und sah auf seiner rechten Schulter das Mal, das Stigma, das es hinterlassen hatte, als es seinen Sprung in die Tiefe verhinderte. Bläuliche Male, die aussahen, als gingen sie nie wieder weg. Dann zog er sein Schlafanzugoberteil über; es verdeckte die Male.

»Immerhin«, sagte Tanya, als er neben sie ins Bett schlüpfte, »bist du in deiner Karriere einen Riesenschritt weitergekommen. Freut dich das nicht?«

»Doch«, sagte er und nickte mit leerem Blick in der Dunkelheit. »Sehr.«

»Komm, lehn dich an mich«, sagte Tanya und schlang ihre Arme um ihn. »Und vergiß alles andere. Wenigstens für jetzt.«

Da zog er sie an sich, tat, was sie wollte und was auch er wollte. Sie war geschickt und kam rasch zur Sache. Sie machten nicht viele Worte, bis sie schließlich ein wohliges: »Oh!« ausstieß und sich entspannte.

»Ich wünschte«, sagte er, »wir könnten ewig so weitermachen.«

»Das haben wir schon«, sagte Tanya. »Das liegt außerhalb der Zeit; es ist grenzenlos wie ein Ozean. Es ist so, wie wir zu kambrischen Zeiten waren, ehe wir aufs Festland übersiedelten. Es ist das alte Urmeer. Das ist der einzige Moment, in dem wir zurückkehren können, wenn wir das tun. Darum bedeutet es so viel. Und damals waren wir nicht voneinander getrennt; es war wie eine einzige große Gallertmasse, wie diese Wabbeldinger, die am Strand angespült werden.«

»Angespült werden«, sagte er, »um dort zu verenden.«

»Kannst du mir ein Handtuch holen?« fragte Tanya. »Oder einen Waschlappen? Ich hab's nötig.«

Er stiefelte ins Bad, um ein Handtuch zu holen. Dort – er war jetzt nackt – sah er noch einmal seine Schulter, sah, wo es ihn gepackt und festgehalten, ihn zurückgerissen hatte, vielleicht, um noch ein wenig länger mit ihm zu spielen.

Die Male bluteten ohne erkennbare Ursache.

Er tupfte das Blut ab. Sofort quoll neues nach, und als er das sah, fragte er sich, wieviel Zeit ihm noch blieb. Vielleicht nur Stunden.

Er ging wieder ins Bett und sagte: »Kannst du noch?«

»Klar. Wenn du noch Energie hast; ganz wie du willst.« Sie lag unverwandt zu ihm aufblickend da, kaum zu sehen im Zwielicht der Nacht.

»Habe ich«, sagte er. Und drückte sie an sich.

Die endgültig allerletzte Geschichte. Für Harlan Ellisons Anthologie »Dangerous Visions«

In einer vom Wasserstoffbombenkrieg zerstörten Gesellschaft gehen die Frauen im heiratsfähigen Alter in einen futuristischen Zoo und paaren sich in den Käfigen mit verschiedenen deformierten und nichtmenschlichen Lebensformen. In diesem Bericht hier paart sich eine Frau, die zusammengesetzt worden ist aus den zerstörten Leibern mehrerer Frauen, mit einer weiblichen Außerirdischen und wird, mit Hilfe futuristischer Technik, kurz darauf schwanger. Das Kind wird geboren, und sie und die weibliche Außerirdische in dem Käfig kämpfen darum, wer es bekommt. Die junge Menschenfrau gewinnt und frißt, ohne zu zögern, das Kind mit Haut und Haar auf. Gerade als sie damit fertig ist, entdeckt sie, daß das Kind Gott ist.

Die elektrische Ameise

Um vier Uhr fünfzehn, T.S.T., wachte Garson Poole in seinem Krankenhausbett auf, wußte, daß er in einem Krankenhausbett in einem Dreibettzimmer lag, und begriff auch noch zwei weitere Dinge: daß er keine rechte Hand mehr hatte und daß er keine Schmerzen spürte.

Sie haben mir ein starkes Schmerzmittel gegeben, sagte er sich, starrte auf die Wand gegenüber, wo man durch die Fenster Downtown New York sehen konnte. Wie in einem glitzernden Netz bewegten sich Fahrzeuge und Peds in der Nachmittagssonne, und die Strahlen des schwächer werdenden Lichts taten ihm gut. Sie ist noch nicht untergegangen, dachte er. Und ich bin es auch nicht.

Ein Videofon stand auf dem Tisch an seinem Bett; er zögerte, hob dann den Hörer ab und wählte eine Außenleitung an. Im nächsten Moment hatte er Louis Danceman vor sich, der die Tri-Plan-Geschäfte leitete, solange er selbst, Garson Poole, nicht da war.

»Gott sei Dank, Sie sind am Leben«, sagte Danceman, als er ihn sah; Erleichterung ebnete sein großes, fleischiges Gesicht mit der Mondlandschaft von Pockennarben. »Ich habe schon bei sämtlichen –«

»Ich habe nur keine rechte Hand mehr«, sagte Poole.

»Wird schon wieder. Ich meine, die können Ihnen ja eine neue verpassen.«

»Wie lange bin ich schon hier?« fragte Poole. Er wunderte sich, daß keine Schwestern und Ärzte da waren; warum schwirrte niemand herum und regte sich darüber auf, daß er videofonierte?

»Seit vier Tagen«, sagte Danceman. »Hier im Werk läuft akquimäßig alles bestens. Wir haben sogar Bestellungen von drei separaten Polizeiapparaten, alle hier auf Terra, akquiriert. Zwei in Ohio, eine in Wyoming. Gute, seriöse Bestellungen, ein Drittel im voraus und die übliche Dreijahres-Leasing-Option.«

»Holen Sie mich hier raus«, sagte Poole.

»Ich kann Sie nicht rausholen, bis nicht die neue Hand –«

»Die lasse ich später machen.« Er wollte unbedingt zurück in seine vertraute Umgebung; Erinnerungen an den Schwärmer mit dem Firmenschild, der auf dem Leitschirm grotesk verzerrt auftauchte, schossen ihm durch den Kopf; wenn er die Augen schloß, befand er sich wieder in seinem demolierten Flieger, der von einem Vehikel zum anderen prallte und haufenweise Blechschaden hinterließ. Die kinetischen Sensationen ... er zuckte zusammen, als er daran dachte. Ich hab wirklich Schwein gehabt, sagte er sich.

»Ist Sarah Benton bei Ihnen?« fragte Danceman.

»Nein.« Natürlich; seine persönliche Sekretärin würde – schon aus Rücksicht auf ihren Job – irgendwo in der Nähe sein, ihn auf ihre langweilige und alberne Art bemuttern. Üppige Frauen bemuttern gerne andere, dachte er. Und sie sind gefährlich; wenn sie auf einen drauffallen, können sie einen umbringen. »Vielleicht ist sie es gewesen«, sagte er laut. »Vielleicht ist Sarah auf meinen Schwärmer gefallen.«

»Nein, nein; eine Spurstange im Steuerruder Ihres Schwärmers hat mitten in der Rush-hour den Geist aufgegeben, und –«

»Ich erinnere mich.« Er drehte sich im Bett um, als die Zimmertür aufging; ein weißgekleideter Arzt und zwei blaugekleidete Schwestern erschienen und traten an sein Bett. »Wir reden später weiter«, sagte Poole und legte das Videofon auf. Er holte tief und erwartungsvoll Luft.

»Sie sollten so früh noch nicht videofonieren«, sagte der Arzt, während er Pooles Krankenblatt studierte. »Mr. Garson Poole, Besitzer von Tri-Plan Electronics. Hersteller von Zufalls-Ident-Darts, die ihre Beute im Umkreis von tausend Meilen aufspüren, anhand der unverwechselbaren Hirnstrommuster. Sie sind ein erfolgreicher Mann, Mr.

Poole. Nur sind Sie, Mr. Poole, kein Mann. Sie sind eine elektrische Ameise.«

»Mein Gott«, sagte Poole erschüttert.

»Wir können Sie hier also wirklich nicht behandeln, nachdem wir das festgestellt haben. Wir haben die Entdekkung gemacht, als wir Ihre verletzte Hand untersuchten; wir haben die Elektronik gesehen und haben sofort Röntgenbilder vom Thorax gemacht, die unsere Hypothese selbstredend bestätigten.«

»Was«, fragte Poole, »ist eine ›elektrische Ameise‹?« Aber er wußte es; er konnte sich die Bedeutung zusammenreimen.

Eine Schwester sagte: »Ein organischer Roboter.«

»Ich verstehe«, sagte Poole. Kalter Schweiß trat ihm aus allen Poren seines Körpers.

»Sie haben es nicht gewußt«, sagte der Arzt.

»Nein.« Poole schüttelte den Kopf.

Der Arzt sagte: »Wir bekommen fast jede Woche eine elektrische Ameise rein. Entweder nach einem Schwärmerunfall eingeliefert – wie Sie – oder sie bitten aus freien Stükken um Aufnahme . . . elektrische Ameisen, denen es, wie Ihnen, nie gesagt wurde, die neben Menschen funktionieren, sich selbst für menschlich gehalten haben. Was Ihre Hand angeht –« Er unterbrach sich.

»Vergessen Sie meine Hand«, sagte Poole heftig.

»Nur die Ruhe.« Der Arzt beugte sich über ihn, sah Poole ernst ins Gesicht. »Wir lassen Sie mit einem Klinikschiff in eine Vertragswerkstatt überstellen, in der die Reparaturen oder der Austausch Ihrer Hand vorgenommen werden können, und das zu Kosten, die für Sie, falls Sie Selbsteigner sind, oder für Ihre Eigentümer, falls es die gibt, durchaus vertretbar sind. Auf jeden Fall werden Sie wieder an Ihrem Schreibtisch bei Tri-Plan sitzen und funktionieren wie früher.«

»Nur«, sagte Poole, »daß ich es jetzt weiß.« Er fragte sich, ob Danceman oder Sarah oder sonst jemand im Büro

Bescheid wußte. Hatten sie – oder einer von ihnen – ihn angeschafft? Oder entworfen? Eine Marionette, sagte er sich; mehr bin ich nie gewesen. Ich kann die Firma nie wirklich geleitet haben; das war eine Illusion, die mir bei der Herstellung eingepflanzt wurde ... zusammen mit der Illusion, daß ich menschlich und lebendig bin.

»Ehe Sie die Vertragswerkstatt aufsuchen«, sagte der Doktor, »seien Sie doch so nett, an der Anmeldung die Rechnung zu begleichen.«

Poole sagte ätzend: »Wie kann es eine Rechnung geben, wenn Ameisen hier nicht behandelt werden?«

»Für unsere Bemühungen«, sagte die Schwester. »Bis zu dem Zeitpunkt, da die Lage der Dinge klar wurde.«

»Schicken Sie mir die Rechnung zu«, sagte Poole mit wildem, hilflosem Zorn. »Schicken Sie die Rechnung an meine Firma.« Mit großer Mühe gelang es ihm, sich aufzusetzen; ganz schwummrig im Kopf, hob er schwerfällig die Beine aus dem Bett und stellte sie auf den Boden. »Ich bin froh, wenn ich hier rauskomme«, sagte er, als er aufstand. »Und vielen Dank für Ihre menschliche Anteilnahme.«

»Wir danken ebenfalls, Mr. Poole«, sagte der Doktor. »Oder schlicht Poole, wie ich lieber sagen sollte.«

In der Vertragswerkstatt ließ er seine fehlende Hand ersetzen.

Sie war wirklich faszinierend, diese Hand; er begutachtete sie lange, ehe er sie von den Mechanikern anpassen ließ. Oberflächlich wirkte sie organisch – die Oberfläche war das sogar. Natürliche Haut überzog natürliches Fleisch, und echtes Blut füllte die Adern und Kapillaren. Aber darunter schimmerten Drähte und Schaltkreise, winzig kleine Bauteile ... bei einem tieferen Blick ins Handgelenk sah er Widerstände, Motoren, mehrstufige Ventile, alle sehr klein. Äußerst kompliziert. Und – die Hand kostete vierzig Frösche. Ein Wochenlohn, soweit er ihn aus der Firmenkasse bezog.

»Gibt es darauf Garantie?« fragte er die Mechaniker, als sie den »Knochen«-Teil der Hand an den Armstumpf anschweißten.

»Neunzig Tage, Ersatzteile und Einbau«, sagte einer der Mechaniker. »Bei sachgemäßer und schonender Behandlung.«

»Das kommt mir irgendwie bekannt vor«, sagte Poole.

Der Mechaniker, ein Mann – es waren alles Männer – sagte, während er ihn neugierig musterte: »Haben Sie sich verstellt?«

»Unabsichtlich«, sagte Poole.

»Und jetzt tun Sie es mit Absicht?«

Poole sagte: »Genau.«

»Wissen Sie, warum Sie nie drauf gekommen sind? Es muß Anzeichen gegeben haben . . . gelegentliches Klicken und Surren in Ihrem Inneren. Sie sind nie drauf gekommen, weil Sie darauf programmiert waren, es nicht zu beachten. Genauso schwierig wird es jetzt für Sie sein, herauszufinden, warum Sie hergestellt wurden und für wen Sie gearbeitet haben.«

»Ein Sklave«, sagte Poole. »Ein mechanischer Sklave.«

»Sie hatten Ihren Spaß.«

»Ich habe ein gutes Leben geführt«, sagte Poole. »Ich habe hart gearbeitet.«

Er zahlte dem Reparaturdienst seine vierzig Frösche, ließ seine neuen Finger spielen, erprobte sie, indem er diverse Gegenstände, ein paar Münzen, aufhob, und ging dann. Zehn Minuten später war er im öffentlichen Transporter, auf dem Heimweg. Der Tag hatte es in sich gehabt.

Daheim in seinem Einzimmerapartment goß er sich einen Schluck Jack Daniels Purple Label ein – sechzig Jahre alt –, saß da und trank und blickte dabei durch sein einziges Fenster auf das Gebäude auf der anderen Straßenseite. Soll ich ins Büro gehen? fragte er sich. Und wenn, warum? Und wenn nicht, warum nicht? Such dir eins aus. Jesus, dachte er, es zieht einem den Boden unter den Füßen weg, das zu wissen. Ich bin ein Monstrum, dachte er. Ein unbelebtes Objekt, das ein belebtes nachäfft. Aber – er fühlte sich lebendig. Und dennoch ... fühlte er jetzt anders. Was ihn selbst betraf. Und auch was alle andern, besonders Danceman und Sarah und jeden bei Tri-Plan betraf.

Ich glaube, ich bring mich um, sagte er sich. Aber wahrscheinlich bin ich darauf programmiert, es nicht zu tun; die Kosten wären zu hoch, für die mein Besitzer aufkommen müßte. Und das würde er nicht wollen.

Programmiert. Irgendwo in mir, dachte er, ist eine Matrix installiert, ein Rasterschirm, der bestimmte Gedanken, bestimmte Handlungen bei mir unterbindet. Und mich zu anderen zwingt. Ich bin nicht frei. Ich war es nie, aber jetzt weiß ich es; das macht den Unterschied.

Er stellte sein Fenster auf opak, knipste die Deckenbeleuchtung an und machte sich vorsichtig daran, seine Kleidung abzulegen. Er hatte gut zugesehen, als die Mechaniker in der Vertragswerkstatt seine neue Hand anmontiert hatten: Er hatte jetzt eine ziemlich genaue Vorstellung davon, wie sein Körper zusammengesetzt war. Zwei Hauptverschalungen, eine in jedem Schenkel; die Mechaniker hatten die Verschalungen ausgebaut, um die darunterliegenden Schaltkreise zu überprüfen. Wenn ich programmiert bin, dachte er, ist die Matrix vielleicht dort zu finden.

Das Gewirr der Kabel ließ ihn verzweifeln. Ich brauche Hilfe, sagte er sich. Mal sehen ... wie war noch die Fonnummer des Computers der BBB-Klasse, den wir im Büro benutzen?

Er hob den Hörer ab, wählte den Computer an dessen festem Standort in Boise, Idaho, an.

»Die Benutzung dieses Computers wird mit fünf Fröschen pro Minute berechnet«, sagte eine Automatenstimme aus dem Videofon. »Bitte halten Sie Ihre Masterkreditplakette vor den Bildschirm.«

Er tat es.

»Beim Signalton werden Sie mit dem Computer verbunden«, fuhr die Stimme fort. »Bitte stellen Sie Ihre Frage so zügig wie möglich, und beachten Sie auch, daß die Antwort innerhalb von Mikrosekunden erfolgen wird, sobald Ihre Anfrage –« Er stellte den Ton ab. Stellte ihn aber schnell wieder an, als der leere Audio-Input des Computers auf dem Schirm erschien. In diesem Moment war der Computer zum gigantischen Ohr geworden, das ihm zuhörte – sowie fünfzigtausend weiteren Fragestellern von ganz Terra.

»Taste mich visuell ab«, instruierte er den Computer. »Und sag mir, wo ich den Programmiermechanismus finde, der meine Gedanken und mein Verhalten steuert.« Er wartete. Auf dem Schirm des Fons guckte ihn ein großes, bewegliches Facettenauge an; er stellte sich dort in seinem Einzimmerapartment vor ihm zur Schau.

Der Computer sagte: »Nehmen Sie Ihre Brustverschalung ab. Üben Sie Druck auf Ihr Brustbein aus und lockern es dann nach außen.«

Er tat es. Ein Teil seiner Brust löste sich; benommen legte er es auf den Fußboden.

»Ich kann Steuermodule erkennen«, sagte der Computer, »kann aber nicht genau sagen, welches –« Er unterbrach sich, während sein Auge über den Fonschirm wanderte. »Ich erkenne eine über Ihrem Herzmechanismus montierte Lochstreifenspule. Sehen Sie sie?« Poole reckte den Hals und spähte nach unten. Er sah sie auch. »Ich muß aus der Leitung rausgehen«, sagte der Computer. »Nachdem ich die mir verfügbaren Daten geprüft habe, setze ich mich mit Ihnen in Verbindung und werde Ihnen eine Antwort geben. Guten Tag.« Der Bildschirm erlosch.

Ich reiße mir den Streifen raus, sagte sich Poole. Winzig ... nicht größer als zwei Garnspulen, mit einem zwischen Zuführspule und Aufnahmespule montierten Scanner. Er sah kein Anzeichen von Bewegung; die Spulen schienen stillzustehen. Wahrscheinlich schalten sie sich nur ein, wenn bestimmte Situationen auftreten, überlegte er.

Und setzen meine Hirntätigkeit außer Kraft. Und das haben sie mein Leben lang getan.

Er griff nach unten, berührte die Zuführspule. Ich muß das einfach nur ausreißen, dachte er, und dann –

Der Videofonschirm wurde wieder hell. »Masterkreditplakettennummer 3–BNX–882–HQR446–T«, ertönte die Stimme des Computers. »Hier ist BBB–307DR mit erneuter Rückmeldung auf Ihre Anfrage von sechzehn Sekunden Dauer, 4. November 1992. Die Lochstreifenspule oberhalb Ihres Herzmechanismus ist keine Programmiervorrichtung, sondern ein Mechanismus, der die Realitätszufuhr steuert. Alle von Ihrem Zentralnervensystem empfangenen Sinnesreize gehen von dieser Einheit aus, sie zu manipulieren, wäre riskant, wenn nicht tödlich.« Er fügte hinzu: »Sie verfügen, wie es scheint, über gar keinen Programmierungsschaltkreis. Anfrage beantwortet. Guten Tag.« Er klickte und war weg.

Poole berührte, nackt vor dem Bildschirm stehend, noch einmal die Spule mit allergrößter Vorsicht. Ich verstehe, dachte er aufgebracht. Oder? Diese Einheit –

Wenn ich den Streifen kappen würde, überlegte er, würde meine Welt verschwinden. Für andere wird die Realität bestehen bleiben, aber nicht für mich. Weil meine Realität, mein Universum, mir über diese winzig kleine Einheit vermittelt wird. Vom Scanner abgetastet und dann in mein zentrales Nervensystem eingespeist wird, während der Lochstreifen im Schneckentempo abrollt.

So rollt er seit Jahren, schloß er.

Er nahm seine Kleider, zog sich wieder an, setzte sich in einen schweren Sessel – ein aus den Chefbüros von Tri-Plan in seine Wohnung importierter Luxus – und steckte sich eine Tabakzigarette an. Seine Hand zitterte, als er das Feuerzeug mit seinen Initialen niederlegte; er lehnte sich zurück und blies einen grauen Rauchring von sich.

Ich muß langsam vorgehen, sagte er sich. Was habe ich vor? Meine Programmierung überbrücken? Aber der

Computer hat keinen Programmierungsschaltkreis gefunden. Will ich das Realitätsband manipulieren? Und wenn, warum?

Weil ich, wenn ich das kontrolliere, die Realität kontrolliere, dachte er. Jedenfalls soweit sie mich betrifft. Meine subjektive Realität ... aber eine andere gibt es ohnehin nicht. Objektive Realität ist ein synthetisches Konstrukt, das Resultat einer hypothetischen Universalisierung einer Vielzahl subjektiver Realitäten.

Ich hab mein Universum in der Hand, überlegte er. Wenn ich nur dahinterkomme, wie das Mistding funktioniert. Ursprünglich hatte ich nichts anderes vor, als meinen Programmierungsschaltkreis zu suchen und zu lokalisieren, um so erst wirklich homöostatisch fungieren zu können, um so die Kontrolle über mich selbst zu gewinnen. Aber damit –

Damit gewann er nicht nur Kontrolle über sich selbst; er gewann Kontrolle über alles.

Und das unterscheidet mich von jedem Menschen, ob lebend oder tot, überlegte er düster.

Er ging hin zum Videofon und rief sein Büro an. Als er Danceman auf dem Bildschirm hatte, sagte er knapp: »Ich möchte, daß Sie mir einen kompletten Satz Mikrowerkzeug und einen Vergrößerungsschirm in die Wohnung schicken. Ich habe hier an einigen Mikroschaltungen zu arbeiten.« Er unterbrach die Verbindung, um jede Diskussion zu vermeiden.

Eine halbe Stunde später ertönte ein Klopfen an seiner Tür. Als er öffnete, sah er einen der Werkmeister vor sich, der mit allem möglichen Mikrowerkzeug bepackt war. »Sie haben nicht genau gesagt, was Sie wollen«, sagte der Werkmeister, als er in die Wohnung trat. »Also hat Mr. Danceman mir alles mitgegeben.«

»Das Vergrößerungssystem?«

»Im Laster, oben auf dem Dach.«

Vielleicht will ich auch einfach nur sterben, dachte Poole.

Er steckte sich eine Zigarette an, stand rauchend und wartend da, während der Werkmeister den schweren Vergrößerungsschirm mitsamt Netzteil und Steuergerät in die Wohnung schleppte. Was ich hier mache, ist Selbstmord. Er schauderte.

»Stimmt was nicht, Mr. Poole?« sagte der Werkmeister, als er sich, von der Last des Linsensystems befreit, wieder aufrichtete. »Sie müssen nach Ihrem Unfall noch ganz weiche Knie haben.«

»Ja«, sagte Poole leise. Er wartete nervös, bis der Werkmeister ging.

Unter dem optischen System nahm der Plastikstreifen eine ganz neue Gestalt an: eine breite Spur, in der hunderttausende Stanzlöcher verliefen. Das dachte ich mir, dachte Poole. Nicht als elektronische Ladung auf einem Eisenoxidfilm gespeichert, sondern richtig ausgestanzte Schlitze.

Unter der Linse kroch das Band erkennbar vorwärts. Es bewegte sich, wenn auch sehr langsam, in gleichbleibendem Tempo auf den Scanner zu.

Soweit ich es verstehe, dachte er, sind die Stanzlöcher die »An«-Fenster. Es funktioniert wie ein Walzenklavier; ungelocht heißt nein, Stanzloch heißt ja. Wie kann ich das testen?

Indem ich einige Löcher abdichte, natürlich.

Er maß die auf der Zuführspule verbliebene Bandmenge ab, rechnete – mit größter Mühe – aus, wie schnell sich der Streifen vorwärtsbewegte, und kam dann zu einem Ergebnis. Wenn er den an der hereinführenden Kante des Scanners zu sehenden Streifen änderte, würden fünf bis sieben Stunden vergehen, bis die bewußte Zeitspanne eintraf. Er würde somit die in einigen Stunden fälligen Stimuli überpinseln.

Mit einem Mikropinsel betupfte er einen großen – relativ großen – Abschnitt des Streifens mit undurchsichtigem Lack ... er entstammte dem Zubehörset, das zu den Mikrowerkzeugen gehörte. Ich habe Stimuli für etwa eine halbe Stunde zugekleistert, überlegte er. Ich habe mindestens tausend Stanzlöcher abgedeckt.

Es würde interessant sein zu sehen, welche Veränderungen – wenn denn überhaupt – sich in etwa sechs Stunden in seiner Umgebung einstellen würden.

Fünfeinhalb Stunden später saß er bei Krackter's, einer ausgezeichneten Bar in Manhattan, und genehmigte sich mit Danceman einen Drink.

»Sie sehen schlecht aus«, sagte Danceman.

»Mir geht's auch schlecht«, sagte Poole. Er trank seinen Drink, einen Scotch Sour, aus und bestellte einen neuen.

»Wegen des Unfalls?«

»Gewissermaßen, ja.«

Danceman sagte: »Weil ... weil Sie etwas über sich herausgefunden haben?«

Poole hob den Kopf und musterte ihn im schummrigen Licht der Bar. »Dann wissen Sie es also.«

»Ich weiß nur«, sagte Danceman, »daß ich Sie ›Poole‹ anstatt ›Mr. Poole‹ nennen sollte. Aber letzteres ist mir lieber, und ich werde dabei bleiben.«

»Seit wann wissen Sie es?« sagte Poole.

»Seit Sie die Firma übernommen haben. Mir wurde gesagt, die eigentlichen Besitzer von Tri-Plan, die im Prox-System ansässig sind, wollten Tri-Plan von einer elektrischen Ameise leiten lassen, die sie kontrollieren konnten. Sie wollten einen hervorragenden und energischen –«

»Die eigentlichen Besitzer? Wir haben zweitausend Aktionäre. Überall verstreut.«

»Marvis Bey und ihr Mann Ernan auf Prox-4 kontrollieren 51 Prozent der Stimmanteile. Das galt von Anfang an.«

»Warum wußte ich nichts?«

»Mir wurde befohlen, Ihnen nichts zu sagen. Sie sollten glauben, daß Sie selbst die ganze Firmenpolitik machen. Mit meiner Hilfe. Aber tatsächlich habe ich Ihnen eingetrichtert, was die Beys mir eingetrichtert haben.«

»Ich bin ein Strohmann«, sagte Poole.

»Gewissermaßen, ja.« Danceman nickte. »Aber für mich bleiben Sie immer ›Mr. Poole‹.«

Ein Abschnitt der gegenüberliegenden Wand verschwand. Und mit ihm mehrere Menschen an Nebentischen. Und –

Hinter der großen Glaswand der Bar fing die New Yorker Skyline kurz zu flackern an und verschwand urplötzlich.

Danceman sah sein Gesicht und fragte: »Was ist denn?«

Poole sagte mit rauher Stimme: »Sehen Sie sich um. Sehen Sie irgendwelche Veränderungen?«

Nach einem Blick durch den Raum sagte Danceman: »Nein. Welche denn?«

»Sehen Sie die Skyline noch?«

»Klar. Versmogt wie immer. Die Lichter funkeln –«

»Jetzt weiß ich's«, sagte Poole. Er hatte recht gehabt; jedes verdeckte Stanzloch bedeutete das Verschwinden eines Objekts in seiner Realitätswelt. Er stand schon, als er sagte: »Bis später, Danceman. Ich muß in meine Wohnung zurück; ich arbeite noch an etwas. Gute Nacht.« Er verließ rasch die Bar und trat auf die Straße, um sich nach einem Taxi umzusehen.

Keine Taxis.

Die auch, dachte er. Ich frage mich, was ich sonst noch übermalt habe. Prostituierte? Blumen? Gefängnisse?

Da, Dancemans Schwärmer, auf dem Parkplatz der Bar. Ich nehme den, entschloß er sich. In Dancemans Welt gibt es noch Taxis; er kann später eines bekommen. Ist sowieso ein Firmenwagen, und ich habe einen Zweitschlüssel.

Kurz darauf war er in der Luft und bog ab zu seiner Wohnung.

New York war nicht zurückgekehrt. Zur Linken und zur Rechten Fahrzeuge und Gebäude, Straßen, Ped-Läufer, Schilder ... und in der Mitte nichts. Wie soll ich da hineinfliegen? fragte er sich. Ich würde verschwinden.

Oder etwa nicht? Er flog ins Nichts hinein.

Eine Zigarette nach der anderen rauchend, flog er fünfzehn Minuten lang im Kreis ... und dann tauchte geräuschlos New York wieder auf. Er konnte seine Reise beenden. Er drückte seine Zigarette aus (eine Verschwendung, wertvoll, wie sie waren) und zischte ab zu seiner Wohnung.

Wenn ich einen schmalen undurchsichtigen Streifen einfüge, grübelte er, als er seine Wohnungstür aufschloß, dann kann ich –

Seine Gedanken brachen ab. Jemand saß in seinem Wohnzimmersessel und sah sich einen Kaptainkirk im Fernsehen an. »Sarah«, sagte er gereizt.

Sie erhob sich, sie war mollig, bewegte sich aber doch graziös. »Du warst nicht im Krankenhaus, da bin ich hergekommen. Ich habe noch immer den Schlüssel, den du mir im März nach unserem scheußlichen Streit gegeben hast. Oh ... du siehst so niedergeschlagen aus.« Sie kam zu ihm, sah ihm besorgt ins Gesicht. »Tut deine Verletzung so weh?«

»Das ist es nicht.« Er legte Mantel, Schlips und Hemd ab, und dann seine Brustverschalung; er kniete nieder und zog die Mikrowerkzeug-Handschuhe an. Nach kurzem Zögern sah er zu ihr hoch und sagte: »Ich habe herausgefunden, daß ich eine elektrische Ameise bin. Was von meinem Standpunkt aus gewisse Möglichkeiten eröffnet, denen ich im Moment nachgehe.« Er bewegte seine Finger, und am anderen Ende des linken Waldo bewegte sich ein Mikroschraubenzieher, den das optische System auf Sichtbarkeit vergrößert hatte. »Du kannst zusehen«, informierte er sie. »Wenn du willst.«

Sie hatte angefangen zu weinen.

»Was ist los?« fragte er sie ungehalten, ohne von seiner Arbeit aufzuschauen.

»Ich – es ist einfach so traurig. Du warst uns allen bei Tri-Plan ein so guter Chef. Wir haben dich sehr respektiert. Und jetzt ist alles anders.«

Das Plastikband hatte an der Ober- und Unterseite einen ungelochten Rand; er schnitt einen waagerechten Streifen ab, sehr schmal, und kappte dann, in einem Augenblick äußerster Konzentration, das eigentliche Band vier Stunden vor dem Scannerkopf. Dann drehte er den abgeschnittenen Streifen im rechten Winkel zum Scanner und schweißte mit einem Mikrolötkolben rechts und links davon die Bandspule an. Er hatte praktisch zwanzig tote Minuten in den Fluß seiner Realität eingefügt. Sie würden – seinen Berechnungen nach – einige Minuten nach Mitternacht ihre Wirkung tun.

»Reparierst du dich selbst?« fragte Sarah schüchtern.

Poole sagte: »Ich befreie mich.« Er hatte noch andere Änderungen im Sinn. Aber zuerst mußte er seine Theorie testen; ein leerer, ungestanzter Streifen hieß keine Stimuli, folglich bedeutete ein fehlender Streifen ...

»Du machst ein Gesicht ...«, sagte Sarah. Sie begann ihre Handtasche, ihren Mantel, ihr aufgerolltes Audi-Vid-Magazin zusammenzusuchen. »Ich gehe; ich sehe ja, was du von meiner Anwesenheit hältst.«

»Bleib«, sagte er. »Ich sehe mir den Kaptainkirk mit dir an.« Er zog sich sein Hemd an. »Weißt du noch, vor Jahren, als es – wie viele waren es? – zwanzig oder zweiundzwanzig Fernsehsender gab? Bevor die Regierung die unabhängigen Sender dichtmachte?«

Sie nickte.

»Wie hätte es wohl ausgesehen«, sagte er, »wenn dieser Fernseher alle Sender auf einmal auf den Kathodenstrahlschirm projiziert hätte? Hätten wir in dem Mischmasch irgendwas unterscheiden können?«

»Ich glaube nicht.«

»Vielleicht könnten wir es lernen. Lernen, selektiv zu sein; es selbst in die Hand nehmen, wahrzunehmen, was wir wollen und was nicht. Stell dir die Möglichkeiten vor, wenn unser Gehirn zwanzig Bilder auf einmal verarbeiten könnte; denk mal an die Menge von Wissen, die in einer bestimmten Zeitspanne gespeichert werden könnte. Ich frage mich, ob das Gehirn, das menschliche Gehirn –« Er unterbrach sich. »Das menschliche Gehirn könnte es nicht«, sagte er kurz darauf, sich selbst widersprechend. »Aber ein quasi-organisches Hirn könnte es theoretisch.«

»Und so eins hast du?« fragte Sarah.

»Ja«, sagte Poole.

Sie sahen sich den Kaptainkirk zu Ende an, und dann gingen sie ins Bett. Aber Poole saß an seine Kissen gelehnt da, rauchte und grübelte. Neben ihm wälzte sich Sarah unruhig herum und fragte sich, warum er das Licht nicht löschte.

Elf Uhr fünfzig. Jetzt mußte es jeden Moment soweit sein.

»Sarah«, sagte er. »Ich möchte, daß du mir hilfst. In wenigen Minuten wird etwas Seltsames mit mir geschehen. Es wird nicht lange dauern, aber ich möchte, daß du mich genau beobachtest. Dir ansiehst, ob ich –« Er gestikulierte. »Ob ich mich irgendwie verändere. Ob es aussieht, als würde ich einschlafen, oder ob ich Blödsinn rede oder –« Er wollte sagen: oder ob ich verschwinde. Aber er tat es nicht. »Ich werde dir nichts tun, aber es könnte nicht schaden, wenn du dich bewaffnen würdest. Hast du deine Waffe gegen Straßenräuber dabei?«

»In meiner Tasche.« Sie war jetzt völlig wach; sie saß aufrecht im Bett und starrte ihn voller Entsetzen an; ihre fleischigen Schultern im Licht des Zimmers waren gebräunt und sommersprossig.

Er holte ihre Waffe für sie.

Der Raum erstarrte zu völliger Unbeweglichkeit. Dann verblaßten langsam die Farben. Gegenstände lösten sich auf wie in Rauch, bis sie in Dunkelheit verschwanden. Schwärze legte sich auf alles, während die Gegenstände im Zimmer schwächer und schwächer wurden.

Die letzten Stimuli schwinden, begriff Poole. Er kniff die Augen zusammen, um besser sehen zu können. Er konnte

Sarah Benton erkennen, wie sie im Bett saß: eine zweidimensionale Gestalt, die dort lehnte wie eine Puppe und darauf wartete, zu verblassen und hinzuschwinden. Verirrte Böen dematerialisierter Substanz wirbelten in flüchtigen Wolken herum; die Elemente sammelten sich, brachen auseinander, sammelten sich erneut. Und dann verflogen als letztes Hitze, Energie und Licht; der Raum faltete sich und sank in sich zusammen, wie versiegelt gegen die Realität. Und an diesem Punkt trat absolute Schwärze an die Stelle alles anderen, Raum ohne Tiefe, keine nächtliche Schwärze, sondern eine stocksteife, unerbittliche Schwärze. Und zudem hörte er nichts.

Um sich greifend, versuchte er etwas zu berühren. Aber er hatte nichts, um damit zu greifen. Das Gefühl für seinen Körper war mit allem anderen im Universum zusammen verlorengegangen. Er hatte keine Hände, und selbst wenn er sie hatte, gäbe es für sie nichts zu fühlen.

Ich habe trotzdem Recht damit, was das verdammte Band und seine Funktionsweise angeht, sagte er sich, einen nichtexistenten Mund gebrauchend, um eine unhörbare Botschaft auszusprechen.

Ist das in zehn Minuten vorbei? fragte er sich. Habe ich in dem Punkt auch recht? Er wartete ... aber er wußte intuitiv, daß sein Zeitgefühl mit allem anderen verschwunden war. Ich kann nur warten, begriff er. Und ich hoffe, es dauert nicht ewig.

Um sich selbst zu beruhigen, dachte er: Ich stell mir ein Lexikon zusammen; ich versuche alles aufzulisten, was mit »A« beginnt. Mal sehen. Er überlegte. Apfel, Auto, Ackseton, Atmosphäre, Atlantik, Tomaten in Aspik, Anzeigenwesen – er überlegte und überlegte, und die Begriffe jagten durch sein furchtgeplagtes Bewußtsein.

Ganz plötzlich flackerte Licht auf.

Er lag auf der Couch im Wohnzimmer; mildes Sonnenlicht sickerte durch das einzige Fenster. Zwei Männer beugten sich über ihn, in den Händen Werkzeug. Männer vom Wartungsdienst, überlegte er. Sie haben an mir gearbeitet.

»Er kommt zu Bewußtsein«, sagte einer der Mechaniker. Er richtete sich auf, trat zurück; an seiner Stelle erschien Sarah Benton, außer sich vor Sorge.

»Gott sei Dank!« sagte sie und atmete Poole dabei feucht ins Ohr. »Ich hatte solche Angst; am Ende habe ich Mr. Danceman angerufen, um –«

»Was ist passiert?« unterbrach Poole schroff. »Erzähl von Anfang an, und sprich um Gottes willen langsam. Ich will alles genau wissen.«

Sarah faßte sich, hielt inne, um sich die Nase zu reiben, und fing dann nervös an: »Du bist ohnmächtig geworden. Du hast dagelegen, als wärst du tot. Ich habe bis halb drei gewartet, und du hast dich nicht gerührt. Ich habe Mr. Danceman angerufen und ihn dummerweise aus dem Bett geschmissen, und er hat die Ameisenklempner – den Wartungsdienst für organische Roboter, meine ich – angerufen, und diese beiden Männer hier kamen gegen Viertel vor fünf und haben seitdem an dir gearbeitet. Es ist jetzt Viertel nach sechs morgens. Und mir ist furchtbar kalt, und ich will ins Bett; heute schaffe ich es nicht ins Büro, nein, wirklich nicht.« Sie wandte sich schniefend ab. Das Geräusch ärgerte ihn.

Einer der uniformierten Wartungsleute sagte: »Sie haben an Ihrem Realitätsband rumgespielt.«

»Ja«, sagte Poole. Warum leugnen? Offensichtlich hatten sie den eingefügten ungelochten Streifen gefunden. »Ich hätte nicht so lange weg sein dürfen«, sagte er. »Ich hatte nur einen Zehn-Minuten-Streifen eingefügt.«

»Er hat den Bandtransport unterbrochen«, erklärte der Mechaniker. »Der Lochstreifen ist nicht mehr weitergelaufen; Ihr Zwischenstück hat ihn blockiert, und er hat automatisch abgeschaltet, um zu vermeiden, daß das Band reißt. Wie sind Sie nur auf die Idee gekommen, daran herumzufummeln? Wissen Sie nicht, was Sie da anrichten können?«

»Ich weiß nicht genau«, sagte Poole.

»Dann müssen Sie schon einen sehr guten Grund gehabt haben.«

Poole sagte bissig: »Den habe ich.«

»Ihre Rechnung wird fünfundneunzig Frösche betragen«, sagte der Wachmann, »Sie können in Raten zahlen, falls Sie es wünschen.«

»Okay«, sagte er. Er setzte sich wackelig auf, rieb sich die Augen und verzog das Gesicht. Sein Kopf tat weh, und sein Magen fühlte sich völlig leer an.

»Schleifen Sie den Streifen beim nächsten Mal ab«, sagte ihm der Obermechaniker. »Dann verklemmt er sich nicht. War Ihnen nicht klar, daß da eine Sicherung eingebaut ist? Damit das Band stehenbleibt, bevor es –«

»Was passiert«, unterbrach ihn Poole mit leiser und betont vorsichtiger Stimme, »wenn kein Band unter dem Scanner durchläuft? Kein Band – gar nichts. Wenn die Fotozelle ungehindert nach oben scheint?«

Die Mechaniker wechselten einen kurzen Blick. Einer sagte: »Die Neuroschaltkreise brennen durch, und es gibt einen Kurzen.«

»Und das bedeutet?« fragte Poole.

»Das bedeutet das Aus für den Mechanismus.«

Poole sagte: »Ich habe den Schaltkreis untersucht. Er hat viel zuwenig Spannung für sowas. Metall brennt bei einer so geringen Stromstärke nicht durch, selbst wenn die Pole sich berühren. Wir reden hier von einem Millionstel Watt bei einem vielleicht anderthalb Millimeter langen Cäsiumkanal. Nehmen wir an, es ergeben sich in einem einzigen Augenblick eine Milliarde mögliche Kombinationen aus den Stanzlöchern im Streifen. Die Gesamtleistung erhöht sich dadurch nicht; die Stromstärke hängt davon ab, was die Batterie diesem Modul zuteilt, und das ist nicht viel. Auch nicht, wenn alle Schleusen offen sind.«

»Meinen Sie, wir lügen?« fragte einer der Mechaniker müde.

»Warum nicht?« sagte Poole. »Ich habe nun einmal die Möglichkeit, alles zu erleben. Alles auf einmal. Das Universum in seiner Gesamtheit zu erfahren, für einen Augenblick mit der Realität als Ganzes verbunden zu sein. Etwas, das keinem Menschen möglich ist. Eine symphonische Partitur, die jenseits der Zeit in mein Bewußtsein dringt, und alle Noten, alle Instrumente erklingen zugleich. Und alle Symphonien. Verstehen Sie?«

»Dann brennen Ihnen die Sicherungen durch«, sagten beide Mechaniker zusammen.

»Das glaube ich nicht«, sagte Poole.

Sarah sagte: »Möchten Sie eine Tasse Kaffee, Mr. Poole?«

»Ja«, sagte er, er stellte seine kalten Füße fest auf den Boden, zitterte. Dann stand er auf. Sein ganzer Körper schmerzte. Die haben mich die ganze Nacht auf der Couch liegen lassen, dachte er. Ein bißchen besser hätten sie ihn ruhig behandeln können.

Am Küchentisch in der hinteren Zimmerecke saß Garson Poole Sarah gegenüber und trank Kaffee. Die Mechaniker waren längst gegangen.

»Du wirst doch nicht weiter an dir herumexperimentieren, oder?« fragte Sarah wehmütig.

Poole preßte die Zähne aufeinander: »Ich möchte die Zeit manipulieren. Sie umkehren.« Ich werde einen Abschnitt des Streifens herausschneiden, dachte er, und umgedreht wieder anschweißen. Die kausalen Abfolgen werden dann andersherum laufen. Ich werde also rückwärts die Stufen vom Dachlandefeld hinuntergehen und zurück zu meiner Tür, eine verschlossene Tür aufstoßen, rückwärts zur Spüle gehen, aus der ich einen Haufen schmutziges Geschirr herausnehme. Ich werde mich an den Tisch vor das Geschirr setzen, jeden Teller mit aus meinem Magen hervorgeholten Nahrungsmitteln füllen; die Nahrungsmittel werde ich dann in den Kühlschrank befördern. Am nächsten Tag werde ich die Nahrungsmittel aus dem Kühlschrank nehmen, in Tüten packen, die Tüten in den Supermarkt tragen und sie hier und dort im Laden verteilen. Und schließlich werden sie mir vorne am Eingang aus ihrer Registrierkasse dafür Geld geben. Die Nahrungsmittel werden mit anderen Nahrungsmitteln in große Plastikkisten gepackt und aus der Stadt in die hydroponischen Werke im Atlantik verschickt werden, um dort wieder an Bäume und Büsche, an die Körper toter Tiere angefügt oder tief in den Boden gestopft zu werden. Aber was würde das alles beweisen? Ein rückwärtslaufendes Videoband ... ich wüßte nicht mehr, als ich jetzt weiß, und das ist nicht genug.

Was ich will, überlegte er, ist für eine Mikrosekunde absolute, ultimative Wirklichkeit. Danach kommt es nicht mehr darauf an, weil alles bekannt sein wird; danach wird nichts mehr zu sehen oder verstehen übrig sein.

Eine weitere Änderung könnte ich noch versuchen, sagte er sich. Bevor ich den Lochstreifen durchschneide. Ich könnte neue Löcher ins Band stechen und beobachten, was sich dann tut. Das dürfte interessant sein, weil ich nicht wissen werde, was die Löcher, die ich mache, bedeuten.

Mit der Spitze eines Mikrowerkzeugs piekste er auf gut Glück mehrere Löcher ins Band. So nahe er konnte am Scannerkopf ... er wollte nicht warten.

»Ich würde gern wissen, ob du es auch siehst«, sagte er zu Sarah. Dem schien noch nicht so, soweit er ermitteln konnte. »Es könnte etwas auftauchen«, sagte er zu ihr. »Ich will dich nur warnen; ich möchte nicht, daß du Angst bekommst.«

»O weh«, sagte Sarah mit dünner Stimme.

Er warf einen Blick auf seine Armbanduhr. Eine Minute verstrich, dann eine zweite, eine dritte. Und dann –

In der Zimmermitte erschien eine Schar grün-schwarzer Enten. Sie quakten aufgeregt, flogen vom Boden auf, flatterten als wilder Haufen Federn und Flügel, getrieben von ihrem unbändigen Drang, ihrem Instinkt zur Flucht an die Decke.

»Enten«, sagte Poole in ungläubigem Staunen. »Ich habe ein Loch für fliegende Wildenten gestanzt.«

Jetzt tauchte etwas anderes auf. Eine Parkbank und darauf sitzend ein ältlicher, schäbig gekleideter Mann, der eine zerfledderte und zerknitterte Zeitung las. Er schaute hoch, nahm Poole undeutlich wahr, lächelte ihn mit schlecht sitzenden dritten Zähnen kurz an und wandte sich dann wieder seiner in der Mitte gefalteten Zeitung zu. Er las weiter.

»Siehst du den?« fragte Poole Sarah. »Und die Enten.« In diesem Moment verschwanden die Enten und der Stadtstreicher im Park. Von ihnen blieb nichts zurück. Das Intervall ihrer Stanzlöcher war schnell vorbei gewesen.

»Sie waren nicht real«, sagte Sarah. »Oder doch? Also wie –«

»Du bist nicht real«, erklärte er Sarah. »Du bist ein Stimulusfaktor auf meinem Realitätsband. Ein Stanzloch, das man überpinseln kann. Führst du auch ein Dasein auf einem anderen Realitätsband, oder sogar eins in einer objektiven Realität?« Er wußte es nicht; er konnte es nicht überprüfen. Vielleicht wußte Sarah es selbst nicht. Vielleicht gab es sie auf Tausenden von Realitätsbändern; vielleicht auf jedem je produzierten Realitätsband. »Wenn ich das Band abschneide«, sagte er, »wirst du überall und nirgends sein. Wie alles andere im Universum.«

Sarah sagte kleinlaut: »Ich bin real.«

»Ich will dich ganz kennenlernen«, sagte Poole. »Dazu muß ich das Band durchschneiden. Wenn ich es jetzt nicht tue, tue ich es sonst irgendwann; daß ich es tue, steht jedenfalls fest.« Warum dann noch warten? fragte er sich. Und es kann immerhin sein, daß Danceman meinem Schöpfer Meldung gemacht hat, daß sie Schritte unternehmen, mich davon abzubringen. Weil ich möglicherweise ihr Eigentum gefährde – mich selbst.

»Wenn du so redest, wünschte ich, ich wäre doch ins Büro gegangen«, sagte Sarah und verzog die Lippen zu einer mürrischen Schnute.

»Geh doch«, sagte Poole.

»Ich möchte dich nicht allein lassen.«

»Mir passiert nichts«, sagte Poole.

»Doch, dir wird was passieren. Du wirst dir die Kabel rausziehen oder sowas, dich umbringen, weil du gemerkt hast, daß du nur eine elektrische Ameise und kein menschliches Wesen bist.«

Nach einer Weile sagte er: »Kann schon sein.« Vielleicht lief es wirklich darauf hinaus.

»Und ich kann dich nicht abhalten«, sagte sie.

»Nein.« Er nickte zustimmend.

»Aber ich bleibe«, sagte Sarah. »Selbst wenn ich dich nicht aufhalten kann. Denn wenn ich gehe und du dich umbringst, werde ich mich für den Rest meines Lebens immer fragen, was gewesen wäre, wenn ich geblieben wäre. Verstehst du?«

Wieder nickte er.

»Also, nur zu«, sagte Sarah.

Er erhob sich. »Schmerzen werde ich keine haben«, sagte er ihr. »Obwohl es für dich so aussehen mag. Vergiß nicht, daß organische Roboter ein minimales Schmerzsystem in sich haben. Ich werde im Gegenteil die lebhaftesten Erfahrungen –«

»Erzähl mir nichts mehr«, fiel sie ihm ins Wort. »Wenn du es tun willst, tu es, wenn nicht, laß es.«

Unbeholfen – weil er Angst hatte – schlängelte er seine Hände in die Mikrohandschuhkonstruktion, streckte die Hand aus, um ein winziges Werkzeug aufzuheben: eine scharfe Schneideklinge. »Ich werde einen in meiner Brust montierten Lochstreifen kappen«, sagte er mit einem Blick durch das Okular. »Das ist alles.« Seine Hand zitterte, als sie die Schneideklinge anhob. Es kann in einer Sekunde erledigt sein, überlegte er. Alles vorbei. Und – mir bleibt immer noch Zeit, die durchtrennten Enden des Streifens wieder zusammenzuschweißen, überlegte er. Mindestens eine halbe Stunde. Falls ich es mir anders überlege.

Er schnitt den Streifen durch.

Sarah starrte ihn mit eingezogenem Kopf an und flüsterte: »Es ist nichts passiert.«

»Mir bleiben noch dreißig oder vierzig Minuten.« Er setzte sich wieder an den Tisch, nachdem er die Hände aus den Handschuhen gezogen hatte. Er merkte, daß seine Stimme zitterte; ohne Zweifel war es Sarah aufgefallen, und er ärgerte sich über sich selbst, weil er wußte, daß er sie erschreckt hatte. »Tut mir leid«, sagte er unvernünftig; er wollte sich bei ihr entschuldigen. »Vielleicht solltest du besser gehen.« Seine Stimme verriet Panik; er stand wieder auf. Sie tat es ihm nach, reflexartig, als imitiere sie ihn; mit aufgedunsenem Gesicht stand sie da und zitterte. »Geh schon«, sagte er mit belegter Stimme. »Zurück ins Büro, wo du sein solltest. Wo wir beide sein sollten.« Ich werde die Enden des Streifens wieder zusammenschweißen, sagte er sich; der Druck ist einfach nicht auszuhalten.

Er hielt die Hände vor die Handschuhe und wurstelte seine störrischen Finger hinein. Als er auf den Vergrößerungsschirm blickte, sah er den Lichtstrahl aus der Fotozelle aufscheinen, direkt auf den Scanner zielend; im gleichen Augenblick sah er das Ende des Streifens unter dem Scanner verschwinden ... er sah es, verstand es; ich bin zu spät dran, kapierte er. Es ist durchgelaufen. Gott hilf mir, dachte er. Es ist schneller abgespult, als ich mir ausgerechnet hatte. Dann kommt also *jetzt* –

Er sah Äpfel und Kopfsteinpflaster und Zebras. Er spürte Wärme, die seidige Beschaffenheit von Stoff; er spürte den Ozean, der ihn umspülte, und einen heftigen Wind von Norden, der an ihm zerrte, wie um ihn fortzutragen. Sarah war immer da, ebenso Danceman. New York funkelte in der Nacht, und die Schwärmer um ihn herum flitzten und kurvten durch Nachthimmel und Tageslicht, bei Hochwasser und Dürre. Butter zerlief in seinem Mund, und zugleich drängten abscheuliche Gerüche und Geschmacksempfindungen auf ihn ein: der bittere Geschmack von Giften und Zitronen und Halmen von Sommergras. Er ging unter; er fiel; er lag in den Armen einer Frau in einem riesigen, weißen Bett, das zugleich schrill in sein Ohr lärmte: das Alarmsignal eines steckengebliebenen Aufzugs in einem der uralten, heruntergekommenen Downtown-Hotels. Ich lebe, ich habe gelebt, werde nie leben, sagte er zu sich, und jedes Wort, jeder Laut begleitete seine Gedanken; Insekten zirpten und wimmelten, und er sank halb in das komplexe Gebilde einer homöostatischen Maschine irgendwo in den Tri-Plan-Labors.

Er wollte etwas zu Sarah sagen. Mit geöffnetem Mund versuchte er, Worte zu bilden – eine bestimmte Folge von Worten aus der Urzahl von Begriffen, die sein Bewußtsein gleißend hell erleuchteten, ihn mit ihrer allumfassenden Bedeutung versengten.

Sein Mund brannte. Er fragte sich, warum.

Stocksteif gegen die Wand gepreßt, öffnete Sarah Benton die Augen und sah die Rauchspirale aus Pooles halbgeöffnetem Mund aufsteigen. Dann sank der Rob zu Boden, stützte sich auf Ellbogen und Knie und zerfiel dann langsam zu einem kaputten Haufen lebloser Materie. Sie wußte, ohne es nachzuprüfen, daß der Roboter »gestorben« war.

Poole hat sich das selbst angetan, versuchte sie sich klarzumachen. Und der Roboter konnte keine Schmerzen empfinden, wie er selbst gesagt hatte. Keine großen Schmerzen zumindest; leichte vielleicht schon. Jetzt ist es jedenfalls vorbei.

Ich rufe besser Mr. Danceman an und sage ihm, was vorgefallen ist, beschloß sie. Mit wackeligen Beinen ging sie durchs Zimmer zum Videofon; sie hob ab und wählte aus dem Gedächtnis Dancemans Nummer.

Er hielt mich für einen Stimulusfaktor auf seinem Realitätsband, überlegte sie. Darum dachte er, ich würde sterben, wenn er selbst »stirbt«. Wie seltsam, dachte sie. Wie konnte er sich das nur einbilden? Er war nie richtig mit der realen Welt verbunden gewesen, hat ausschließlich in seiner eigenen elektronischen Welt »gelebt«. Wie absurd.

»Mr. Danceman«, sagte sie, als sie zu seinem Büro durchgestellt worden war. »Poole ist hinüber. Er hat sich direkt vor meinen Augen zerstört. Sie sollten besser vorbeikommen.«

»Wir sind ihn also endlich los.«

»Ja, wir können froh sein.«

Danceman sagte: »Ich schicke ein paar Leute aus der Werkstatt.« Er blickte an ihr vorbei, sah den neben dem Küchentisch liegenden Poole. »Sie gehen nach Hause und ruhen sich aus«, wies er Sarah an. »Das alles muß Sie sehr mitgenommen haben.«

»Ja«, sagte sie. »Danke, Mr. Danceman.« Sie legte auf und blieb unschlüssig stehen.

Und dann bemerkte sie etwas.

Meine Hände, dachte sie. Sie hielt sie hoch. Wie kommt es, daß ich durch sie hindurchsehen kann?

Auch die Zimmerwände waren nur noch schwach zu erkennen.

Zitternd ging sie zu dem reglosen Roboter zurück, blieb neben ihm stehen, ohne zu wissen, was sie anfangen sollte. Durch ihre Beine sah sie den Teppich, und dann verblaßte der Teppich, und sie sah durch ihn hindurch weitere darunterliegende Schichten sich auflösender Materie.

Wenn ich die Enden des Lochstreifens nur wieder zusammenschweißen könnte, dachte sie. Aber sie wußte nicht wie. Und Poole war bereits kaum noch zu sehen.

Der Wind des frühen Morgens umwehte sie. Sie spürte ihn nicht; sie hatte jetzt aufgehört, etwas zu spüren.

Der Wind wehte weiter.

Cadbury, der zu kurz gekommene Biber

Vor langer, langer Zeit, noch vor der Erfindung des Geldes, lebte einst ein Bibermännchen, ein gewisser Cadbury, in einem bescheidenen Damm, den er mit seinen eigenen Zähnen und Pfoten erbaut hatte, und verdiente seinen Lebensunterhalt mit dem Abnagen von Büschen, Bäumen und anderen Gewächsen gegen eine Vergütung in verschiedenfarbigen Spielmarken. Die blauen Marken hatte er am liebsten, aber sie waren selten und wurden im allgemeinen nur bei der Bezahlung eines außergewöhnlich fetten Nageauftrags fällig. In all den langen Arbeitsjahren hatte er nur drei solcher Marken besessen, aber er schlußfolgerte, daß noch mehr davon existieren mußten, und während des täglichen Nagewerks gönnte er sich hier und da eine kleine Pause, brühte sich eine Tasse Instantkaffee auf und meditierte über Spielmarken aller Couleur, einschließlich der blauen.

Seine Frau Hilda erteilte ihm bei jeder Gelegenheit Ratschläge, um die er sie nicht gebeten hatte. »Sieh dich doch an«, erklärte sie gewöhnlich. »Du solltest lieber mal zum Psychiater gehen. Dein Haufen weißer Marken ist nur ungefähr halb so groß wie die von Ralf, Peter, Tom, Bob, Jack und Earl, die allesamt in der Nachbarschaft leben und nagen, weil du bloß damit beschäftigt bist, deinen verdammten blauen Marken nachzuträumen, die du sowieso nie bekommen wirst, weil du, um der Wahrheit die Ehre zu geben, was Talent, Energie und Schwung angeht, etwas zu kurz gekommen bist.«

»Energie und Schwung«, entgegnete Cadbury dann trübsinnig, »bedeuten ein und dasselbe.« Aber trotzdem entging ihm nicht, wie recht sie hatte. Darin bestand der Hauptfehler seiner Frau: Sie hatte ausnahmslos immer die Wahrheit auf ihrer Seite, er hingegen produzierte nichts als heiße Luft. Und Wahrheit trägt, wenn sie es in der Arena des Lebens mit heißer Luft aufnehmen muß, im allgemeinen den Sieg davon.

Weil Hilda im Recht war, grub Cadbury acht weiße Spielmarken aus seinem geheimen Spielmarkenversteck aus – einer flachen Mulde unter einem kleinen Stein – und ging zweidreiviertel Meilen zum nächsten Psychiater, einem abgeklärten Tagedieb von einem Hasen mit einer Figur wie ein Bowlingkegel, der seiner Frau zufolge fünfzehntausend im Jahr machte, aber was soll's.

»Irgendwie cleverer Tag«, sagte Dr. Drat jovial, packte zwei Tums für den Magen aus und lehnte sich in seinem extra dick gepolsterten Schwingsessel zurück.

»Nicht ganz so sauclever«, antwortete Cadbury, »wenn man weiß, daß man nicht das Zeug dazu hat, je wieder eine blaue Spielmarke zu Gesicht zu bekommen, selbst wenn man sich Tag für Tag abrackert, und für was? Sie gibt es schneller aus, als ich es verdienen kann. Selbst wenn ich mal eine blaue Spielmarke zu packen bekäme – die würde über Nacht für irgendeinen auf Raten gekauften Schnickschnack draufgehen, irgend so eine selbstaufladende Taschenlampe mit zwölf Millionen Kerzenstärken. Mit Garantie auf Lebenszeit.«

»Die sind sauclever«, sagte Dr. Drat, »diese, diese Dings – selbstaufladende Taschenlampen.«

»Ich kam aus dem einzigen Grund zu Ihnen«, sagte Cadbury, »weil meine Frau mich geschickt hat. Sie kann alles mit mir machen. Wenn sie sagen würde: ›Schwimm in die Flußmitte raus und sauf ab‹, wissen Sie, was ich tun würde?«

»Sie würden rebellieren«, sagte Dr. Drat mit seiner jovialen Stimme und stützte die Läufe auf die Tischplatte seines knotigen Walnußbaumschreibtischs.

»Ich würde ihr in die Scheißfresse treten«, sagte Cadbury. »Ich würde sie in Stücke nagen; ich würde sie genau in zwei Teile nagen, genau mittendurch. Da haben Sie verdammt recht. Ich meine, ich scherze nicht; soviel steht fest. Ich hasse sie.«

»Wie sehr gleicht Ihre Frau Ihrer Mutter?«

»Ich hatte nie eine Mutter«, sagte Cadbury griesgrämig – eine Stimmung, in die er gelegentlich verfiel: Absolut typisch für ihn, wie Hilda zu betonen pflegte. »Ich wurde in einem Schuhkarton gefunden, der im Napa Slough trieb, zusammen mit einer handgeschriebenen Nachricht, ›FÜR DEN, DER'S FINDET‹.«

»Was war Ihr letzter Traum?« fragte Dr. Drat.

»Mein letzter Traum«, sagte Cadbury, »ist – war – der gleiche wie immer. Ich träume immer, wie ich im Drugstore ein Pfefferminz zu zwei Cents kaufe, eins von den flachen, mit Schokolade überzogenen, in grünem Stanniol verpackten Minzkonfekts, und wie ich das Stanniolpapier abmache, ist es kein Minzkonfekt. Wissen Sie, was es ist?«

»Ich schätze, Sie sagen mir, was es ist«, sagte Dr. Drat in einem Tonfall, der anklingen ließ, daß er es sich denken konnte, aber von niemand dafür bezahlt wurde, es auszusprechen.

Cadbury sagte grimmig: »Es ist eine blaue Spielmarke. Oder sagen wir, es *sieht aus* wie eine blaue Marke. Es ist blau und flach und rund und hat dieselbe Größe. Aber im Traum sage ich immer: ›Vielleicht ist es einfach ein blaues Minzkonfekt.‹ Ich meine, es muß sowas wie blaues Minzkonfekt geben. Ich würd mich ja schwarzärgern, es in mein geheimes Spielmarkenversteck zu legen – eine flache Mulde unter einem gewöhnlich aussehenden Stein – und dann käme irgendwann ein heißer Tag, klar?, und wenn ich mir dann meine blaue Spielmarke – *vermeintliche* blaue Spielmarke – holen gehen wollte, wär sie ganz aufgeweicht, weil sie schließlich eigentlich ein Minzkonfekt war, und keine blaue Marke. Und wen könnte ich haftbar machen? Den Hersteller? Jesses, er hat nie behauptet, es sei eine blaue Marke; in meinem Traum stand auf dem grünen Stanniol unmißverständlich –«

»Ich glaube«, fiel ihm Dr. Drat milde ins Wort, »unsere Zeit ist für heute um. Auf diesen Aspekt Ihrer verborgenen Psyche sollten wir nächste Woche durchaus noch näher eingehen, denn er scheint uns weiterzuführen.«

Im Aufstehen sagte Cadbury: »Was ist los mit mir, Dr. Drat? Ich verlange eine Antwort; seien Sie ganz offen – ich kann es ertragen. Bin ich psychotisch?«

»Tja, Sie machen sich Illusionen«, sagte Dr. Drat nach einer nachdenklichen Pause. »Nein, Sie sind nicht psychotisch; Sie hören nicht die Stimme Jesu Christi oder sonstwas in der Art, die ihnen befiehlt, hinzugehen und Leute zu vergewaltigen. Nein, es sind Illusionen. Über sich selbst, Ihre Arbeit, Ihre Frau. Und vielleicht andere mehr. Guten Tag.« Er erhob sich ebenfalls, hoppeldi-hoppelte zur Tür seines Sprechzimmers und öffnete sie höflich, aber bestimmt. Vor ihnen lag der Tunnel nach draußen.

Aus irgendeinem Grund fühlte Cadbury sich betrogen; ihm war, als habe er gerade erst mit dem Reden angefangen, und schon war es wieder Zeit zu gehen. »Ich wette«, sagte er, »als Seelenklempner scheffelt man Unmengen von blauen Marken. Ich hätte aufs College gehen und Psychiater werden sollen, und dann wäre ich all meine Probleme los. Außer Hilda; ich schätze, die hätte ich immer noch.«

Da Dr. Drat dazu keinerlei Kommentar abzugeben hatte, marschierte Cadbury mißgelaunt die vier Meilen nordwärts zu seinem derzeitigen Nagewerk, einer großen Pappel, die am Ufer des Papermill Creek wuchs, und schlug seine Zähne wütend in den Fuß der Pappel, wobei er sich ausmalte, der Baum sei eine Syzygie, die Dr. Drat und Hilda vereinte.

Beinahe exakt in diesem Moment kam ein fesch gekleidetes Federvieh durch den nahen Zypressenhain herangeschwebt und ließ sich auf einem Ast der schwankenden, benagt werdenden Pappel nieder. »Ihre Post von heute«, teilte ihm das Federvieh mit und ließ einen Brief fallen, der vor Cadburys Hinterläufen auf den Boden segelte. »Auch noch Luftpost. Sieht interessant aus. Ich hab ihn gegen's Licht gehalten, und er ist handgeschrieben, nicht getippt. Sieht wie eine Frauenhandschrift aus.«

Cadbury riß mit seinem Nagezahn den Umschlag auf. Tatsächlich, der Postvogel hatte richtig gesehen: Es war ein handgeschriebener Brief, eindeutig das Produkt einer weiblichen Seele. In dem Brief stand, kurz und bündig:

Werter Mr. Cadbury,
Ich liebe Sie.
Herzlichst, und auf Antwort hoffend,
Jane Feckless Foundfully

Nie im Leben hatte Cadbury von einer solchen Person gehört. Er drehte den Brief um, sah nichts weiter geschrieben, schnupperte und roch ein schwaches, subtiles, rauchiges Parfüm – oder glaubte es zu riechen. Aber auf der Rückseite des Umschlags entdeckte er weitere Worte in Jane Feckless Foundfullys (war sie nun Miss oder Mrs.?) Handschrift: ihre Adresse.

Das stimulierte seine Sinne unendlich.

»Hatte ich recht?« fragte der Postvogel von seinem Ast über ihm.

»Nein, es ist eine Rechnung«, log Cadbury. »Die wie ein persönlicher Brief aussehen soll.« Dann tat er, als kehre er an sein Nagewerk zurück, und nach einer Weile flatterte der Briefvogel genasführt davon und verschwand.

Sofort stellte Cadbury das Nagen ein, setzte sich auf einen kleinen Huckel im Rasen, holte seine Schnupftabaksdose aus Schildpatt vor, nahm eine tiefe, gedankenversunkene Prise seiner bevorzugten Mischung, *Mrs. Siddons Nr. 3 & 4*, und sann in allerprofundester und lebhaftester Weise darüber nach, ob er (a) auf Jane Feckless Foundfullys Brief überhaupt antworten oder nicht einfach vergessen sollte, daß er ihn je erhalten hatte, oder ihn (b) beantworten und ihn, falls (b), dann (b 1.1) in spöttischer Manier oder (b 1.2) möglicherweise doch mit einem bedeutungsvollen Gedicht aus seinem Band »Untermeyers Anthologie der Weltpoesie« plus diversen, eine sensible Natur erahnen lassenden Randbemerkungen beantworten sollte, oder sich möglicherweise sogar (b 1.3) gleich ein Herz fassen und etwas sagen wie:

> Liebe Miss (Mrs?) Foundfully!
> Als Antwort auf Ihren Brief: Die Sache ist die, daß ich Sie auch liebe und unglücklich bin in meiner ehelichen Beziehung mit einer Frau, die ich weder jetzt liebe noch je zuvor wirklich geliebt habe, darüber hinaus sehr entmutigt und pessimistisch und unbefriedigt durch meine Arbeit, und daß ich bei Dr. Drat in Behandlung bin, der mir, um ganz ehrlich zu sein, nicht im geringsten helfen zu können scheint, obwohl es aller Wahrscheinlichkeit nach nicht seine Schuld, sondern dem schweren Grad meiner seelischen Störung zuzuschreiben ist. Vielleicht könnten Sie und ich uns in nächster Zeit einmal treffen, Ihre wie meine Lage erörtern und dann weitersehen.
> Herzlichst, Bob Cadbury (Nennen Sie mich Bob, okay? Und ich werde Sie Jane nennen, wenn es Ihnen recht ist.)

Das Problem aber, machte er sich klar, bestand darin, daß Hilda hiervon selbstverständlich Wind bekommen und etwas Gräßliches tun würde – er hatte keine Ahnung, was, aber die Heftigkeit ihrer Reaktion war traurige Gewißheit. Und darüber hinaus – wenn auch als Problem zweitrangig –, woher wollte er wissen, ob er Miss (oder Mrs.) Foundfully seinerseits mögen oder lieben oder was auch immer würde? Anscheinend kannte sie ihn persönlich auf irgendeine Weise, die er sich nicht erklären konnte, oder sie hatte durch einen gemeinsamen Freund von ihm gehört; auf jeden Fall schien sie sich ihrer eigenen Gefühle und Absichten, was ihn anging, sicher zu sein, und darauf kam es ja hauptsächlich an.

Die Situation deprimierte ihn. Denn woher sollte er wissen, ob dies ein Ausweg aus seinem Elend oder im Gegenteil eine Verschlimmerung dieses Elends in eine neue Richtung war?

Immer noch im Sitzen und Prise um Prise schnupfend, überlegte er hin und her, sogar, aus dem Leben zu scheiden, was der dramatischen Natur von Miss Foundfullys Brief am ehesten zu entsprechen schien.

An diesem Abend, nachdem er müde und entmutigt von seiner Nagerei heimgekommen war, zu Abend gegessen und sich dann vor Hilda in sein Arbeitszimmer geflüchtet hatte, wo sie nicht merken würde, was er vorhatte, holte er seine Hermes-Reiseschreibmaschine heraus, spannte ein Blatt ein, überlegte lange und gewissenhaft, und schrieb dann eine Antwort an Miss Foundfully.

Während er in seine Aufgabe vertieft dahockte, platzte seine Frau Hilda in sein Arbeitszimmer, das verriegelt gewesen war. Splitter von Schloß, Tür und Angel und dazu etliche Schrauben flogen nach allen Seiten.

»Was treibst du da?« fragte Hilda gebieterisch. »Hockst da mit krummem Rücken wie ein Käfer über deiner Hermes-Schreibmaschine. Du siehst aus wie eine garstige, vertrocknete kleine Spinne, wie immer um diese Zeit am Abend.«

»Ich schreibe an die Hauptzweigstelle der Bücherei«, sagte Cadbury mit eisiger Würde, »wegen eines Buchs, das ich zurückgebracht habe und von dem sie behaupten, daß ich das *nicht* getan hätte.«

»Du Lügner«, sagte seine Frau Hilda wutentbrannt, die ihm jetzt über die Schulter geblickt und den Anfang des Briefs gelesen hatte. »Wer ist diese Miss Foundfully? Warum schreibst du an sie?«

»Miss Foundfully«, sagte Cadbury verschlagen, »ist die Bibliothekarin, die meinen Fall bearbeitet.«

»Tja, zufällig weiß ich, daß du lügst«, sagte seine Frau. »Weil ich dir diesen parfümierten Schwindelbrief geschrieben habe, um dich auf die Probe zu stellen. Und ich hatte recht. Du beantwortest ihn tatsächlich; ich wußte es in dem Moment, in dem du anfingst, auf der scheußlichen, billigen Schreibmaschine, die du so liebst, loszuhämmern.« Dann hob sie die Schreibmaschine mitsamt Papier und allem hoch und schleuderte sie durchs Fenster von Cadburys Arbeitszimmer ins Dunkel der Nacht hinaus.

»Dann vermute ich mal«, gelang es Cadbury nach einiger Zeit zu sagen, »daß es keine Miss Foundfully gibt und es daher auch keinen Zweck hat, mir die Taschenlampe zu nehmen und draußen nach meiner Hermes zu suchen, um – falls sie es überlebt hat – den Brief zu beenden. Habe ich recht?«

Mit höhnischem Grinsen, doch ohne ihn einer Antwort zu würdigen, stolzierte seine Frau aus dem Arbeitszimmer und ließ ihn allein mit seinen Vermutungen und seiner Dose *Boswell's Bester*, einer für solche Gelegenheiten viel zu milden Schupftabaksmischung.

Tja, dachte Cadbury bei sich, ich schätze, dann werde ich nie von Hilda loskommen. Und er dachte: Wie Miss Foundfully wohl gewesen wäre, hätte es sie gegeben. Und dann dachte er: Vielleicht könnte es ja, obwohl meine Frau sie sich ausgedacht hat, irgendwo auf der Welt doch ein Wesen geben, das so ist, wie ich mir Miss Foundfully vorstelle – d. h. vorgestellt habe, ehe ich die Wahrheit erfuhr. Wenn Sie verstehen, was ich meine, brütete er vor sich hin. Ich meine, meine Frau Hilda kann ja nicht *alle* Miss Foundfullys dieser Welt sein.

Am nächsten Tag auf der Arbeit, allein mit der halbfertig genagten Pappel, packte er einen kleinen Notizblock mit kurzem Bleistift, Umschlag und Briefmarke aus, die er, von Hilda unbemerkt, aus dem Haus hatte schmuggeln können. Auf einer leichten Erhebung sitzend und gedankenvoll kleine Prisen *Bezoar Feinkörnig* schnupfend, schrieb er eine kurze Notiz in gut lesbaren Druckbuchstaben.

Wer immer dies liest!

Meine Name ist Bob Cadbury, und ich bin ein junger, halbwegs gesunder Biber mit umfassenden, wenn auch mehr oder weniger autodidaktisch erworbenen Kenntnissen in Politikwissenschaft und Theologie, und ich würde mich gerne mit Ihnen über Gott, den Sinn unseres Daseins und andere Themen ähnlichen Kalibers unterhalten. Wir könnten aber auch Schach spielen.

Herzlichst,

Und daraufhin zeichnete er mit seinem Namen. Er überlegte eine Weile hin und her, schnupfte eine extragroße Prise *Bezoar Feinkörnig*, und setzte dann hinzu:

P.S.: Sind Sie ein Mädchen? Wenn ja, wette ich, Sie sind hübsch.

Er faltete den Zettel zusammen, steckte ihn in die fast leere Schnupftabaksdose, versiegelte die Dose penibel mit Klebeband und ließ sie dann den Bach hinunterschwimmen, in eine Richtung, die er grob geschätzt für Nordosten hielt.

Mehrere Tage verstrichen, ehe er, freudig erregt, eine zweite Schnupftabaksdose – nicht die, die er zu Wasser gelassen hatte – in einer Richtung, die er grob geschätzt für Südost hielt, langsam den Bach hinaufschwimmen sah.

Lieber Mr. Cadbury (begann die zusammengefaltete Nachricht aus der Schnupftabaksdose). Meine Schwester und mein Bruder sind die einzigen unspießigen Freunde, die ich habe, und wenn sie nicht so spießig sind wie all die andern, die ich getroffen habe, seit ich aus Madrid zurück bin, würde ich Sie sicher gerne kennenlernen.

Ein P.S. gab es auch noch.

P.S. Sie klingen richtig clever und gewieft, und ich wette, Sie wissen jede Menge über Zen-Buddhismus.

Der Brief war auf eine schwer lesbare Art unterschrieben, aber schließlich entzifferte er es als Carol Stickyfoot.

Er gab sofort folgende Rückantwort auf:

Liebe Miss (Mrs.?) Stickyfoot,
sind Sie echt oder jemand, den meine Frau sich ausgedacht hat? Es ist von höchster Wichtigkeit für mich, das sofort zu erfahren, bin ich doch in der Vergangenheit beschwindelt worden und muß nun ständig auf der Hut sein.

Und weg war der Brief, schwamm in seiner Tabaksdose in nordwestlicher Richtung.

Die Antwort, die am folgenden Tag in einer *Cameleopard-No.-5*-Tabaksdose in südöstlicher Richtung angeschwommen kam, lautete kurz und knapp:

Mr. Cadbury, wenn Sie mich für eine Ausgeburt der kranken Phantasie Ihrer Frau halten, verpassen Sie die Chance Ihres Lebens.

Immer die Ihre,
Carol

Tja, das ist ein durchaus vernünftiges Argument, sagte sich Cadbury, als er den Brief las und wieder las. Andererseits, sagte er sich, ist das beinahe präzise das, was die kranke Phantasie meiner Frau Hilda auszubrüten man erwarten würde. Was beweist das also?

Liebe Miss Stickyfoot (schrieb er zurück),
ich liebe Sie und glaube an Sie. Aber nur um auf Nummer Sicher zu gehen – aus meiner Sicht, meine ich –, könnten Sie mir mit getrennter Post – per Nachnahme, wenn Sie wünschen – irgendeinen Artikel, Gegenstand oder Artefakt senden, der auch den letzten begründeten Zweifel daran zerstreut, wer und was Sie sind, falls das nicht zu-

viel verlangt ist? Versuchen Sie, meinen Standpunkt zu verstehen. Ich wage mir keinen zweiten Fehler wie bei der Foundfully-Katastrophe zu erlauben. Diesmal würde ich mit meiner Hermes durchs Fenster gehen.

In tiefster Verehrung, etc.

Das ließ er in nordwestlicher Richtung davonschwimmen und begann auf der Stelle auf Antwort zu warten. Aber bis es soweit war, mußte er Dr. Drat noch einmal aufsuchen. Hilda bestand darauf.

»Und, wie war's unten am Bach?« sagte Dr. Drat in jovialer Manier, die großen, flauschigen Läufe vor sich auf der Schreibtischplatte.

Der Entschluß, dem Psychiater gegenüber offen und ehrlich zu sein, reifte in Cadbury. Sicher konnte es nicht schaden, Dr. Drat alles zu erzählen; dafür wurde er schließlich bezahlt: sich die Wahrheit in allen Einzelheiten anzuhören, den banalen ebenso wie den bedeutsamen.

»Ich habe mich in Carol Stickyfoot verliebt«, begann er. »Aber gleichzeitig läßt mich, obwohl meine Liebe unendlich und unsterblich ist, die quälende Befürchtung nicht los, sie sei eine Ausgeburt der verdrehten Phantasie meiner Frau, wie Miss Foundfully nur dazu ersonnen, um mich zu verleiten, Hilda mein wahres Ich zu offenbaren, das ich um jeden Preis verheimlichen muß. Denn würde mein wahres Ich die Oberhand gewinnen, würde ich ihr die Scheiße aus dem Leib prügeln und ihre Wohnung verlassen.«

»Hmmm«, sagte Dr. Drat.

»Und aus Ihnen auch«, sagte Cadbury, der jetzt seinen gesamten Haßgefühlen gründlich Luft machte.

Dr. Drat sagte: »Dann trauen Sie also niemandem? Haben sich allen Mitgeschöpfen entfremdet? Sind Sie einem Lebensplan gefolgt, der Sie heimtückisch in vollkommene Isolation geführt hat? Denken Sie nach, ehe Sie antworten; die Antwort könnte Ja lauten, und sich das einzugestehen könnte Ihnen schwerfallen.«

»Von Carol Stickyfoot bin ich nicht isoliert«, sagte Cadbury aufgebracht. »Darum dreht es sich doch gerade; ich versuche mich aus meiner Isolation zu lösen. Als ich von blauen Marken besessen war, *da* war ich isoliert. Miss Stikkyfoot zu treffen und kennenzulernen könnte allem, was in meinem Leben falsch ist, ein Ende setzen, und wenn Sie wüßten, was in mir vorgeht, wären Sie heilfroh, daß ich an dem Tag diese Schnupftabaksdose zu Wasser gelassen habe. Heilfroh.« Er bedachte den langohrigen Doktor mit einem finsteren Blick.

»Es interessiert Sie vielleicht zu erfahren«, sagte Dr. Drat, »daß Miss Stickyfoot eine ehemalige Patientin von mir ist. Sie hatte in Madrid einen Zusammenbruch und mußte in einem Koffer hierher zurückgeflogen werden. Ich gebe zu, daß sie recht attraktiv ist, aber sie hat viele emotionale Probleme. Und ihre linke Brust ist größer als die rechte.«

»Aber Sie geben zu, daß sie real ist!« rief Cadbury, begeistert von dieser plötzlichen Erkenntnis.

»Oh, sie ist so real, wie man sich wünschen kann; das garantiere ich. Aber Sie könnten feststellen, daß Ihnen die Sache über den Kopf wächst. Womöglich wünschen Sie sich nach einer Weile zu Hilda zurück. Gott allein weiß, wohin Carol Stickyfoot Sie beide bringen mag. Ich bezweifle, ob Carol selbst es weiß.«

Das hörte sich für Cadbury doch verdammt saugut an, und er kehrte frohgemut an seine praktisch durchgenagte Pappel am Ufer des Bachs zurück. Seine wasserdichte Rolex zeigte erst zehn Uhr dreißig an, und so blieb ihm mehr oder weniger der ganze Tag, um zu planen, was er anfangen sollte, nachdem er nun wußte, daß Carol Stickyfoot tatsächlich existierte und nicht bloß eine weitere von seiner Frau gestellte Falle und eine Illusion war.

Mehrere Regionen des Bachlaufs waren noch auf keiner Karte verzeichnet, durch die Art seines Arbeitsverhältnisses war er aber mit diesen Plätzen gründlich vertraut. Sechs oder sieben Stunden lagen noch vor ihm, ehe er sich zu Hause bei Hilda zurückmelden mußte; warum das Pappelprojekt nicht kurzzeitig zurückstellen und mit dem hastigen Bau eines geeigneten kleinen Verstecks für sich und Carol beginnen, den der Rest der Welt nicht zu identifizieren, zu lokalisieren oder zu erkennen in der Lage war? Jetzt war es Zeit zu handeln; die Zeit des Nachdenkens war vorüber.

Als der Tag in die zweite Hälfte ging und während er vollauf mit der Arbeit beschäftigt war, das kleine Versteck für sich und Carol zu errichten, kam eine Dose *Dean's Own* südwestlich den Bach heruntergeschwommen. In einem brodelnden Kielstrom aufgequirlten Wassers hastete er hinaus, um die Schnupftabaksdose zu bergen, ehe sie vorbeischwimmen konnte.

Als er den Klebestreifen entfernt und die Dose geöffnet hatte, fand er ein kleines, in Seidenpapier gewickeltes Päckchen und eine spöttisch-herablassende Nachricht.

Da haben Sie Ihren Beweis (lautete die Nachricht).

Das Päckchen enthielt drei blaue Marken.

Für über eine Stunde konnte sich Cadbury kaum darauf verlassen, daß seine Zähne richtig nagten, einen so großen Schock hatte ihm Carols Echtheitsbeweis, ihre Anerkennung seiner Person und seiner Wünsche, versetzt. Wie von Sinnen biß er sich durch Ast um Ast einer alten Eiche und verstreute dabei Zweige nach allen Seiten. Ein eigenartiger Taumel befiel ihn. Er hatte tatsächlich jemand gefunden, es war ihm gelungen, Hilda zu entkommen – der Weg lag vor ihm, er mußte ihn nur gehen ... oder vielmehr schwimmen.

Er knüpfte einige leere Schnupftabaksdosen mit einem Zwirnfaden zusammen und ließ sich in den Bach gleiten; die Dosen trieben mehr oder weniger nordwestlich, und Cadburry paddelte ihnen nach, schnaufend vor freudiger Erwartung. Im Paddeln, reimte er, ohne die Dosen aus den Augen zu lassen, einen Vierzeiler zum Anlaß seiner ersten persönlichen Begegnung mit Carol.

Ich liebe dich ist leicht gesagt,
Doch eins will ich dir schwören:
Die Tat, die ich für dich gewagt,
Hat Hand und Fuß und Öhren.

Mit den »Öhren« war er nicht ganz zufrieden, aber wie viele Worte reimten sich schon auf »schwören«?

In der Zwischenzeit brachten die aneinandergebundenen Schnupftabaksdosen ihn unaufhaltsam näher – so hoffte und glaubte er zumindest – zu Miss Carol Stickyfoot. O Wonne! Aber dann mußte er im Weiterpaddeln wieder an die hinterhältigen, allzu beiläufigen Bemerkungen von Dr. Drat denken, die Saat der Ungewißheit, die Drat in seinem professionellen Stil ausgestreut hatte. Hatte er (er meinte sich selbst, nicht Dr. Drat) den Mut, die Kraft und die Integrität, die nötige Hingabe an sein Vorhaben, um mit Carol zurechtzukommen, falls sie, wie Drat angab, schwere emotionale Probleme hatte? Was, wenn sich zeigte, daß Drat recht hatte? Was, wenn Carol sich als *noch* schwieriger und destruktiver als Hilda erwies – die seine Hermes-Reiseschreibmaschine durchs Fenster schleuderte und dergleichen Manifestationen psychopathischer Besessenheit mehr?

Vor lauter Grübeln merkte er nicht, daß die aneinandergebundenen Schnupftabaksdosen lautlos ans Ufer getrieben waren. Er paddelte automatisch hinter ihnen her und aus dem Bach an Land.

Da vorne – ein bescheidenes Apartment mit handbemalten Fensterläden, über dessen Haustür sich träge ein ungegenständliches Mobile drehte. Und dort, auf der Veranda, saß Carol Stickyfoot und trocknete sich mit einem großen, weißen, flauschigen Handtuch die Haare.

»Ich liebe Sie«, sagte Cadbury. Er schüttelte sich das Wasser aus dem Pelz und zappelte ganz kribbelig vor unterdrückter Erregung herum.

Carol Stickyfoot schaute hoch und taxierte ihn. Sie hatte wunderhübsche, große dunkle Augen und langes, schweres

Haar, das in der untergehenden Sonne leuchtete. »Ich hoffe, Sie haben die drei blauen Marken mitgebracht«, sagte sie. »Wissen Sie, die habe ich mir nämlich da geborgt, wo ich arbeite, und muß sie zurückgeben.« Sie fügte hinzu: »Es war eine Geste, weil Sie einen kleinen Schubs nötig zu haben schienen. Die Spielverderber haben Ihnen zugesetzt, wie dieser Seelenklempner Dr. Drat. Der ist ein Spielverderber von der schlimmsten Sorte. Möchten Sie eine Tasse Yuba-Instantkaffee?«

Als er ihr in ihr bescheidenes Apartment folgte, sagte Cadbury: »Ich vermute, Sie haben gehört, was ich zu Beginn sagte. Mir ist es nie im Leben ernster gewesen. Ich liebe Sie wirklich, und in der ernsthaftesten Weise. Ich suche nicht nach etwas Trivialem oder Beiläufigem oder Vorübergehendem; ich suche nach der langfristigsten und ernstesten Beziehung, die es gibt. Ich hoffe bei Gott, daß Sie nicht nur mit mir spielen, weil ich nie im Leben ernster und erregter wegen etwas war, selbst wegen der blauen Marken nicht. Wenn das nur Ihre Art ist, sich zu amüsieren oder irgend so was, wäre es gnädig von Ihnen, das jetzt mit einem offenen Wort zu beenden. Denn die Tortur, meine Frau zu verlassen, um ein neues Leben zu beginnen, und dann feststellen zu müssen –«

»Hat Dr. Spielverderber Ihnen gesagt, daß ich male?« fragte Carol Stickyfoot, während sie auf dem Herd in ihrer bescheidenen Küche einen Topf Wasser aufsetzte und die Herdflamme mit einem altmodischen, großen Zündholz entzündete.

»Er hat mir nur gesagt, daß Ihnen in Madrid die Sicherungen durchgebrannt sind«, sagte Cadbury. Er setzte sich an den kleinen, unlackierten Pinienholztisch gegenüber dem Herd und sah Miss Stickyfoot liebevoll zu, wie sie Instantkaffee in zwei Keramikbecher löffelte, in deren Glasur pataphysische Spiralen eingebrannt waren.

»Verstehen Sie denn irgend etwas von Zen?« fragte Miss Stickyfoot.

»Nur, daß man Koans aufgibt, die sowas wie Rätsel sind«, sagte er. »Und man gibt irgendwelche Nonsens-Antworten, weil die Frage von vorneherein völlig blödsinnig ist: ›Warum sind wir auf der Welt?‹ und so weiter.« Er hoffte, daß er damit richtig lag und daß sie denken würde, er würde sich wirklich mit Zen auskennen, wie sie in ihrem Brief erwähnt hatte. Und dann kam er auf eine wirklich gute Zen-Antwort auf ihre Frage. »Zen«, sagte er, »ist ein vollständiges philosophisches System, in dem die Fragen auf alle Antworten, die im Universum existieren, enthalten sind. Hat man zum Beispiel die Antwort ›Ja‹, kann einem Zen exakt die damit verbundene Frage darlegen, zum Beispiel: ›Müssen wir sterben, um einem Schöpfer zu gefallen, der seine Geschöpfe gerne umkommen sieht?‹ Obwohl, wenn ich jetzt genauer darüber nachdenke, die entsprechende Zen-Frage auf diese Antwort eigentlich wäre: ›Sind wir in dieser Küche und wollen gleich Yuba-Instantkaffee trinken?‹ Würden Sie mir zustimmen?« Als sie nicht gleich antwortete, sagte Cadbury eilig: »In Wirklichkeit würde Zen sagen, daß die Antwort ›Ja‹ die Antwort auf *diese* Frage ist: ›Würden Sie mir zustimmen?‹ Da haben Sie einen der großen Vorteile des Zen; es kann eine Vielzahl exakter Fragen auf fast jede denkbare Antwort beibringen.«

»So ein Scheißdreck«, sagte Miss Stickyfoot voller Abscheu.

Cadbury sagte: »Das beweist, daß ich Zen verstehe. Sehen Sie das ein? Oder vielleicht ist es auch, daß Sie Zen eigentlich selbst nicht verstehen.« Das wurmte ihn jetzt ein bißchen.

»Vielleicht haben Sie recht«, sagte Miss Stickyfoot. »Ich meine, damit, daß ich Zen nicht verstehe. Tatsache ist, daß ich es überhaupt nicht kapiere.«

»Das ist unheimlich Zen-mäßig«, erläuterte Cadbury. »Ich kapier's aber. Was auch wieder Zen ist. Verstehen Sie?«

»Hier ist Ihr Kaffee«, sagte Miss Stickyfoot; sie stellte die zwei vollen, dampfenden Kaffeetassen auf den Tisch und setzte sich ihm gegenüber. Dann lächelte sie. Ihm kam es vor wie ein nettes Lächeln, voller Licht und Freundlichkeit, ein lustiges, kleines, zerknittertes, scheues Lächeln, mit einem verwirrten, fragenden Schimmer von Verwunderung und Anteilnahme in den Augen. Es waren wirklich wundervolle große dunkle Augen, so ziemlich die schönsten, die er in seinem Leben gesehen hatte, und seine Liebe zu ihr war ganz aufrichtig; das hatte er nicht nur so dahingesagt.

»Sie wissen ja, daß ich verheiratet bin«, sagte er, als er seinen Kaffee schlürfte. »Aber ich lebe von ihr getrennt. Ich habe ein Stück den Bach runter, wo nie jemand hinkommt, notdürftig eine Hütte zusammengezimmert. Ich sage ›Hütte‹, damit Sie sich keine falschen Vorstellungen machen, es sei eine Prachtvilla oder so; sie ist aber sehr solide gebaut. Ich bin ein Meister meines Fachs. Ich will nicht angeben vor Ihnen; das ist die reine Wahrheit. Aber ich weiß, daß ich uns mit allem versorgen kann, was wir brauchen. Oder wir können hier leben.« Er sah sich in Miss Stickyfoots kleinem Apartment um. Wie asketisch und geschmackvoll sie alles eingerichtet hatte. Ihm gefiel es hier; er fühlte, wie Frieden über ihn kam und alle Anspannung von ihm wich. Zum ersten Mal seit Jahren.

»Sie haben eine komische Aura«, sagte Miss Stickyfoot. »Irgendwie weich und wollig und rot. Ich bin mit ihr einverstanden. Aber ich habe so eine noch nie gesehen. Bauen Sie Modelleisenbahnen? Sie sieht irgendwie nach der Aura von einem aus, der Modelleisenbahnen baut.«

»Ich kann fast alles bauen«, sagte Cadbury. »Mit meinen Zähnen, Händen und Worten. Hören Sie zu; das ist für Sie.« Dann trug er ihr sein vierzeiliges Gedicht vor. Miss Stickyfoot hörte aufmerksam zu.

»Dieses Gedicht«, urteilte sie, als er fertig war, »hat Wu. ›Wu‹ ist ein japanischer Begriff – oder ein chinesischer? –, der bedeutet ... na, Sie wissen schon, was.« Sie machte eine unwillige Gebärde. »Schlichtheit. Wie auf einigen Bildern

Paul Klees.« Aber dann fügte sie hinzu: »Es ist allerdings nicht besonders gut. Davon mal abgesehen.«

»Das habe ich verfaßt«, erklärte er gereizt, »während ich im Bach hinter meinen zusammengebundenen Schnupftabaksdosen herpaddelte. Es war war nur so aus dem Stegreif gedichtet; ich kann es besser, wenn ich in der Abgeschiedenheit meines verschlossenen Arbeitszimmers vor meiner Hermes sitze. Solange Hilda nicht gegen die Tür hämmert. Sie können sich denken, warum ich sie hasse. Wegen ihrer sadistischen Störmanöver bleibt mir zu meiner kreativen Arbeit nur Zeit, während ich herumschwimme oder mein Mittag esse. Schon dieser eine Aspekt meines Ehelebens erklärt, warum ich daraus ausbrechen und mich auf die Suche nach Ihnen machen mußte. In der Beziehung zu einem Geschöpf Ihrer Art könnte ich auf einem völlig neuen Niveau schöpferisch sein. Ich würde in blauen Marken schwimmen. Darüber hinaus müßte ich mich nicht herablassen und bis zum Erbrechen zu Dr. Drat gehen, den Sie zutreffend einen Ober-Spielverderber nennen.«

»›Blaue Marken‹«, äffte Miss Stickyfoot ihn nach und verzog angewidert das Gesicht. »Ist das das Niveau, das Sie meinen? Es scheint mir, als hätten Sie die höheren Ziele eines Rosinengroßhändlers. Vergessen Sie die blauen Marken; verlassen Sie Ihre Frau nicht dafür: Sie schleppen nur Ihr altes Wertesystem mit sich herum. Sie haben verinnerlicht, was sie Ihnen beigebracht hat, nur daß Sie es noch einen Schritt weiter treiben. Schlagen Sie einen völlig anderen Kurs ein, dann geht alles glatt für Sie.«

»Zen zum Beispiel?« fragte er.

»Zen ist für Sie nur Spielerei. Wenn Sie es wirklich verstünden, hätten Sie meine Nachricht nie beantwortet, wären nicht hierhergekommen. Es gibt auf der Welt keinen perfekten Menschen, weder für Sie noch für irgendwen sonst. Ich kann Sie auch nicht zufriedener machen, als Sie mit Ihrer Frau sind; Ihre Probleme tragen Sie in sich selbst.«

»Dem stimme ich in einem gewissen Grad zu«, stimmte

Cadbury – in einem gewissen Grad – zu. »Aber meine Frau verschlimmert sie. Mit Ihnen würden sie vielleicht nicht völlig verschwinden, aber sie wären nicht mehr so schlimm. Schlimmer als jetzt können sie gar nicht werden. Zumindest würden Sie nicht jedesmal, wenn Sie sauer auf mich sind, meine Hermes-Schreibmaschine aus dem Fenster werfen, und außerdem wären Sie vielleicht nicht jede einzelne verdammte Minute, Tag und Nacht, sauer auf mich, so wie meine Frau. Haben Sie darüber nachgedacht?«

Seine Argumente schienen Miss Stickyfoot nicht unberührt zu lassen; sie nickte in, wie es schien, zumindest partiellem Einverständnis. »Na schön«, sagte sie nach einer Pause, und ein plötzliches Aufleuchten ließ ihre großen, dunklen, attraktiven Augen funkeln. »Wagen wir einen Versuch. Wenn Sie Ihr zwanghaftes Geplapper einen Moment einstellen könnten – vielleicht zum ersten Mal in Ihrem Leben –, tue ich für Sie und mit Ihnen, was Sie von sich aus nie hätten tun können, was getan werden muß. In Ordnung? Soll ich's für Sie tun?«

»Sie drücken sich plötzlich so seltsam aus«, sagte Cadbury mit einer Mischung aus Beunruhigung, Überraschung – und wachsendem Respekt. Miss Stickyfoot hatte begonnen, sich vor seinen Augen offenkundig zu verändern. Was ihm bisher als der Gipfel an Schönheit erschienen war, veränderte sich, während er gebannt zusah; Schönheit, wie er sie gekannt, herbeigesehnt, sich ausgemalt hatte, zerrann und wurde davongespült in die Flüsse des Vergessens, der Vergangenheit, der Grenzen seines eigenen Bewußtseins: sie wich jetzt etwas viel weiter Entferntem, etwas, das er aus eigener Vorstellungskraft nie hätte heraufbeschwören können. Die überstieg es bei weitem.

Miss Stickyfoot war zu mehreren Personen geworden – jede einzelne ganz realistisch –, schön, aber nicht überirdisch schön, attraktiv, aber nicht übertrieben attraktiv. Und diese Menschen, so begriff er, bedeuteten viel mehr, waren viel mehr, weil sie nicht Objekte zur Erfüllung seiner

Wunschvorstellungen waren, keine bloßen Produkte seiner Phantasie. Die erste, ein halb-asiatisches Mädchen mit langem, glänzendem, dunklem Haar, sah ihn mit abwartenden, leuchtenden, intelligenten Augen an, aus denen ruhige Wachheit blitzte; das Bild, das sie sich von ihm machte, war glasklar und korrekt, von keinerlei Sentimentalität oder auch nur Freundlichkeit, Nachsicht oder Mitleid getrübt – und doch lag in ihren Augen eine Art Liebe: Gerechtigkeit, ohne Aversion gegen ihn zu zeigen oder sich von ihm abzuwenden, so bewußt sie sich seiner Unzulänglichkeiten war. Es war eine kameradschaftliche Liebe, eine intellektuelle Anteilnahme an seiner Person und ein Band, geknüpft durch das Wissen um die gemeinsamen Schwächen.

Das nächste Mädchen mit seinem versöhnlichen und toleranten Lächeln konnte nicht den kleinsten Makel an ihm bemerken – nichts, was er war oder nicht war, tat oder nicht tat, konnte sie enttäuschen oder ihre hohe Meinung von ihm ändern; es glühte warm und dunkel vor traurig-heiterer Zufriedenheit: es war seine Mutter, seine unsterbliche, nie von ihm weichende, ihn niemals vergessende Mutter, deren Schutz ihn immer umhüllen würde wie ein behütender Schleier, der ihn verbarg und wärmte; sie blies ihm neue Hoffnung, neuen Lebensmut ein, wenn Schmerz und Niederlagen und Einsamkeit ihn fast zu Staub zerrieben . . . sie war das erste Mädchen, war seinesgleichen: vielleicht seine Schwester; seine liebende, starke Mutter, die zugleich schwach und furchtsam war und es sich doch nicht anmerken ließ.

Und schließlich noch ein schlechtgelauntes, schmollendes, launisches Mädchen, unreif, hübsch mit kleinen Schönheitsfehlern und etwas unreiner Haut, das eine zu rüschenbesetzte, zu seidenglänzende Bluse und einen zu kurzen Rock über zu dünnen Beinen trug; trotzdem sehr anziehend auf ihre unvollkommene Weise. Sie starrte ihn enttäuscht an, als hätte er ihr Vertrauen mißbraucht, sie im Stich gelassen, würde es immer tun; und trotzdem funkelte sie ihn fordernd an, verlangte mehr, versuchte noch immer, alles aus ihm herauszuholen, was sie brauchte und wonach es sie gelüstete: die ganze Welt, den Himmel, alles; und doch verabscheute sie ihn, weil er es ihr nicht geben konnte. Die hier, begriff er, war seine zukünftige Tochter, die ihm, anders als die anderen beiden, schließlich den Rücken kehren würde, ihn zornig und enttäuscht verlassen würde, um Erfüllung bei einem anderen, jüngeren Mann zu suchen. Sie würde ihm nur für kurze Zeit gehören. Und nie würde er sie ganz zufriedenstellen können.

Aber alle drei liebten ihn, und alle drei waren seine Mädchen, seine Frauen, seine melancholischen, hoffnungsvollen, traurigen, verängstigten, vertrauensvollen, leidenden, lachenden, sinnlichen, beschützenden, wärmenden, fordernden weiblichen Realitäten, seine Dreifaltigkeit der objektiven Welt, die in Opposition zu ihm standen und ihn zugleich komplettierten, ihm das hinzufügten, was er nicht war und nie sein würde, was ihm mehr als alles andere auf der Welt lieb und teuer war, was er über alles respektierte und liebte und brauchte. Miss Stickyfoot als solche war verschwunden. An ihrer Stelle waren da jetzt die drei Mädchen. Und sie kommunizierten nicht aus der Distanz mit ihm, um zwei Ecken herum, über Nachrichten, die sie in leeren Schnupftabaksdosen den Papermill Creek hinabschwimmen ließen; sie sprachen unmittelbar zu ihm, die bohrenden Blicke unerbittlich, unablässig auf ihn gerichtet.

»Ich werde mit dir leben«, sagte das asiatische Mädchen mit den ruhigen Augen. »Als neutraler Kamerad, immer mal wieder, solange ich lebe und du lebst, was nicht für immer sein muß. Das Leben ist vergänglich und zumeist den ganzen Krampf nicht wert. Manchmal glaube ich, die Toten sind besser dran. Vielleicht schließe ich mich ihnen heute schon an, vielleicht morgen. Vielleicht bringe ich dich um und schicke dich ihnen nach, oder ich nehme dich mit. Lust, mich zu begleiten? Du zahlst die Reisekosten, wenigstens, wenn du willst, daß ich dich begleite. Andernfalls reise ich allein und fahre umsonst bei einem 707-Militärtransport mit; ich kriege für den Rest meines Lebens regelmäßige Rückzahlungen von der Regierung, die ich auf einem geheimen Bankkonto zu halblegalen Investitionsgeschäften anlege, Geschäfte, von denen du gottverdammt besser nie Wind bekommst, wenn du weißt, was gut für dich ist.« Sie unterbrach sich, wobei sie ihn immer noch leidenschaftslos musterte. »Nun?«

»Wie war die Frage?« sagte Cadbury verwirrt.

»Ich sagte«, sagte sie scharf und ging über seine geistige Unzulänglichkeit ungeduldig hinweg, »ich werde mit dir zusammenleben, für einen nicht näher bezeichneten Zeitraum und mit ungewissem Ausgang, falls du anständig zahlst, und besonders – und das ist entscheidend – wenn du den Haushalt anständig führst – du weißt schon, Rechnungen zahlen, aufräumen, einkaufen, Essen machen –, daß ich damit nichts zu tun habe. Damit ich mich um die Angelegenheiten kümmern kann, auf die es ankommt – meine eigenen.«

»Alles klar«, sagte er eifrig.

»Ich werde nie mit dir leben«, sagte das herzliche Mädchen mit den rauchfarbenen Haaren und traurigen Augen, mollig und schmiegsam in ihrer kuscheligen Fransenlederjacke, ihrer braunen Cordhose und braunen Stiefeln, ihre Handtasche aus Kaninchenleder am Arm. »Aber ich schaue hin und wieder morgens auf dem Weg zur Arbeit bei dir vorbei und seh mal nach, ob du vielleicht einen Joint für mich hast. Und wenn nicht, und du bist niedergeschlagen, dann gebe ich dir neue Kraft – aber nicht gerade jetzt. Okay?« Ihr Lächeln wurde noch intensiver, ihre hübschen Augen flossen über vor Weisheit und einer unaussprechlichen Komplexität ihrer selbst und ihrer Liebe.

»Klar«, sagte er. Er wünschte sich mehr, wußte aber, daß das alles war; sie gehörte nicht ihm, existierte nicht seinetwegen: sie war sie selbst und Produkt und Bestandteil der Welt.

»Kindsmißbrauch«, sagte das dritte Mädchen und schürzte boshaft die überroten, allzu üppigen Lippen, die gleichzeitig amüsiert zuckten. »Ich werde dich nie verlassen, du schmutziger alter Mann, denn wie zum Teufel solltest du je wieder eine finden, die bereit ist, mit einem Kinderschänder zu leben, der jeden Tag an Herzversagen oder an einem Infarkt sterben kann? Wenn ich weg bin, ist für dich alles aus, du schmutziger alter Mann.« Plötzlich bekam sie ganz feuchte Augen vor Trauer und Mitleid – aber nur kurz, und dann war es vorüber. »Das wird das einzige Glück sein, das du je erlebst. Also kann ich nicht fort; ich muß bei dir bleiben, und mein eigenes Leben muß warten, selbst wenn es für immer ist.« Dann verlor sich zusehends ihre Lebhaftigkeit; eine Art mechanische, unbewegte Schwärze legte sich über ihr grellgeschminktes, unreifes, anziehendes Gesicht. »Aber wenn ich ein besseres Angebot kriege«, sagte sie frostig, »dann nehme ich es an. Ich muß mich erst gründlich umsehen. Die Stadt auf den Kopf stellen.«

»Den Teufel wirst du tun«, sagte Cadbury heftig, voller Unwillen. Und erlebte bereits ein schreckliches Gefühl des Verlusts, als sei sie in diesem Moment schon weggegangen, so bald schon; es war bereits eingetreten – das schlimmstmögliche Ereignis seines Lebens.

»Und jetzt«, sagten alle drei Mädchen gemeinsam forsch, »laß uns mal ans Eingemachte gehen. Wie viele blaue Wertmarken hast du?«

»W-was?« stammelte Cadbury erschrocken.

»So läuft der Hase«, flöteten die drei Mädchen unisono mit unbekümmerter Schroffheit. Ihre vereinten Kräfte waren durch das Thema mobilisiert worden; sie waren individuell wie kollektiv hellwach. »Sehen wir uns mal dein Scheckbuch an. Wie ist dein Kontostand?«

»Wie hoch ist dein jährliches Bruttoeinkommen?« fragte das asiatische Mädchen.

»Ich würde dich nie ausnehmen«, sagte das herzlichsentimentale, geduldige, treusorgende Mädchen, »aber könntest du mir zwei blaue Marken leihen? Ich weiß, daß du Hunderte hast, ein bedeutender und berühmter Biber wie du.«

»Geh welche holen und kauf mir im Speedy Mart zwei große Schokomilch und einen Karton gemischte Donuts und eine Cola«, sagte das schlechtgelaunte Mädchen.

»Kann ich mir deinen Porsche ausleihen?« fragte das treusorgende Mädchen. »Ich tank auch.«

»Aber meinen kannst du nicht fahren«, sagte das asiatische Mädchen. »Dadurch würde mein Versicherungsbeitrag teurer, den meine Mutter bezahlt.«

»Bring mir das Autofahren bei«, sagte das schlechtgelaunte Mädchen, »damit ich einen von meinen Boyfriends dazu kriege, morgen abend mit mir ins Autokino zu fahren; kostet nur zwei Mäuse pro Wagenladung. Sie zeigen fünf Sexstreifen, und zwei Typen und eine Braut passen noch in den Kofferraum.«

»Gib deine blauen Marken lieber mir in Verwahrung«, sagte das treusorgende Mädchen. »Die anderen Miezen nehmen dich nur aus.«

»Fick dich ins Knie«, sagte das schlechtgelaunte Mädchen rüde.

»Wenn du auf sie hörst oder ihr eine einzige blaue Marke gibst«, sagte das asiatische Mädchen grimmig, »reiße ich dir dein beschissenes Herz raus und fresse es, solange es noch zuckt. Und die kleine Schlampe da, die hat den Tripper; wenn du mit der schläfst, bist du für den Rest deines Lebens steril.«

»Ich habe gar keine blauen Marken«, sagte Cadbury in der bangen Befürchtung, daß ihn die Mädchen, wo sie das nun wußten, alle drei verlassen würden. »Aber ich –«

»Verkauf deine Hermes-Rocket-Schreibmaschine«, sagte das asiatische Mädchen.

»Ich verkaufe sie für dich«, sagte das hingebungsvolle, fürsorgliche Mädchen mit seiner sanften Stimme. »Und gebe dir –« Sie rechnete peinlich genau nach, langsam, mit Mühe. »Ich mache halbe-halbe mit dir. Ganz fair. Ich würde dich nie übers Ohr hauen.« Sie lächelte ihn an, und er wußte, daß es stimmte.

»Meine Mutter hat eine elektrische IBM-Büromaschine mit extra breitem Wagen und Kugelkopf«, sagte das schlechtgelaunte Mädchen hochnäsig, beinahe verächtlich. »Ich würde mir ja eine zulegen, tippen lernen und mir einen guten Job suchen, aber ich kriege mehr, wenn ich weiter Stütze kassiere.«

»Ende des Jahres –«, begann Cadbury verzweifelt.

»Also, bis später«, sagten die drei Mädchen, die ehemals Miss Stickyfoot gewesen waren. »Du kannst uns die blauen Marken aber auch mit der Post schicken. Okay?« Sie entfernten sich geschlossen, begannen zu flimmern und wurden körperlos. Oder –

Oder war er es selbst, Cadbury, der zu kurz gekommene Biber, der körperlos wurde? Plötzlich kam ihm der schreckliche Verdacht, daß es letzteres war. *Er* verging; sie blieben.

Und doch war es gut so.

Damit konnte er leben. Sein eigenes Verschwinden konnte er überleben. Aber nicht ihres.

Schon jetzt, da er sie erst so kurze Zeit kannte, bedeuteten sie ihm mehr, als er sich selbst bedeutete. Und diese Erkenntnis erleichterte ihn.

Ob er nun blaue Marken für sie hatte oder nicht – und nur darauf schien es ihnen anzukommen –, sie würden überleben. Wenn sie sich die blauen Marken nicht von ihm ergaunern, erschleichen, erschnorren oder sonstwie verschaffen konnten, würden sie sie sich von einem anderen holen. Oder auch ohne sie glücklich sein. Sie brauchten sie eigentlich nicht; sie *mochten* sie. Sie konnten mit oder ohne sie überleben. Aber sie hatten, offen gesagt, kein Interesse, bloß zu überleben. Sie hatten den unbedingten Wunsch und Willen, rundum glücklich zu sein, und wußten, wie sie es anfangen mußten. Mit bloßem Überleben würden sie sich nicht zufriedengeben; sie wollten *leben.*

»Ich hoffe, ich sehe euch wieder«, sagte Cadbury. »Oder vielmehr, ich hoffe, ihr seht mich wieder. Ich meine, ich hoffe, ich tauche wenigstens ab und zu wieder für kurze Momente in eurem Leben auf. Nur um zu sehen, wie es euch geht.«

»Hör auf, uns für dumm zu verkaufen«, sagten die drei unisono, als Cadbury buchstäblich Luft für sie wurde; alles, was noch von ihm blieb, war ein grauer Rauchschleier, der wehmütig in der halbverbrauchten Luft hing, die ihm einst Lebenskraft gespendet hatte.

»Du wirst wiederkommen«, sagte das treusorgende, mollige, ledergekleidete, warmäugige Mädchen mit instinktiver Zuversicht, als könne daran kein Zweifel bestehen. »Wir sehen uns wieder.«

»Das hoffe ich«, sagte Cadbury, aber nun kam sogar seine Stimme wie von weit her; sie zitterte wie das ersterbende Audiosignal eines fernen Sterns, der vor langer Zeit zu Asche und Dunkelheit und Reglosigkeit und Schweigen erkaltet war.

»Gehen wir an den Strand«, sagte das asiatische Mädchen, als sie zu dritt davonschlenderten, von sich überzeugt, selbstsicher und körperbewußt, allem gewachsen, was der Tag bringen mochte. Und weg waren sie.

Cadbury – oder zumindest die von ihm übriggebliebenen Ionen, die als eine Art Kondensstreifen seine Spur markierten, die er durchs Leben gezogen hatte –, Cadbury fragte sich, ob es dort, an ihrem Strand, hübsche Bäume umzunagen gab. Und wo ihr Strand war. Und ob er schön war. Und ob er einen Namen hatte.

Kurz innehaltend, mit einem raschen Blick zurück, sagte das mitfühlende, treusorgende, mollige Mädchen in weichem, fransenbesetztem Leder: »Möchtest du mitkommen? Wir könnten dich ein Weilchen bei uns behalten, vielleicht. Aber nur dies eine Mal. Du weißt, wie es ist.«

Es kam keine Antwort.

»Ich liebe dich«, sagte sie sanft, wie zu sich selbst. Und lächelte ihr tränenfeuchtes, glückliches, kummervolles, verstehendes, erinnerndes Lächeln.

Und ging weiter. Ein kleines Stück hinter den beiden anderen. Kaum merklich zögernd, als blicke sie, ohne es zu zeigen, zurück.

Ein kleines Trostpflaster für uns Temponauten

Erschöpft schleppte sich Addison Doug über den langen Gartenweg aus synthetischen Redwoodbohlen, setzte Schritt vor Schritt, den Kopf gesenkt, als würde ihn jede Bewegung schmerzen. Die junge Frau beobachtete ihn, wünschte, sie könnte ihm helfen; es tat ihr weh, ihn so verbraucht und unglücklich zu sehen, doch gleichzeitig war sie überglücklich, daß er überhaupt da war. Immer weiter, weiter auf sie zu ging er, ohne aufzuschauen, blindlings ... als sei er schon viele Male so gegangen, dachte sie plötzlich. Als würde er den Weg allzugut kennen. Wieso war das so?«

»Addi«, rief sie und lief ihm entgegen. »Im Fernsehen haben sie gesagt, du wärst tot. Ihr alle wärt umgekommen!«

Er blieb stehen, um sein dunkles Haar zurückzustreichen, das nicht mehr lang war; kurz vor dem Start hatten sie es kurzgeschoren. Was er offenkundig vergessen hatte. »Glaubst du alles, was du im Fernsehen siehst?« sagte er und kam wieder näher, stockend, aber jetzt lächelnd. Und mit ausgebreiteten Armen.

Gott, es war schön, ihn zu umarmen, wieder seine kräftigen Arme zu spüren; sie waren kräftiger, als sie erwartet hatte. »Ich wollte mir schon einen Neuen suchen«, sagte sie atemlos. »Als Ersatz für dich.«

»Ich reiße dir den Kopf ab, wenn du's tust«, sagte er. »Es ist sowieso unmöglich; wer könnte mich schon ersetzen?«

»Aber was war mit der Implosion?« sagte sie. »Beim Rückeintritt; sie sagten –«

»Hab ich vergessen«, sagte Addison in dem Tonfall, der jede weitere Diskussion unterband. Immer hatte sie dieser Tonfall geärgert, aber heute nicht. Heute spürte sie, wie furchtbar die Erinnerung für ihn war. »Ich bleibe ein paar Tage bei dir«, sagte er, als sie zusammen über den Weg zur offenen Tür des Blockhauses mit dem schrägstehenden Zeltdach gingen. »Wenn es dir recht ist. Und Benz und Crayne werden später nachkommen; vielleicht schon heute abend. Wir haben viel zu bereden und abzuklären.«

»Dann habt ihr also alle drei überlebt.« Sie schaute hoch in sein verhärmtes Gesicht. »Alles, was sie im Fernsehen gesagt haben ...« Dann verstand sie. Jedenfalls glaubte sie zu verstehen. »Es war ein Ablenkungsmanöver. Aus – aus politischen Gründen, um die Russen irrezuführen. Richtig? Ich meine, die Sowjetunion wird glauben, der Einsatz sei fehlgeschlagen, weil beim Rückeintritt –«

»Nein«, sagte er. »Höchstwahrscheinlich wird ein Chrononaut zu uns stoßen. Soll uns helfen, dahinterzukommen, was passiert ist. General Molch sagte, einer von ihnen sei schon auf dem Weg hierher; die Genehmigung liegt bereits vor. Weil die Lage so ernst ist.«

»Mein Gott«, sagte das Mädchen betroffen. »Für wen ist dann das Ablenkmanöver?«

»Laß uns was trinken«, sagte Addison. »Dann erkläre ich dir alles.«

»Ich habe nichts weiter als kalifornischen Brandy im Haus.«

Addison Doug sagte: »So wie ich mich fühle, würde ich alles trinken.« Er ließ sich auf die Couch fallen und lehnte sich mit einem gequälten Seufzer zurück, während das Mädchen eilig für beide einen Drink mixte.

Das Radio im Wagen quengelte: »... beklagt die unglückliche Wendung der Ereignisse, deren Auslöser ein unvorhersehbarer ...«

»Offizielles Gewäsch«, sagte Crayne und schaltete das Radio aus. Er und Benz hatten Mühe, das Haus zu finden; sie waren bisher nur einmal dagewesen. Es ging Crayne durch den Kopf, daß diese Art, eine Konferenz von solcher

Tragweite einzuberufen, nicht gerade sehr offiziell war – sich hier draußen in der Wildnis von Ojai in der Hütte von Addisons Mieze zu treffen. Andererseits würden sie von Neugierigen unbehelligt bleiben. Und vielleicht hatten sie nicht viel Zeit. Aber das war schwer zu sagen; was das anging, war sich niemand ganz sicher.

Die Hügel zu beiden Seiten der Straße waren früher einmal Wälder gewesen, bemerkte Crayne. Jetzt verschandelten Fertighäuser und ihre aufgeweichten, unebenen Kunststoffauffahrten jede Erhebung, so weit man blickte. »Ich wette, hier war es früher richtig hübsch«, sagte er zu Benz am Steuer.

»Der Los Padres Nationalpark ist ganz in der Nähe«, sagte Benz. »Ich habe mich mal drin verlaufen, als ich acht Jahre alt war. Ich war stundenlang fest überzeugt, eine Klapperschlange würde mich erwischen. Jeder Stock war eine Schlange.«

»Und jetzt hat die Klapperschlange dich erwischt«, sagte Crayne.

»Uns alle«, sagte Benz.

»Weißt du«, sagte Crayne, »es ist schon eine mörderische Erfahrung, tot zu sein.«

»Für dich vielleicht.«

»Aber genaugenommen –«

»Wenn man Radio und Fernsehen glaubt.« Benz wandte sich zu ihm um, sein großes Gnomengesicht war düster und streng. »Wir sind nicht toter als irgendwer sonst auf dem Planeten. Der Unterschied für uns ist, daß unser Todestag in der Vergangenheit liegt, während der aller anderen in einer ungewissen Zukunft liegt. Für manche liegt er sogar in einer verdammt gewissen Zukunft, für Leute auf Krebsstationen zum Beispiel; für die ist er so todsicher wie für uns. Sicherer noch. Nur als Beispiel: Wie lange können wir hierbleiben, ehe wir zurück müssen? Wir haben eine gewisse Spanne, einen Spielraum, den ein unheilbar Krebskranker nicht hat.«

Crayne sagte fröhlich: »Als nächstes munterst du uns damit auf, daß wir keine Schmerzen haben.«

»Addi schon. Ich habe ihn vorhin wegkriechen sehen. Bei ihm ist es psychosomatisch – äußert sich in körperlichen Beschwerden. Als würde der liebe Gott ihm im Nakken sitzen; du weißt schon, hat eine viel zu schwere Last zu tragen, völlig zu unrecht, aber er leidet, ohne zu klagen ... deutet nur ab und zu auf die Wunden in seinen Handflächen.« Er grinste.

»Addi hat mehr Grund als wir, am Leben zu hängen.«

»Jeder hat mehr Grund als andere, am Leben zu hängen. Ich hab kein süßes Betthäschen, aber ich würde die Sattelschlepper ganz gerne noch ein paarmal bei Sonnenuntergang über den Riverside Freeway fahren sehen. Ob sich das Leben zu leben lohnt, ist nicht der springende Punkt; daß man es noch erleben will, daß man dabei sein will – das ist so verdammt traurig daran.«

Sie fuhren schweigend weiter.

Im stillen Wohnzimmer im Haus des Mädchens saßen die drei Temponauten, rauchten und übten sich in Gelassenheit; Addison Doug dachte insgeheim, daß das Mädchen in seinem hautengen Sweater und dem winzigen Rock ungewöhnlich reizend und begehrenswert aussah, und er wünschte schwermütig, sie möchte etwas weniger aufregend aussehen. Solche Sachen konnte er sich wirklich nicht erlauben, nicht jetzt. Er war zu müde.

»Weiß sie Bescheid«, fragte Benz mit Blick auf das Mädchen, »was hier abläuft? Ich meine, können wir offen sprechen? Es wird sie nicht umhauen?«

»Ich hab's ihr bis jetzt noch nicht erklärt«, sagte Addison.

»Das solltest du aber schleunigst nachholen«, sagte Crayne.

»Was ist los?« fragte das Mädchen besorgt; sie saß kerzengerade da; eine ihrer Hände ruhte direkt zwischen den

Brüsten. Als würde sie nach einem nicht vorhandenen religiösen Artefakt greifen, dachte Addison.

»Wir haben beim Rückeintritt den Löffel abgegeben«, sagte Benz. Er war von den dreien der unbarmherzigste. Oder zumindest der Direkteste. »Sehen Sie, Miss ...«

»Hawkins«, flüsterte das Mädchen.

»Freut mich, Sie kennenzulernen, Miss Hawkins.« Benz schätzte sie auf seine kalte, gelassene Art ab. »Haben Sie einen Vornamen?«

»Merry Lou.«

»Okay, Merry Lou«, sagte Benz. Zu den anderen bemerkte er: »Klingt wie ein Name, den sich eine Kellnerin auf die Bluse gestickt hat. Merry Lou heiße ich, und ich serviere Ihnen Dinner und Frühstück und Lunch und Dinner und Frühstück für die nächsten paar Tage, oder wie lange es sonst dauert, bis ihr alle aufgebt und wieder in eure eigene Zeit verschwindet; das macht dann dreiundfünfzig Dollar und acht Cents bitte, Trinkgeld geht extra. Und kommen Sie bloß nicht wieder, klar?« Seine Stimme zitterte jetzt, und seine Zigarette auch. »Tut mir leid, Miss Hawkins«, sagte er dann. »Wir sind alle bei der Implosion beim Rückeintritt abgekratzt. Direkt als wir in EZW hier ankamen, haben wir das erfahren. Wir haben es vor allen anderen erfahren; wir wußten es in dem Moment, als die Emergenzzeit zu wirken anfing.«

»Aber wir konnten nichts mehr daran ändern«, sagte Crayne.

»Niemand kann mehr etwas daran ändern«, sagte Addison zu ihr und legte seinen Arm um sie. Erst glaubte er an ein Déjà-vu, aber dann war es ihm schlagartig klar. Wir stecken in einer Zeitschleife, dachte er, wir durchleben das wieder und wieder und versuchen das Problem des Rückeintritts zu lösen, jedes Mal in der Einbildung, es sei das erste Mal, das einzige Mal ... und immer erfolglos. Der wievielte Versuch ist das? Vielleicht der millionste; wir haben millionenmal hier gesessen, wieder und wieder über denselben Fakten gebrütet und nichts erreicht. Bei dem Gedanken fühlte er sich zu Tode erschöpft. Und er empfand eine Art universellen Haß auf alle Menschen, die sich nicht mit diesem Rätsel herumschlagen mußten. Wir enden alle am selben Ort, dachte er, so heißt es in der Bibel. Aber was uns drei betrifft ... wir sind schon dort gewesen. Liegen jetzt dort. Also ist es falsch, von uns zu erwarten, daß wir anschließend in der Gegend herumstehen, uns darüber die Köpfe heißreden und herauszufinden versuchen, wo die Störung lag. Das sollte eigentlich Sache unserer Nachfahren sein. Wir haben doch schon lange genug –

Aber er sprach es nicht aus – ihnen zuliebe.

»Vielleicht seid ihr in irgendwas reingerasselt«, sagte das Mädchen.

Mit einem Blick zu den anderen sagte Benz sardonisch: »Vielleicht sind wir in irgendwas reingerasselt.«

»Davon war in den Fernsehkommentaren immer die Rede«, sagte Merry Lou, »von dem Risiko einer räumlichen Phasenverschiebung beim Rückeintritt, durch die man auf molekularer Ebene mit angrenzenden Objekten kollidiert, die jeweils –« Sie gestikulierte. »Ihr wißt schon. ›Zwei Objekte können nicht zur selben Zeit denselben Ort einnehmen‹. Und dann ist alles in die Luft geflogen, aus diesem Grund.« Sie sah fragend in die Runde.

»Das ist der Hauptrisikofaktor«, bestätigte Crayne. »Zumindest theoretisch, wie Dr. Fein von der Entwicklungsabteilung meinte, als sie zur Risikofrage kamen. Aber wir hatten für mehrere Sicherungssperren gesorgt, die automatisch in Kraft traten. Der Rückeintritt konnte nicht stattfinden, ehe diese Hilfsfunktionen uns räumlich so weit stabilisiert hatten, daß eine Überlappung ausgeschlossen war. Natürlich könnten all diese Kontrollen der Reihe nach ausgefallen sein. Eine nach der anderen. Ich habe mir beim Start meine Feedback-Koordinaten am Monitor angesehen, und sie besagten übereinstimmend, jede einzelne, daß wir damals korrekt synchronisiert waren. Und ich habe keine Warnsignale gehört. Auch keine gesehen.« Er verzog das Gesicht. »Zumindest ist es nicht da passiert.«

Plötzlich sagte Benz: »Ist euch klar, daß eure nächsten Verwandten jetzt reich sind? Unsere ganzen staatlichen und privaten Lebensversicherungen sind fällig. Unsere ›nächsten Verwandten‹ – Mein Gott noch mal, das sind doch wohl *wir.* Uns stehen zigtausend Dollar zu, bar auf die Kralle. Wir spazieren einfach bei unserem Versicherungsmakler ins Büro und sagen: ›Ich bin tot; her mit dem ganzen Schotter.‹«

Addison Doug dachte: Die öffentliche Gedenkfeier. Die nach der Autopsie geplant ist. Diese lange Schlange schwarz verhängter Cadillacs auf der Pennsylvania Avenue, mit all den staatlichen Würdenträgern und Eierköpfen aus der Forschung – *und wir mittendrin.* Nicht einmal, sondern zweimal. Einmal in den mit Flaggen drapierten, mit handpoliertem Messing beschlagenen Eichensärgen, und außerdem ... im offenen Wagen vielleicht, wie wir der trauernden Menge zuwinken.

»Die Trauerfeier«, sagte er laut.

Die anderen starrten ihn an, verärgert, verständnislos. Und dann, einer nach dem anderen, begriffen sie; er sah es ihren Gesichtern an.

»Nein«, stieß Benz hervor. »Das ist – unmöglich.«

Crayne schüttelte leidenschaftlich den Kopf. »Man wird uns befehlen, teilzunehmen, und das werden wir tun. Wir haben unsere Befehle.«

»Müssen wir dann vielleicht *lächeln*?« fragte Addison. »*Lächeln,* verflucht noch mal?«

»Nein«, sagte General Toad langsam, wobei sein großer, massiger Kopf auf seinem Besenstiel-Hals wackelte; die Farbe seiner Haut wirkte schmutzig und fleckig, als hätten unter der Last der Auszeichnungen an seiner gestärkten Heldenbrust Partien seines Körpers zu zerfallen begonnen. »Sie sollen nicht lächeln, sondern sich im Gegenteil einer angemessen betroffenen Miene befleißigen. Entsprechend der momentanen nationalen Trauerstimmung.«

»Das wird uns schwerfallen«, sagte Crayne.

Der russische Chrononaut zeigte keine Reaktion; sein dünnes, vogelartiges Gesicht, das zwischen Übersetzungs-Kopfhörern klemmte, behielt seinen tiefbesorgten Ausdruck.

»Der Nation«, sagte General Toad, »wird nicht entgehen, daß Sie für dieses kurze Intervall wieder unter uns sind; Kameras aller wichtigen Fernsehstationen werden Sie ohne Vorankündigung groß ins Bild bringen, und die diversen Kommentatoren wurden angewiesen, im gleichen Moment ihrem Publikum etwas in der folgenden Art zu berichten.« Er holte einen maschinegeschriebenen Text hervor, setzte seine Brille auf, räusperte sich und sagte: »Hier kommen jetzt drei Personen in einem der Wagen ins Bild. Kann sie nicht genau erkennen. Können Sie sie erkennen?« General Toad ließ den Zettel sinken. »An diesem Punkt befragen sie ihren Kollegen ganz spontan. Schließlich rufen sie überrascht aus, ›Mein Gott, Roger‹, oder Walter oder Ned, je nachdem, um welchen Sender es sich handelt –«

»Oder Bill«, sagte Crayne. »Falls es der *Bufoniedae*-Sender da unten im Sumpf ist.«

General Toad schenkte ihm keine Beachtung. »Sie werden jeder für sich ausrufen: ›Hey, Roger, ich glaube fast, wir sehen da die drei Temponauten selbst! Sollte das vielleicht bedeuten, daß die Schwierigkeiten irgendwie –?‹ Und dann sagt der Co-Kommentator mit etwas gedämpfterer Stimme: ›Ich glaube, was wir im Augenblick sehen, David‹, oder Henry oder Pete oder Ralph, wer auch immer, ›ist die erste nachweisliche Begegnung der westlichen Welt mit dem, was die Wissenschaftler als Emergenzzeitwirkung oder EZW bezeichnen. Obwohl es auf den ersten Blick so aussehen mag, sind dies nicht – ich wiederhole, *nicht* – unsere drei unerschrockenen Temponauten so, wie wir sie normalerweise erleben würden, vielmehr dürften sie wahrscheinlich von unseren Kameras eingefangen worden sein, wie sie kurzfristig ihre Reise in die Zukunft aussetzen – eine Reise, von der wir alle hofften, daß sie unsere Leute in ein Zeitkontinuum ungefähr hundert Jahre von heute bringen würde ... anscheinend sind sie aber irgendwie zu früh gelandet, und hier sind sie nun, in diesem Moment, der für uns natürlich, wie wir alle wissen, die Gegenwart ist.«

Addison Doug schloß die Augen und dachte: Crayne wird ihn fragen, ob die Kameras ihn zeigen können, wie er einen Luftballon hält und Zuckerwatte ißt. Ich glaube, wir drehen alle noch durch, alle. Und dann fragte er sich: Wie viele Male haben wir diesen idiotischen Dialog schon geführt?

Beweisen kann ich es nicht, dachte er müde. Aber ich weiß, daß es so ist. Wir haben schon viele Male hier gesessen, sind den ganzen Quatsch durchgegangen, haben alles gesagt und gehört. Ihn schauderte. Jedes einzelne Wort von dem Blech.

»Was ist los?« sagte Benz scharf.

Der sowjetische Chrononaut sprach zum ersten Mal. »Wie groß ist die maximale EZW-Spanne für Ihr Dreimannteam? Und wieviel Prozent sind davon bereits aufgebraucht?«

Nach einer Pause sagte Crayne: »Darüber sind wir instruiert worden, ehe wir heute hierher kamen. Wir haben ungefähr die Hälfte unserer maximalen EZW-Gesamtspanne verbraucht.«

»Trotzdem«, polterte General Toad, »haben wir den Tag der Nationaltrauer in die Ihnen voraussichtlich verbleibende EZW-Spanne gelegt. Dadurch waren wir gezwungen, die Autopsie und andere forensische Untersuchungen zu beschleunigen, aber mit Rücksicht auf die öffentliche Meinung hielt man es für angezeigt ...«

Die Autopsie, dachte Addison Doug, und wieder schauderte ihn; diesmal konnte er seine Gedanken nicht für sich behalten, er sagte: »Warum brechen wir dieses unsinnige Treffen nicht ab und fahren in die Pathologie rüber, um uns ein paar vergrößerte und eingefärbte Gewebeproben anzusehen, vielleicht kommen uns dann die entscheidenden Geistesblitze, die der medizinischen Forschung bei ihrer Suche nach Erklärungen weiterhelfen? Erklärungen, die brauchen wir jetzt. Lösungen für Probleme, die noch nicht existieren; die Probleme können wir uns später machen.« Er hielt inne. »Wer ist dabei?«

»Ich sehe mir da nicht meine Milz auf dem Bildschirm an«, sagte Benz. »Ich fahre in der Parade mit, aber ich nehme nicht an meiner eigenen Autopsie teil.«

»Du könntest violett eingefärbte Präparate deiner eigenen Eingeweide an die Trauernden am Straßenrand verteilen«, sagte Crayne. »Sie könnten jedem von uns ein paar Reste einpacken; wie wär's, General? Wir können Gewebeproben wie Konfetti werfen. Ich finde immer noch, wir sollten lächeln.«

»Ich bin sämtliche Memoranden in punkto Lächeln durchgegangen«, sagte General Toad und fächerte mit dem Daumen die vor ihm gestapelten Seiten auf, »und alle stimmen überein, daß Lächeln mit dem Volksempfinden und mit dem Protokoll nicht vereinbar ist. Die Frage können wir also als erledigt betrachten. Was Ihre Teilnahme an der Autopsie angeht, die im Moment vorgenommen wird –«

»Wir verpassen das Beste, während wir hier herumsitzen«, sagte Crayne zu Addison Doug. »Immer verpasse ich das Beste.«

Addison Doug ignorierte ihn und sprach den sowjetischen Chrononauten an. »Offizier N. Gauki«, sagte er in das Mikrofon, das an seiner Brust baumelte, »was ist Ihrer Meinung nach das Schlimmste für einen Zeitreisenden? Daß es durch Überschneidung beim Rückeintritt zu einer Implosion kommen könnte, wie sie bei unserer Mission aufgetreten ist? Oder haben Sie und Ihre Genossen während Ihres kurzen, aber höchst erfolgreichen Zeitflugs noch unter anderen Angstvorstellungen gelitten?«

N. Gauki antwortete nach kurzer Bedenkzeit: »R. Plenya und ich haben bei mehreren privaten Gelegenheiten Erfahrungen ausgetauscht. Ich glaube, ich kann für uns beide sprechen, wenn ich als Antwort auf Ihre Frage besonders unsere unentwegte Befürchtung hervorhebe, wir könnten versehentlich in eine geschlossene Zeitschleife geraten sein und würden nicht mehr daraus ausbrechen können.«

»Daß Sie alles für immer und ewig wiederholen müßten?« fragte Doug.

»Ja, Mr. A. Doug«, sagte der Chrononaut mit düsterem Nicken.

Eine nie gekannte Angst überkam Addison Doug. Er drehte sich hilflos nach Benz um und murmelte: »Scheiße.« Sie sahen einander an.

»Ich kann wirklich nicht glauben, daß so was mit uns passiert ist«, sagte Benz mit leiser Stimme zu ihm und legte seine Hand auf Dougs Schulter; es war ein fester Griff, der Griff eines Freundes. »Wir sind einfach beim Rückeintritt implodiert, das ist alles. Mach dich nicht verrückt.«

»Sind wir hier bald fertig?« sagte Addison Doug mit heiserer, erstickter Stimme und erhob sich halb aus seinem Sessel. Er hatte das Gefühl, als würden der Raum und die Menschen darin auf ihn einstürzen und ihn erdrücken. Klaustrophobie, dachte er. Wie damals in der Grundschule, als sie einen Überraschungstest auf unseren Lehrmonitoren eingeblendet hatten und mir klar wurde, daß ich ihn nicht bestehen würde. »Bitte«, sagte er einfach und stand auf. Alle sahen ihn an, mit unterschiedlichen Mienen. Das Gesicht des Russen war besonders verständnisvoll und in besorgte Falten gelegt. Addison wollte nur noch – »Ich möchte nach Hause«, sagte er in die Runde und kam sich dumm dabei vor.

Er war betrunken. Es war spät abends, in einer Bar am Hollywood Boulevard; zum Glück war Merry Lou bei ihm, und er amüsierte sich prächtig. Das wollten ihm jedenfalls die anderen einreden. Er umarmte Merry Lou und sagte: »Die wahre Harmonie im Leben, die gottgewollte Harmonie und Bestimmung, sind Mann und Frau. Ihre vollkommene Einheit, stimmt's?«

»Ja, ja«, sagte Merry Lou. »So haben wir es in der Schule gelernt.«

Heute abend war Merry Lou auf seinen Wunsch eine kleine Blondine, die violette Schlaghosen, hohe Absätze und eine offene, bauchfreie Bluse trug. Zu Beginn des Abends hatte sie einen Lapislazuli im Bauchnabel getragen, aber während des Dinners bei Ting Ho war er herausgesprungen und verlorengegangen. Der Besitzer des Restaurants hatte versprochen, danach zu suchen, aber Merry Lou hatte seitdem geschmollt. Es sei symbolisch, hatte sie gesagt. Aber wofür, hatte sie nicht gesagt. Oder er konnte sich nicht erinnern; das war es wohl. Sie hatte es ihm gesagt, und er hatte es vergessen.

An einem Tisch in der Nähe saß ein eleganter junger Schwarzer mit Afro-Frisur, gestreifter Weste und überdimensionaler roter Krawatte, der Addison bereits seit geraumer Zeit anstarrte. Er wäre offensichtlich gerne an ihren Tisch gekommen, wagte es jedoch nicht; statt dessen stierte er ihn weiter an.

»Hast du je das Gefühl gehabt«, sagte Addison zu Merry Lou, »daß du genau wußtest, was passieren wird? Was jemand sagen würde? Wort für Wort? Bis in alle Einzelheiten. Als hättest du es schon einmal erlebt?«

»Dieses Gefühl kennt jeder«, sagte Merry Lou. Sie trank eine Bloody Mary.

Der Schwarze stand auf und kam zu ihnen herüber. Er blieb neben Addison stehen. »Entschuldigen Sie, daß ich Sie belästige, Sir.«

Addison sagte zu Merry Lou: »Jetzt sagt er gleich:

›Kenne ich Sie nicht von irgendwoher? Habe ich Sie nicht im Fernsehen gesehen?‹«

»Das war genau das, was ich sagen wollte«, sagte der Schwarze.

Addison sagte: »Sie haben zweifellos mein Foto auf Seite sechsundvierzig der neuesten Ausgabe der *Times* gesehen, im Teil über Neues aus der Welt der Medizin. Ich bin der Landarzt aus einem Kaff in Iowa, der durch die Erfindung eines überall erhältlichen Unsterblichkeits-Mittelchens zu plötzlichem Ruhm gelangt ist. Ich habe für meinen Impfstoff bereits Angebote von mehreren großen Pharmakonzernen.«

»Kann sein, daß ich Ihr Bild da gesehen habe«, sagte der Schwarze, aber er wirkte nicht überzeugt. Betrunken wirkte er auch nicht; er beobachtete Addison Doug scharf. »Darf ich mich zu Ihnen und Ihrer Begleiterin setzen?«

»Sicher«, sagte Addison Doug. Jetzt sah er in der Hand des Mannes den Ausweis der US-Sicherheitsbehörde, die das Projekt von Anfang an überwacht hatte.

»Mr. Doug«, sagte der Sicherheitsagent, als er neben Addison Platz nahm, »Sie sollten wirklich nicht hier sitzen und derart den Mund aufreißen. Wenn *ich* Sie erkannt habe, könnte Sie auch sonstwer erkennen, jemand, der weniger diskret ist. Bis zum Nationaltrauertag unterliegt alles absoluter Geheimhaltung. Sie verstoßen durch Ihr Hiersein praktisch gegen ein Bundesgesetz; ist Ihnen das klar? Ich müßte Sie eigentlich einbuchten. Aber die Lage ist heikel; nur nicht aufregen, wir dürfen keinen Wirbel auslösen. Wo sind Ihre beiden Kollegen?«

»In meiner Wohnung«, sagte Merry Lou. Sie hatte den Ausweis offensichtlich nicht gesehen. »Hören Sie«, wandte sie sich bissig an den Agenten, »warum verziehen Sie sich nicht? Mein Mann hat Entsetzliches durchgemacht, und das ist seine einzige Gelegenheit, abzuschalten.«

Addison sah den Mann an. »Ich wußte, was Sie sagen wollten, ehe Sie zu uns rübergekommen sind.« Wort für

Wort, dachte er. Ich habe recht, und Benz hat unrecht, und das wird so weitergehen, diese ewigen Rückblenden.

»Vielleicht kann ich Sie überreden, freiwillig zu Miss Hawkins' Haus zurückzukehren«, sagte der Sicherheitsagent. »Vor wenigen Minuten haben alle von uns ein Info bekommen« – er tippte gegen den winzigen Kopfhörer in seinem rechten Ohr – »das wir Ihnen dringend mitteilen sollen, wenn wir Sie aufspüren. Auf der zerstörten Abschußbasis ... die Trümmer sind durchkämmt worden, nicht wahr?«

»Ich weiß«, sagte Addison.

»Ich glaube, Sie haben einen ersten Anhaltspunkt gefunden. Einer von Ihnen dreien hat anscheinend irgendwas mit zurückgebracht. Aus der EZW, zusätzlich zu dem, was Sie mitgenommen hatten, in grober Mißachtung aller Anweisungen während des Vorbereitungstrainings für die Mission.«

»Wollen Sie mir bitte eine Frage beantworten«, entgegnete Addison Doug. »Was wäre, *wenn* mich jemand sieht? Wenn mich tatsächlich jemand erkennt? Was dann?«

»Die Öffentlichkeit glaubt, daß der Zeitsprung, die erste amerikanische Zeitreisenmission, trotz des fehlgeschlagenen Rückeintritts erfolgreich war. Drei US-Temponauten sind rund hundert Jahre in die Zukunft katapultiert worden – fast doppelt so weit wie bei dem sowjetischen Zeitsprung im letzten Jahr. Daß Sie nur eine Woche weit gekommen sind, wird ein weniger großer Schock sein, wenn man glaubt, daß Sie drei sich bewußt wieder in diesem Kontinuum manifestiert haben, weil Sie den Wunsch, ja den unwiderstehlichen Drang verspürten, an den –«

»Weil wir bei der Parade dabeisein wollten«, unterbrach Addison. »Doppelt.«

»Das dramatische und düstere Schauspiel Ihres eigenen Trauerzugs hat Sie angezogen, und dort werden Sie von den aufmerksamen Kamerateams aller großen Sender erspäht. Wirklich, Mr. Doug, es sind ungeheuer intensive Planungsarbeiten im Gang und beträchtliche Kosten investiert worden, um diese scheußliche Situation zu entschärfen; vertrauen Sie uns, glauben Sie mir. Es wird auf diese Weise erträglicher für die Öffentlichkeit sein, und das ist unabdingbare Voraussetzung, wenn es jemals einen weiteren amerikanischen Zeitsprung geben soll. Und das wollen wir doch schließlich alle.«

Addison Doug starrte ihn an. »Was wollen wir?«

Der Sicherheitsagent sagte unbehaglich: »Weitere Zeitreisen unternehmen. Wie Sie es getan haben. Unglücklicherweise werden Sie selbst nie mehr Gelegenheit dazu haben, da die tragische Implosion Sie alle drei das Leben kostete. Aber andere Temponauten –«

»Was wollen wir? Wollen wir das wirklich?« Addison erhob seine Stimme; Menschen an den Nebentischen beobachteten sie jetzt. Irritiert.

»Gewiß«, sagte der Agent. »Und sprechen Sie leiser.«

»Ich will das nicht«, sagte Addison. »Ich will Schluß machen. Endgültig Schluß machen. Nur einfach in der Erde liegen, Staub zu Staub, bei allen anderen. Nie mehr einen Sommer sehen – nie mehr den *immergleichen* Sommer.«

»Kennt man einen, kennt man alle«, sagte Merry Lou, sie geriet in Panik. »Ich denke, er hat recht, Addi; wir sollten hier verschwinden. Du hast zuviel getrunken, und es ist zu spät, und diese Neuigkeiten über die –«

Addison unterbrach sie: »Was ist mitgebracht worden? Wieviel Zusatzmasse?«

Der Sicherheitsagent sagte: »Vorläufige Analysen haben ergeben, daß Maschinenbauteile im Gewicht von etwa einhundert Pfund ins Zeitfeld des Moduls geschleppt und mit Ihnen zusammen beschleunigt worden sind. Eine so große Masse –« Der Agent breitete die Arme aus. »Das hat die Rampe auf der Stelle in Stücke gerissen. Soviel Überkapazität gegenüber dem Startgewicht konnte sie nicht mal ansatzweise ausgleichen.«

»Wow«, sagte Merry Lou mit großen Augen. »Da hat

euch wohl irgendwer eine Quadro-Anlage für einen Dollar achtundneunzig angedreht, komplett mit luftgefederten Fünfzehn-Zoll-Boxen und einem lebenslangen Vorrat Neil-Diamond-Platten.« Sie versuchte zu lachen, aber es mißlang ihr; ihre Augen trübten sich. »Addi«, flüsterte sie, »es tut mir leid. Aber es ist irgendwie – verrückt. Ich meine, es ist absurd; Ihr hattet alle eure Instruktionen wegen des Fluggewichts, oder? Ihr solltet noch nicht mal ein Blatt Papier zusätzlich mitnehmen. Ich habe sogar gesehen, wie Dr. Fein die Gründe dafür im Fernsehen demonstriert hat. Und einer von euch soll hundert Pfund Maschinenteile in dieses Feld gewuchtet haben? Wenn ihr das getan habt, müßt hr versucht haben, euch selbst zu zerstören!« Tränen rannen aus ihren Augen, eine Träne kullerte ihre Nase hinunter und blieb dort hängen. Er streckte instinktiv die Hand aus, um sie wegzuwischen, als würde er einem kleinen Mädchen helfen, nicht einer Erwachsenen.

»Ich fliege Sie zum Untersuchungsterrain«, sagte der Sicherheitsagent und stand auf. Er und Addison halfen Merry Lou auf die Beine; sie zitterte, als sie im Stehen ihre Bloody Mary austrank. Addison empfand tiefes Mitleid mit ihr, aber dann verflog es unvermittelt. Er fragte sich, warum. Selbst dessen kann man müde werden, überlegte er. Mitgefühl für andere zu empfinden. Wenn es so lange andauert. Unendlich lang. Für ewig. Und schließlich, noch später, auf etwas hinausläuft, was niemand zuvor, nicht einmal Gott selbst vielleicht, je erlitten hat und ihm am Ende, bei aller göttlichen Barmherzigkeit, unterliegen mußte.

Als sie durch die überfüllte Bar zur Straße gingen, sagte Addison Doug zu dem Sicherheitsagenten: »Wer von uns hat –«

»Sie wissen, wer es war«, sagte der Agent, als er für Merry Lou die Tür offenhielt. Der Agent stand jetzt hinter Addison und signalisierte einem grauen Wagen der Bundesbehörde, an der roten Parkzone zu landen. Zwei andere, nun uniformierte Sicherheitsagenten eilten auf sie zu.

»War ich es?« fragte Addison Doug.

»Verlassen Sie sich drauf«, sagte der Sicherheitsagent.

Der Trauerzug bewegte sich mit quälender Feierlichkeit die Pennsylvania Avenue entlang, drei mit Flaggen verhängte Särge und Dutzende Limousinen, die sich zwischen den Reihen fröstelnder Trauernder in dicken Mänteln vorwärtsschoben. Ein schwerer Nebelschleier lag über der Szene, graue Umrisse von Häusern verschwammen im regenfeuchten Zwielicht dieses Washingtoner Märztages. Während er mit einem Feldstecher den Cadillac an der Spitze im Visier behielt, schwafelte Henry Cassidy, der Top-Nachrichtensprecher und TV-Live-Reporter, auf sein gigantisches, unsichtbares Publikum ein: ». . . weckt traurige Erinnerungen an jenen früheren Zug durch die Weizenfelder, der den Sarg Abraham Lincolns zu seiner letzten Ruhestätte in der Hauptstadt der Nation geleitete. Was für ein trauriger Tag, und was für ein angemessenes Wetter, mit diesem trostlos grauen Himmel und dem leichten Nieselregen!« Auf seinem Monitor sah er, wie der vierte Cadillac groß ins Bild gezoomt wurde, der dem Wagen mit den Särgen der toten Temponauten folgte.

Sein Aufnahmeleiter klopfte ihm auf den Arm.

»Hier kommen anscheinend drei unbekannte, bisher nicht identifizierte Personen ins Bild«, sagte Henry Cassidy in sein Mikrofon und nickte zustimmend. »Ich kann sie noch nicht genau ausmachen. Haben Sie von Ihrer Position aus bessere Sicht, Everett?« wandte er sich an seinen Kollegen und drückte den Knopf, der Everett Branton signalisierte, das Mikrofon zu übernehmen.

»Mein Gott, Henry«, sagte Branton mit wachsender Begeisterung in der Stimme, »ich glaube, wir werden tatsächlich Augenzeuge einer Remanifestation der drei Temponauten auf ihrer historischen Reise in die Zukunft!«

»Könnte das bedeuten«, sagte Cassidy, »daß es ihnen irgendwie gelungen ist, einen Ausweg aus der –«

»Ich fürchte nein, Henry«, sagte Brenton in seinem langsamen Ton des Bedauerns. »Was sich hier völlig überraschend vor unser aller Augen abspielt, ist die erste nachweisliche Begegnung der westlichen Welt mit dem, was unsere Wissenschaftler als Emergenzzeitwirkung bezeichnen.«

»Ach ja, EZW«, wiederholte Cassidy aufgekratzt, was er vom offiziellen Manuskript ablas, das ihm vor Sendebeginn von den Bundesbehörden ausgehändigt worden war.

»Richtig, Henry. Entgegen dem ersten Augenschein sind dies nicht – ich wiederhole, *nicht* – unsere drei unerschrokkenen Temponauten als solche, so, wie wir sie normalerweise erleben würden –«

»Ich begreife jetzt, Everett«, fiel Cassidy ihm begeistert ins Wort, da sein offizielles Manuskript CASS: FÄLLT IHM BEGEISTERT INS WORT vorsah. »Unsere drei Temponauten haben ihre historische Reise in die Zukunft, die sich nach unseren Schätzungen in ein Zeitkontinuum etwa ein Jahrhundert von heute erstreckt, kurzfristig unterbrochen ... Es scheint, als hätten die überwältigende Tragik und das spektakuläre Schauspiel dieses unvorhergesehenen Nationaltrauertags sie bewogen –«

»Entschuldigen Sie, daß ich unterbreche, Henry«, sagte Everett Branton, »aber ich denke, da die Prozession auf ihrem langen Weg gerade ins Stocken gekommen ist, hätten wir vielleicht Gelegenheit –«

»Nein!« sagte Cassidy, als ihm eine eilig gekritzelte Notiz hereingereicht wurde, auf der *Kein Interv. mit Temps. Dringend. Frühere Anw. hinfäll.* stand. »Ich glaube nicht, daß wir Gelegenheit haben werden ..., fuhr er fort, »... ein kurzes Gespräch mit den Temponauten Benz, Crayne und Doug zu führen, wie Sie gehofft hatten, Everett. Wie wir alle einen Moment lang gehofft haben mögen.« Er winkte hektisch das Außenmikro zurück, das bereits erwartungsvoll auf den stehengebliebenen Cadillac zugeschwenkt war. Cassidy wandte sich mit einem heftigen

Kopfschütteln an den Mikrotechniker und seinen Aufnahmeleiter.

Als er den Mikrogalgen auf sie zuschwingen sah, erhob sich Addison Doug im Fond des offenen Cadillac. Cassidy stöhnte auf. Er will unbedingt sprechen, erkannte er. Haben sie *ihn* nicht neu instruiert? Warum bin ich der einzige, der auf sie hört? Andere Auslegermikros anderer Sender und die Infanterie der Radioreporter stürmten nun auf die drei Temponauten ein, um ihnen ihre Mikrofone unter die Nase zu halten, besonders Addison Doug. Doug setzte bereits zur Antwort auf eine Frage an, die ihm von einem Reporter zugerufen worden war. Da sein Außenmikro abgeschaltet war, hörte Cassidy weder die Frage noch Dougs Antwort. Widerstrebend gab er seinem eigenen Mikrotechniker ein Zeichen, sich einzuschalten.

». . . schon einmal passiert«, sagte Doug gerade laut.

»Wie meinen Sie das – ›alles schon einmal passiert‹?« fragte der Radioreporter, der direkt neben dem Wagen stand.

»Ich meine«, erklärte US-Temponaut Addison Doug mit gerötetem, angespanntem Gesicht, »daß ich immer und immer wieder an dieser Stelle gestanden und gesprochen habe, und Sie alle haben unendlich viele Male dieser Parade zugeschaut und unseren Tod beim Rückeintritt erlebt – in einer geschlossenen Zeitschleife, die durchbrochen werden muß.«

»Suchen Sie«, fuhr ein anderer Reporter Addison Doug an, »nach einer nachträglich zu treffenden Maßnahme gegen die Implosionskatastrophe beim Rückeintritt, die es Ihnen bei Ihrer Rückkehr in die Vergangenheit ermöglicht, die Fehlfunktion zu beheben und die Tragödie zu vermeiden, die Sie das Leben gekostet hat – beziehungsweise, was Sie drei angeht, das Leben kosten wird?«

Temponaut Benz sagte: »Daran arbeiten wir, ja.«

»Wir versuchen, die Ursache für die schreckliche Implosion zu ermitteln und auszuschalten, ehe wir zurückkehren«, ergänzte Temponaut Crayne nickend. »Wir haben bereits herausgefunden, daß sich aus bisher ungeklärter Ursache diverse Volkswagenmotorenteile von mehreren hundert Pfund an Bord befanden, unter anderem Zylinder, der Kolben ...«

Das ist entsetzlich, dachte Cassidy. »Das ist großartig!« sagte er laut in sein Kopfmikrofon. »Mit einer Entschlossenheit, die nur dem rigorosen Training und der eisernen Disziplin entspringen kann, denen sie unterworfen waren – warum, war uns damals nicht klar, heute jedoch um so mehr –, haben die so tragisch ums Leben gekommenen US-Temponauten bereits den technischen Lapsus analysiert, der offensichtlich ihren eigenen Tod verursacht hat, und sich an die mühevolle Aufgabe gemacht, die Ursachen dieser Störung zu überprüfen und zu eliminieren, damit sie zu ihrer ursprünglichen Abschußbasis zurückkehren und ohne weitere Zwischenfälle wiedereintreten können.«

»Man fragt sich«, murmelte Branton über den Äther und in seinen Regiekopfhörer, »welche Folgen diese Veränderung der allerjüngsten Vergangenheit haben wird. Wenn sie beim Rückeintritt nicht implodieren und nicht getötet werden, dann werden sie auch nicht – nun, das ist zu kompliziert für mich, Henry, diese Zeitparadoxa, die Dr. Fein vom Institut für Zeittransformation in Pasadena uns so heftig und wortreich dargelegt hat.«

In sämtliche Mikrofone, die sich ihm darboten, sagte Temponaut Addison Doug, jetzt leiser: »Wir dürfen die Ursache für die Implosion beim Rückeintritt nicht eliminieren. Für uns ist der einzige Ausweg aus dieser Reise der Tod. Der Tod ist die einzig mögliche Lösung. Für uns drei.« Er wurde unterbrochen, weil die Prozession der Cadillacs sich weiter vorwärtszuschieben begann.

Während er einen Moment das Mikro abschaltete, sagte Henry Cassidy zu seinem Aufnahmeleiter: »Hat der sie noch alle?«

»Das wird sich zeigen«, sagte sein Techniker mit kaum hörbarer Stimme.

»Ein außergewöhnlicher Moment in der Geschichte des amerikanischen Zeitreiseprogramms«, sagte Cassidy daraufhin in sein wieder auf Sendung geschaltetes Mikro. »Die Zukunft wird es lehren – wenn Sie mir dieses ungewollte Wortspiel verzeihen –, ob die kryptischen, spontan geäußerten Worte des Temponauten Doug, in diesem Moment extremen Leidensdrucks – für ihn, wie, in etwas geringerem Maße, auch für uns – die Worte eines von Schmerz verwirrten Mannes sind oder eine zutreffende Einschätzung des makabren Dilemmas, das, wie wir theoretisch schon immer wußten, bei einem Zeitreisenstart – einem der unseren oder einem der Russen – irgendwann drohen und zu einem tödlichen Ausgang führen könnte.«

Danach blendete er einen Werbespot ein.

»Weißt du«, murmelte Brantons Stimme in seinem Ohr, nicht über den Sender, sondern nur im Regieraum und für ihn hörbar, »wenn er recht hat, sollten sie die armen Hunde sterben lassen.«

»Sie sollten sie erlösen«, stimmte Cassidy zu. »Mein Gott, so wie Doug aussah und klang, hätte man meinen können, er würde das schon seit Jahrhunderten durchmachen! Ich möchte um nichts in der Welt in seiner Haut stecken.«

»Ich wette fünfzig Dollar«, sagte Branton, »die haben das schon ein paarmal hinter sich. Viele Male.«

»Wir dann aber auch«, sagte Cassidy.

Jetzt fiel Regen, der die Reihen der Trauernden in Glanz hüllte. Ihre Gesichter, ihre Augen, selbst ihre Kleidung – alles erstrahlte in nassen Spiegelungen gebrochenen Lichts, das abgelenkt wurde und funkelte, während über ihnen graue, formlose Wolkenbänke aufzogen und den Tag verdunkelten.

»Sind wir auf Sendung?« fragte Branton.

Wer weiß? dachte Cassidy. Er wünschte, der Tag würde enden.

Der sowjetische Chrononaut N. Gauki warf erregt beide Hände hoch und redete mit beschwörender Stimme auf die Amerikaner ein, die ihm gegenüber am Tisch saßen. »Ich selbst und mein Kollege R. Plenya, der für seine Pionierleistungen auf dem Gebiet der Zeitreise zum Helden des sowjetischen Volkes ernannt wurde, und das verdientermaßen, wir sind der Meinung, daß wir aufgrund unserer eigenen Erfahrung und auf der Basis theoretischer Kenntnisse, die in unseren akademischen Kreisen und in der Sowjetischen Akademie der Wissenschaften gewonnen wurden, Grund haben, anzunehmen, daß Temponaut A. Dougs Befürchtungen gerechtfertigt sein könnten. Und der vorsätzliche Versuch der Vernichtung seiner selbst und seiner Teamkameraden beim Rückeintritt, indem er unter Mißachtung sämtlicher geltenden Befehle große Teile eines Personenkraftwagens aus der EZW mitführte, sollten wir als die Tat eines verzweifelten Mannes betrachten, der keinen anderen Ausweg sah. Natürlich liegt die Entscheidung bei Ihnen. Wir haben in dieser Angelegenheit nur beratende Funktion.«

Addison Doug spielte mit seinem Feuerzeug auf dem Tisch und schaute nicht hoch. In seinen Ohren dröhnte es, und er fragte sich, was das bedeutete. Es wirkte fast elektronisch.

Vielleicht sind wir wieder innerhalb des Moduls, dachte er. Aber er konnte es nicht mit Sicherheit sagen; er empfand die Menschen um sich herum, den Tisch, das blaue Plastikfeuerzeug zwischen seinen Fingern, als wirklich. Während des Rückeintritts ist das Rauchen im Modul verboten, dachte er. Er steckte das Feuerzeug sorgfältig weg in seine Tasche.

»Wir haben keinerlei konkrete Anhaltspunkte gefunden«, sagte General Toad, »daß eine geschlossene Zeitschleife erzeugt worden ist. Es gibt nur die subjektive Empfindung der Ermüdung auf seiten Mr. Dougs. Und seine Überzeugung, daß er das alles bereits mehrmals erlebt hat. Was, wie er selbst sagt, wahrscheinlich psychische Ursachen hat.« Er wühlte sich wie ein Trüffelschwein durch den Stoß Papiere vor sich. »Mir liegt ein von vier Psychiatern der Universität Yale erstelltes psychologisches Profil von Mr. Doug vor, das nicht an die Medien gegangen ist. Wiewohl außergewöhnlich stabil, zeigt sich bei ihm eine manisch-depressive Veranlagung, die in einer akuten Depression gipfeln kann. Natürlich ist das lange vor dem Start berücksichtigt worden, aber man hatte darauf gesetzt, daß das heitere Temperament der beiden Teamkollegen das ausgleichen würde. Jedenfalls ist diese depressive Tendenz im Moment besonders stark ausgeprägt.« Er hielt ihnen das Papier hin, aber keiner am Tisch griff danach. »Trifft es nicht zu, Dr. Fein«, sagte er, »daß bei schwer depressiven Menschen eine Störung des Zeitempfindens auftritt, daß die vergehende Zeit als Kreislauf empfunden wird, sich wiederholt, um sich selbst dreht? Der Mensch steigert sich in einen psychotischen Zustand, in dem er sich weigert, die Vergangenheit loszulassen. Er läßt sie in seinem Kopf immer wieder ablaufen.«

»Gewiß, aber sehen Sie«, sagte Dr. Fein, »diese subjektive Empfindung des Gefangenseins ist vielleicht das einzige Anzeichen, das wir in so einem Fall haben.« Das war der Physiker, der mit seiner Grundlagenforschung das theoretische Fundament für das Projekt gelegt hatte. »Wenn sich unglücklicherweise eine geschlossene Zeitschleife entwickelt haben sollte.«

»Der General«, sagte Addison Doug, »wirft mit Ausdrücken um sich, die er selbst nicht versteht.«

»Das eine, das ich nicht kannte, habe ich nachgeschlagen«, sagte General Toad. »Die psychologischen Fachausdrücke . . . ich weiß, was sie bedeuten.«

Benz sagte, an Addison Doug gewandt: »Wo hast du die ganzen VW-Teile hergehabt, Addi?«

»Noch habe ich sie nicht«, sagte Addison Doug.

»Hat wahrscheinlich den erstbesten Schrott eingepackt,

den er in die Finger bekommen hat«, sagte Crayne. »Was gerade da war, kurz bevor wir zurückgestartet sind.«

»Zurückstarten werden«, korrigierte Addison Doug.

»Hier sind meine Befehle an Sie drei«, sagte General Toad. »Sie werden nicht den geringsten Versuch unternehmen, einen Maschinenschaden, eine Implosion oder sonst eine Störung während des Rückeintritts auszulösen, weder, indem Sie Zusatzmasse mitschleppen, noch durch irgendeine andere Methode, die Ihnen in den Sinn kommt. Sie werden wie geplant und exakt den vorangegangenen Simulationen entsprechend zurückkehren. Das gilt besonders für Sie, Mr. Doug.« Das Telefon neben seinem rechten Arm schrillte. Er runzelte die Stirn, hob den Hörer ab. Ein Moment verging, dann machte er ein finsteres Gesicht und knallte laut den Hörer wieder auf.

»Sie sind überstimmt worden«, sagte Dr. Fein.

»Ja, das bin ich«, sagte General Toad. »Und ich muß sagen, diesmal bin ich persönlich dankbar drum, da meine Entscheidung gewiß unerfreulich war.«

»Dann können wir Vorbereitungen für die Implosion beim Rückeintritt treffen?« fragte Benz nach einer Pause.

»Sie drei sollen selbst entscheiden«, sagte General Toad. »Da es um Ihr Leben geht. Es bleibt völlig Ihnen überlassen. Ganz wie Sie wollen. Wenn Sie überzeugt sind, in einer geschlossenen Zeitschleife zu sein und glauben, daß eine schwere Implosion beim Rückeintritt sie aufheben wird –« Er unterbrach sich, als Temponaut Doug sich erhob. »Wollen Sie schon wieder eine Ansprache halten, Doug?«

»Ich möchte nur allen Beteiligten danken«, sagte Addison Doug. »Daß Sie uns die Entscheidung überlassen.« Er blickte verhärmt und müde jeden einzelnen der am Tisch Sitzenden an. »Ich weiß es wirklich zu schätzen.«

»Aber du weißt«, sagte Benz langsam, »daß eine Zeitschleife nicht mit Sicherheit aufgebrochen wird, indem wir uns beim Rückeintritt in die Luft jagen. Das könnte im Gegenteil sogar der Auslöser sein, Doug.«

»Nicht, wenn es uns alle tötet«, sagte Crayne.

»Du bist Addis Meinung?« sagte Benz.

»Tot ist tot«, sagte Crayne. »Ich habe darüber nachgedacht. Auf welche andere Art kommen wir denn sicherer hier raus? Als wenn wir tot sind. Wie sonst?«

»Vielleicht sind Sie ja in keiner Schleife«, machte Dr. Fein geltend.

»Vielleicht aber doch«, sagte Crayne.

Doug sagte, noch immer stehend, zu Crayne und Benz: »Könnten wir Merry Lou in unsere Entscheidung mit einbeziehen?«

»Warum?« sagte Benz.

»Ich kann nicht mehr besonders klar denken«, sagte Doug. »Merry Lou kann mir helfen; ich brauche sie.«

»Klar«, sagte Crayne. Auch Benz nickte.

General Toad sah stoisch auf seine Armbanduhr und sagte: »Gentlemen, damit ist unsere Diskussion beendet.«

Der sowjetische Chrononaut Gauki nahm seine Kopfhörer und sein Kopfmikrofon ab und eilte mit ausgestreckter Hand auf die drei US-Temponauten zu; er sagte etwas auf Russisch, aber keiner von ihnen konnte es verstehen. Sie entfernten sich bedrückt und steckten die Köpfe zusammen.

»Meiner Meinung nach hast du einfach einen Knall, Addi«, sagte Benz. »Aber anscheinend bin ich mit dieser Meinung in der Minderheit.«

»*Wenn* er recht hat«, sagte Crayne, »wenn wir – eins zu einer Milliarde – endlos immer wieder zurückkehren, dann wäre es gerechtfertigt.«

»Könnten wir jetzt zu Merry Lou fahren?« sagte Addison Doug. »Zu ihr nach Hause?«

»Sie wartet draußen«, sagte Crayne.

General Toad schritt gewichtig auf sie zu, blieb neben den drei Temponauten stehen und sagte: »Wissen Sie, was zu der Entscheidung schließlich geführt hat, war die Reaktion der Öffentlichkeit darauf, wie Sie während des Trauerzugs ausgesehen und sich verhalten haben, Doug. Die Berater der Sicherheitsbehörden kamen zu dem Schluß, die Öffentlichkeit hätte, wie Sie selbst, lieber die Gewißheit, daß es für Sie alle endgültig vorbei ist. Zu wissen, daß Sie von Ihrer Mission befreit sind, würde die Gemüter eher beruhigen als der Versuch, das Projekt zu retten und auf einen perfekten Rückeintritt hinzuarbeiten. Sie haben anscheinend Eindruck gemacht, Doug. Mit Ihrem Gejammer.« Dann ging er und ließ die drei stehen.

»Vergiß ihn«, sagte Crayne zu Addison Doug. »Vergiß ihn und all die andern. Wir werden tun, was wir tun müssen.«

»Merry Lou wird es mir erklären«, sagte Doug. Sie würde wissen, was zu tun, was richtig war.

»Ich gehe sie holen«, sagte Crayne, »und danach können wir vier irgendwohin fahren, vielleicht zu ihr, und dann überlegen wir, was wir machen. Okay?«

»Danke«, sagte Addison Doug nickend; er sah sich hoffnungsvoll nach ihr um und fragte sich, wo sie sein mochte. In einem Nebenzimmer vielleicht, irgendwo in der Nähe. »Ich weiß das zu schätzen«, sagte er.

Benz und Crayne sahen einander an. Er sah das, wußte aber nicht, was es bedeutete. Er wußte nur, daß er jemanden brauchte, jemanden wie Merry Lou, der ihm half, die Lage zu begreifen. Und sich endgültig zu entscheiden, wie er ihnen hier heraushelfen sollte.

Merry Lou fuhr sie von Los Angeles nordwärts auf der Schnellspur des Freeway nach Ventura und dann landeinwärts nach Ojai. Die vier sprachen sehr wenig. Merry Lou fuhr gut, wie immer; an sie gelehnt, entspannte sich Addison Doug und fand vorübergehend etwas Ruhe.

»Es geht doch nichts über eine Mieze als Chauffeur«, sagte Crayne, nachdem sie viele Meilen schweigend hinter sich gebracht hatten.

»Es ist ein nobles Gefühl«, murmelte Benz. »Einer Frau

das Steuer zu überlassen. Als würde der Hochadel chauffiert.«

Merry Lou sagte: »Bis sie in irgendwas reinrasselt. In irgendwas, was groß und langsam ist.«

Addison Doug sagte: »Als du gestern gesehen hast, wie ich mich zu deinem Haus raufgeschleppt habe – den Gartenweg lang. Was hast du da gedacht? Sei ehrlich.«

»Du hast ausgesehen«, sagte das Mädchen, »als hättest du das schon oft getan. Du hast erschöpft und müde ausgesehen und – sterbensmüde. Am Ende.« Sie zögerte. »Es tut mir leid, aber so hast du nun mal ausgesehen, Addi. Ich dachte mir, er kennt den Weg zu gut.«

»Als sei ich ihn zu viele Male gegangen.«

»Ja«, sagte sie.

»Dann stimmst du für die Implosion.«

»Tja –«

»Sei ehrlich zu mir«, sagte Addison Doug.

Merry Lou sagte: »Schau auf den Rücksitz. Die Kiste auf dem Boden.«

Mit einer Taschenlampe aus dem Handschuhfach nahmen die drei Männer die Kiste in Augenschein. Addison Doug sah, was sie enthielt, und hatte Angst. VW-Motorenteile, alt und rostig. Noch ölverschmiert.

»Ich habe sie von einer Werkstatt für Importwagen bei mir in der Nähe«, sagte Merry Lou. »Am Weg nach Pasadena. Der erste Schrott, den ich finden konnte und der schwer genug aussah. Ich hatte sie beim Start im Fernsehen sagen gehört, alles, was fünfzig Pfund über-«

»Das wird ausreichen«, sagte Addison Doug. »Es hat ausgereicht.«

»Dann hat es keinen Sinn mehr, zu Ihnen zu fahren«, sagte Crayne. »Es ist entschieden. Wir können ebensogut Richtung Süden zum Modul fahren. Und alles zum Verlassen der EZW einleiten. Und den erneuten Rückeintritt.« Seine Stimme klang belegt, aber sie zitterte nicht. »Vielen Dank für Ihr Votum, Miss Hawkins.«

Sie sagte: »Ihr seid alle so müde.«

»Ich nicht«, sagte Benz. »Ich bin wütend. Höllisch wütend.«

»Auf mich?« sagte Addison Doug.

»Ich weiß nicht«, sagte Benz. »Es ist einfach nur – verdammt.« Darauf verfiel er in brütendes Schweigen. Mit eingezogenen Schultern, verstört, reglos. Soweit es ging von den anderen im Wagen abgerückt.

An der nächsten Freeway-Ausfahrt bog sie nach Süden ab. Jetzt erfüllte sie ein Gefühl der Freiheit, und Addison Doug spürte bereits einen Teil der Last, der Erschöpfung von sich abfallen.

Am Handgelenk jedes der drei Männer piepste der Signalton des Bereitschaftspiepers; sie zuckten alle zusammen.

»Was bedeutet das?« fragte Merry Lou und fuhr langsamer.

»Wir sollen uns so bald wie möglich telefonisch mit General Toad in Verbindung setzen«, sagte Crayne. Er deutete aus dem Fenster. »Da vorne ist eine Standard-Tankstelle; nehmen Sie die nächste Ausfahrt, Miss Hawkins. Wir können von dort aus anrufen.«

Einige Minuten später parkte Merry Lou ihren Wagen neben der Telefonzelle. »Ich hoffe, keine schlechten Nachrichten«, sagte sie.

»Zuerst rede ich«, sagte Doug beim Aussteigen. Schlechte Nachrichten, dachte er mit bemühter Heiterkeit. Was für welche denn zum Beispiel? Er lief steifbeinig zur Telefonzelle, trat ein, schloß die Tür hinter sich, warf einen Dime ein und wählte die gebührenfreie Nummer.

»Halten Sie sich fest! Gute Nachrichten!« sagte General Toad, als die Verbindung zustande gekommen war. »Ein Glück, daß wir Sie erwischt haben. Einen Moment – Dr. Fein soll es Ihnen selbst erzählen. Ihm glauben Sie sicher eher als mir.« Wiederholtes Klicken, und dann Dr. Feins näselnde, pedantische Oberlehrerstimme, der man jetzt aber die innere Spannung anhörte. »Erst die schlechte Nachricht«, sagte Addison Doug.

»Schlecht nicht gerade«, sagte Dr. Fein. »Ich habe seit unserer Diskussion Berechnungen anstellen lassen, und es hat den Anschein – damit meine ich, es ist statistisch wahrscheinlich, wenn auch nicht mit letzter Sicherheit bewiesen –, daß Sie recht haben, Mr. Doug. Sie stecken in einer geschlossenen Zeitschleife.«

Addison Doug schnaubte entnervt. Du Niete von einem autokratischen Arsch, dachte er. Das hast du doch garantiert die ganze Zeit gewußt.

»Jedenfalls«, sagte Dr. Fein, vor Aufregung leicht stotternd, »habe ich außerdem berechnet – haben wir übereinstimmend berechnet, hauptsächlich über das Cal Tech –, daß die größte Wahrscheinlichkeit, die Zeitschleife zu *konsolidieren*, durch eine Implosion beim Rückeintritt gegeben ist. Verstehen Sie, Addison? Wenn Sie die ganzen rostigen VW-Teile mit zurückschleppen und implodieren, stehen Ihre statistischen Chancen, die Zeitfalle endgültig zuschnappen zu lassen, viel höher, als wenn Sie einfach wieder eintreten, und alles geht gut.«

Addison Doug sagte nichts.

»Es ist also so, Addi – und das ist das Bedenkliche, das ich nachdrücklich betonen muß –, daß die Implosion beim Rückeintritt, besonders eine massive, vorsätzliche von der Sorte, die uns bevorzustehen scheint – begreifen Sie das alles, Addi? Mache ich mich Ihnen verständlich? Herrgott noch mal, Addi? – praktisch *garantiert*, daß die absolut unauflösliche Zeitschleife entsteht, an die Sie denken. Die, die wir alle von Anfang an befürchtet haben.« Eine Pause. »Addi? Sind Sie noch da?«

Addison Doug sagte: »Ich will sterben.«

»Das ist Ihre Erschöpfung durch die Zeitschleife. Weiß der Himmel, wie viele Wiederholungen Sie drei bereits –«

»Nein«, sagte er und wollte aufhängen.

»Lassen Sie mich mit Benz und Crayne sprechen«, sagte

Dr. Fein hastig. »Bitte, ehe Sie den Rückeintritt einleiten. Besonders Benz; mit ihm möchte ich vor allem sprechen. Bitte, Addison. Zu Ihrem eigenen Besten; Ihre fast völlige Erschöpfung hat –«

Er hängte ein. Verließ mit schleppenden Schritten die Telefonzelle.

Als er wieder in den Wagen stieg, hörte er, daß die Pieper der beiden anderen immer noch piepten. »General Toad meinte, durch den automatischen Suchruf würden eure beiden Pieper noch eine Zeitlang weitermachen«, sagte er. Und schloß die Wagentür hinter sich. »Fahren wir.«

»Will er uns denn nicht sprechen?« sagte Benz.

Addison Doug sagte: »General Toad wollte uns nur mitteilen, daß sie ein kleines Trostpflästerchen für uns haben. Wir sind vom Kongreß für eine besondere Auszeichnung nominiert worden, für Heldenmut oder so einen Quatsch. Irgendeine Medaille, mit der noch niemand sonst ausgezeichnet wurde. Soll postum verliehen werden.«

»Tja, Teufel auch – das ist so ziemlich die einzige Möglichkeit, wie sie die verleihen können«, sagte Crayne.

Merry Lou begann zu weinen, während sie gleichzeitig den Motor durchstartete.

»Es wird eine Erlösung sein«, sagte Crayne, als sie kurz darauf auf den Freeway zurückholperten, »wenn es vorbei ist.«

Bald ist es soweit, fühlte Addison Doug instinktiv.

An ihren Handgelenken schnarrten noch immer einträchtig die Bereitschaftspieper.

»Wenn ihr anbeißt, seid ihr dran«, sagte Addison Doug. »Dann machen sie euch mürbe mit ihrem endlosen Bürokratengewäsch.«

Die anderen im Wagen wandten sich um und sahen ihn forschend an; in ihren Blicken mischten sich Unbehagen und Verblüffung.

»Ja«, sagte Crayne. »Diese automatischen Notrufe sind eine echte Plage.« Er klang müde. So müde wie ich, dachte

Addison Doug. Und fühlte sich besser, als er das erkannte. Es zeigte, wie recht er hatte. Große Wassertropfen schlugen gegen die Windschutzscheibe; es hatte zu regnen begonnen. Auch das gefiel ihm. Es erinnerte ihn an die erhabenste Erfahrung seiner kurzen Lebensspanne: an den Trauerzug, der sich langsam durch die Pennsylvania Avenue schob, an die mit Flaggen verhängten Särge. Er lehnte sich mit geschlossenen Augen zurück und fühlte sich endlich gut. Und hörte wieder die schmerzgebeugten Menschen um sich herum. Und träumte im Geiste von der Sonderauszeichnung des Kongresses. Für Müdigkeit, dachte er. Ein Orden fürs Müdesein.

Im Geiste sah er sich auch in anderen Paraden, und in den Körpern vieler anderer Toter. Doch eigentlich war es ein Tod und eine Parade. Wagen, die langsam durch eine Straße in Dallas fuhren, und auch Dr. King ... Er sah sich selbst im geschlossenen Kreis seines Lebens wieder und wieder zu dieser nationalen Trauerfeier zurückkehren, die er und die anderen nicht vergessen konnten. Er würde dabeisein; sie würden immer wieder dabeisein; so würde es bleiben, und alle, wie sie da waren, würden sich auf immer und ewig wieder hier zusammenfinden. An dem Ort, an den sie sich sehnten. Zu dem Ereignis, das ihnen alles bedeutete.

Das war sein Geschenk an sie, an sein Volk, sein Land. Er hatte der Welt eine wunderbare Bürde auferlegt. Das furchtbare und ermüdende Mysterium des ewigen Lebens.

Die Präpersonen

Hinter dem Zypressenwäldchen sah Walter – er hatte König auf dem Berg gespielt – den weißen Lieferwagen, und er wußte, was es damit auf sich hatte. Er dachte: Das ist der Abtreibungstransporter. Er ist da, um irgendein Kind zum Postpartum drüben in der Abtreibungsstelle abzuholen.

Und er dachte: Vielleicht haben meine Leute ihn gerufen. Für mich.

Er lief los und versteckte sich zwischen den Brombeeren, spürte, wie ihn die Dornen kratzten, dachte sich aber: Das ist besser, als die Luft aus der Lunge gesaugt bekommen. So machen sie es; sie führen alle PPs an allen Kindern da gleichzeitig durch. Sie haben ein großes Zimmer dafür. Für die Kinder, die keiner will.

Während er sich tiefer in die Brombeeren arbeitete, lauschte er, um zu hören, ob der Transporter anhielt; er hörte das Motorengeräusch.

»Ich bin unsichtbar«, sagte er vor sich hin – eine Zeile, die er für die Schulaufführung des »Sommernachtstraums« in der fünften Klasse gelernt hatte, eine Zeile, die Oberon, den er gespielt hatte, sagen mußte. Und danach konnte ihn niemand mehr sehen. Vielleicht war das jetzt wahr geworden. Vielleicht wirkte der Zauberspruch im wirklichen Leben; er sagte es wieder zu sich selbst: »Ich bin unsichtbar.« Aber er wußte, er war es nicht. Er konnte noch immer seine Arme und Beine und Schuhe sehen, und er wußte, daß sie – daß alle, besonders der Mann vom Abtreibungstransporter und seine Mum und sein Dad – ihn auch sehen konnten. Wenn sie hinschauten.

Wenn er es war, hinter dem sie diesmal her waren.

Er wünschte sich, König zu sein; er wünschte sich, er sei über und über mit Zauberstaub bedeckt und hätte eine strahlende Krone, die glitzerte, er würde das Feenland regieren und hätte Puck, dem er sich anvertrauen konnte. Und der ihn beraten konnte. Beraten, auch wenn er selbst König war und mit Titania, seiner Frau, zankte.

Ich schätze, dachte er, etwas bloß zu sagen macht es noch lange nicht wahr.

Die Sonne brannte auf ihn herab und er blinzelte, aber hauptsächlich hörte er auf den Motor des Abtreibungstransporters; er war immer noch zu hören, und insgeheim schöpfte er Hoffnung, als das Geräusch sich weiter und weiter entfernte. Ein anderes Kind in die Abtreibungsklinik verfrachtet, nicht er; irgendeins am anderen Ende der Straße.

Er kämpfte sich zitternd und an vielen Stellen zerkratzt aus den Brombeeren und machte sich auf den Weg zurück zu seinem Haus. Und während er heimtrottete, begann er zu weinen, hauptsächlich, weil die Kratzer weh taten, aber auch aus Furcht und Erleichterung.

»Gute Güte«, rief seine Mutter, als sie ihn sah. »Was in Gottes Namen hast du angestellt?«

Er stammelte: »Ich hab – den Abtreibungstransporter gesehen.«

»Und du dachtest, er wäre für dich?«

Er nickte stumm.

»Hör mal, Walter«, sagte Cynthia Best, kniete nieder und umfaßte seine zitternden Hände, »ich verspreche dir, dein Dad und ich versprechen es beide, daß du niemals in die kommunale Sammelstelle gebracht wirst. Du bist sowieso zu alt. Sie nehmen nur Kinder bis zwölf.«

»Aber Jeff Vogel –«

»Seine Eltern brachten ihn unter, kurz bevor das neue Gesetz in Kraft getreten ist. Jetzt könnten sie ihn legal nicht mehr annehmen. Sie könnten dich nicht annehmen. Sieh mal – du hast eine Seele; das Gesetz sagt, ein zwölfjähriger Junge hat eine Seele. Also kann er nicht in die kommunale Sammelstelle kommen. Na siehst du? Du bist sicher. Immer wenn du den Abtreibungstransporter siehst, ist er für jemand anderen, nicht für dich. Niemals für dich. Ist das klar? Er ist wegen einem anderen, kleineren Kind gekommen, das noch keine Seele hat, eine Präperson.«

Starr zu Boden schauend, ohne den Blick seiner Mutter zu erwidern, sagte er: »Ich fühle mich nicht, als ob ich eine Seele hätte; ich fühle mich wie immer.«

»Das ist eine rechtliche Frage«, sagte seine Mutter barsch. »Streng nach Alter geregelt. Und du bist über das Alter hinaus. Die Kirche der Überwacher hat den Kongreß dazu gebracht, das Gesetz zu verabschieden – eigentlich wollten sie, diese Kirchenleute, ein jüngeres Alter; sie behaupteten, die Seele würde im Alter von drei Jahren in den Körper eintreten, aber es wurde eine Kompromißvorlage durchgesetzt. Das entscheidende für dich ist, daß du rechtlich sicher bist, ganz gleich, wie du dich innerlich fühlst; siehst du das ein?«

»Okay«, sagte er nickend.

»Du wußtest das.«

Zornig und verletzt brach es aus ihm heraus: »Was glaubst du, wie das ist, jeden Tag zu warten, daß vielleicht einer kommt und dich in einen Drahtkäfig in einem Lieferwagen sperrt und –«

»Deine Furcht ist irrational«, sagte seine Mutter.

»Ich habe gesehen, wie sie Jeff Vogel abgeholt haben. Er weinte, und der Mann hat einfach die Hintertür von dem Transporter aufgemacht und Jeff reingeschoben und die Hintertür wieder zugemacht.«

»Das war vor zwei Jahren. Du bist verweichlicht.« Seine Mutter funkelte ihn wütend an. »Dein Großvater würde dich durchprügeln, wenn er dich jetzt sehen und dich so reden hören könnte. Nicht dein Vater. Der würde nur grinsen und etwas Dummes sagen. Zwei Jahre! Und intellektuell weißt du, daß du über das gesetzliche Höchstalter hinaus bist! Du –« Sie rang um das Wort. »Du bist *entartet*.«

»Und er kam nie zurück.«

»Vielleicht ist jemand, der ein Kind wollte, in die kommunale Sammelstelle gegangen, hat ihn gefunden und adoptiert. Vielleicht hat er bessere Eltern bekommen, die ihn richtig gerne haben. Sie behalten sie dreißig Tage, ehe sie sie vernichten.« Sie korrigierte sich. »Sie schlafen legen, meine ich.«

Er war nicht beruhigt. Weil er wußte, daß »sie schlafen legen« ein Mafiaausdruck war. Er rückte von seiner Mutter ab, weil er ihren Trost nicht mehr wollte. Sie konnte ihn mal! Sie hatte etwas offenbart, irgendwie den Grund ihres Denkens, Fühlens und höchstwahrscheinlich auch Handelns. Ihr aller Handeln. Ich weiß, daß ich nicht anders bin, dachte er, als vor zwei Jahren, als ich noch ein kleines Kind war; wenn ich jetzt laut Gesetz eine Seele habe, dann hatte ich damals auch eine Seele, oder wir haben gar keine Seele – das einzig Reale ist nur ein fürchterlicher, metallic-lackierter Transporter mit vergitterten Fenstern, der Kinder abtransportiert, die ihre Eltern nicht mehr haben wollen, Eltern, die eine Erweiterung des alten Abtreibungsgesetzes nutzten, das ihnen erlaubt hatte, ein ungewolltes Kind zu töten, ehe es herauskam: weil es keine »Seele« oder »Persönlichkeit« hatte, konnte es durch eine Vakuumpumpe in weniger als zwei Minuten abgesaugt werden. Ein Arzt konnte hundert am Tag schaffen, und es war legal, weil das ungeborene Kind nicht »menschlich« war. Es war eine Präperson. Genau wie dieser Lieferwagen jetzt; sie hatten den Zeitpunkt, an dem die Seele in den Körper eintreten sollte, einfach nach hinten verschoben.

Der Kongreß hatte einen simplen Text eingeführt, das ungefähre Alter zu bestimmen, in dem die Seele in den Körper eintrat: die Fähigkeit, höhere Mathematik, Algebra etwa, zu formulieren. Bis dahin war man nur ein Körper, niedere Instinkte und Körper, animalische Reflexe und Reaktionen auf Reize. Wie Pavlovsche Hunde, wenn sie ein wenig Wasser unter der Tür des Leningrader Labors durchsickern sahen; sie »wußten« etwas, waren aber nicht menschlich.

Ich bin wohl menschlich, dachte Walter und sah auf, schaute in das fahle, strenge Gesicht seiner Mutter mit ihren harten Augen und ihrer unerbittlichen Vernunft. Ich schätze, ich bin wie du, dachte er. Hey, ist doch Spitze, ein Mensch zu sein, dachte er; dann braucht man keine Angst zu haben, daß der Transporter kommt.

»Du fühlst dich besser«, stellte seine Mutter fest. »Ich habe deine Angstschwelle gesenkt.«

»Ich flipp schon nicht aus«, sagte Walter. Es war vorbei; der Transporter war fort und hatte ihn nicht mitgenommen.

Aber er würde in wenigen Tagen wieder da sein. Er fuhr ständig durch die Gegend.

Immerhin blieben ihm ein paar Tage. Und dann dieser Anblick – wenn ich bloß nicht wüßte, daß sie den Kindern, die sie einmal dahaben, die Luft aus den Lungen saugen, dachte er. Sie auf diese Art vernichten. Warum? Billiger, hatte sein Dad gesagt. Spart den Steuerzahlern Geld.

Dann dachte er über Steuerzahler nach, und wie sie wohl aussehen mochten. Leute, die alle Kinder mißbilligend ansahen, dachte er. Die nicht antworteten, wenn das Kind eine Frage stellte. Hagere Gesichter, durchzogen von Sorgenfalten, mit ständig nervösem Blick. Oder fett vielleicht; entweder, oder. Es war aber das Hagere, was ihn ängstigte; es hatte keine Freude am Leben, noch wollte es Leben dulden. Es strahlte die Botschaft aus: »Stirb, verschwinde, geh ein, sei nicht am Leben.« Und der Abtreibungstransporter war dafür der Beweis – oder das Mittel.

»Mom«, sagte er, »wie schließt man eine kommunale Sammelstelle? Diese Abtreibungsklinik da, wo sie die Babys und kleinen Kinder hinbringen.«

»Man wendet sich mit einem Antrag an die Bezirkslegislative«, sagte seine Mutter.

»Weißt du, was ich tun würde?« sagte er. »Ich würde warten, bis keine Kinder da drin wären, nur Verwaltungsangestellte, und dann würde ich eine Brandbombe reinschmeißen.«

»So redet man nicht!« sagte seine Mutter streng, und auf ihrem Gesicht sah er die tiefen Falten des hageren Steuerzahlers. Und es machte ihm angst; seine eigene Mutter machte ihm angst. Die kalten, milchigen Augen spiegelten nichts, keine Seele im Innern, und er dachte: *Ihr seid es, die keine Seele haben*, ihr mit eurer knochigen Nicht-sein-Ausstrahlung. Nicht wir.

Und dann lief er nach draußen, um weiterzuspielen.

Eine Bande anderer Kinder hatte den Transporter gesehen. Er stand mit ihnen zusammen herum. Sie wechselten ab und zu ein paar Worte, kickten aber meistens Steine herum und traten gelegentlich auf einen bösen Käfer.

»Für wen war der Transporter da?« sagte Walter.

»Fleischhacker, Earl Fleischhacker.«

»Haben sie ihn erwischt?«

»Klar, hast du das Geschrei nicht gehört?«

»Waren seine Alten zu Hause?«

»Nee, sind vorher mit irgend 'ner faulen Ausrede abgehauen, wollten angeblich den Wagen abschmieren lassen.«

»*Die* haben den Transporter gerufen?« sagte Walter.

»Klar, das ist Gesetz; das müssen die Eltern machen. Aber sie waren zu feige, da zu sein, als der Transporter vorfuhr. Scheiße, er hat echt gebrüllt; bis zu euch kann man es wohl nicht hören, aber er hat echt gebrüllt.«

Walter sagte: »Wißt ihr, was wir machen sollten? Ne Brandbombe auf den Transporter schmeißen und den Fahrer kaltmachen.«

Die anderen Kinder sahen ihn verächtlich an. »Die stekken dich lebenslänglich in die Psychiatrie, wenn du sowas abziehst.«

»Nicht immer lebenslänglich«, korrigierte Pete Bride. »In manchen Fällen bauen sie eine neue, sozial verträgliche Persönlichkeit auf.«

»Was sollen wir dann machen?« sagte Walter.

»Du bist zwölf; du bist sicher.«

»Aber angenommen, sie ändern das Gesetz.« Und irgendwie beschwichtigte es seine Ängste nicht, zu wissen, daß er theoretisch sicher war; der Transporter kam immer noch wegen anderer Kinder und ängstigte ihn nach wie vor. Er dachte an die jüngeren Kinder, die jetzt in der Sammelstelle waren, Stunde für Stunde durch den Zyklonenzaun schauten, Tag für Tag, warteten und registrierten, wie die Zeit verstrich und hofften, es würde jemand hereinkommen und sie adoptieren.

»Warst du schon mal da?« fragte er Pete Bride. »In der kommunalen Sammelstelle? Lauter ganz kleine Kinder, manche wie Babys, vielleicht gerade ein Jahr alt. Und sie wissen nicht mal, was ihnen blüht.«

»Die Babys werden adoptiert«, sagte Zack Yablonski. »Die Älteren sind es, die keine Chance haben. Die machen einen echt fertig; die sprechen die Leute an, die reinkommen, und machen einen auf lieb. Aber die Leute wissen, daß sie da nicht drin wären, wenn sie nicht – naja, unerwünscht wären.«

»Die Luft aus den Reifen lassen«, sagte Walter, in seinem Innern arbeitete es.

»Vom Transporter? Hey, und weißt du, daß der Motor nach etwa 'ner Woche den Geist aufgibt, wenn man eine Mottenkugel in den Tank wirft? Das könnten wir machen.«

Ben Blare sagte: »Aber dann würden sie uns drankriegen.«

»Sie kriegen uns jetzt schon dran«, sagte Walter.

»Ich finde, wir sollten den Transporter in die Luft jagen«, sagte Harry Gottlieb, »aber mal angenommen, es sind Kinder drin. Die würden verbrennen. Der Transporter holt vielleicht – Scheiße, ich weiß nicht. Fünf Kinder aus verschiedenen Landesteilen ab.«

»Weißt du, daß sie sogar Hunde mitnehmen?« sagte Walter. »Und Katzen; den Transporter dafür sieht man nur etwa einmal im Monat. Den nennt man Zwingertransporter. Davon abgesehen ist es dasselbe: Sie stecken sie in eine große Kammer und saugen ihnen die Luft aus den Lungen, und sie sterben. Sie tun das sogar Tieren an! Kleinen Tieren!«

»Das glaube ich erst, wenn ich's sehe«, sagte Harry Gottlieb ungläubig mit höhnischem Grinsen. »Ein Transporter, der Hunde wegschaffft.«

Aber er wußte, daß es stimmte. Walter hatte den Zwingertransporter bei zwei verschiedenen Gelegenheiten gesehen. Katzen, Hunde, und in erster Linie uns, dachte er bedrückt. Ich meine, wenn sie mit uns einmal angefangen haben, war es klar, daß sie schließlich auch die Haustiere der Leute abholen würden; so verschieden sind wir nicht. Aber was für ein Mensch mußte man sein, um sowas zu tun, selbst wenn es Gesetz war? »Manche Gesetze sind dazu da, um befolgt, und manche, um gebrochen zu werden«, fiel ihm aus einem Buch ein, das er gelesen hatte. Wir sollten zuerst den Zwingertransporter in die Luft jagen, dachte er; das ist das Schlimmste, dieser Transporter.

Woher kommt es, fragte er sich, daß es den Menschen um so leichter fällt, ein Wesen kaltzumachen, je hilfloser es ist? Ein Baby im Mutterleib zum Beispiel; die ursprünglichen Abtreibungen, »Präpartums« oder »Präpersonen«, wie sie jetzt hießen. Wie hätten sie sich verteidigen sollen? Wer trat für sie ein? All das Leben, hundert Wesen pro Tag von jedem Arzt ... und alle hilflos und sprachlos und dann einfach tot. Die miesen Arschlöcher, dachte er. Darum tun sie es: sie wissen, daß sie es können; sie haben die Macht dazu, und das macht sie an. Und so ein kleines Ding, das das Licht der Welt sehen wollte, wird in weniger als zwei Minuten abgesaugt. Und der Arzt macht gleich mit dem nächsten Dämchen weiter.

Es sollte eine Organisation geben, dachte er, so ähnlich wie die Mafia. Die Kaltmacher kaltmachen, oder so. Ein bezahlter Killer kommt zu einem der Ärzte, zieht einen Schlauch raus und saugt den Arzt hinein, wo er zu einem ungeborenen Baby schrumpft. Ein ungeborener Babyarzt, mit einem Stethoskop, so groß wie ein Stecknadelkopf … er lachte bei dem Gedanken.

Kinder haben keine Ahnung. Aber Kinder wissen Bescheid, wußten zuviel. Der Abtreibungstransporter spielte im Vorbeifahren eine Gute-Laune-Erkennungsmelodie:

Jack und Jill
Went up the hill
To fetch a pail of water

Das plärrte von einem Endlosband in der Musikanlage – einer Ampex-Spezialanfertigung für GM – des Transporters, wenn nicht unmittelbar eine Gefangennahme bevorstand. Dann stellte der Fahrer die Musikanlage aus und schwebte rum, bis er das richtige Haus fand. Doch sobald er das unerwünschte Kind hinten im Transporter hatte und sich entweder auf den Rückweg in die kommunale Sammelstelle oder an ein weiteres Präpersonen-Kidnapping machte, stellte er es wieder an:

Jack and Jill
Went up the hill
To fetch a pail of water

Gedankenversunken schloß Oscar Ferris, der Fahrer von Transporter drei: »*Jack fell down and broke his crown and Jill came tumbling after.*« Was zum Teufel war noch mal eine »Krone« grübelte Ferris. Wahrscheinlich was Schweinisches. Er grinste. Wahrscheinlich hat Jack dran rumgespielt, oder Jill, oder beide zusammen. Wasser, dachte er. Ich weiß, wozu sie sich in die Büsche geschlagen haben. Bloß, daß Jack hinfiel und sich glatt das Ding abbrach. »Pech gehabt, Jill«, sagte er laut, als er den vier Jahre alten Transporter gekonnt um die gewundenen Kurven des California Highway One steuerte.

So sind Kinder, dachte Ferris. Dreckig, und spielen mit dreckigen Sachen, mit sich selbst zum Beispiel.

Dies war noch wildes, offenes Land, und viele Streuner trieben sich hier in den Canyons und auf den Feldern herum; er hielt die Augen offen, und richtig – zu seiner Rechten huschte ein Kleiner, etwa sechs, er versuchte, sich außer Sicht zu bringen. Ferris drückte sofort den Knopf, der die Sirene des Transporters in Gang setzte. Der Junge erstarrte, stand furchtsam da, während der Transporter, immer noch »Jack and Jill« spielend, neben ihm ausrollte und stehen blieb.

»Zeig mir deine E-Papiere«, sagte Ferris, ohne aus dem Transporter zu steigen; er lehnte einen Arm aus dem Fenster, damit seine Uniform und der Aufnäher zu sehen waren; die Symbole seiner Autorität.

Der Junge wirkte dürr, wie viele Streuner, trug aber andererseits eine Brille. Strubbelköpfig, in Jeans und T-Shirt, starrte er furchtsam zu Ferris hoch und machte keine Anstalten, seinen Identitätsnachweis vorzuholen.

»Hast du eine E-Karte oder nicht?« sagte Ferris.

»W-was ist eine ›E-Karte‹?«

Mit offizieller Stimme erklärte Ferris dem Jungen seine gesetzlichen Rechte.

»Dein Elternteil, einer von beiden, oder dein Vormund, füllt Formblatt 36-W aus, das ist eine formelle Erwünschtheitserklärung. Daß beide oder er oder sie dich als erwünscht betrachten. Du hast keine? Vor dem Gesetz macht dich das zum Streuner, selbst wenn du Eltern hast, die dich behalten wollen; ihnen droht eine Geldstrafe von 500 Dollar.«

»Oh«, sagte der Junge. »Naja, ich hab sie verloren.«

»Dann müßte eine Kopie in den Akten sein. Sie speichern diese ganzen Dokumente und Unterlagen auf Mikrobild. Ich bringe dich in die –«

»In die kommunale Sammelstelle?« Die streichholzdünnen Beine schlackerten angstvoll.

»Deine Eltern haben dreißig Tage Zeit, indem sie Formblatt 36-W ausfüllen. Wenn sie es bis dahin nicht gemacht haben –«

»Meine Mum und mein Dad sind sich nie einig. Im Moment lebe ich bei meinem Dad.«

»Er hat dir keine E-Karte gegeben, mit der du dich ausweisen kannst.« Quer übers Führerhaus des Transporters war eine Flinte montiert. Es bestand immer die Möglichkeit, daß es Ärger gab, wenn er einen Streuner aufgriff. Mechanisch sah Ferris zu ihr hoch. Sie war, wo sie hingehörte, eine Pump-Gun. Er hatte sie in seiner Laufbahn als Vollstreckungsbeamter nur fünfmal benutzt. Sie konnte einen Mann in seine Moleküle zerlegen. »Ich muß dich einkassieren«, sagte er, während er die Wagentür öffnete und seine Schlüssel zückte. »Hinten ist noch ein anderes Kind drin; ihr könnt euch Gesellschaft leisten.«

»Nein«, sagte der Junge. »Ich geh nicht.« Störrisch bot er Ferris die Stirn, er blinzelte.

»Oh, du hast wahrscheinlich alle möglichen Geschichten über die Sammelstelle gehört. Es sind nur die Idis und Spastis, die schlafengelegt werden; jedes nette, normal aussehende Kind wird adoptiert – wir schneiden dir die Haare und polieren dich auf, damit du richtig adrett aussiehst. Wir wollen für dich ein Zuhause finden. Das ist ja der Sinn der Veranstaltung. Es sind nur die mit – naja – geistigen oder körperlichen Mängeln, die keiner will. Es wird keine Minute dauern, bis dich irgendein betuchter Mensch aufgabelt; du wirst sehen. Dann wirst du nicht mehr alleine hier rumlaufen, ohne elterliche Aufsicht. Du wirst neue Eltern haben, und hör zu – sie werden ganz schön was für dich springen lassen; Teufel noch mal, sie werden dich *registrieren* lassen. Verstehst du? Das, wohin wir dich jetzt bringen, ist eher ein Übergangswohnheim, damit du für interessierte Eltern verfügbar bist.«

»Aber wenn mich in einem Monat niemand adoptiert –«

»Zum Teufel, du könntest hier in Big Sur von einer

Klippe stürzen und tot sein. Mach dir keine Sorgen. Die Rezeption in der Sammelstelle wird sich mit deinen Bluteltern in Verbindung setzen, und höchstwahrscheinlich kommen sie noch heute mit dem Erwünschtheits-Formular – 36-W – rüber. Und in der Zwischenzeit machst du eine nette Spritztour und lernst viele neue Kinder kennen. Und wie oft –«

»Nein«, sagte der Junge.

»Ich setze dich hiermit in Kenntnis«, sagte Ferris in anderem Tonfall, »daß ich Bezirksbeamter bin.« Er öffnete seine Wagentür, sprang runter, zeigte dem Jungen sein glänzendes Metallabzeichen. »Ich bin Ordnungspolizist Ferris, und ich befehle dir jetzt, hinten in den Transporter einzusteigen.«

Ein hochgewachsener Mann kam argwöhnisch auf sie zu; er trug, wie der Junge, Jeans und ein T-Shirt, aber keine Brille.

»Sie sind der Vater des Jungen?« fragte Ferris.

Der Mann sagte heiser: »Schaffen Sie ihn in den Zwinger?«

»Wir betrachten es als Kinderschutzheim«, sagte Ferris. »Die Verwendung des Begriffs ›Zwinger‹ ist eine Verunglimpfung durch radikale Hippies und verzerrt – böswillig – das Gesamtbild dessen, was wir tun.«

Auf den Transporter deutend, sagte der Mann: »Sie haben Kinder da in den Käfigen eingesperrt, oder?«

»Ich würde gerne Ihren Identitätsnachweis sehen«, sagte Ferris. »Und ich wüßte gerne, ob Sie schon mal festgenommen wurden.«

»Festgenommen und freigesprochen? Oder festgenommen und verknackt?«

»Beantworten Sie meine Frage, Sir«, sagte Ferris und klappte sein schwarzes Etui auf, mit dem er sich Erwachsenen gegenüber als Ordnungspolizist auswies. »Wer sind Sie? Machen Sie schon, sehen wir uns mal Ihren Ausweis an.«

Der Mann sagte: »Ed Gantro ist mein Name, und ich bin vorbestraft. Mit achtzehn habe ich vier Kästen Coca Cola von einem geparkten Lieferwagen gestohlen.«

»Hat man Sie auf frischer Tat erwischt?«

»Nein«, sagte der Mann. »Als ich das Leergut zurückbrachte, um Pfand zu kassieren. Da haben sie mich geschnappt. Ich habe sechs Monate gesessen.«

»Haben Sie die Erwünschtheits-Karte für den Jungen hier?« fragte Ferris.

»Wir konnten uns die 90 Dollar, die sie kostete, nicht leisten.«

»Tja, jetzt kostet sie Sie 500. Sie hätten sich von vorneherein eine besorgen sollen. Ich schlage vor, Sie nehmen sich einen Anwalt.« Ferris ging auf den Jungen zu und wurde amtlich. »Ich möchte, daß du dich zu den anderen Kindern im hinteren Teil des Transporters begibst.« Zu dem Mann sagte er: »Sagen Sie ihm, er soll tun, was ihm gesagt wird.«

Der Mann zögerte und sagte: »Tim, steig in den gottverdammten Truck. Und wir nehmen uns einen Anwalt; wir besorgen dir deine E-Karte. Es hat keinen Sinn, Ärger zu machen – rechtlich gesehen, bist du ein Streuner.«

»Ein *Streuner*«, sagte der Junge und betrachtete seinen Vater.

Ferris sagte: »Stimmt genau. Sie haben dreißig Tage, wie Sie wissen, um den Antrag auf –«

»Holen Sie auch Katzen?« sagte der Junge. »Sind da Katzen drin? Ich mag Katzen; Katzen sind okay.«

»Ich bin nur für P.P.-Fälle zuständig«, sagte Ferris. »Solche wie dich.« Er schloß mit einem Schlüssel den hinteren Teil des Transporters auf. »Versuch bitte, dich nicht zu erleichtern, solange du im Transporter bist; es ist höllisch schwer, den Geruch und die Flecken rauszukriegen.«

Der Junge schien das Wort nicht zu verstehen; er sah verdutzt von Ferris zu seinem Vater.

»Nicht aufs Klo gehen, im Transporter«, erklärte sein

Vater. »Sie wollen ihn sauberhalten, weil sie dadurch Wartungskosten sparen.« Seine Stimme verriet Wut und Aggression.

»Streunende Hunde oder Katzen«, sagte Ferris, »schießt man einfach ab, wenn man sie sieht, oder legt vergiftete Köder aus.«

»O ja, ich kenne dieses Warfarin«, sagte der Vater des Jungen. »Das Tier frißt es über den Zeitraum einer Woche, und dann verblutet es innerlich.«

»Völlig schmerzlos«, betonte Ferris.

»Ist das nicht besser, als ihnen die Luft aus den Lungen zu saugen?« sagte Ed Gantro. »Sie in Massen ersticken zu lassen?«

»Nun, bei Tieren haben die Bezirksbehörden –«

»Ich meine die Kinder. Wie Tim.« Sein Vater stand neben ihm, und sie schauten beide in den hinteren Teil des Transporters. Es waren vage zwei dunkle Umrisse zu erkennen, die sich in nackter Verzweiflung in der hintersten Ecke zusammenkauerten.

»Fleischhacker!« rief Tim. »Hattest du nicht eine E-Karte?«

»Wegen der Energie- und Benzinknappheit«, sagte Ferris gerade, »muß die Bevölkerungszahl radikal reduziert werden. Oder es wird in zehn Jahren für niemanden mehr Nahrung geben. Dies ist eine Phase der –«

»Ich hatte eine E-Karte«, sagte Earl Fleischhacker, »aber meine Alten haben sie mir weggenommen. Sie wollten mich nicht mehr; also haben sie sie zurückgenommen und dann den Abtreibungstransporter gerufen.« Seine Stimme war heiser; offensichtlich hatte er geweint.

»Und was ist der Unterschied zwischen einem fünf Monate alten Fötus und dem, was wir hier haben?« sagte Ferris gerade. »In beiden Fällen haben wir ein ungewolltes Kind. Sie haben schlicht und einfach die Gesetze gelockert.«

Tims Vater, der ihn anstarrte, sagte: »Sind Sie mit diesen Gesetzen einverstanden?«

»Tja, das ist wirklich allein Sache von Washington, und was immer sie beschließen, wird unsere Nöte in diesen Krisenzeiten lösen«, sagte Ferris. »Ich sezte nur ihre Edikte durch. Wenn dieses Gesetz geändert würde – Teufel noch mal. Ich würde leere Milchkartons zum Recyceln karren oder sonst was, und wäre genauso zufrieden.«

»Genauso zufrieden?« Ihnen macht die Arbeit Spaß?«

Ferris sgte mechanisch: »Sie gibt mir Gelegenheit, viel zu reisen und Menschen kennenzulernen.«

Ed Gantro sagte: »Sie sind wahnsinnig. Dieses Postpartum-Abtreibungs-System und die Abtreibungsgesetze davor, wo das ungeborene Kind keine gesetzlichen Rechte hatte – es wurde entfernt wie ein Tumor. Sehen Sie sich an, wohin es gekommen ist. Wenn ein ungeborenes Kind ohne ordentlichen Prozeß getötet werden kann, warum nicht ein geborenes? Die Gemeinsamkeit, die ich in beiden Fällen sehe, ist ihre Schutzlosigkeit; der getötete Organismus hatte keine Chance, nicht die Fähigkeit, sich selbst zu schützen. Wissen Sie was? Ich will, daß Sie mich auch mitnehmen.«

»Aber der Präsident und der Kongreß haben erklärt, daß man, wenn man über zwölf ist, eine Seele hat«, sagte Ferris. »Ich kann Sie nicht mitnehmen. Das wäre nicht richtig.«

»Ich habe keine Seele«, sagte Tims Vater. »Ich wurde zwölf, und nichts passierte. Nehmen Sie mich auch mit. Es sei denn, Sie finden meine Seele.«

»Jesses«, sagte Ferris.

»Wenn Sie mir meine Seele nicht zeigen können«, sagte Tims Vater, »wenn Sie sie nicht genau lokalisieren, bestehe ich darauf, daß Sie mich mitnehmen, genauso wie diese Kinder.«

Ferris sagte: »Ich muß das Funkgerät benutzen, um mich mit der kommunalen Sammelstelle in Verbindung zu setzen, mal sehen, was sie sagen.«

»Tun Sie das«, sagte Tims Vater, kletterte mühsam ins Heck des Transporters und half Tim zu sich hoch. Mit den anderen beiden Jungen warteten sie, während Ordnungspolizist Ferris seine gesamte bürokratische Identifizierung, wer und was er war, über Funk durchgab.

»Ich habe hier einen männlichen Weißen, schätzungsweise dreißig, der darauf besteht, mit seinem minderjährigen Sohn in die kommunale Sammelstelle transportiert zu weden«, sagte Ferris in sein Mikro. »Er behauptet beharrlich, keine Seele zu haben, was ihn, wie er sagt, in die Klasse der Unter-Zwölfjährigen versetzt. Ich habe und kenne keinen Test zum Nachweis der Existenz von Seelen, jedenfalls keinen, den ich hier draußen in der Pampa erbringen kann und der später vor Gericht bestehen würde. Ich meine, er beherrscht vielleicht Algebra und höhere Mathematik; er scheint intelligent zu sein. Aber –«

»Genehmigt, bringen Sie ihn her«, kam die Stimme seines Vorgesetzten über Funk zurück. »Wir befassen uns hier mit ihm.«

»Wir befassen uns in der Stadt mit Ihnen«, sagte Ferris zu Tims Vater, der mit den drei kleineren Gestalten in den dunklen Winkeln im Heck des Transporters kauerte. Ferris knallte die Tür zu, schloß sie ab – eine zusätzliche Vorsichtsmaßnahme, da die Jungen bereits elektronisch verschnürt waren – und startete dann den Transporter.

Jack and Jill went up the hill
To fletch a pail of water
Jack fell down
And broke his crown

Irgendwer kriegt todsicher die Krone zerschlagen, dachte Ferris, und ich werde es nicht sein.

»Algebra kann ich nicht«, hörte er Tims Vater zu den drei Jungen sagen, »also kann ich keine Seele haben.«

Der Fleischhacker-Junge sagte: »Ich kann Algebra, aber ich bin erst neun. Was nützt mir das also?«

»Das werde ich in der Sammelstelle als Plädoyer vorbringen«, fuhr Tims Vater fort. »Sogar schriftlich Dividieren fiel mir schwer. Ich habe keine Seele. Ich gehöre zu euch drei kleinen Kerlen.«

Ferris rief mit lauter Stimme nach hinten: »Ich will nicht, daß ihr den Transporter einsaut, habt ihr verstanden? Es kostet uns –«

»Erzählen Sie mir das nicht«, sagte Tims Vater, »weil ich es nicht verstehen werde. Es wäre zu komplex, die anteiligen Kosten und Abschreibungen und ähnliches fiskalisches Fachchinesisch.«

Ich habe einen Irren da hinten, dachte Ferris und war froh, daß er die Pump-gun in Reichweite hatte. »Sie wissen, daß auf der Welt alles knapp wird«, rief Ferris zu ihnen nach hinten. »Energie und Apfelsaft und Treibstoff und Brot; wir müssen also die Bevölkerung niedrighalten, und das Embolierisiko bei Einnahme der Pille macht es unmöglich –«

»Keiner von uns kennt diese großen Worte«, fiel ihm Tims Vater ins Wort.

Verärgert und perplex sagte Ferris: »Bevölkerungs-Nullwachstum; das ist die Antwort auf die Energie- und Nahrungskrise. Es ist wie – Scheiße, es ist wie damals, als sie Kaninchen in Australien ansiedelten, und sie hatten keine natürlichen Feinde, und darum vermehrten sie sich, wie Menschen –«

»Das Multiplizieren beherrsche ich«, sagte Tims Vater. »Und Addieren und Subtrahieren. Aber das ist alles.«

Vier irre Kaninchen, die über die Straße hoppeln, dachte Ferris. Menschen verschandeln die Landschaft, dachte er. Wie muß dieser Landstrich ausgesehen haben, ehe der Mensch kam? Naja, dachte er, da in jedem Teil der USA Postpartum-Abtreibungen durchgeführt werden, werden wir den Tag vielleicht noch erleben; wir könnten einst wieder dastehen und auf unberührte Natur blicken.

Wir, dachte er. Ich nehme an, ein »wir« wird es dann

nicht mehr geben. Ich meine, eher werden wohl riesige empfindungsfähige Computer ihre Videorezeptoren über die Landschaft schweifen lassen, dachte er, und sie gefällig finden.

Der Gedanke heiterte ihn auf.

»Laß uns abtreiben lassen!« verkündete Cynthia aufgeregt, als sie mit einem Armvoll synthetischer Lebensmittel ins Haus trat. »Wär das nicht schick? Macht dich das nicht an?«

Ihr Ehemann Ian Best sagte trocken: »Erst mal mußt du schwanger werden. Mach also einen Termin bei Dr. Guido – sollte mich nicht mehr als sechzig oder siebzig Dollar kosten –, und laß deine Spirale entfernen.«

»Ich glaube, sie rutscht sowieso. Vielleicht wenn –« Ihr kecker, dunkler, fransenhaariger Kopf tanzte schadenfroh. »Wahrscheinlich funktioniert sie seit einem Jahr nicht richtig. Ich könnte also jetzt schwanger sein.«

Ian sagte bissig: Du kannst ja eine Anzeige in die *Free Press* setzen: ›Mann gesucht, der Spirale mit Kleiderbügel rausfischt.‹«

»Aber versteh doch«, sagte Cynthia, die ihm folgte, als er zum großen Kleiderschrank ging, um seinen Status-Schlips und Klasse-Mantel aufzuhängen, »abtreiben lassen ist jetzt das Ding. Was haben wir denn? Ein Kind. Wir haben Walter. Jedesmal, wenn jemand zu Besuch kommt und ihn sieht, weiß ich, daß sie sich fragen: ›Wie habt ihr das verbockt?‹ Es ist peinlich.« Sie fügte hinzu: »Und die Art von Abtreibungen, die sie jetzt durchführen, für Frauen in frühen Stadien – das kostet nur hundert Dollar . . . der Preis für vierzig Liter Sprit! Und du kannst mit praktisch jedem, der vorbeischaut, stundenlang darüber reden.«

Ian drehte sich zu ihr um und sagte in beherrschtem Ton: »Darfst du denn den Embryo behalten? Ihn in einer Flasche mit nach Hause nehmen, oder mit fluoreszierender Farbe besprühen, damit er im Dunkeln leuchtet wie ein Nachtlicht?«

»In jeder gewünschten Farbe!«

»Der *Embryo*?«

»Nein, die Flasche. Und die Farbe der Lösung. Es ist eine Konservierungslösung, also wirklich eine Anschaffung fürs Leben. Ich glaube, man bekommt sogar eine schriftliche Garantie.«

Ian verschränkte die Arme, um sich ruhig zu halten: Alphastadiumbedingungen. »Weißt du, daß es Menschen gibt, die gerne ein Kind hätten? Selbst ein ganz normales, dummes? Die Woche für Woche in die kommunale Sammelstelle gehen und nach einem kleinen, neugeborenen Baby suchen? Diese Ideen – es hat diese weltweite Panik vor Überbevölkerung gegeben. Neun Billionen Menschen, in jeder Straße jeder Stadt wie Feuerholz gestapelt. Okay, wenn das der Fall wäre –« Er warf die Arme hoch. »Aber was wir jetzt haben, sind nicht genug Kinder. Oder siehst du nicht fern oder liest die *Times*?«

»Es ist so lästig«, sagte Cynthia. »Heute zum Beispiel kam Walter völlig verstört ins Haus, weil der Abtreibungstransporter vorbeigefahren kam. Es ist so lästig, für ihn zu sorgen. *Du* hast es leicht; du bist auf der Arbeit. Aber ich –«

»Weißt du, was ich mit dem Gestapo-Abtreibungskarren gerne machen würde? Gib mir zwei meiner früheren Saufkumpel, mit Browning Automatics bewaffnet, einen auf jeder Straßenseite. Und wenn der Karren vorbeikommt –«

»Es ist ein gutbelüfteter, vollklimatisierter Transporter, kein Karren.«

Er warf ihr einen bösen Blick zu und ging dann zur Bar in der Küche, um sich einen Drink zu machen. Scotch ist das richtige, beschloß er. Scotch mit Milch, ein guter Drink vor dem »Dinner«.

Während er seinen Drink mixte, kam sein Sohn Walter herein. Sein Gesicht war unnatürlich blaß.

»Der Abtreibungstransporter ist heute vorbeigekommen, oder?« sagte Ian.

»Ich dachte vielleicht –«

»Kein Gedanke. Selbst wenn deine Mutter und ich zum Anwalt gehen und ein juristisches Dokument aufsetzen lassen würden, ein Un-E-Formular, du bist zu alt. Also beruhige dich.«

»Vom Verstand her weiß ich es«, sagte Walter. »Aber –«

»Verlang nicht zu wissen, wem die Stunde schlägt, sie schlägt für dich«, zitierte Ian – ungenau. »Hör zu, Walt, ich will dir was sagen.« Er nahm einen kräftigen Schluck Scotch mit Milch. »Der Name des Ganzen ist *Töte mich*. Töte sie, wenn sie so groß wie ein Fingernagel sind, oder ein Baseball, oder saug später, wenn du es nicht schon getan hast, die Luft aus den Lungen eines zehnjährigen Jungen und laß ihn sterben. Es ist eine gewisse Sorte Frauen, die sich dafür stark macht. Früher nannte man sie ›kastrierende Weibchen‹. Vielleicht war das einmal die zutreffende Bezeichnung, nur wollten diese Frauen, diese harten, kalten Frauen, nicht nur – tja, sie wollten den *ganzen* Jungen oder Mann abservieren, nicht nur das Teil, das ihn zum Mann macht. Verstehst du?«

»Nein«, sagte Walter, aber in einem vagen, einem sehr beunruhigenden Sinn tat er es.

Nach einem weiteren kräftigen Schluck von seinem Drink sagte Ian: »Und wir haben eine direkt in unserer Mitte wohnen, Walter. Gleich hier in unserem Haus.«

»Was haben wir hier wohnen?«

»Was die Schweizer Psychiater eine *Kindsmörderin* nennen«, sagte Ian, wobei er absichtlich einen Begriff wählte, von dem er wußte, daß sein Junge ihn nicht verstehen würde. »Weißt du was«, sagte er, »du und ich, wir könnten uns in ein Amtrak-Abteil setzen und nordwärts fahren, bis wir Vancouver, British Columbia, erreichen, und wir könnten eine Fähre nach Vancouver Island nehmen, und dann sieht uns keiner hier unten je wieder.«

»Aber was ist mit Mom?«

»Ich würde ihr einen Scheck schicken«, sagte Ian. »Jeden Monat. Und sie wäre ganz zufrieden damit.«

»Es ist kalt da oben, oder?« sagte Walter. »Ich meine, sie haben kaum Treibstoff und sie tragen –«

»Ungefähr so wie in San Francisco. Warum? Hast du Angst davor, viele Pullover zu tragen und dicht am Kamin zu sitzen? Was hast du heute gesehen? War das nicht vielleicht schlimmer, verdammt?«

»O ja.« Er nickte düster.

»Wir könnten auf einer kleinen Insel vor Vancouver Island leben und unser eigenes Gemüse anbauen. Da oben kann man Zeug anpflanzen und es wächst. Und der Transporter wird da nicht hinkommen; du wirst ihn nie wiedersehen. Sie haben andere Gesetze. Die Frauen da oben sind anders. Es gab da mal ein Mädchen, das ich kannte, als ich eine Zeitlang oben war, vor langer Zeit; sie hatte langes, schwarzes Haar und rauchte die ganze Zeit Players-Zigaretten und aß nie und hörte nie auf zu reden. Hier unten erleben wir eine Zivilisation, in der das Verlangen der Frauen, zu vernichten, was sie –« Ian brach ab; seine Frau hatte die Küche betreten.

»Wenn du noch mehr von dem Zeug trinkst«, sagte sie, »kommt es dir bald wieder hoch.«

»Okay«, sagte Ian gereizt. »Okay!«

»Und brüll nicht«, sagte Cynthia. »Ich dachte, es wäre nett, wenn du uns heute abend zum Dinner ausführen würdest. Das Del Rey hat im Fernsehen gemeldet, daß sie für frühe Gäste Steak anbieten.«

Die Nase krausziehend, sagte Walter: »Da gibt es rohe Austern.«

»Blue Points«, sagte Cynthia. »In der offenen Schale, auf Eis. Ich liebe sie. In Ordnung, Ian? Ist das abgemacht?«

Zu seinem Sohn Walter sagte Ian: »Eine rohe Blue-Point-Auster sieht nichts auf der Welt ähnlicher als dem, was der Arzt aus –« Dann verstummte er. Cynthia funkelte ihn böse an, und sein Sohn war verwirrt. »Okay«, sagte Ian, »aber ich nehme Steak.«

»Ich auch«, sagte Walter.

Während er seinen Drink austrank, sagte Ian leise: »Wann hast du das letzte Mal hier zu Hause Abendessen gemacht? Für uns drei?«

»Am Freitag habe ich euch dieses Gericht aus Schweineöhrchen und Reis gemacht«, sagte Cynthia. »Von dem das meiste in den Abfall gewandert ist, weil es etwas Neues und auf der nichtobligatorischen Liste war. Erinnerst du dich, *Schatz*?«

Ohne auf sie zu achten, sagte Ian zu seinem Sohn: »Natürlich findet sich dieser Typ Frauen manchmal, sogar oft, auch da oben. Sie hat zu allen Zeiten und in allen Kulturen existiert. Aber da Kanada kein Gesetz hat, das es erlaubt, postpartum –« Er brach ab. »Aus mir spricht der Milchkarton«, erklärte er Cynthia. »Sie panschen die Milch heutzutage mit Schwefel. Achte nicht drauf oder verklag irgendwen; du hast die Wahl.«

Cynthia sah ihn scharf an und sagte: »Spukt dir wieder dein Hirngespinst vom Abhauen im Kopf herum?«

»Wir beide«, schaltete Walter sich ein. »Dad nimmt mich mit.«

»Wohin?« sagte Cynthia beiläufig.

Ian sagte: »Wohin uns Amtrak gerade bringt.«

»Wir fahren nach Vancouver Island nach Kanada«, sagte Walter.

»Ach, wirklich?« sagte Cynthia.

Nach einer Pause sagte Ian: »Wirklich.«

»Und was zum Teufel soll ich anfangen, wenn du weg bist? Mir drüben in der Eckkneipe den Arsch versilbern lassen? Wie soll ich die Raten für die zahllosen –«

»Ich werde dir regelmäßig Schecks mit der Post schikken«, sagte Ian. »Bezogen auf gigantische Bankhäuser.«

»Klar. Darauf kannst du wetten. Yep. Genau.«

»Du könntest mitkommen«, sagte Ian, »und Fische fangen, indem du in die English Bay springst und deine scharfen Zähne in sie schlägst. Du könntest British Columbia über Nacht von seinem gesamten Fischbestand säubern.

Die ganzen zerfleischten Fische, die sich undeutlich fragen, wie ihnen geschah ... vor einer Minute noch herumgeschwommen, und dann stürzt sich dieser – Oger, dieses fischvernichtende Monster mit dem einen fluoreszierenden Auge mitten auf der Stirn auf sie und zermalmt sie zu Mus. Das würde bald zur Legende werden. Sowas spricht sich rum. Wenigstens unter den letzten überlebenden Fischen.«

»Ja, Dad, aber«, sagte Walter, »angenommen, es gibt keine überlebenden Fische.«

»Dann war alles umsonst«, sagte Ian, »bis auf die ganz private Befriedigung deiner Mutter, in British Columbia eine ganze Spezies totgebissen zu haben, wo der Fischfang der größte Industriezweig ist und das Überleben so vieler anderer Spezies davon abhängt.«

»Aber dann werden in British Columbia alle arbeitslos sein«, sagte Walter.

»Nein«, sagte Ian, »sie werden die toten Fische in Dosen stopfen und an die Amerikaner verkaufen. Verstehst du, Walter, in den alten Zeiten, ehe deine Mutter vielzahnig alle Fische in British Columbia totgebissen hatte, standen die einfachen Bauern mit dem Stock in der Hand da, und wenn ein Fisch vorbeischwamm, verpaßten sie dem Fisch einen Schlag auf den Schädel. Das wird Jobs *schaffen*, nicht vernichten. Millionen entsprechend beschriftete Dosen –«

»Hör mal«, sagte Cynthia rasch, »er glaubt, was du ihm erzählst.«

Ian sagte: »Was ich ihm sage, ist wahr.« Wenn auch nicht in einem buchstäblichen Sinn, wurde ihm klar. Zu seiner Frau sagte er: »Ich führe euch zum Essen aus. Hol deine Lebensmittelmarken, zieh die blaue Strickbluse an, die deine Titten betont; auf die Art ziehst du die Aufmerksamkeit auf dich, und sie vergessen vielleicht, die Marken zu kassieren.«

»Was ist eine ›Titte‹?« fragte Walter.

»Etwas, das sehr schnell obsolet wird«, sagte Ian, »genau wie der Pontiac GTO. Ausgenommen als Dekorationsgegenstand, der zum Bewundern und Betatschen da ist. Ihre Funktion verkümmert.« Genau wie unsere Rasse, dachte er, nachdem wir einmal denen, die das Ungeborene – in anderen Worten, die hilflosesten Kreaturen auf Erden – vernichten wollen, freien Lauf gelassen haben.

»Eine Titte«, sagte Cynthia streng zu ihrem Sohn, »ist eine Brustdrüse, die Damen haben, um ihren Nachwuchs mit Milch zu versorgen.«

»Im Allgemeinen gibt es zwei von ihnen«, sagte Ian. »Eine betriebsbereite Titte, und dann eine Ersatztitte, falls der betriebsbereiten Titte der Saft ausgeht. Ich schlage die Eliminierung eines Schritts in diesem ganzen Präpersonenabtreibungsfieber vor«, sagte er. »Wir werden alle Titten der Welt in die kommunalen Sammelstellen schicken. Die Milch, sofern vorhanden, wird aus ihnen herausgesaugt werden, natürlich mechanisch; sie werden nutzlos und leer werden, und dann werden die Säuglinge, ihrer Nahrungsquelle samt und sonders beraubt, eines natürlichen Todes sterben.«

»Es gibt Säuglingsnahrung«, sagte Cynthia vernichtend. »Similac und sowas. Ich ziehe mich um, damit wir ausgehen können.« Sie drehte sich um und ging mit langen Schritten auf ihr Schlafzimmer zu.

»Weißt du«, sagte Ian und blickte ihr hinterher, »wenn es irgendeinen Weg gäbe, wie du mich als Präperson einstufen lassen könntest, würdest du mich dahin schicken. In die Sammelstelle.« Und ich wette, dachte er, ich wäre nicht der einzige Ehemann in Kalifornien, der da landen würde.

»Hört sich an wie ein guter Plan«, erreichte ihn Cynthias Stimme gedämpft; sie hatte mitgehört.

»Es ist nicht nur Haß auf die Hilflosen«, sagte Ian Best. »Es steckt mehr dahinter. Haß auf was? Auf alles, das wächst?« Ihr macht sie zunichte, dachte er, ehe sie so groß werden, daß sie Muskeln und die Taktik und Gewandtheit zum Kampf haben – so groß, wie ich im Vergleich zu dir bin, mit meiner vollentwickelten Muskulatur, meinem Gewicht. So viel einfacher, wenn die andere Person – Präperson sollte ich sagen – träumend im Fruchtwasser treibt und weder einen Weg noch den Wunsch kennt, zurückzuschlagen.

Wo waren die mütterlichen Tugenden hingekommen? fragte er sich. Wo Müttter gerade das, was klein und schwach und schutzlos war, *besonders* behüteten?

Unsere Ellbogengesellschaft, entschied er. Das Überleben der Starken. Nicht der Besten. Nur derjenigen, die die *Macht* haben. Und nicht bereit sind, sie der nächsten Generation kampflos zu überlassen: es sind die mächtigen und bösartigen Alten gegen die hilflosen und sanftmütigen Jungen.

»Dad«, sagte Walter, »ziehen wir wirklich nach Vancouver Island in Kanada und bauen echtes Essen an und haben nichts mehr, wovor wir uns fürchten müssen?«

Halb zu sich selbst sagte Ian: »Sobald ich das Geld habe.«

»Ich weiß, was das bedeutet. Das ist bloß so 'n Mal-sehen-Gerede von dir. Wir fahren nicht, oder?« Er sah seinem Vater scharf ins Gesicht. »Sie wird es nicht erlauben, naja, mich aus der Schule zu nehmen und so; damit fängt sie immer an ... stimmt's?«

»Eines Tages werden wir es tun«, sagte Ian halsstarrig. »Vielleicht nicht diesen Monat, aber eines Tages, irgendwann. Ich verspreche es.«

»Und da gibt es keine Abtreibungstransporter.«

»Nein. Keine. Kanada hat andere Gesetze.«

»Laß es uns bald tun, Dad, bitte.«

Sein Vater machte sich einen zweiten Scotch mit Milch und antwortete nicht; sein Gesicht war düster und unglücklich, fast, als sei er kurz davor zu weinen.

Im Heck des Transporters kauerten drei Kinder und ein Erwachsener, wurden durchgeschüttelt, wenn der Transporter in die Kurve ging. Sie fielen gegen die Absperrdrähte, die sie trennten, und Tim Gantros Vater fühlte sich schrecklich verzweifelt, von seinem eigenen Jungen mechanisch abgeschnitten zu sein. Ein Albtraum bei Tag, dachte er. In Käfige gesperrt wie Tiere; seine noble Geste hatte ihm nur noch mehr Leid eingebracht.

»Warum hast du gesagt, du könntest keine Algebra?« fragte Tim einmal. »Ich weiß, du kannst sogar Intefisi ... Infetisimalrechnung und Trigometrie. Du warst auf der Stanford University.«

»Ich will damit zeigen«, sagte Ed Gantro, »daß sie entweder uns alle oder keinen von uns töten sollen. Aber nicht diese willkürlichen bürokratischen Trennlinien ziehen. Wann tritt die Seele in den Körper ein? Soll das heutzutage und in diesem Zeitalter eine rationale Frage sein? Sie ist mittelalterlich.« Im Grunde, dachte er, ist es ein Vorwand – ein Vorwand, über die Hilflosen herzufallen. Und er war nicht hilfos. Der Abtreibungstransporter hatte einen ausgewachsenen Mann aufgegriffen, mit seiner ganzen Erfahrung, seiner ganzen Gerissenheit. Wie wollen sie mit mir fertigwerden? fragte er sich. Offenkundig habe ich, was alle Männer haben; wenn sie Seelen haben, dann ich auch. Wenn nicht, habe ich keine, aber auf welcher realen Basis können sie mich schlafen legen? Ich bin nicht klein und schwach, kein unwissendes Kind, das sich schutzlos duckt. Ich kann jederzeit Spitzfindigkeiten mit den besten Bezirksanwälten diskutieren; mit dem Bezirksstaatsanwalt persönlich, wenn nötig.

Wenn sie mich kaltmachen, dachte er, werden sie jeden kaltmachen müssen, sich selbst eingeschlossen. Und darum geht es bei alldem ja nicht. Das ist ein faules Spiel, durch das die Etablierten, diejenigen, die bereits die wirtschaftlichen und politischen Schlüsselstellen besetzt haben, den Nachwuchs raushalten – ihn wenn nötig ermorden. In diesem Land, dachte er, herrscht ein Haß der Alten auf die Jungen, es herrschen Haß und Furcht. Was werden sie also mit mir machen? Ich gehöre in ihre Altersgruppe, und ich bin im Heck dieses Abtreibungstransporters in einen Käfig gesperrt. Ich, dachte er, stelle eine andere Art von Bedrohung dar; ich bin einer von ihnen, stehe aber auf der anderen Seite, bei den streunenden Hunden und Katzen und Babys und unmündigen Kindern. Sollen sie sich selbst einen Reim darauf machen; soll doch ein neuer Thomas von Aquin kommen, der das entwirren kann.

»Alls, was ich kann«, sagte er laut, »ist Dividieren und Multiplizieren und Subtrahieren. Sogar im Bruchrechnen bin ich keine Leuchte.«

»Aber das konntest du früher!« sagte Tim.

»Komisch, wie man sowas vegißt, wenn man die Schule hinter sich hat«, sagte Ed Gantro. »Ihr Kinder seid darin wahrscheinlich besser als ich.«

»Dad, sie werden dich kaltmachen«, sagte sein Sohn Tim wild. »Dich wird keiner adoptieren. Nicht in deinem Alter. Du bist zu alt.«

»Mal sehen«, sagte Ed Gantro. »Die Binomischen Formeln. Wie gingen die noch? Ich bekomme es nicht ganz zusammen: irgendwas über a und b.« Und während es aus seinem Kopf hinaussickerte, wie es seine unsterbliche Seele getan hatte ... kicherte er in sich hinein. Ich kann den Seelentest nicht bestehen, dachte er. Jedenfalls nicht, wenn ich so rede. Ich bin ein Straßenköter, ein Tier in einer Schlammkuhle.

Der ganze Fehler der Abtreibungsbefürworter, sagte er sich, war von vornherein die *willkürliche* Grenze, die sie gezogen haben. Ein Embryo hat keine verfassungsmäßigen Rechte und kann ganz legal von einem Arzt getötet werden. Aber ein Fötus war eine »Person«, mit Rechten, zumindest eine Zeitlang; und dann beschlossen die Abtreibungsbefürworter, daß selbst ein Fötus von sieben Monaten nicht »menschlich« sei und ganz legal von einem zugelassenen Arzt getötet werden könne. Und eines Tages – ist ein neugeborenes Baby eine Pflanze; es kann nicht aus den Augen gucken, versteht und sagt nichts ... so argumentierte die Lobby für Abtreibung vor Gericht und gewann, mit ihrer Behauptung, ein neugeborenes Baby sei nur ein Fötus, der zufällig oder durch organische Prozesse aus dem Mutterleib ausgestoßen worden sei. Aber selbst dann, wo wollte man die endgültige Grenze ziehen? Wenn das Baby zum ersten Mal lächelte? Wenn es sein erstes Wort gesprochen oder das erste Mal nach einem Spielzeug gegriffen hatte, das ihm gefiel? Die rechtliche Grenze wurde unbarmherzig immer weiter hinausgeschoben. Und jetzt die barbarischste und willkürlichste Definition von allen: wenn es »höhere Mathematik« beherrschte.

Das machte die alten Griechen aus Platos Zeiten zu Nichtmenschen, da ihnen Arithmetik unbekannt war; sie kannten nur Geometrie; und Algebra wurde viel später in der Geschichte von den Arabern erfunden. *Willkürlich.* Es war auch keine theologische Willkür; es war eine rein rechtliche. Die Kirche hatte seit langem – eigentlich von Anfang an – darauf bestanden, daß selbst die Eizelle und der Embryo, der daraus entstand, eine ebenso heilige Lebensform war wie jede, die die Erde bevölkerte. Sie hatten erlebt, wozu willkürliche Definitionen wie »Jetzt tritt die Seele in den Körper ein« oder, im modernen Sprachgebrauch, »Ab jetzt ist es eine Person, die vollen rechtlichen Schutz genießt wie jede andere auch«, führen konnten. Was jetzt so traurig war, war der Anblick des kleinen Kindes, das Tag für Tag tapfer in seinem Hof spielte, zu hoffen versuchte, eine Sicherheit vorzutäuschen versuchte, die es nicht hatte.

Naja, dachte er, wir werden sehen, was sie mit mir anstellen werden; ich bin fünfunddreißig Jahre alt und habe meinen Abschluß in Stanford gemacht. Werden sie mich für dreißig Tage in einen Käfig stecken, mit Plastikfreßnapf und Wasserspender und einem Platz, um mich – vor aller Augen – zu erleichtern, und wenn mich keiner adoptiert, werden sie mich, zusammen mit den anderen, in den automatischen Tod schicken?

Ich riskiere viel, dachte er. Aber sie haben heute meinen

Sohn kassiert, und das Risiko begann da, wo sie ihn hatten, nicht als ich vortrat und selbst zum Opfer wurde.

Er sah zwischen den drei verängstigten Jungen hin und her und überlegte, was er ihnen sagen konnte – nicht nur seinem eigenen Sohn, sondern allen dreien.

»Siehe«, zitierte er, »ich sage euch ein Geheimnis. Wir werden nicht alle entschlafen, sondern werden –« Aber dann fiel ihm der Rest nicht mehr ein. Schöner Reinfall, dachte er niedergeschlagen. »Sondern werden aufwachen«, behalf er sich, so gut er konnte. »In Nullkommanichts. Im Handumdrehen.«

»Ruhe dahinten«, knurrte der Fahrer des Transporters durch sein Drahtgitter. »Ich kann mich nicht auf die Scheißstraße konzentrieren.« Er ergänzte: »Denkt dran, ich kann Gas da hinten bei euch versprühen, und ihr werdet ohnmächtig; das ist für widersetzliche Präpersonen, die wir aufgreifen. Also, wollt ihr jetzt Ruhe geben, oder wollt ihr, daß ich auf den Gasknopf drücke?«

»Wir werden nichts sagen«, sagte Tim schnell, mit einem stummen, ängstlich flehenden Blick zu seinem Vater. Eine schweigende Bitte, sich zu fügen.

Sein Vater sagte nichts. Der flehentlich bittende, schnelle Blick war zuviel für ihn, und er kapitulierte. Und überhaupt, rechtfertigte er sich, kam es nicht darauf an, was im Transporter geschah. Wenn sie die kommunale Sammelstelle erreichten, kam es darauf an – da, wo beim ersten Anzeichen von Ärger Zeitungs- und Fernsehreporter auftauchen würden.

Also fuhren sie schweigend, jeder mit seinen eigenen Ängsten, seinen eigenen Plänen im Kopf. Ed Gantro brütete vor sich hin, spielte in Gedanken durch, was er tun wollte – was er tun *mußte*. Und nicht nur für Tim, sondern für alle P. P.-Abtreibungskandidaten; er durchdachte es in allen Konsequenzen, während der Transporter vorwärts ruckelte und ratterte.

Als der Transporter auf dem abgesperrten Parkplatz der kommunalen Sammelstelle einparkte und seine Hecktüren aufgeschwungen waren, ging Sam B. Carpenter, der die ganze gottverdammte Operation leitete, zu ihm hin, glotzte, sagte: »Du hast einen erwachsenen Mann da drin, Ferris. Kapierst du eigentlich, was du da hast? Einen Protestler hast du dir da aufgehalst.«

»Aber er hat steif und fest behauptet, er verstünde von Mathe nichts, was übers Addieren hinausgeht«, sagte Ferris.

Zu Ed Gantro sagte Carpenter: »Geben Sie mir Ihre Brieftasche. Ich will Ihren richtigen Namen. Sozialversicherungsummer, Polizeibezirks-Wohnsitzident – machen Sie schon, ich will wissen, wer Sie sind.«

»Das ist einfach einer vom Land«, sagte Ferris, während er zusah, wie Gantro seine klumpige Brieftasche übergab.

»Und ich will zur Sicherheit Abdrücke von seinen Füßen«, sagte Carpenter. »Das volle Programm. Auf der Stelle – erste Priorität.« Er redete gerne so.

Eine Stunde später hatte er die Berichte aus dem Dschungel vernetzter Sicherheitsdaten-Computer in der künstlich auf ländlich getrimmten Sperrzone in Virginia zurück. »Das Individuum schloß am Stanford College mit akademischem Grad in Mathe ab. Und er hat einen Magister in Psychologie, den er ohne Zweifel gegen uns verwendet hat. Wir müssen ihn hier rausschaffen.«

»Ich hatte eine Seele«, sagte Ed Gantro, »aber ich hab sie verloren.«

»Wie?« wollte Carpenter wissen, weil er nichts darüber in Gantros offiziellen Unterlagen sah.

»Eine Embolie. Der Teil meiner Hirnrinde, in dem meine Seele saß, wurde zerstört, als ich versehentlich die Dämpfe von Insektenspray einatmete. Darum habe ich draußen auf dem Land von Wurzeln und Knollen gelebt, mit meinem Jungen hier, Tim.«

»Wir unterziehen Sie einem EEG«, sagte Carpenter.

»Was ist das?« sagte Gantro. »Einer von diesen Gehirntests?«

Zu Ferris sagte Carpenter: »Laut Gesetz tritt die Seele im Alter von zwölf Jahren ein. Und du bringst dieses männliche, erwachsene Individum an, das gut über Dreißig ist. Dafür können wir wegen Mord angeklagt werden. Wir müssen ihn loswerden. Du fährst ihn genau dahin zurück, wo du ihn her hast und schmeißt ihn raus. Wenn er nicht freiwillig aus dem Transporter steigt, vergifte ihn mit Gas, bis ihm Hören und Sehen vergeht und schmeiß ihn dann raus. Das erfordert die nationale Sicherheit. Dein Job hängt davon ab, auch dein Status im Sinne des Strafgesetzbuchs dieses Staates.«

»Ich gehöre hierher«, sagte Ed Gantro. »Ich bin ein Hohlkopf.«

»Und seinen Jungen«, sagte Carpenter. »Er ist womöglich ein mathematischer Mentalmutant, wie man sie im Fernsehen sieht. Sie haben dich angeschmiert; sie haben wahrscheinlich die Medien schon alarmiert. Bring sie zurück und nebel sie ein und schmeiß sie raus, wo immer du sie gefunden hast, oder, falls das nicht geht, auf jeden Fall außer Sichtweite.«

»Du wirst hysterisch«, sagte Ferris ärgerlich. »Mach mit Gantro das EEG und den Hirnscan, und wir werden ihn wahrscheinlich freilassen müssen, aber diese drei Jugendlichen hier –«

»Lauter Genies«, sagte Carpenter. »Sind alle Teil des Komplotts, nur bist du zu blöd, es zu merken. Schmeiß sie aus dem Transporter und von unserem Grundstück runter, und leugne – hast du kapiert? – leugne, daß du je einen von den vieren aufgegriffen hast. Bleib bei dieser Story.«

»Raus aus dem Wagen«, befahl Ferris und drückte den Knopf, der die Drahtgitter hochrollte.

Die drei Jungen krabbelten heraus. Aber Ed Gantro blieb, wo er war.

»Er wird nicht freiwillig aussteigen«, sagte Carpenter.

»Okay, Gantro, wir werden Sie gewaltsam entfernen.« Er nickte Ferris zu, und die beiden stiegen ins Heck des Transporters. Einen Augenblick später luden sie Ed Gantro auf dem Asphalt des Parkplatzes ab.

»Jetzt sind Sie ein ganz gewöhnlicher Bürger«, sagte Carpenter erleichtert. »Sie können behaupten, was Sie wollen, aber Sie haben keinen Beweis.«

»Dad«, sagte Tim, »wie kommen wir nach Hause?« Die drei Jungen drängten sich um Ed Gantro.

»Sie könnten irgendwen von da drüben anrufen«, sagte der Junge von Fleischhackers. »Ich wette, Walter Bests Dad hat genug Benzin, um herzukommen und uns abzuholen. Er unternimmt viele lange Fahrten; er hat einen Sondergutschein.«

»Er und seine Frau, Mrs. Best, streiten sich oft«, sagte Tim. »Da fährt er gerne nachts alleine rum; ohne sie, meine ich.«

Ed Gantro sagte: »Ich bleibe hier. Ich will in einen Käfig gesperrt werden.«

»Aber wir dürfen gehen«, protestierte Tim. Er zupfte drängend am Ärmel seines Vaters. »Das ist die Hauptsache, oder? Sie haben uns gehen lassen, als sie dich sahen. Wir haben's geschafft.«

Ed Gantro sagte zu Carpenter: »Ich bestehe darauf, hier zu den anderen Präpersonen gesperrt zu werden, die Sie da drin haben.« Er zeigte auf das heiter-imposante, schön knallgrün gestrichene Gebäude der Sammelstelle.

Zu Mr. Sam B. Carpenter sagte Tim: »Rufen Sie Mr. Best an, da draußen, wo wir waren, auf der Halbinsel. Es ist eine Nummer mit 669er-Vorwahl. Sagen Sie ihm, er soll uns holen kommen, und das wird er. Ich verspreche es. Bitte.«

Der kleine Fleischhacker fügte hinzu: »Im Telefonbuch steht nur ein Mr. Best mit 669er-Vorwahl. Bitte, Mister.«

Carpenter ging ins Haus, an eins der vielen offiziellen Telefone der Einrichtung, schlug die Nummer nach. Ian Best. Er tippte die Nummer ein.

»Sie haben eine halb arbeitende, halb faulenzende Nummer gewählt«, meldete sich die Stimme eines, wie es schien, angetrunkenen Penners. Im Hintergrund konnte Carpenter die schneidende Stimme einer zornigen Frau hören, die Ian Best zusammenstauchte.

»Mr. Best«, sagte Carpenter, »mehrere Ihnen bekannte Personen sitzen hier unten Ecke Vierte und A-Street in Verde Gabriel fest, ein Ed Gantro und sein Sohn Tim, ein als Ronald oder Donald Fleischhacker identifizierter Junge und ein weiterer nicht identifizierter minderjähriger Junge. Der kleine Gantro hatte angedeutet, Sie würden nichts dagegen haben, hier runter zu fahren, sie abzuholen und nach Hause zu bringen.«

»Vierte und A-Street«, sagte Ian Best. Eine Pause. »Ist das der Zwinger?«

»Die kommunale Sammelstelle«, sagte Carpenter.

»Sie Hurensohn«, sagte Best. »Klar komme ich sie holen; erwarten Sie mich in zwanzig Minuten. Sie halten *Ed* Gantro als Präperson fest? Wissen Sie, daß er Stanford-Absolvent ist?«

»Das ist uns bewußt«, sagte Carpenter frostig. »Aber sie sind nicht festgenommen; sie sind lediglich – hier. Nicht – ich wiederhole – nicht in Gewahrsam.«

Ian Best, aus dessen Stimme jedes Lallen verschwunden war, sagte: »Es werden Reporter von sämtlichen Medien da sein, ehe ich ankomme.« Klick. Er hatte aufgelegt.

Carpenter ging wieder hinaus und sagte zu dem Jungen Tim: »Tja, scheint, als hättest du mich dazu gebracht, einen glühenden, militanten Abtreibungsgegner von eurer Anwesenheit hier zu benachrichtigen. Clever, wirklich clever.«

Ein paar Augenblicke vergingen, und dann schoß ein knallroter Mazda auf den Eingang der Sammelstelle zu. Ein großgewachsener Mann mit hellem Bart stieg aus, sortierte Kamera- und Tonausrüstung auseinander, schlenderte auf Carpenter zu. »Wie wir erfahren, haben Sie einen Stanford-

Absolventen in Mathe hier in der Sammelstelle«, sagte er mit neutraler, beiläufiger Stimme. »Könnte ich ihn für eine mögliche Story interviewen?«

Carpenter sagte: »Wir haben keine solche Person gebucht. Sie können unsere Unterlagen einsehen.« Aber der Reporter hatte seinen Blick bereits auf die drei um Ed Gantro gedrängten Jungen geheftet.

Mit lauter Stimme rief der Reporter: »Mr. Gantro?«

»Jawohl, Sir«, antwortete Ed Gantro.

Du lieber Himmel, dachte Carpenter. Wir haben ihn in eins unserer offiziellen Fahrzeuge gesperrt und hierher transportiert; das wird in allen Zeitungen stehen. Es war bereits ein blauer Lieferwagen mit dem Signet einer Fernsehstation auf den Parkplatz gerollt. Und dahinter zwei weitere Wagen.

ABTREIBUNGSSTELLE KILLT STANFORD-ABSOLVENTEN

So sah es Carpenter in Gedanken. Oder –

ILLEGALER TÖTUNGSVERSUCH IN KOMMUNALER SAMMELSTELLE VEREITELT

Und so weiter. Eine Meldung in den 6-Uhr-Abendnachrichten. Gantro, und, wenn er auftauchte, Ian Best, der wahrscheinlich Anwalt war, umringt von Tonbändern und Mikros und Videokameras.

Wir haben irrsinnige Scheiße gebaut, dachte er. Irrsinnige Scheiße. Die in Sacramento werden unsere Mittel kürzen; wir werden wieder streunende Hunde und Katzen jagen müssen, wie vorher. Riesenreinfall.

Als Ian Best in seinem Mercedes-Benz mit Kohlevergaser eintraf, war er immer noch leicht besäuselt. Zu Ed Gantro sagte er: »Was dagegen, wenn wir den landschaftlich schöneren Umweg nach Hause nehmen?«

»Welche Strecke?« sagte Ed Gantro. Er war müde und wollte jetzt gehen. Der kleine Pulk von Medienleuten hatte ihn interviewt und war verschwunden. Er hatte ihnen seinen Standpunkt erläutert, und jetzt fühlte er sich ausgelaugt und wollte heim.

Ian Best sagte: »Über Vancouver Island, British Columbia.«

Ed Gantro sagte mit einem Lächeln: »Diese Jungs gehören sofort ins Bett. Mein Junge und die anderen beiden. Teufel auch, sie haben noch nicht mal zu Abend gegessen.«

»Wir halten an einer McDonald's-Bude«, sagte Ian Best. »Und dann können wir uns nach Kanada absetzen, wo es Fische gibt und viele Berge noch schneebedeckt sind, selbst in dieser Jahreszeit.«

»Klar«, sagte Gantro grinsend. »Da können wir hinfahren.«

»Haben Sie Lust?« fragte Ian Best ihn prüfend. »Sie wollen wirklich mit?«

»Ich regel ein paar Dinge, und dann, klar, dann können Sie und ich uns zusammen absetzen.«

»Verdammich«, schnaufte Best. »Es ist Ihr Ernst!«

»Ja«, sagte er. »Ist es. Natürlich muß ich die Zustimmung meiner Frau einholen. Man kann nicht nach Kanada, wenn die Frau nicht ein schriftliches Dokument unterzeichnet, daß sie einem nicht folgen wird. Sie werden ein sogenannter Immigrant mit Grundbesitz.«

»Dann muß ich mir Cynthias schriftliche Erlaubnis holen.«

»Sie wird sie Ihnen geben. Willigen Sie nur ein, Unterhaltszahlungen zu schicken.«

»Sie glauben, das wird sie? Sie wird mich gehen lassen?«

»Natürlich«, sagte Ed Gantro.

»Sie glauben tatsächlich, unsere Frauen werden uns gehen lassen«, sagte Ian Best, als er und Gantro die Kinder in den Mercedes-Benz bugsierten. »Ich wette, Sie haben recht; Cynthia würde mich liebend gerne loswerden. Wissen Sie, wie sie mich nennt, direkt vor Walter? ›Einen aggressiven Feigling‹ und solches Zeug. Sie hat keinen Respekt vor mir.«

»Unsere Frauen«, sagte Gantro, »werden uns gehen lassen.« Aber er wußte es besser.

Er schaute sich um zum Leiter der Sammelstelle, Mr. Sam B. Carpenter, und zu dem Fahrer des Transporters, Ferris, der, wie Mr. Carpenter Presse und Fernsehen mitgeteilt hatte, mit sofortiger Wirkung entlassen, ein Neuling und ein insgesamt unerfahrener Angestellter war.

»Nein«, sagte er. »Sie werden uns nicht gehen lassen. Keine von ihnen.«

Ian Best fummelte ungeschickt an dem komplexen Mechanismus herum, der den bockigen Kohlevergasermotor in Gang setzte. »Klar werden sie uns gehen lassen; sehen Sie mal, sie stehen einfach rum. Was können sie tun, nach allem, was Sie im Fernsehen gesagt haben und was dieser eine Reporter sich für den Leitartikel notiert hat?«

»Das meine ich nicht«, sagte Gantro tonlos.

»Wir könnten einfach abhauen.«

»Wir sitzen fest«, sagte Gantro. »Wir sitzen fest und können nicht weg. Fragen Sie Cynthia trotzdem. Einen Versuch ist es wert.«

»Wir werden niemals Vancouver Island sehen, und die großen Hochseefähren, die im Nebel auftauchen und verschwinden, oder?« fragte Ian Best.

»Klar werden wir das, irgendwann.« Aber er wußte, es war eine Lüge, eine absolute Lüge, genau wie man manchmal etwas sagt, von dem man ohne jeden rationalen Grund weiß, daß es absolut wahr ist.

Sie fuhren vom Parkplatz auf die öffentliche Straße hinaus.

»Gutes Gefühl«, sagte Ian Best, »frei zu sein ... stimmt's?« Die drei Jungen nickten, aber Ed Gantro sagte nichts. Frei, dachte er. Frei, heimzugehen. Um in einem größeren Netz gefangen, in einen größeren Transporter gestoßen zu werden als den, den die kommunale Sammelstelle benutzt.

»Das ist ein großer Tag«, sagte Ian Best.

»Ja«, pflichtete Ed Gantro bei. »Ein großer Tag, an dem eine noble und effektive Schlacht für alle hilflosen Wesen geschlagen wurde, für alles, von dem man sagen könnte, ›es lebt‹.«

Während er ihn in dem dünn hereinsickernden Licht scharf ansah, sagte Ian Best: »Ich will nicht nach Hause; ich will jetzt gleich nach Kanada aufbrechen.«

»Wir müssen heim«, erinnerte ihn Ed Gantro. »Vorübergehend, meine ich. Um unsere Angelegenheiten zu regeln. Rechtliche Fragen, einpacken, was wir brauchen.«

Ian Best sagte, während er fuhr: »Wir werden nie dort hinkommen, nach British Columbia und Vancouver Island und Stanley Park und English Bay und wo sie Gemüse ziehen und Pferde halten und wo es Hochseefähren gibt.«

»Nein, werden wir nicht«, sagte Ed Gantro.

»Nicht jetzt, und später auch nicht?«

»Niemals«, sagte Ed Gantro.

»Das hatte ich befürchtet«, sagte Best, und ihm versagte die Stimme, und sein Fahrstil wurde komisch. »Das dachte ich mir von Anfang an.«

Daraufhin fuhren sie schweigend, hatten einander nichts zu sagen. Es gab nichts mehr zu sagen.

Das Auge der Sibylle

Wie gelingt es unserer alten römischen Republik, sich gegen jene zu schützen, die sie zerstören wollen? Wir Römer, seien wir auch nur Sterbliche unter Sterblichen, können auf die Hilfe uns unendlich überlegener Wesen bauen. Diese weisen und wohlgesinnten Existenzen, die aus uns unbekannten Welten stammen, halten sich bereit, der Republik in der Stunde der Gefahr beizustehen. Wenn sie nicht in Gefahr ist, entschwinden sie wieder unserem Blick – um zurückzukehren, wenn wir sie brauchen.

Nehmt nur den Fall der Ermordung des Julius Cäsar: ein Fall, der scheinbar abgeschlossen war, als jene, die sich zum Mord an ihm verschworen hatten, selbst ermordet wurden. Aber wie ermittelten wir Römer, wer diese Schandtat begangen hatte? Und, noch wichtiger, wie führten wir die Verschwörer ihrer gerechten Strafe zu? Wir hatten Hilfe von außen; wir hatten die Mithilfe der Sibylle von Kumae, die tausend Jahre im voraus weiß, was geschehen wird, und uns, in Form ihrer Schriften, ihren Rat gibt. Alle Römer sind sich der Existenz der Sibyllinischen Bücher bewußt. Wir schlagen in ihnen nach, wann immer sich die Notwendigkeit ergibt.

Ich selbst, Philos Diktos von Tyana, habe die Sibyllinischen Bücher gesehen. Viele führende römische Bürger, besonders Angehörige des Senats, haben sie konsultiert. Aber ich habe die Sibylle selbst gesehen, und ich weiß aus eigener Anschauung etwas über sie, das nur wenige Menschen wissen. Nun, da ich alt bin – voll Bedauern, doch im Bewußtsein des Unausweichlichen, das alle Sterblichen bindet –, bin ich gewillt zu bekennen, daß ich einst, rein zufällig, vermute ich, im Laufe meiner priesterlichen Pflichten sah, wie die Sibylle imstande ist, die Korridore der Zeit hinabzublicken; ich weiß, was ihr das zu tun erlaubt, die sie aus der früheren, griechischen Sibylle in Delphi hervorging, in jenem tief verehrten Land der Griechen.

Wenige Menschen wissen davon, und vielleicht bringt mich die Sibylle, durch die Zeiten nach mir greifend, um mich niederzustrecken, weil ich es laut sage, für immer zum Schweigen. Es ist daher gut möglich, daß ich, ehe ich diese Schriftrolle zu Ende bringen kann, tot aufgefunden werde, den Kopf gespalten wie eine der überreifen Melonen aus der Levante, die wir Römer so schätzen. Jedenfalls werde ich, nun, da ich alt bin, mutig sprechen.

An jenem Morgen hatte ich mit meiner Frau gestritten – ich war damals noch nicht alt, und der entsetzliche Mord an Julius Cäsar hatte gerade stattgefunden. Zu dieser Zeit war niemand sicher, wer es getan hatte. Verrat gegen den Staat! Ein höchst abscheulicher Mord – eintausend Messerwunden im Körper jenes Mannes, der gekommen war, unsere wankende Gesellschaftsordnung zu stabilisieren ... mit Zustimmung der Sibylle, in ihrem Tempel; wir hatten die Texte gesehen, die sie in dieser Hinsicht geschrieben hatte. Wir wußten, daß sie erwartet hatte, Cäsar würde seine Armee über den Fluß und nach Rom hineinführen und die Cäsarenkrone annehmen.

»Du törichter Narr«, sagte mein Weib an diesem Morgen zu mir. »Wäre die Sibylle so allwissend, wie du denkst, hätte sie diesen Mordanschlag vorausgesehen.«

»Vielleicht hat sie das«, sagte ich.

»Ich halte sie für Schwindel«, sagte meine Frau, Xanthippe, zu mir und verzog dabei das Gesicht auf diese widerliche, ihr eigene Art. Sie stammt – ich sollte sagen: stammte – aus einer höheren Gesellschaftsklasse als ich und machte mir das stets bewußt. »Ihr Priester denkt euch diese Texte aus; ihr schreibt sie selbst – ihr sagt das, was ihr denkt, so verschwommen, daß man alles mögliche herauslesen kann. Ihr betrügt die Bürger, besonders die bessergestellten.« Damit meinte sie ihre eigene Familie.

Ich sagte hitzig, vom Frühstückstisch aufspringend: »Sie ist begnadet; sie ist eine Prophetin – sie kennt die Zukunft. Offensichtlich gab es nichts, das die Ermordung unseres großen, vom Volk innig geliebten Führers abwenden konnte.«

»Die Sibylle ist ein fauler Trick«, sagte mein Weib und bestrich sich ein weiteres Brötchen mit Butter, verfressen, wie sie war.

»Ich habe die großen Bücher gesehen –«

»*Woher* kennt sie die Zukunft?« wollte meine Frau wissen.

Und ich mußte zugeben, daß ich es nicht wußte; ich war geknickt – ich, ein Priester zu Kumae, ein Diener des Römischen Staates. Ich fühlte mich gedemütigt.

»Es ist reine Geldschneiderei«, sagte mein Weib noch, als ich bereits aus der Tür marschierte.

Obwohl der Morgen erst anbrach – die goldene Aurora, die Göttin der Morgenröte, zeigte ihr weißes Licht über der Welt, das Licht, das uns heilig ist, von dem viele unserer inspirierten Visionen kommen –, brach ich zu Fuß zu dem lieblichen Tempel auf, in dem ich arbeitete.

Noch war niemand sonst gekommen, außer den bewaffneten Wachen, die draußen herumlungerten; sie musterten mich überrascht, mich so früh zu sehen, nickten dann, als sie mich erkannten. Niemandem als einem ausgewiesenen Priester des Tempels von Kumae wird Einlaß gewährt; selbst Cäsar persönlich ist auf uns angewiesen.

Beim Eintreten passierte ich die große, gasgefüllte Grotte, in der der schwere, steinerne Thron der Sibylle feucht im Halbdunkel schimmerte; es brannten nur wenige spärliche Fackeln . . .

Ich hielt inne und erstarrte stumm, als ich etwas sah, auf das mir nie zuvor ein Blick erlaubt gewesen war. Die Sibylle, das lange schwarze Haar zu einem festen Knoten geschlungen, die Arme bedeckt, saß vornübergeneigt auf ihrem Thron – und dann sah ich, daß sie nicht allein war.

Vor ihr standen zwei Geschöpfe, in einer runden Blase. Sie erinnerten an Menschen, aber jedes von ihnen hatte ein zusätzliches – ich bin selbst jetzt noch nicht sicher, was sie hatten, aber sie waren keine Sterblichen. Sie waren Götter. Sie hatten Schlitze anstelle der Augen, ohne Pupillen. Statt der Hände hatten sie Greifscheren wie ein Krebs. Ihre Münder waren nur Löcher, und ich erkannte, daß sie, mögen die Götter uns bewahren, stumm waren. Sie schienen über eine lange Schnur, die an beiden Enden je einen Kasten hatte, zu der Sibylle zu sprechen. Eins der Geschöpfe hielt sich das Kästchen seitlich an den Kopf, und die Sibylle lauschte an dem Kasten an ihrem Ende. Auf dem Kasten befanden sich Zahlen und Knöpfe, und die Schnur war aufgerollt und reichlich vorhanden, damit man sie dehnen konnte.

Das waren die Unsterblichen. Aber wir Römer, wir Sterblichen, hatten geglaubt, alle Unsterblichen hätten die Welt schon vor langem verlassen. So war es uns gesagt worden. Offensichtlich waren sie zurückgekehrt – wenigstens für eine kurze Weile, und um der Sibylle Informationen zu geben.

Die Sibylle wandte sich mir zu, und ihr Kopf kam, es war unglaublich, durch den ganzen gaserfüllten Raum, bis ganz nah an meinen heran. Sie lächelte, doch sie hatte mich ertappt. Jetzt konnte ich das Gespräch zwischen ihr und den Unsterblichen hören; sie war so gnädig, mich mithören zu lassen.

»... nur eine von vielen«, sagte der größere der beiden Unsterblichen. »Andere werden folgen, aber erst geraume Zeit später. Nach einem goldenen Zeitalter kommt nun das Dunkel der Unwissenheit.«

»Und es kann nichts getan werden, um es abzuwenden?« fragte die Sibylle mit ihrer melodischen Stimme, die uns so teuer ist.

»Augustus wird weise herrschen«, sagte der größere Unsterbliche, »aber auf ihn werden böse und irrende Menschen folgen.«

Der andere Unsterbliche sagte: »Du mußt einsehen, daß eine neue Religionsgemeinschaft um ein Lichtwesen aufkommen wird. Die Religionsgemeinschaft wird wachsen, aber ihre wahren Texte werden verschlüsselt sein und die eigentlichen Inhalte verlorengehen. Wir sehen ein Scheitern der Mission des Lichtwesens voraus; er wird gemartert und ermordet werden, so wie Julius. Und später –«

»Sehr viel später«, sagte der größere der Unsterblichen, »wird sich die Zivilisation einmal mehr aus der Unwissenheit erheben, nach zweitausend Jahren, und dann –«

Die Sibylle holte Atem und sagte: »So lange, ihr Väter?«

»So lange. Und dann, wenn sie anfangen werden, Fragen zu stellen und ihre wahren Ursprünge, ihre Göttlichkeit zu erfahren suchen, werden die Morde, die Unterdrückung und die Grausamkeiten, von vorn beginnen, und ein weiteres dunkles Zeitalter bricht an.«

»Es könnte abgewendet werden«, sagte der andere Unsterbliche.

»Kann ich dabei helfen?« fragte die Sibylle.

Freundlich sagten die beiden Unsterblichen: »Du wirst bis dahin tot sein.«

»Es wird keine Sibylle da sein, die meinen Platz einnimmt?«

»Keine. Zweitausend Jahre von heute wird niemand das Römische Reich schützen. Und schmierige Männer mit kleinlichen Gedanken werden umeinanderhuschen und -scharren wie die Ratten; das Zickzackmuster ihrer Fußspuren wird die Welt überziehen, während sie nach Macht streben und sich gegenseitig falsche Ehren streitig machen.« Zur Sibylle sagten die beiden Unsterblichen: »Du wirst dann den Menschen nicht helfen können.«

Auf einen Schlag verschwanden die beiden Unsterblichen, zusammen mit ihren Rollen von Schnüren und den Kästchen mit den Zahlen, die sprachen und in die gesprochen wurde, wie durch Gedankenkraft allein. Die Sibylle saß einen Moment still und hob dann ihre Hände, so daß sich vermittels jenes Mechanismus, den uns die Ägypter lehrten, eins der leeren Blätter zu ihr hob, damit sie schreiben könne. Doch dann tat sie etwas Wunderliches, und das ist es, was ich euch zu erzählen fürchte, mehr fürchte, als das schon Gesagte.

Mit einem Griff in die Falten ihres Gewands holte sie ein Auge hervor. Sie setzte sich das Auge mitten auf die Stirn, und es war kein Auge wie eins der unseren, mit Pupille, sondern wie das – das eine, das schlitzartige – Auge der Unsterblichen, und doch auch wieder nicht. Es hatte quer verlaufende Streifen, die sich aufeinander zu bewegten ... ich, von Stand und Schulung eines einfachen Priesters, habe keine Worte dafür, aber die Sibylle drehte sich zu mir um und sah an mir *vorbei* mit diesem Auge, und dann schrie sie so laut auf, daß die Mauern des Tempels erzitterten; Steine fielen und die Schlangen in den Tiefen der Felsspalten zischten. Sie schrie aus Bestürzung und Grauen über das, was sie sah, hinter mir, doch ihr seltsames drittes Auge blieb, wo es war, sie schaute weiter.

Und dann fiel sie, als schwänden ihr die Sinne. Ich stürzte vor, um ihr zu Hilfe zu kommen; ich berührte die Sibylle, meine Freundin, die große, liebreizende Freundin der Republik, als sie vornüber und in Ohnmacht sank vor Bestürzung über das, was sie tief in den Tunneln und Korridoren der Zeit vor sich sah. Denn es war dieses Auge, durch das die Sibylle sah, was sie sehen mußte, um uns beraten und warnen zu können. Und für mich war es offensichtlich, daß sie manchmal Dinge sah, die so entsetzlich waren, daß sie sie nicht ertragen und wir nicht damit fertigwerden konnten, sosehr wir uns auch bemühten.

Als ich die Sibylle hielt, ging etwas Eigenartiges vor sich. Ich sah inmitten der wirbelnden Gase Formen Gestalt annehmen.

»Du darfst sie nicht als real ansehen«, sagte die Sibylle; ich hörte ihre Stimme, und doch, obwohl ich ihre Worte vernahm, wußte ich, daß diese Formen tatsächlich real waren. Ich sah ein gigantisches Schiff ohne Segel oder Ruder ... Ich sah eine Stadt mit schmalen, hohen Gebäuden, überfüllt mit Fahrzeugen, die nichts glichen, was ich je zuvor gesehen hatte. Und doch bewegte ich mich auf sie zu und sie sich auf mich, bis schließlich die Formen hinter mich wirbelten und mich von der Sibylle abschnitten. »Ich sehe dies mit dem Auge der Gorgonen«, rief die Sibylle mir nach. »Es ist das Auge, das Medusa hin und her reichte, das Auge der Geschicke – du fällst in –« Und dann erstarben ihre Worte weg.

Ich spielte im Gras mit einem Welpen und machte mir Gedanken über eine zerbrochene Coca-Cola-Flasche, die jemand in unserem Garten liegengelassen hatte; keine Ahnung, wer.

»Philip, komm zum Abendessen rein!« rief meine Großmutter von der Gartenveranda. Ich sah, daß die Sonne unterging.

»Okay!« rief ich zurück. Aber ich spielte weiter. Ich hatte ein großes Spinnennetz gefunden, und darin war eine in Spinnenfäden eingesponnene Biene, vom Spinnenbiß gelähmt. Ich begann sie auszuwickeln, und sie stach mich.

Meine nächste Erinnerung war, daß ich die Comicseiten in der *Berkeley Daily Gazette* las. Ich las von Brick Bradford und wie er eine Tausende von Jahren alte, versunkene Zivilisation fand.

»Hey, Mom«, sagte ich zu meiner Mutter. »Sieh dir das an; das ist spitze. Brick steigt diesen Felsvorsprung runter, siehst du, und an dessen Fuß –« Ich starrte gebannt auf die altertümlichen Helme, die die Leute trugen, und ein Gefühl des Befremdens überkam mich; ich wußte nicht warum.

»Was er nicht alles aus diesen Witzblättchen lernt«, sagte meine Großmutter mit Abscheu in der Stimme. »Er sollte was Ordentliches lesen. Diese Comics sind Mist.«

Als nächstes erinnere ich mich, wie ich in der Schule saß und einem Mädchen beim Tanzen zusah. Ihr Name war Jill, und sie war eine Klasse weiter als wir, in der sechsten; sie trug das Kostüm einer Bauchtänzerin, und ihr Schleier verbarg ihre untere Gesichtshälfte. Aber ich konnte wunderhübsche, freundliche Augen sehen, wissende Augen. Sie erinnerten mich an die Augen von jemand anderem, den ich von früher gekannt hatte, aber wen konnte ein Kind denn schon groß von früher kennen? Später ließ Mrs. Redman uns einen Aufsatz schreiben, und ich schrieb über Jill. Ich schrieb von fremden Ländern, in denen Jill lebte und mit nichts an von der Hüfte aufwärts tanzte. Später sprach Mrs. Redman am Telefon mit meiner Mutter, und ich wurde gehörig abgekanzelt, aber in obskuren Begriffen, die irgendwas mit einem BH zu tun hatten. Damals habe ich es nicht verstanden; es gab viel, was ich nicht verstand. Ich schien Erinnerungen zu haben, und doch hatten sie nichts mit meiner Kindheit in Berkeley, an der Hillside Grammar School, meiner Familie oder dem Haus, in dem wir lebten, zu tun . . . sie hatten mit Schlangen zu tun. Heute weiß ich, warum ich von Schlangen träumte: weisen Schlangen, nicht bösen Schlangen, sondern solchen, die Weisheiten flüstern.

Wie dem auch sei, mein Aufsatz wurde vom Schuldirektor, Bill Gaines, für sehr gut befunden, (*nachdem* ich reingeschrieben hatte, daß Jill zu allen Zeiten oberhalb der Taille etwas anhatte), und später beschloß ich dann, Schriftsteller zu werden.

Eines Nachts hatte ich einen sonderbaren Traum. Ich war schätzungsweise auf der Junior High School, bereitete mich darauf vor, im nächsten Jahr zur Berkeley High zu gehen. Ich träumte, daß ich in tiefster Nacht – und es war wie ein regulärer Traum, er war wirklich wirklich – diesen Menschen aus dem All sah, hinter Glas, in einer Art Satellit, in denen sie halt so ankommen. Und er konnte nicht sprechen; er sah mich nur an, mit komischen Augen.

So etwa zwei Wochen später mußte ich ausfüllen, was ich werden wollte, wenn ich erwachsen wäre, und da dachte ich an meinen Traum von dem Mann aus einem anderen

Universum, also schrieb ich: ICH WILL SCIENCE-FICTION-GESCHICHTEN SCHREIBEN.

Das brachte meine Familie auf, aber nun ja, als sie sauer wurden, schaltete ich erst recht auf stur. Meine Freundin Ysabel Lomax sagte mir, ich würde nie gut in SF sein und damit ließe sich sowieso kein Geld verdienen und SF sei dumm und nur Leute mit Pickeln würden sowas lesen. Also nahm ich mir fest vor, SF zu schreiben, weil Menschen mit Pickeln jemand haben sollten, der für sie schreibt; alles andere, also nur für Leute mit reiner Haut zu schreiben, wäre unfair. Amerika ist auf Fairness aufgebaut; das ist es, was Mr. Gaines uns in der Hillside Grammar School beibrachte, und da er es einmal schaffte, nachdem alle vor ihm gescheitert waren, meine Armbanduhr zu reparieren, neige ich dazu, ihn zu bewundern.

In der High School war ich ein Versager, weil ich den ganzen Tag nur dasaß und schrieb, und alle meine Lehrer schnauzten mich an, ich sei Kommunist, weil ich nicht tat, was mir gesagt wurde. »Ach ja?« pflegte ich zu sagen. Dafür wurde ich zum Schülervorsteher zitiert. Er stauchte mich schlimmer zusammen als mein Großvater und warnte mich, daß ich, wenn ich keine besseren Noten bekäme, der Schule verwiesen werden würde.

In derselben Nacht hatte ich noch einen von diesen lebhaften Träumen. Diesmal nahm mich eine Frau in ihrem Auto mit, nur daß es mehr ein altrömischer Streitwagen war, und sie sang.

Als ich am nächsten Tag zu Mr. Erlaud, dem Schülervorsteher, mußte, schrieb ich in Latein auf seine Tafel:

UBI PECUNIA REGNET

Als er eintrat, wurde er rot im Gesicht, weil er Latein unterrichtet und weiß, daß es »Wo Geld regiert« heißt.

»Genau das, was ein linksradikaler Stänkerer schreiben würde«, sagte er zu mir.

Also schrieb ich etwas anderes, solange er dasaß und meine Aufgaben durchsah; ich schrieb:

Das schien ihn zu verblüffen. »Wo – hast du dieses lateinische Wort gelernt?« fragte er.

»Weiß nicht«, sagte ich. Ich war nicht sicher, aber mir war so, als würden sie in meinen Träumen auf Lateinisch zu mir sprechen. Vielleicht war es nur mein eigenes Gehirn, das meinen Grundstufenlateinkurs noch einmal ablaufen ließ, in dem ich überraschend gut war, dafür daß ich nie übte.

Der nächste lebhafte Traum dieser Art kam zwei Nächte, ehe Präsident Kennedy von diesem Freak oder diesen Freaks ermordet wurde. Ich sah die ganze Sache *zwei Tage vorher* in meinem Traum, aber deutlicher als alles andere, noch lebhafter, sah ich meine Freundin Ysabel Lomax, wie sie die Verschwörer bei ihrer bösen Tat beobachtete, und Ysabel hatte ein drittes Auge.

Meine Alten schickten mich später zu einer Psychologin, weil ich nach dem Mord an Präsident Kennedy wirklich sonderlich wurde. Ich saß nur da und grübelte und zog mich in mich selbst zurück.

Es war eine nette Lady, zu der sie mich schickten, eine gewisse Carol Heims. Sie war sehr hübsch, und sie sagte nicht, ich hätte sie nicht alle; sie sagte, ich solle von meiner Familie weggehen, die Schule hinschmeißen – sie sagte, daß das Schulsystem einen der Wirklichkeit entfremde und daran hindere, Techniken zu lernen, um die tatsächlichen Verhältnisse zu meistern –, und ich solle Science-fiction schreiben.

Das tat ich. Ich arbeitete in einem Fernseher-Discountladen, wo ich ausfegte und die neuen Fernseher aus den Kisten packte und aufstellte. Wenn ich auch immer denken mußte, daß jeder Fernseher wie ein riesiges Auge war; das ließ mir keine Ruhe. Ich erzählte Carol Heims meine Träume, die ich mein Leben lang gehabt hatte, über die Menschen aus dem All, und daß sie auf Latein waren und daß ich glaubte, ich hätte noch viele weitere gehabt, an die ich mich beim Aufwachen nur nicht erinnert hatte.

»Über Träume wissen wir längst nicht alles«, sagte mir Ms. Heims. Ich saß da und stellte mir vor, wie sie wohl im Kostüm einer Bauchtänzerin aussehen würde, nackt von der Taille aufwärts; ich fand, das ließ die Therapiestunde schneller vergehen. »Es gibt eine neue Theorie, daß sie Bestandteil des kollektiven Unbewußten sind, das vielleicht Tausende von Jahren zurückreicht... und in Träumen kommst du damit in Berührung. Wenn das also wahr ist, haben Träume ihren Grund und sind von großer Bedeutung.«

Ich war damit beschäftigt, mir vorzustellen, wie ihre Hüften sich lasziv hin und her wiegten, aber ich hörte auf das, was sie sagte; es war etwas an der weisen Freundlichkeit ihrer Augen. Aus irgendeinem Grund mußte ich immer an diese weisen Schlangen denken.

»Ich habe von Büchern geträumt«, sagte ich ihr. »Bücher, die man mir aufgeschlagen hinhält. Große Bücher, sehr wertvoll. Heilig sogar, wie die Bibel.«

»Das hat mit deiner Schriftstellerkarriere zu tun«, sagte Ms. Heims.

»Die da sind alt. Tausende von Jahren alt. Und sie warnen uns vor etwas. Einem schrecklichen Mord, vielen Morden. Und Cops, die die Menschen wegen ihrer Überzeugungen ins Gefängnis werfen, aber heimlich – ihnen irgendwas anhängen. Und ich sehe immer diese Frau, die wie Sie aussieht, nur daß sie auf einem mächtigen, steinernen Thron sitzt.«

Später wurde Ms. Heims in einen anderen Landesteil versetzt, und ich konnte sie nicht mehr sehen. Ich fühlte mich wirklich elend, und ich stürzte mich aufs Schreiben. Ich verkaufte eine Geschichte an eine Zeitschrift mit dem Titel *Aufsehenerregende Tatsachen aus der Wissenschaft*, die von überlegenen Rassen erzählte, die auf der Erde gelandet waren und heimlich unsere Geschicke lenkten. Sie bezahlten mich nie.

Ich bin nun alt, und ich wage es, das zu erzählen, denn

was habe ich schon zu verlieren? Eines Tages bekam ich das Angebot, einen kleinen Beitrag für *Phantastische Liebesplaneten-Abenteuer* zu schreiben, und sie gaben mir einen Plot, den sie ausgearbeitet haben wollten, und ein Schwarzweißfoto des Umschlags. Ich konnte den Blick nicht von dem Foto wenden; es zeigte einen Römer oder Griechen – jedenfalls trug er eine Toga –, und er hatte auf dem Handgelenk einen Caduceus, das Zeichen des Mediziners: zwei ineinander verschlungene Schlangen, nur waren es ursprünglich eigentlich Olivenzweige.

»Woher weißt du, daß man das ›Caduceus‹ nennt?« fragte mich Ysabel (wir lebten jetzt zusammen, und sie sagte mir ständig, ich solle mehr Geld verdienen und überhaupt ihrer Familie nacheifern, die gutsituiert und ziemlich vornehm war).

»Ich weiß nicht«, sagte ich, mir wurde ganz anders. Und dann hatte ich wild bewegte, bunte Lichterscheinungen in den Augen, wie diese modernen Bilder von Paul Klee und so – in lebhaften Farben und wie kurze Einblendungen, alles sehr schnell. »Welches Datum haben wir heute?« schrie ich Ysabel zu, die dasaß, sich die Haare trocknete und den *Harvard Lampoon* las.

»Das Datum? Heute ist der 16. März«, sagte sie.

»Das Jahr!« rief ich. »Puelchra puella, tempus –« Und dann brach ich ab, weil sie mich anstarrte. Und weil ich mich, was noch schlimmer war, nicht erinnern konnte, wie sie hieß oder wer sie war.

»Wir haben 1974«, antwortete sie.

»Dann herrscht ja noch Tyrannei, wenn wir erst 1974 haben«, sagte ich.

»Was?« antwortete sie erstaunt und glotzte mich an.

Auf einmal erschienen rechts und links von ihr Wesen, eingekapselt in ihre Intersystemschiffe, zwei Kugeln, die schwebten und ihre Atmosphäre und Temperatur aufrechterhielten. »Machen Sie ihr gegenüber keine weiteren Aussagen«, warnte mich eines von ihnen. »Wir werden ihre Erinnerung löschen; sie wird glauben, sie sei eingeschlafen und hätte geträumt.«

»Ich erinnere mich«, sagte ich und preßte meine Hände gegen den Kopf. Anamnesis hatte eingesetzt; ich erinnerte mich, daß ich aus früheren Zeiten stammte und, noch davor, vom Stern Albemuth, wie diese beiden Unsterblichen. »Warum seid ihr wieder da?« sagte ich. »Um –«

»Wir werden ausschließlich durch normale Sterbliche wirken«, sagte J'Annis. Er war der weisere der beiden Unsterblichen. »Jetzt gibt es keine Sibylle mehr, die der Republik helfen und raten könnte. In Träumen inspirieren wir hier und da Menschen, *zu erwachen*; sie beginnen zu verstehen, daß der Preis der Erlösung von uns gezahlt wird, um sie von dem Lügner zu befreien, der sie regiert.«

»Sie haben euch nicht bemerkt?« sagte ich.

»Sie vermuten etwas. Sie sehen Hologramme von uns an den Himmel projiziert, die wir einsetzen, um sie abzulenken; sie bilden sich ein, wir würden da herumschweben.«

Ich wußte, daß diese Unsterblichen in den Köpfen der Menschen waren, nicht am Himmel über der Erde, daß sie, indem sie die Aufmerksamkeit nach außen lenkten, wieder einmal frei waren, von innen heraus zu helfen, wie sie immer geholfen hatten: der inneren Welt.

»Wir werden den Frühling in diese Winterwelt bringen«, sagte F'fr'am lächelnd. »Wir werden die Tore aufstoßen, die diese Menschen gefangenhalten, die unter einer Tyrannei ächzen, die sie nur undeutlich erkennen. *Hast* du sie erkannt? Hast du von den Machenschaften der Geheimpolizei, der paramilitärischen Einheiten gewußt, die jede freie Meinungsäußerung zerstört haben und alle Andersdenkenden vernichten?«

Jetzt, im Alter, setze ich für euch, meine römischen Freunde, diesen Bericht auf, hier in Kumae, wo die Sibylle lebt. Ich bin, sei es durch Zufall oder Fügung, in die ferne Zukunft hinübergegangen, in eine Welt der Tyrannei, des Winters, die ihr euch nicht vorstellen könnt. Und ich sah die Unsterblichen, die uns beistehen, ihnen beistehen, zweitausend Jahre in der Zukunft! Obwohl die Sterblichen der Zukunft – hört mich an – *blind* sind. Ihre Sehkraft wurde ihnen durch ein Jahrtausend der Unterdrückung genommen; sie sind gequält und kurzgehalten worden, so wie wir Tiere kurzhalten. Aber die Unsterblichen rütteln sie noch rechtzeitig wach – werden sie wachrütteln, sollte ich sagen –, um sie zu retten. Und dann wird der zweitausendjährige Winter enden; sie werden die Augen öffnen, der Träume und heimlichen Einflüsterungen wegen; sie werden wissen – aber all das habe ich euch erzählt, auf meine altertümliche, weitschweifige Art.

Laßt mich mit folgendem Vers unseres großen Dichters Vergil schließen, einem guten Freund der Sibylle, und darin werdet ihr erkennen, was vor uns liegt, denn die Sibylle sagte, daß es, obwohl es nicht für unsere Zeiten hier in Rom gilt, für jene zweitausend Jahre nach uns, in weiter Zukunft, gelten und ihnen das Versprechen auf Erlösung bringen wird:

»Ultima Cumaei venit iam carminis aetas;
magnus ab integro saeculorum nascitur ordo.
Iam redit et Virgo, redeunt Saturnia regna;
Iam nova progenies, caelo demittitur alto.
Tu modo nascenti puero, quo ferra primum
desinet, ac toto surgent gens aurea mundo,
casta fave Lucina; tuus iam regnat Apollo.«

Ich werde dies in die fremde englische Zunge setzen, die ich während meiner Zeit in der Zukunft sprechen lernte, ehe die Unsterblichen und die Sibylle mich, nachdem meine Arbeit in jener Zeit getan war, hierher zurück zogen:

»Schon kam das Ziel der Zeit, von dem die Sibylle einst
raunte,
wiedergeboren beginnt ein neuer Kreis der Äone.

Schon kehrt die Jungfrau zurück, Saturns Regierung
  kehrt wieder,
schon wird ein neuer Sproß entsandt aus himmlischen
  Höhen.
Dieses Knaben Geburt beschirme, reine Lucina!
Er macht ein Ende der eisernen Zeit; eine goldene
  Menschheit
wird die Erde dann füllen: schon jetzt regiert dein
  Apollo!

Doch ach, ihr, meine teuren römischen Freunde werdet es nicht erleben. Aber weit entfernt in den Korridoren der Zeit, in den Vereinigten Staaten (ich verwende hier euch fremde Worte) wird das Böse fallen, und diese kleine Weissagung des Vergil, welche die Sibylle ihm eingab, wird sich erfüllen. Der Frühling ist wiedergeboren!

Der Tag, an dem Herrn Computer die Tassen aus dem Schrank fielen

Er erwachte und spürte sofort, daß etwas ganz und gar nicht stimmte. O Gott, dachte er, als ihm klar wurde, daß ihn Herr Bett wie einen Haufen nasser Lumpen an der Wand abgeladen hatte. Es geht wieder los, stellte er fest. Und dabei hat uns die Direktion West unendliche Vollkommenheit zugesagt. Das also haben wir davon, wenn wir glauben, was bloße Menschen sagen.

Er kämpfte sich, so gut er konnte, aus seinem Bettzeug hinaus, kam unsicher auf die Beine und gelangte durch das Zimmer bis zu Herrn Kleiderschrank.

»Ich hätte gern einen schnieken doppelreihigen Kammgarnanzug«, sagte er munter ins Mikrofon an Herrn Kleiderschranks Tür. »Ein rotes Hemd, blaue Socken und –« Doch es war sinnlos. Schon bebte der Ausgabeschlitz, und ein gewaltiger seidener Damenschlüpfer glitt ihm entgegen.

»Sie kriegen, was Sie sehen«, hallte ihm Herrn Kleiderschranks metallische Stimme hohl entgegen.

Trübselig zog Joe Catsenjammer den Seidenschlüpfer an. Besser als gar nichts – wie damals im Scheußlichen August, als der ungeheure polyenzephale Computer in Queens sämtlichen Bewohnern Groß-Amerikas als einziges Kleidungsstück ein Taschentuch zugestanden hatte.

Er ging ins Badezimmer und wusch sein Gesicht – um festzustellen, daß die Flüssigkeit, die er sich gegen die Wangen klatschte, warme Limonade war. Großer Gott, dachte er, diesmal führt sich Herr Computer noch hirnverbrannter auf als sonst. Hat bestimmt wieder so alte Science-fiction-Geschichten gelesen von diesem Phil Dick, überlegte er. Das kommt davon, wenn wir Herrn Computer allen möglichen verstaubten Mist zu lesen geben, den er dann in seinem Speicher aufbewahrt.

Er kämmte sich fertig – ohne die Limonade zu benutzen – und ging, nachdem er sich abgetrocknet hatte, in die Küche, um zu sehen, ob wenigstens Herr Kaffeekanne noch übrig war als letzter Rest geistiger Gesundheit in einer rings um ihn herum zerbröselnden Wirklichkeit.

Pech gehabt. Freundlich servierte ihm Herr Kaffeekanne einen Blechbecher mit flüssiger Seife. Nun, dann eben nicht.

Die eigentliche Schwierigkeit aber kam, als er Herrn Tür zu öffnen versuchte. Herr Tür tat keinen Wank und klagte statt desen mit blecherner Stimme: »Der Weg des Ruhms führt stracks ins Grab.«

»Was soll das heißen?« fragte Joe, wütend geworden. Dieses Affentheater war nicht mehr lustig. Nicht daß er es bei früheren Gelegenheiten so lustig gefunden hätte – außer dem einen Mal vielleicht, als ihm Herr Computer zum Frühstück gebratenen Fasan aufgetischt hatte.

»Soll heißen«, gab Herr Tür zurück, »daß du deine Zeit vergeudest, Scheißer. Du kommst mir heute nie und nimmer in deinen Laden.«

Die Voraussage erwies sich als richtig. Die Tür ließ sich nicht öffnen. Trotz aller Anstrengungen brachte er den Mechanismus, der von der polyenzephalen Hauptmatrix aus der Ferne gesteuert wurde, nicht dazu, sich zu rühren.

Also Frühstück? Joe Catsenjammer drückte ein paar Knöpfe am Steuerpult von Herrn Verpflegung – und sah auf einen Teller voller Dünger.

Daraufhin nahm er den Telefonhörer ab und stieß wütend nach den Ziffertasten, die ihn mit der Ortspolizei in Verbindung bringen sollten. »Loony Tunes Incorporated«, sagte das Gesicht auf dem Bildschirm. »In weniger als einer Woche liefern wir Ihnen eine Trickfilmfassung Ihrer sexuellen Praktiken, inklusive PHANTASTISCHER KLANGEFFEKTE!«

Fickt euch ins Knie, sagte Joe Catsenjammer halblaut und legte auf.

Er war von Anfang an ein Reinfall gewesen, dieser Beschluß 1982, die Steuerung sämtlicher Mechanismen einer Zentralstelle zu übertragen. Der Grundgedanke hatte freilich einleuchtend geklungen: Nachdem die Ozonhülle des Globus verbrannt war, hatten so viele Leute angefangen, sich irrational zu verhalten, daß es nötig wurde, das Problem mit Hilfe einer elektronischen Anlage anzugehen, die immun war gegen die gehirnerweichende UV-Strahlung, die sich über die ganze Erde hin ausbreitete. Damals hatte es so ausgesehen, als sei Herr Computer die Lösung. Doch leider Gottes mußte man sagen, daß er von seinen menschlichen Erbauern zuviel ausgeflippten Input in sich aufgenommen hatte und daher, wie sie selbst, psychotischen Schüben unterworfen war.

Natürlich gab es eine Lösung. Man hatte sie in aller Eile, als Notnagel sozusagen, zusammengeschustert, sobald die Schwierigkeit erkannt war, und dem Oberhaupt der Weltorganisation für Geistige Gesundheit, einer Schreckschraube namens Joan Simpson, eine Art Unsterblichkeit verliehen, damit sie jederzeit greifbar war, um Herrn Computer gegen einen seiner Verücktheitsanfälle zu behandeln. Die Dame Simpson wurde im Mittelpunkt der Erde in einem mit Bleiwänden ausgekleideten Raum eingelagert, wo sie vor der schädlichen Strahlung an der Erdoberfläche sicher war. Dort dämmerte sie in einem scheintodähnlichen Zustand, genannt »Düsterpack«, dahin, unterhalten, so munkelt man, von einem Endlos-Tonband, das ihr eine unaufhörliche Folge kostbarer Rundfunk-Familienserien aus dem Jahr 1940 einspeiste. Angeblich war auf – oder besser gesagt in – der ganzen Erde die Dame Simpson der einzige Mensch bei klarem Verstand; darin sowie in ihrem überragenden Geschick und ihrer mehr als gründlichen Ausbildung in der Kunst, psychotische Elektronengehirne zu heilen, lag die einzige Überlebenshoffnung der Welt.

Nachdem sich Joe Catsenjammer das klargemacht hatte, ging es ihm besser. Allerdings nicht viel, denn er hatte soeben Herrn Zeitung vom Boden unter dem Briefschlitz aufgehoben. Die Hauptschlagzeile hieß: ADOLF HITLER ZUM PAPST GEKRÖNT. DIE MASSEN JUBELN – NEUER REKORD.

Soviel zum Thema Herr Zeitung, dachte Joe deprimiert und warf das Blatt in Herrn Müllschlucker. Der Mechanismus ratterte, statt aber die Zeitung zu verschlucken oder zu Würfeln zu verarbeiten, spie er sie wieder aus. Joe blickte nochmals kurz auf die Schlagzeile, sah das Foto eines menschlichen Skeletts – komplett mit Schnurrbart, einer SA-Uniform sowie der päpstlichen Tiara – und setzte sich in seinem Wohnzimmer aufs Sofa, um den Augenblick abzuwarten (der bestimmt bald kommen mußte), da man die Dame Simpson aus ihrem Düsterpack aufschreckte, damit sie sich um Herrn Computer kümmerte und der Welt dadurch wieder zu geistiger Gesundheit verhalf.

Halb zu sich selbst sagte Fred Doppelkopf: »Er ist psychotisch, kein Zweifel. Ich hab ihn gefragt, ob er weiß, wo er sich befindet, und er hat gesagt, er treibt mit einem Floß auf dem Mississippi. Stellen Sie eine Kontrollfrage für mich, fragen Sie ihn, wer er ist.«

Dr. Schrittmacher drückte ein paar Eingabeknöpfe an der Konsole des Computers und fragte: WER SIND SIE?

Sofort erschien die Antwort auf dem Bildschirm.

TOM SAWYER.

»Sehen Sie«, sagte Doppelkopf. »Er hat jede Beziehung zur Realität verloren. Ist die Reaktivierung der Dame Simpson in die Wege geleitet?«

»Ist sie, Doppelkopf«, sagte Schrittmacher. Wie zur Bekräftigung glitten Türen beiseite und ließen den mit Blei ausgekleideten Behälter sehen, in dem die Dame Simpson vor sich hin dämmerte und dabei ihre Lieblings-Vormittagsserie, *Ma Perkins*, hörte.

»Dame Simpson«, sagte Schrittmacher, indem er sich

über sie beugte. »Wir haben wieder Schwierigkeiten mit Herrn Computer. Er ist total ausgerastet. Vor einer Stunde hat er alle Trimper in New York über dieselbe Kreuzung geschickt, was schwere Verluste an Menschenleben zur Folge hatte. Und statt Feuerwehr und Rettungseinheiten der Polizei an die Unglücksstelle zu beordern, hat er einen Trupp Zirkusclowns dahin in Marsch gesetzt.«

»Ich verstehe«, kam Joan Simpsons Stimme durch das Schalleit- und Verstärkungssystem, über das man sich mit ihr verständigen konnte. »Zuerst aber muß ich mich um ein Feuer in Mas Holzlager kümmern. Wissen Sie, ihre Freundin Shuffle –«

»Dame Simpson«, sagte Schrittmacher, »die Lage ist ernst. Wir brauchen Sie. Lösen Sie sich aus Ihrer gewohnten Umnebelung, und sorgen Sie dafür, daß Herr Computer wieder normal wird. Danach können Sie sich dann wieder Ihren Radio-Serien zuwenden.«

Während er auf die Dame Simpson hinabblickte, verblüffte ihn einmal mehr ihre geradezu unnatürliche Schönheit. Sie hatte große dunkle Augen mit langen Wimpern, eine leicht angerauhte sinnliche Simme, kurz geschnittenes, glänzend schwarzes Haar (wie modebewußt inmitten dieser Welt des Ramsches!), einen geschmeidigen und zugleich festen Körper und einen warmen Mund, der Liebe und Wohlbehagen versprach. Erstaunlich, dachte er, daß der einzige Mensch auf der Welt, der wirklich noch bei klarem Verstand ist (und außerdem als einziger die Welt retten kann), zugleich einen so umwerfenden Liebreiz ausstrahlt.

Doch das war nicht der richtige Zeitpunkt für solche Erwägungen. Mittlerweile hatte die Fernsehgesellschaft NBC berichtet, daß Herr Computer alle Flughäfen auf der Welt geschlossen und in Baseball-Stadien umgewandelt hatte.

Wenig später ging Joan Simpson eine eigens für sie zusammengestellte Kurzfassung von Herrn Computers irrwitzigen Befehlen durch.

»Ein klarer Fall von Regression«, ließ sie die Anwesenden wissen und schlürfte gedankenverloren aus einer Tasse Kaffee.

»Dame Simpson«, sagte Doppelkopf, »ich fürchte, was Sie da trinken, ist Seifenwasser.«

»Stimmt«, sagte die Dame Simpson und setzte die Tasse ab. »Ich stelle fest, daß Herr Computer der Menschheit kindische Streiche spielt. Das paßt zu meiner hypostasierten Hypothese.«

»Und wie wollen Sie bei diesem riesigen Komplex eine Rückkehr zur Normalität bewirken?« erkundigte sich Schrittmacher.

»Offenkundig hat Herr Computer eine traumatische Situation durchlebt, die ihn in die Regression getrieben hat«, sagte die Dame Simpson. »Ich werde das Trauma lokalisieren und ihn dann hinsichtlich dieses Traumas desensibilisieren. Dazu werde ich ihn der Reihe nach mit jedem Buchstaben des Alphabets konfrontieren und seine Reaktionen messen, bis ich das feststelle, was wir in der Bewegung für Geistige Gesundheit eine Rückscheu-Reaktion nennen.«

Und so geschah es. Beim Buchstaben J stieß Herr Computer ein leises Ächzen aus, und Rauchwölkchen stiegen auf. Erneut machte sich die Dame Simpson daran, die Buchstabenfolge durchzugehen. Diesmal kamen das leise Ächzen und die Rauchwölkchen beim Buchstaben C.

»J. C.«, sagte die Dame Simpson. »Das könnte Jesus Christus heißen. Vielleicht hat die Wiederkunft Christi eben stattgefunden, und Herr Computer hat Angst, daß man ohne ihn auskommt und ihn abserviert. Ich werde von dieser Annahme ausgehen. Lassen Sie Herrn Computer in einen semi-komatösen Zustand versetzen, damit er frei assoziieren kann.«

Techniker machten sich eiligst daran, die Anweisung auszuführen.

Das praktisch unbewußte Gebrabbel des großen Computers begann aus den Audio-Kanälen zu strömen, die durch den Steuerraum führten.

»... sich selbst auf den Tod programmiert«, murmelte der Computer. »So ein feiner Mensch. Analyse der DNS-Befehlsstruktur. Verlangt nicht Aufschub, sondern Beschleunigung des Sterbevorgangs. Ein Lachs, der stromaufwärts schwimmt, um zu sterben ... Das reizt ihn ... nach allem, was ich für ihn getan hab. Lehnt das Leben ab. Ganz bewußt. Will sterben. Kann ich nicht verkraften, dieses Herbeiwünschen des Todes, diese Programmabweichung um 180 Grad vom Matrixziel der DNS-Befehlssteuerung ...« Er brabbelte weiter und weiter.

Scharf sagte die Dame Simpson: »Welcher Name fällt Ihnen ein, Herr Computer? Ein Name!«

»Arbeitet in einem Plattenladen«, murmelte Herr Computer. »Ist eine Kapazität auf dem Gebiet des deutschen Kunstliedes und des Bubblegum-Rock der sechziger Jahre. Jammerschade um ihn! Mensch, ist das Wasser warm. Ich glaub, ich geh angeln; laß die Leine ablaufen und fang 'nen Mordswels. Da wird Huck aber gucken, und Jim erst! Jim ist ein Mensch, auch wenn er –«

»Welcher Name?« wiederholte die Dame Simpson.

Das Gebrabbel ging weiter.

Rasch sagte die Dame Simpson zu Doppelkopf und Schrittmacher, die aufmerksam und ohne sich zu rühren dabeistanden: »Suchen Sie einen Schallplattenverkäufer, dessen Name mit J. C. anfängt und der eine Kapazität auf dem Gebiet des deutschen Kunstliedes und des Bubblegum-Rock der sechziger Jahre ist. Aber rasch! *Wir haben nicht viel Zeit*!«

Joe Catsenjammer, der seine Eigenwohn durch das Fenster verlassen hatte, machte sich zwischen zertrümmerten Trimpern und wüst fluchenden Fahrern hindurch auf zum Plattenladen Artistic Music Company, in dem er den größten Teil seines Arbeitslebens verbracht hatte. Zumindest war er jetzt rausgek –

Unversehens standen zwei grau uniformierte Polizisten

mit grimmigen Gesichtern vor ihm und hielten ihre Betäubungspistolen auf seine Brust gerichtet. »Mitkommen«, sagten sie nahezu im Chor.

Joe verspürte plötzlich den starken Drang davonzulaufen. Er wandte sich um und rannte los. Doch dann breitete sich ein wilder Schmerz in seinem Körper aus; die Polizisten hatten ihre Betäubungsgeschosse auf ihn abgefeuert, und während er zu Boden stürzte, begriff er, daß es für eine Flucht zu spät war. Er war in den Händen der Behörden. Aber warum? überlegte er. Ist es bloß eine Zufallsrazzia? Schlagen sie einen mißlungenen Staatsstreich nieder? Oder – seine immer verschwommener werdenden Gedanken jagten sich – sind am Ende doch die Außerirdischen gelandet, um uns in unserem Freiheitskampf beizustehen? Dann umfing ihn Dunkel, gnädiges Dunkel.

Das nächste, was er von der Welt sah, waren zwei Angehörige der Technokratenklasse, die ihm einen Becher Seifenwasser zu trinken gaben; ein bewaffneter Polizist stand im Hintergrund, die Betäubungspistole schußbereit, für den Fall, daß die Situation ihren Einsatz verlangen sollte.

In der Ecke des Raumes saß eine außergewöhnlich schöne dunkelhaarige Frau; sie trug einen Minirock und Stiefel – etwas altmodisch vielleicht, aber verlockend und sexy – sie hatte die riesigsten und wärmsten Augen, die er je in seinem Leben gesehen hatte. Wer war sie? Und – was wollte sie von ihm? Warum hatte man ihn vor sie gebracht?

»Ihr Name«, forderte ihn einer der weißgekleideten Technokraten auf.

»Catsenjammer«, brachte er heraus, ohne den Blick von der außergewöhnlich schönen jungen Frau lösen zu können.

»Sie haben sich einen Termin bei der Stelle für DNS-Neubewertung geben lassen«, sagte der andere der weißgekleideten Technokraten knapp. »Welche Absicht verfolgen Sie damit? Welche genbedingte Anweisung wollen – besser gesagt, wollten – Sie verändern lassen?«

Lahm sagte Joe: »Ich – wollte umprogrammiert werden auf ... nun, Sie wissen schon. Ein längeres Leben. Meine Todeskodierung steht kurz bevor, und ich –«

»Wir wissen schon, daß dies nicht stimmt«, sagte die wunderschöne dunkelhaarige Frau mit leicht aufgerauhter, sinnlicher Stimme, in der aber auch Klugheit und Bestimmtheit mitschwangen. »Sie wollten Selbstmord begehen, nicht wahr, Herr Catsenjammer, Ihre DNS-Kodierung ändern lassen, nicht um Ihren Tod hinauszuzögern, *sondern herbeizuführen.*«

Er sagte nichts. Offenbar wußten sie Bescheid.

»*Warum?*« fragte die Frau schroff.

»Ich –« Er zögerte. Dann, sich geschlagen gebend, brachte er heraus: »Ich bin nicht verheiratet. Hab keine Frau. Nichts. Nur diesen Scheißjob im Plattenladen. All die scheißdeutschen Kunstlieder und diese Bubblegum-Rock-Texte. Sie gehen mir Tag und Nacht im Kopf herum; immer dieses Gemengsel aus Goethe, Heine und Neil Diamond.« Er hob den Kopf mit wildem Trotz und sagte. »Warum sollte ich weiterleben? Soll das ein Leben sein? Ein Dahinvegetieren ist das, aber kein Leben.«

Dann herrschte Schweigen.

Drei Frösche hüpften über den Boden. Herr Computer schickte jetzt Frösche aus allen Luftschächten und Klimaanlagen auf der ganzen Welt. Eine halbe Stunde zuvor waren es noch tote Katzen gewesen.

»Wissen Sie, wie das ist«, klagte Joe leise, »wenn einem unaufhörlich Texte durch den Kopf gehen wie ›Das Lied, das ich dir sang / Die Lieb', die ich dir brang‹?«

Die wunderschöne dunkelhaarige Frau sagte unvermittelt: »Ich glaube, ja, Catsenjammer. Sie müssen wissen, ich bin Joan Simpson.«

»Dann –« Joe verstand augenblicklich. »Sie sitzen da unten im Mittelpunkt der Erde und sehen sich pausenlos Familienserien aus dem Vormittagsprogramm an! Von einem Endlosband!«

»Ich sehe sie mir nicht an«, sagte Joan Simpson. »Ich höre sie. Es ist Dampfradio, kein Fernsehen.«

Joe sagte nichts. Es gab nichts zu sagen.

Einer der weißgekleideten Technokraten mahnte: »Dame Simpson, wir müssen mit der Arbeit anfangen, damit Herr Computer wieder normal wird. Jetzt gerade spuckt er Hunderttausende von Beckys aus.«

»Beckys?« fragte Joan Simpson verwirrt; dann wurde ihr freundliches Gesicht von Verständnis erhellt. »Ach so. Sein Kindheitsschwarm.«

»Herr Catsenjammer«, wandte sich einer der weißgekleideten Technokraten an Joe, »weil Sie das Leben nicht lieben, deswegen ist Herr Computer durchgedreht. Um ihn wieder zu Verstand zu bringen, müssen wir erst mal dafür sorgen, daß *Sie* wieder zu Verstand kommen.« An Joan Simpson gewendet fragte er: »Hab ich recht?«

Sie nickte, steckte sich eine Zigarette an und lehnte sich nachdenklich zurück. »Nun« begann sie dann. »Was bräuchte es denn, um Sie umzuprogrammieren, Joe? Damit Sie lieber leben statt sterben wollen? Herrn Computers Abreagierungs-Syndrom steht in unmittelbarer Beziehung zu Ihrem eigenen. Herr Computer kommt sich der Welt gegenüber als Versager vor, weil er bei der Überprüfung einer Liste von Menschen, für die er sorgt, gemerkt hat, daß Sie –«

»Für die er sorgt?« fragte Joe Catsenjammer. »Wollen Sie damit sagen, daß Herr Computer mich mag?«

»Er ist um Sie besorgt«, erläuterte einer der weißgekleideten Technokraten.

»Moment mal.« Joan Simpson faßte Joe Catsenjammer scharf ins Auge. »Sie haben auf den Begriff ›sorgen für‹ reagiert. Wie haben Sie ihn aufgefaßt?«

Er sagte, und es fiel ihm schwer: »Daß er mich mag. Ich ihm etwas bedeute – in dem Sinn.«

»Dann lassen Sie mich fragen«, sagte Joan Simpson, drückte ihre Zigarette aus und steckte sich gleich die nächste an, »ob Sie das Gefühl haben, daß Sie niemandem etwas bedeuten, Joe?«

»Das hat meine Mutter immer gesagt«, erklärte Joe.

»Und Sie haben ihr geglaubt?« fragte Joan Simpson.

»Ja.« Er nickte.

Mit einemmal drückte Joan Simpson ihre Zigarette aus. »Nun, Doppelkopf«, sagte sie mit leiser, munterer Stimme, »ab sofort werden mir keine Familienserien aus dem Radio mehr etwas vorplappern. Ich kehre nicht zum Mittelpunkt der Erde zurück. Das ist vorbei, meine Herren. Tut mir leid, aber so ist das nun mal.«

»Sie wollen Herrn Computer in dem Zustand –«

»Ich werde ihn heilen«, sagte Joan Simpson gelassen, »indem ich Joe heile. Und –«, ein leichtes Lächeln umspielte ihre Lippen, »und mich, meine Herren.«

Nun herrschte Schweigen.

»Na schön«, sagte einer der beiden weißgekleideten Techniker dann, »wir schicken Sie einfach beide zum Mittelpunkt der Erde runter. Da können Sie einander dann die Ohren vollplappern bis in alle Ewigkeit. Außer wenn es nötig ist, Sie aus dem Düsterpack rauszuholen, damit Sie Herrn Computer wieder zu Verstand bringen. Ist das ein fairer Vorschlag?«

»Moment mal«, meldete sich Joe Catsenjammer matt, doch die Dame Simpson nickte bereits.

»Ja«, sagte sie.

»Und was wird aus meiner Eigenwohn?« protestierte Joe. »Aus meiner Stelle? Meinem elenden kleinen sinnlosen Leben, an das ich gewöhnt bin?«

Joan Simpson sagte: »Das ändert sich bereits, Joe. Du bist ja bereits mir begegnet.«

»Aber ich dachte, Sie wären alt und häßlich!« sagte Joe. »Ich hatte keine Ahnung –«

»Das Universum steckt voller Überraschungen«, sagte Joan Simpson und streckte ihm ihre wartenden Arme entgegen.

Der Ausgang führt hinein

Bob Bibleman hatte den Eindruck, daß Roboter einem nicht in die Augen sahen. Und wenn ein Roboter in der Nähe war, kamen allerlei kleine, wertvolle Gegenstände abhanden. Für einen Roboter bedeutete Ordnung, daß er alles auf einen Haufen stapelte. Trotzdem mußte Bibleman sein Mittagessen bei Robotern bestellen, da der Weiterverkauf von Waren auf der Lohnskala zu niedrig rangierte, um auf Menschen attraktiv zu wirken.

»Einen Hamburger, Pommes, einen Erdbeer-Shake und –« Bibleman hielt inne und las den Ausdruck. »Nein, lieber einen Supreme-Double-Cheeseburger, Pommes, einen Malzdrink mit Schoko-Geschmack –«

»Augenblick«, sagte der Roboter. »Der Burger ist bereits in Arbeit. Möchten Sie am Preisausschreiben der Woche teilnehmen, während Sie warten?«

»Den Super-Cheeseburger kriege ich also nicht«, sagte Bibleman.

»Stimmt.«

Es war die Hölle, im einundzwanzigsten Jahrhundert zu leben. Die Informationsübermittlung hatte Lichtgeschwindigkeit erreicht. Biblemans älterer Bruder hatte einem Belletristik-Roboter mal einen zehn Worte umfassenden Handlungsentwurf eingegeben, sich umentschieden, was den Schluß des Buches betraf, und feststellen müssen, daß der Roman bereits in Druck gegangen war. Er mußte eine Fortsetzung programmieren, um seine Korrektur anzubringen.

»Wie ist die Preisstruktur bei dem Preisausschreiben?« fragte Bibleman.

Sofort wurden sämtliche Gewinnquoten aufgeführt, vom ersten bis zum letzten Preis. Natürlich schaltete der

Roboter die Anzeige aus, bevor Bibleman sie lesen konnte.

»Was ist der erste Preis?« sagte Bibleman.

»Das kann ich Ihnen nicht sagen«, sagte der Roboter. Aus seinem Schlitz kamen ein Hamburger, Pommes frites und ein Erdbeer-Shake. »Macht eintausend Dollar in bar.«

»Gib mir einen Tip«, sagte Bibleman beim Bezahlen.

»Es ist überall und nirgends. Es existiert seit dem siebzehnten Jahrhundert. Ursprünglich war es unsichtbar. Dann wurde es königlich. Man kommt nicht rein, wenn man nicht schlau ist, aber es hilft, wenn man schummelt, und es hilft ebenfalls, wenn man reich ist. Was fällt Ihnen zum Wort ›schwer‹ ein?«

»Tiefschürfend.«

»Nein, die wörtliche Bedeutung.«

»Masse.« Bibleman grübelte. »Was soll denn das? Ein Preisrätsel, bei dem es darum geht, den Preis herauszufinden? Ich geb's auf.«

»Zahlen Sie die sechs Dollar Unkostenbeitrag«, sagte der Roboter, »und wir schicken Ihnen ein –«

»Gravitation«, unterbrach Bibleman. »Sir Isaac Newton. Das Royal College of England. Stimmt's?«

»Stimmt«, sagte der Roboter. »Für sechs Dollar bekommen Sie die Chance, ein College zu besuchen – eine statistische Chance, entsprechend den aufgeführten Gewinnquoten. Aber was sind schon sechs Dollar? Fliegenschiß.«

Bibleman händigte ihm eine Sechsdollarmünze aus.

»Sie haben gewonnen«, sagte der Roboter. »Sie dürfen aufs College. Gegen jede Wahrscheinlichkeit; es stand zwei Billionen zu eins gegen Sie. Ich möchte der erste sein, der Ihnen gratuliert. Wenn ich eine Hand hätte, würde ich Ihnen die Hand schütteln. Dies wird Ihr Leben verändern. Dies ist Ihr Glückstag.«

»Das ist doch abgekartet«, sagte Bibleman, dem plötzlich mulmig wurde.

»Richtig«, sagte der Roboter und sah Bibleman direkt in

die Augen. »Außerdem sind Sie verpflichtet, Ihren Preis anzunehmen. Das College ist ein Militär-College, und es liegt sozusagen in Arshfik in Ägypten. Aber das ist kein Problem; Sie werden hingebracht. Gehen Sie nach Hause, und fangen Sie an zu packen.«

»Kann ich nicht erst meinen Hamburger essen und meinen Shake –«

»Ich würde sagen, fangen Sie sofort mit Packen an.«

Hinter Bibleman hatten sich ein Mann und eine Frau angestellt; unwillkürlich machte er ihnen Platz, sich an seinem Tablett mit der Mahlzeit festhaltend, denn ihm schwindelte.

»Ein Steak-Sandwich vom Holzkohlengrill«, sagte der Mann, »mit Zwiebelringen, und eine Limo. Das wär's.«

Der Roboter sagte: »Möchten Sie am Preisausschreiben teilnehmen? Tolle Preise.« Auf der Anzeige leuchteten die Gewinnquoten auf.

Als Bob Bibleman die Tür zu seinem Ein-Zimmer-Apartment aufschloß, war sein Fon an. Es suchte ihn.

»Da sind Sie ja«, sagte das Fon.

»Ich mach da nicht mit«, sagte Bibleman.

»Und ob Sie mitmachen«, sagte das Fon. »Wissen Sie, wer ich bin? Lesen Sie Ihr Zertifikat durch, das juristische Formular, das Ihnen den 1. Preis bestätigt. Sie sind als Leutnant noch ein grüner Junge. Ich bin Major Casals. Sie fallen in meinen Zuständigkeitsbereich. Wenn ich Ihnen sage, Sie sollen lila pissen, dann werden Sie lila pissen. Wie schnell können Sie in einer Transplan-Rakete sein? Haben Sie Bekannte, von denen Sie sich verabschieden möchten? Ein Mädchen vielleicht? Ihre Mutter?«

»Komme ich denn überhaupt zurück?« sagte Bibleman zornig. »Ich meine, gegen wen kämpfen wir denn in diesem College? Und da wir gerade dabei sind: Was für ein College ist das? Wer bildet den Lehrkörper? Ist es ein geisteswissenschaftliches College, oder spezialisiert es sich auf die exakten Wissenschaften? Wird es von der Regierung unterhalten? Bietet es –«

»Beruhigen Sie sich erst mal«, sagte Major Casals ruhig.

Bibleman setzte sich. Er stellte fest, daß seine Hände zitterten. Er dachte bei sich: Ich bin im falschen Jahrhundert geboren. Vor hundert Jahren wäre das nicht passiert, und in hundert Jahren wird es illegal sein. Ich brauche einen Anwalt.

Sein Leben war bisher ruhig verlaufen. Er hatte sich mit den Jahren zur bescheidenen Stellung eines Vertreters für Schwebeheime emporgearbeitet. Das war nicht schlecht für einen Mann von zweiundzwanzig Jahren. Fast gehörte ihm sein Ein-Zimmer-Apartment; das heißt: er wohnte zur Miete und hatte eine Option zum Kauf der Wohnung. Es war ein vergleichsweise kleines Leben; er verlangte nicht zuviel, und er beklagte sich – normalerweise – nicht über das, was er bekam. Obwohl er die Steuerstruktur nicht verstand, die sein Einkommen zerhackte, fand er sich damit ab; er fand sich ab mit dieser gehobenen Form der Armut, genau wie damit, daß ein Mädchen nicht mit ihm ins Bett ging. Irgendwie definierte ihn dies; dies war sein Maß. Er fügte sich dem, was er nicht mochte, und empfand diese Einstellung als Tugend. Die meisten, die ihm was zu sagen hatten, hielten ihn für anständig. Und was die betraf, denen er was zu sagen hatte, so war dies eine Gesellschaftsklasse, die aus null Mitgliedern bestand. Sein Boss bei Traumwolke-Eigenheime schrieb ihm vor, was er zu tun hatte, und seine Kundschaft eigentlich ebenfalls. Die Regierung schrieb jedem vor, was er zu tun hatte, oder er nahm es jedenfalls an. Er hatte sehr wenig mit der Regierung zu tun. Das war weder eine Tugend noch eine Untugend; es war einfach Glück.

Früher einmal hatte er vage Träume gehabt. In diesen Träumen beschenkte er die Armen. In der Oberschule hatte er Dickens gelesen, und in seinem Hirn hatte sich eine so lebhafte Vorstellung von den Unterdrückten festgesetzt, daß er sie förmlich sehen konnte: all jene, die weder ein Ein-Zimmer-Apartment noch einen Job noch einen Oberschul-Abschluß hatten. Bestimmte vage Ortsnamen waren in seinem Kopf vorübergezogen, Namen, die er im Fernsehen aufgeschnappt hatte, Orte wie Indien, wo Hochleistungsmaschinerie die Sterbenden zusammenfegte. Einmal hatte ihm eine Unterrichtsmaschine gesagt: *Sie haben ein Herz*. Das erstaunte ihn – nicht daß eine Maschine so etwas sagte, sondern daß sie es zu ihm sagte. Ein Mädchen hatte ihm das auch schon mal gesagt. Das wunderte und entzückte ihn. Welch geheimnisvolles Zusammenspiel unermeßlich großer Mächte, um ihm zu sagen, daß er kein schlechter Mensch war! Das war ein Rätsel und ein Genuß.

Doch diese Tage waren vorüber. Er las keine Romane mehr, und das Mädchen war nach Frankfurt versetzt worden. Jetzt hatte ihn ein Roboter, eine billige Maschine, reingelegt; er mußte Scheiße schaufeln am Arsch der Welt, dazu verdonnert dank einer mechanischen Maschine, mit der man die Bürger wahrscheinlich in Rekordzahlen von den Straßen pflückte. Das war kein College, auf das er jetzt ging; er hatte gar nichts gewonnen. Gewonnen hatte er höchstwahrscheinlich eine Betätigung in einer Art Zwangsarbeitslager. Der Ausgang führt hinein, dachte er. Und das bedeutet: wenn sie dich wollen, dann haben sie dich bereits; was fehlt, ist nur noch etwas Schreibarbeit. Und ein Computer kann die Formulare auf Tastendruck hin verarbeiten. Die H-Taste für Hölle und die S-Taste für Sklave, dachte er. Und die D-Taste für Du.

Vergiß deine Zahnbürste nicht, dachte er. Die brauchst du vielleicht.

Auf dem Fonschirm betrachtete ihn Major Casals, als erwäge er im stillen die Möglichkeit, daß Bob Bibleman plötzlich abhauen könnte. Die Chancen, daß ich es tue, stehen zwei Billionen zu eins, dachte Bibleman. Aber diese eine Möglichkeit trifft ein, wie beim Preisausschreiben; ich werde tun, was man mir sagt.

»Bitte«, sagte Bibleman, »gestatten Sie mir eine einzige Frage, und geben Sie mir eine ehrliche Antwort.«

»Natürlich«, sagte Major Casals.

»Wenn ich nicht zu diesem ›Earl's Senior‹-Roboter gegangen wäre und –«

»Wir hätten Sie trotzdem erwischt«, sagte Casals.

»Okay«, sagte Bibleman und nickte. »Danke. Da fühlt man sich gleich viel besser. Jetzt brauche ich mir kein dummes Zeug mehr einzureden wie: ›Ach, hätte ich doch keinen Appetit auf Hamburger mit Pommes gehabt. Ach, hätte ich doch . . .‹« Er verstummte. »Dann werde ich mal packen.«

Major Casals sagte: »Wir arbeiten seit Monaten an einer Auswertung Ihrer persönlichen Daten. Sie sind für Ihre Arbeit zu begabt. Und zu schlecht ausgebildet. Sie haben ein *Recht* auf mehr Ausbildung.«

Erstaunt sagte Bibleman: »Sie reden darüber, als wäre es ein echtes College!«

»Das ist es auch. Es ist das beste im ganzen System. Es wird keine Reklame dafür gemacht; für so was macht man keine Reklame. Niemand wählt das College aus; das College wählt Sie aus. Die Quoten, die Sie auf dem Bildschirm gesehen haben, waren kein Witz. Sie können sich nicht so richtig vorstellen, mit dieser Methode zum besten College des Systems zugelassen zu werden, stimmt's, Mr. Bibleman? Sie müssen noch viel lernen.«

»Wie lange werde ich auf dem College bleiben?« sagte Bibleman.

Major Casals sagte: »Bis Sie ausgelernt haben.«

Sie verpaßten ihm eine ärztliche Untersuchung, einen Haarschnitt, eine Uniform und einen Platz zum Pennen sowie viele psychologische Tests. Bibleman argwöhnte, der wahre Zweck dieser Tests sei es, herauszufinden, ob er latent homosexuell sei, und dann argwöhnte er, sein Argwohn beweise, daß er latent homosexuell *sei*, so daß er den

Argwohn bleiben ließ und statt dessen annahm, daß es sich um verkappte Intelligenz- und Begabungstests handele, und er bestätigte sich, daß er beides besaß: Intelligenz und Begabung. Außerdem bestätigte er sich, daß er mit seiner Uniform toll aussah, obwohl es die gleiche Uniform war, die jeder trug. Deshalb nennt man sie ja auch Uniform, rief er sich ins Gedächtnis, als er auf seiner Koje saß und seine Orientierungsbroschüren las.

Die erste Broschüre wies darauf hin, daß es eine große Ehre war, zum College zugelassen zu werden. Das College; so hieß es; nur dies eine Wort. Wie seltsam, dachte er verblüfft. Das ist, als nenne man seine Katze Katze und seinen Hund Hund. Darf ich vorstellen? Das ist meine Mutter, Frau Mutter und mein Vater, Herr Vater. Ticken diese Leute richtig? fragte er sich. Das war seit Jahren eine seiner Phobien gewesen: Irren in die Hände zu fallen, besonders Irren, die bis zum letzten Augenblick ganz normal wirkten. Für Bibleman war dies der Inbegriff des Entsetzlichen.

Während er die Broschüren genauer studierte, kam ein rothaariges Mädchen, das die College-Uniform trug, herüber und setzte sich neben ihn. Sie schien durcheinander zu sein.

»Vielleicht können Sie mir helfen«, sagte sie. »Was ist ein Syllabus? Hier steht, wir kriegen einen Syllabus. Dieses College macht mich noch völlig rammdösig.«

Bibleman sagte: »Wir sind direkt von der Straße weg dazu verdonnert worden, Scheiße zu schaufeln.«

»Meinen Sie?«

»Ich weiß es.«

»Können wir nicht einfach abhauen?«

»Hauen Sie zuerst ab«, sagte Bibleman. »Ich warte dann ab, was mit Ihnen passiert.«

Das Mädchen lachte. »Ich glaube, Sie wissen nicht, was ein Syllabus ist.«

»Klar weiß ich das. Eine Übersicht über Lehrgänge oder Themen.«

»Jaja, und mein Schwein pfeift.«

Er betrachtete sie. Das Mädchen betrachtete ihn.

»Wir werden für alle Zeiten hier bleiben«, sagte das Mädchen.

Sie hieß, wie sie ihm sagte, Mary Lorne. Sie war, wie er entschied, hübsch und voller Wehmut, und sie hatte Angst und ließ sich das nicht anmerken. Gemeinsam stießen sie zu den anderen Erstsemestern, um sich einen neuen Zeichentrickfilm mit Herbie, der Hyäne, anzusehen, den Bibleman schon kannte; es war die Episode, in der Herbie versucht, Rasputin, den russischen Mönch, zu ermorden. Wie es so ihre Art war, vergiftete Herbie-die-Hyäne ihr Opfer, erschoß es, sprengte es sechsmal in die Luft, erdolchte es, fesselte es mit Ketten und versenkte es in der Wolga, ließ es von wilden Pferden in Stücke reißen und schoß es schließlich, an eine Rakete geschnallt, auf den Mond. Der Zeichentrickfilm langweilte Bibleman. Herbie-die-Hyäne war ihm genauso piepegal wie russische Geschichte, und er fragte sich, ob dies wohl eine Kostprobe für das pädagogische Niveau des College war. Er konnte sich vorstellen, wie Herbie-die-Hyäne die Heisenbergsche Unschärferelation veranschaulichte. Herbie, wie er – vor Biblemans geistigem Auge – fruchtlos hinter einem subatomaren Partikel herhetzte, das willkürlich mal hier, mal dort auftauchte ... Herbie, wie er wild um sich schlug mit einem Hammer, und dann wie eine ganze Herde subatomarer Partikel Herbie eine Nase drehte, da er wie immer Scheiße baute.

»Woran denkst du gerade?« flüsterte Mary ihm zu.

Der Zeichentrickfilm war zu Ende; im Hörsaal gingen die Lichter an. Auf der Bühne stand Major Casals, größer als am Fon. Schluß mit lustig, sagte Bibleman vor sich hin. Er konnte sich nicht vorstellen, wie Major Casals fruchtlos hinter subatomaren Partikeln herhetzte und dabei wild mit einem Vorschlaghammer um sich drosch. Er spürte, wie er, Bibleman, kalt und starr und ein bißchen bänglich wurde.

Die Vorlesung beschäftigte sich mit Verschlußsachen.

Hinter Major Casals leuchtete ein riesiges Hologram mit der schematischen Darstellung eines homöostatischen Bohrturms auf. In dem Hologramm drehte sich der Bohrturm, so daß man ihn aus allen Winkeln sehen konnte. Verschiedene innere Schichten des Geräts glommen in verschiedenen Farben.

»Ich habe gefragt, woran du gerade denkst«, flüsterte Mary.

»Wir müssen zuhören«, sagte Bibleman leise.

Mary sagte genauso leise: »Das Ding kann selbsttätig Titan-Erz finden. Na bravo. Titan ist das neunthäufigste Element in der Erdkruste. Beeindruckt wäre ich, wenn es reinen Wurtzit aufstöbern und fördern könnte; den gibt es nämlich nur in Potosí/Bolivien, Butte/Montana und Goldfield/Nevada.«

»Warum denn das?« sagte Bibleman.

»Weil«, sagte Mary, »Wurtzit bei Temperaturen unter eintausend Grad Celsius instabil ist. Und außerdem –« Sie brach ab. Major Casals hatte nicht weitergesprochen und sah sie an.

»Würden Sie das für uns alle wiederholen, junge Frau?« sagte Major Casals.

Mary stand auf und sagte: »Wurtzit ist bei Temperaturen unterhalb eintausend Grad Celsius instabil.« Ihre Stimme war fest.

Sofort wechselte das Hologramm hinter Major Casals und zeigte eine Datentabelle über Zinksulfid-Mineralien.

»Ihr Wurtzit ist hier nicht aufgeführt«, sagte Casals.

»Auf der Tabelle ist er in seiner überkippten Form angegeben«, sagte Mary mit verschränkten Armen, »und das ist Zinkblende. Korrekt ausgedrückt, ist es ZnS, von der Sulfid-Gruppe des AX-Typus. Er ist mit Kadmiumsulfid oder Greenockit verwandt.«

»Setzen Sie sich«, sagte Major Casals. Die Tabelle innerhalb des Hologramms führte jetzt die Charakteristika von Greenockit auf.

Als sie sich setzte, sagte Mary: »Ich habe aber recht. Es gibt keinen homöostatischen Bohrturm für Wurtzit, weil es keinen –«

»Ihr Name?« sagte Major Casals und hielt Schreiber und Block gezückt.

»Mary Wurtz.« Ihre Stimme war ohne jede Emotion. »Mein Vater war Charles-Adolphe Wurtz.«

»Der Entdecker des Wurtzits?« sagte Major Casals unsicher; sein Schreiber zögerte.

»Genau«, sagte Mary. Sie wandte sich Bibleman zu und zwinkerte.

»Danke für die Auskunft«, sagte Major Casals.

Er machte eine Bewegung, und nun zeigte das Hologramm einen Strebebogen und, zum Vergleich, einen normalen Strebepfeiler.

»Ich will ganz einfach darauf hinaus«, sagte Major Casals, »daß gewisse Informationen, wie zum Beispiel seit langem bestehende architektonische Prinzipien –«

»Die meisten architektonischen Prinzipien stehen schon seit langem«, sagte Mary.

Major Casals hielt inne.

»Sonst würden sie nichts taugen«, sagte Mary.

»Warum nicht?« sagte Major Casals, und dann verfärbte er sich.

Mehrere uniformierte Studenten lachten.

»Information dieser Art«, fuhr Major Casals fort, »ist keine Verschlußsache. Aber vieles von dem, was Sie lernen werden, ist Verschlußsache. Deshalb hat das College eine militärische Satzung. Wenn Sie Verschlußsachen, die Ihnen hier im Rahmen Ihrer Schulung zur Kenntnis gelangen, verraten, weitergeben oder an die Öffentlichkeit bringen, so fällt dies unter militärische Gerichtsbarkeit. Für einen Bruch der Statuten kämen Sie vor ein Militärtribunal.«

Unter den Studenten erhob sich ein Gemurmel. Bibleman dachte sich: Reingelegt, flachgelegt und schließlich umgelegt. Keiner sagte was. Sogar das Mädchen neben ihm war still. Ein schwer deutbarer Ausdruck war jedoch über ihr Gesicht gehuscht; sie sah tief in sich selbst versunken aus, düster und – wie er fand – ungewöhnlich reif. Sie schien dadurch älter, kein Mädchen mehr, und er fragte sich, wie alt sie wirklich sein mochte. Es war, als seien in ihren Gesichtszügen eintausend Jahre an die Oberfläche gekommen, während er sie eingehend betrachtete und dabei über den Offizier auf der Bühne samt dem großen Informations-Hologramm hinter ihm nachgrübelte. Woran denkt sie? fragte er sich. Wird sie noch mehr sagen? Wie kommt sie dazu, so einfach ihre Meinung zu sagen? Schließlich wissen wir jetzt, daß wir dem Kriegsrecht unterstellt sind.

Major Casals sagte: »Ich werde Ihnen ein Beispiel für ein Bündel hochvertraulicher Verschlußsachen geben. Es geht dabei um den Panther-Motor.« Beim Hologramm hinter ihm war erstaunlicherweise plötzlich Mattscheibe.

»Sir«, sagte einer der Studenten, »das Hologramm zeigt gar nichts mehr.«

»Das ist auch kein Gebiet, mit dem wir uns im Rahmen Ihrer Studien hier beschäftigen werden«, sagte Major Casals. »Der Panther-Motor ist ein Zwei-Rotoren-System; einander gegengesetzte Rotoren, die eine gemeinsame Hauptwelle bedienen. Sein Hauptvorteil ist das absolute Fehlen zentrifugaler Drehmomente im Gehäuse. Eine Nockenkette wird zwischen die opponierenden Rotoren gespannt, so daß die Hauptwelle ohne Hysterese den Drehsinn ändern kann.«

Das große Hologramm hinter ihm blieb leer. Merkwürdig, dachte Bibleman. Ein unheimliches Gefühl: Information ohne Information, als wäre der Computer blind geworden.

Major Casals sagte: »Das College darf keinerlei Informationen über den Panther-Motor weitergeben. Es kann nicht darauf programmiert werden, sich anders zu verhalten. Darüber hinaus weiß es nichts über den Panther-Motor; es ist darauf programmiert, jede Information, die es auf diesem Sektor erhält, zu vernichten.«

Ein Student hob die Hand und sagte. »Also selbst wenn jemand Informationen über den Panther-Motor in das College einspeiste –«

»Würde es die Datenaufnahme verweigern«, sagte Major Casals.

»Ist das der einzige solche Fall?« fragte ein anderer Student.

»Nein«, sagte Major Casals.

»Demnach gibt es eine ganze Reihe von Gebieten, über die wir keine Aufstellungen bekommen können«, murmelte ein Student.

»Es betrifft nichts von Bedeutung«, sagte Major Casals. »Zumindest nicht für Ihre Studien.«

Die Studenten waren still.

»Die Fächer, die Sie studieren werden«, sagte Major Casals, »werden Ihnen nach Maßgabe Ihrer Begabungs- und Persönlichkeitsprofile zugewiesen. Ich werde Ihre Namen herunterlesen, und Sie werden nach vorne kommen, um Ihre Themenzuweisung entgegenzunehmen. Das College selbst hat die endgültige Entscheidung für jeden von Ihnen getroffen, Sie können also sicher sein, daß keinerlei Fehler gemacht wurde.«

Und wenn ich Proktologie kriege? fragte sich Bibleman. Er geriet in Panik und dachte: Oder Orthopädie des menschlichen Fußes. Oder Herpetologie. Oder, nur mal angenommen, das College beschließt in seiner unendlichen computeroiden Weisheit, das gesamte Wissen des Universums, soweit es sich auf Herpes labialis oder Leiden mit ähnlichem Krankheitsbild bezieht, in mich hineinzustopfen … Oder was Schlimmeres. Falls es irgendwas noch Schlimmeres gibt.

»Was du brauchst«, sagte Mary, als die Namen in alphabetischer Reihenfolge verlesen wurden, »ist ein Programm, mit dem du deinen Lebensunterhalt verdienen kannst. Du mußt praktisch denken. Ich weiß, was ich kriege; ich weiß, wo meine Stärke liegt. Ich kriege Chemie.«

Sein Name wurde aufgerufen; er erhob sich und ging durch den Mittelgang zu Major Casals. Sie sahen einander an, dann reichte Casals ihm einen unversiegelten Umschlag.

Steif ging Bibleman zu seinem Stuhl zurück.

»Soll ich ihn dir aufmachen?« sagte Mary.

Wortlos gab ihr Bibleman den Umschlag. Sie öffnete ihn und studierte den Ausdruck.

»Kann ich mir damit einen Lebensunterhalt verdienen?« sagte er.

Sie lächelte. »Ja, das ist ein sehr lukratives Gebiet. Fast so gut wie ... Na ja, sagen wir mal, auf den Kolonieplaneten wird so was wirklich gebraucht. Du kannst arbeiten, wo du willst.«

Er sah ihr über die Schulter und las die Worte auf dem Papier.

KOSMOLOGIE KOSMOGONIE VORSOKRATIKER

»Vorsokratische Philosophie«, sagte Mary. »Fast so gut wie Bautechnik.« Sie gab ihm das Stück Papier. »Quatsch, war nur Spaß. Aber im Ernst: Du kannst damit nicht deinen Lebensunterhalt verdienen, es sei denn, du gibst Unterricht ..., aber vielleicht interessiert es dich ja. Interessiert es dich?«

»Nein«, sagte er knapp.

»Dann frage ich mich, warum das College es ausgesucht hat«, sagte Mary.

»Was ist denn, verdammtnochmal«, sagte er, »Kosmogonie?«

»Da geht es darum, wie das Universum entstanden ist. Interessiert es dich nicht, wie das Universum –« Sie schwieg und musterte ihn eingehend. »Auf jeden Fall kommst du so nie in die Lage, den Ausdruck von einer Verschlußsache zu verlangen«, sagte sie nachdenklich. »Vielleicht ist es sogar das«, murmelte sie vor sich hin. »Die brauchen dann nicht auf dich aufzupassen.«

»Mir kann man Verschlußsachen getrost anvertrauen«, sagte er.

»Kann man das wirklich? Kennst du dich selbst denn so gut? Aber da kommst du noch drauf, wenn dich das College mit frühgriechischem Gedankengut bombardiert. ›Erkenne dich selbst.‹ Motto des Apollotempels in Delphi. Damit hast du schon die Hälfte der griechischen Philosophie beisammen.«

Bibleman sagte: »Ich habe nicht die Absicht, je vor einem Militärtribunal zu erscheinen, weil ich militärische Verschlußsachen ausgeplaudert habe.« Dann dachte er an den Panther-Motor, und ihm wurde klar, so richtig klar, daß die Aussage der kurzen Ansprache von Major Casals ziemlich übel gewesen war. »Ich wüßte gern, was Herbie-die-Hyäne für ein Motto hat«, sagte er.

»›Ich bin gewillt, ein Bösewicht zu werden‹«, sagte Mary. »›Und Feind den eitlen Freuden dieser Tage. Anschläge macht' ich ...‹« Sie streckte die Hand aus, um seinen Arm zu berühren. »Erinnerst du dich? Der Zeichentrickfilm mit Herbie-der-Hyäne als Richard III.«

»Mary Lorne«, las Major Casals von seiner Liste ab.

»Entschuldige.« Sie ging nach vorn und kam lächelnd mit ihrem Kuvert zurück. »Leprologie«, sagte sie zu Bibleman. »Studium und Behandlung von Aussatz. War nur Spaß; es ist Chemie.«

»Da wirst du Verschlußsachen studieren«, sagte Bibleman.

»Ja«, sagte sie. »Ich weiß.«

Am ersten Tag seines Studienprogramms stellte Bob Bibleman das Input-Output-Terminal des Computers, den er vom College bekommen hatte, auf AUDIO und drückte auf die Taste für seinen kodierten Lehrgang.

»Thales von Milet«, sagte das Terminal. »Begründer der ionischen Schule der Naturphilosophie.«

»Was hat er gelehrt?« sagte Bibleman.

»Daß die Welt auf Wasser treibt, von Wasser in Gang gehalten wird und aus dem Wasser hervorgegangen ist.«

»Ganz schön dumm«, sagte Bibleman.

Das College-Terminal sagte: »Thales gründete dies auf die Entdeckung fossiler Fische auf dem Festland, weit im Binnenland und sogar in großen Höhen. Es ist also nicht so dumm, wie es sich anhört.« Es zeigte auf seinem Holo-Schirm eine ziemliche Menge schriftlicher Informationen, aber Bibleman fand nichts davon übermäßig interessant. Außerdem hatte er sich ohnehin AUDIO gewünscht. »Man ist übereinstimmend der Meinung, daß Thales der erste Rationalist der Menschheitsgeschichte gewesen ist«, sagte das Terminal.

»Was ist mit Echnaton?« sagte Bibleman.

»Der war etwas sonderbar.«

»Moses?«

»Ebenfalls sonderbar.«

»Hammurabi?«

»Wie schreibt man das?«

»Weiß nicht genau. Hab nur den Namen schon gehört.«

»Dann werden wir jetzt Anaximander durchnehmen«, sagte das College-Terminal. »Und in einer einleitenden Übersicht Anaximenes, Xenophanes, Parmenides und Melissos streifen – Augenblick mal; ich habe Heraklit und Kratylos vergessen. Und mit Empedokles werden wir uns auch beschäftigen, mit Anaxagoras, Zeno ...«

»Jesus!« sagte Bibleman.

»Das ist ein anderes Programm«, sagte das College-Terminal.

»Nur weiter«, sagte Bibleman.

»Machen Sie sich Notizen?«

»Das ist meine Sache.«

»Sie scheinen sich in einer Konfliktsituation zu befinden.«

Bibleman sagte: »Was passiert, wenn ich durchrassele und vom College fliege?«

»Dann kommen Sie ins Gefängnis.«

»Ich werde mir Notizen machen.«

»Da Sie derart zerrissen –«

»Was?«

»Da Sie so voller Konflikte sind, werden Sie Empedokles bestimmt interessant finden. Er war der erste dialektische Philosoph. Empedokles glaubte, das Grundprinzip der Wirklichkeit sei antithetisch, der Konflikt zwischen den Mächten der Liebe und des Hasses. Herrscht die Liebe, so ist der gesamte Kosmos ein ausgewogenes Gemisch namens *krasis*. Diese *krasis* ist eine kugelförmige Gottheit, ein einzelner vollkommener Geist, der seine gesamte Zeit damit verbringt –«

»Gibt es dafür irgendeine praktische Nutzanwendung?« unterbrach Bibleman.

»Die antithetischen Kräfte von Liebe und Haß ähneln mit ihrer fortdauernden Interaktion, aus der heraus alle Veränderungen stattfinden, den taoistischen Elementen von Yin und Yang.«

»Praktische Nutzanwendung.«

»Zwei einander entgegenwirkende, gleichgeartete Bestandteile.« Auf dem Holo-Schirm bildete sich ein schematisches Schaubild, sehr komplex. »Der Zwei-Rotoren-Panther-Motor.«

»Was?« sagte Bibleman, der plötzlich kerzengerade auf seinem Stuhl saß. Er las in großen Buchstaben die Worte PANTHER-HYDRO-ANTRIEBSSYSTEM TOP SECRET über dem Schema und der dazugehörenden Aufstellung. Sofort drückte er auf die PRINT-Taste; die Maschinerie des Terminals surrte, und drei Papierbogen glitten aus dem Schlitz.

Sie haben sie übersehen, ging Bibleman auf, diese Zugriffsmöglichkeit auf die Datei des College mit dem Material über den Panther-Motor. Dieser Querverweis ist ihnen entgangen. An vorsokratische Philosophie hat keiner gedacht; wer erwartet denn schon einen Eintrag über einen Motor, einen hypermodernen, streng geheimen Motor, unter der Kategorie PHILOSOPHIE, VORSOKRATISCH, Stichwort EMPEDOKLES?

Ich hab's in der Hand, sagte er sich, als er die drei Seiten schnappte. Er faltete sie zusammen und steckte sie in das Heft, das ihm vom College zur Verfügung gestellt worden war.

Ich hab's geschafft, dachte er. Und zwar ganz schön prompt. Aber wo zum Teufel soll ich diese Schemata verstauen? In meinem Spind kann ich sie nicht verstecken. Und dann dachte er: Habe ich jetzt schon ein Verbrechen begangen, weil ich einen Ausdruck abgerufen habe?

»Empedokles«, sagte das Terminal, »glaubte an vier Elemente, die fortwährend neu angeordnet werden: Erde, Wasser, Luft und Feuer. Diese Elemente sind in ewiger –«

Klick. Bibleman hatte das Terminal abgeschaltet. Der Holo-Schirm verblaßte zu einem undurchsichtigen Grau.

Wer gar zu viel bedenkt, wird wenig leisten, dachte er, als er aufstand und seine Kabine verließ. Gedankenschnell, doch trägen Fußes. Wo zum Teufel soll ich die Schemata verstecken? fragte er sich wieder, als er schnell durch den Korridor zur Aufwärtsröhre strebte. Immerhin, fiel ihm ein, wissen sie ja nicht, daß ich sie habe; ich kann mir Zeit lassen. Das Versteck muß ein ganz beliebiges sein, entschied er, als ihn die Röhre nach oben beförderte. Selbst wenn sie sie finden, können sie sie dann nicht zu mir zurückverfolgen, es sei denn, sie machen sich die Mühe und untersuchen sie auf Fingerabdrüacke.

Das könnte ja Milliarden Dollar wert sein, sagte er sich. Eine große Freude erfüllte ihn, und dann kam die Angst. Er merkte, daß er zitterte. Das wird die schön anscheißen, sagte er sich. Wenn sie es merken, werde nicht *ich* lila pissen; *sie* werden lila pissen. Das College selbst wird lila pissen, wenn es seinen Fehler entdeckt.

Und der Fehler, dachte er, ist dem College unterlaufen, nicht mir. Das College hat Scheiße gebaut, und das ist nun mal *ihr* Pech.

In dem Wohnheim, wo seine Koje stand, fand er einen Wäscheraum, in dem ein Stab von Stummrobotern arbeitete, und als ihn kein Roboter beobachtete, versteckte er die drei Seiten mit Schemata nahe dem Fußboden in einem hohen Stapel Bettlaken. Der Stapel ging bis zur Zimmerdecke. In diesem Jahr kommen die bestimmt nicht bis zu den Schemata runter. Ich habe jede Menge Zeit, um zu entscheiden, was ich tun soll.

Er sah auf die Uhr; der Nachmittag war fast vorbei. Um fünf würde er schon neben Mary in der Kantine beim Abendessen sitzen.

Kurz nach fünf war sie bei ihm; ihr Gesicht zeigte Spuren von Erschöpfung.

»Wie ist es gelaufen?« sagte sie zu ihm, als sie mit ihren Tabletts in der Schlange standen.

»Prima«, sagte Bibleman.

»Bist du bis zu Zeno vorgedrungen? Zeno habe ich immer gemocht; er hat bewiesen, daß Bewegung unmöglich ist. Demnach bin ich wohl immer noch im Bauch meiner Mutter. Du siehst seltsam aus.« Sie betrachtete ihn eingehend.

»Ich bin es nur leid, mir erzählen zu lassen, die Erde ruhe auf dem Rücken einer riesigen Schildkröte.«

»Oder sie hänge an einer langen Schnur«, sagte Mary. Zusammen bahnten sie sich einen Weg durch die anderen Studenten, bis sie einen leeren Tisch gefunden hatten. »Du ißt ja kaum etwas.«

»Weil mir mal nach Essen zumute war«, sagte Bibleman und nahm einen Schluck von seinem Kaffee, »hat's mich überhaupt hierhin verschlagen.«

»Du kannst auch wieder rausfliegen.«

»Und in den Knast.«

Mary sagte: »Das College ist drauf programmiert, so etwas zu sagen. Vieles davon sind wahrscheinlich nur Drohungen. Viel Gebell und wenig Beißen, sozusagen.«

»Ich hab ihn«, sagte Bibleman.

»Wen hast du?« Sie hörte auf zu essen und sah in an.

Er sagte: »Den Panther-Motor.«

Das Mädchen starrte ihn an und blieb still.

»Die Schemata«, sagte er.

»Leise, verdammt noch mal.«

»Die haben im Gedächtnisspeicher einen Verweis übersehen. Jetzt habe ich das Zeug und weiß nicht, was ich machen soll. Einfach abhauen, wahrscheinlich. Und hoffen, daß mich niemand aufhält.«

»Das wissen die nicht? Und die Selbstüberwachung des Colleges?«

»Ich habe keinerlei Grund zu der Annahme, daß es gewußt hat, was es tat.«

»Himmelherrgott«, sagte Mary sanft. »Und das an deinem ersten Tag. An deiner Stelle würde ich mir erst mal 'ne ganze Menge langsam und gründlich überlegen.«

»Ich kann das Zeug vernichten«, sagte er.

»Oder verkaufen.«

Er sagte: »Ich hab's mir angesehen. Auf der letzten Seite ist eine Analyse. Der Panther –«

»Sag einfach *er*«, sagte Mary.

»Er kann als hydroelektrische Turbine verwendet werden und die Kosten auf die Hälfte senken. Die technischen Ausdrücke habe ich nicht verstanden, aber soviel habe ich mitgekriegt. Billige Kraftquelle. Sehr billig.«

»Er würde also allen nützen.«

Er nickte.

»Da haben die wirklich Mist gebaut«, sagte Mary. »Was war es noch, was Major Casals uns erzählte? ›Selbst wenn jemand Informationen über den – über ihn einspeiste, würde das College die Datenaufnahme verweigern.‹« Sie begann, langsam, nachdenklich zu essen. »Und sie halten es vor der Öffentlichkeit geheim. Bestimmt auf Druck der Industrie. Wie nett.«

»Was soll ich tun?« sagte Bibleman.

»Das kann ich dir nicht sagen.«

»Ich dachte mir, vielleicht könnte ich die Schemata auf einen Kolonieplaneten mitnehmen, den die Behörden weniger unter Kontrolle haben. Ich könnte eine unabhängige Firma finden und mit ihr ein Geschäft abschließen. Die Regierung wüßte dann gar nicht, wie –«

»Die würden herauskriegen, woher die Schemata stammen«, sagte Mary. »Sie würden sie zu dir zurückverfolgen.«

»Dann verbrenn ich sie lieber.«

Mary sagte: »Du mußt da eine sehr schwierige Entscheidung treffen. Einerseits verfügst du über eine Verschlußsache, die du dir illegal angeeignet hast, ander –«

»Ich habe sie mir nicht illegal angeeignet. Das College hat Mist gebaut.«

Ruhig fuhr sie fort: »Du hast gegen geltendes Recht verstoßen, Militärrecht, genauer gesagt, als du einen Ausdruck verlangt hast. Du hättest das Sicherheitsleck sofort melden sollen, nachdem du es bemerkt hast. Die hätten dich dafür belohnt. Major Casals hätte dir allerhand nette Dinge gesagt.«

»Ich habe Angst«, sagte Bibleman, und er spürte, wie die Angst in ihm rumorte, sich verlagerte und wuchs; er nahm seine Plastik-Kaffeetasse in die Hand; sie bebte, und etwas Kaffee schwappte auf seine Uniform.

Mary betupfte den Kaffeefleck mit einer Papierserviette.

»Das geht nicht raus«, sagte sie.

»Symbol, Symbol«, sagte Bibleman. »Lady Macbeth. Ich hab mir immer einen Hund namens Fleck gewünscht, damit ich zu ihm sagen kann: ›Fort, verdammter Fleck! fort.‹«

»Ich sage dir nicht, was du tun sollst«, sagte Mary. »Dies ist eine Entscheidung, die du allein treffen mußt. Es ist nicht anständig von dir, mit mir auch nur darüber zu sprechen; das könnte als Mitwisserschaft eingestuft werden, und zum Schluß sind wir beide im Gefängnis.«

»Gefängnis«, echote er.

»Die menschliche Zivilisation könnte kraft deiner – Himmel, jetzt hätte ich fast gesagt: ›Die menschliche Zivilisation könnte kraft deiner Schemata zu einer billigen Kraftquelle komen.‹« Sie lachte und schüttelte den Kopf. »Ich glaube, ich habe auch Angst. Mach, was du für richtig hältst. Wenn du meinst, es ist richtig, die Schemata zu veröffentlichen –«

»Daran habe ich noch gar nicht gedacht. Einfach veröffentlichen. In irgendeiner Illustrierten oder Zeitung. Ein Sklavendruckkonstrukt könnte das drucken und in fünfzehn Minuten im ganzen Sonnensystem verteilen.« Ich brauche nur, wurde ihm plötzlich klar, die Gebühr zu zahlen und die drei Seiten mit den Schemata einzugeben. So einfach ist das. Und dann den Rest meines Lebens im Gefängnis oder jedenfalls vor Gericht verbringen. Vielleicht würde das Urteil aber auch zu meinen Gunsten ausfallen. Es hat in der Geschichte schon solche Fälle gegeben; wichtigste Verschlußsachen – militärische Verschlußsachen – wurden gestohlen und veröffentlicht, und der Betreffende wurde nicht nur freigesprochen, sondern inzwischen ist uns sogar klar geworden, daß er ein Held war; er tat es zum Wohle der Menschheit und setzte dafür sein Leben aufs Spiel.

Zwei bewaffnete militärische Sicherheitsbeamte kamen an ihren Tisch und stellten sich zu beiden Seiten von Bob Bibleman auf; er starrte sie an, ohne zu glauben, was er sah, doch dachte er: *Glaub's nur.*

»Student Bibleman?« sagte einer der beiden.

»Steht ja auf meiner Uniform«, sagte Bibleman.

»Halten Sie die Hände nach vorne, Student Bibleman.« Der größere der beiden Beamten legte ihm mit lautem Schnappen Handschellen an.

Mary sagte nichts; sie aß langsam weiter.

Bibleman wartete in Major Casals' Büro und begriff allmählich die Tatsache, daß er sich – wie der Fachausdruck hieß – in »Gewahrsam« befand. Er war bedrückt. Er fragte sich, was sie unternehmen würden. Er fragte sich, ob er in eine Falle getappt war. Er fragte sich, was er tun würde, falls man ihn anklagte. Er fragte sich, warum es so lange dauerte. Und dann fragte er sich, worum das alles eigentlich in Wirklichkeit ging, und er fragte sich, ob er die großen Zusammenhänge wohl besser verstünde, wenn er weiter Kosmologie Kosmogonie Vorsokratiker studierte.

Major Casals kam ins Büro und sagte munter: »Tut mir leid, daß ich Sie habe warten lassen.«

»Kann man diese Handschellen entfernen?« sagte Bibleman. Sie schnitten in die Handgelenke; sie waren ihm so stramm wie möglich angelegt worden.

»Wir haben die Schemata nicht finden können«, sagte Casals und setzte sich hinter seinen Schreibtisch.

»Welche Schemata?«

»Zum Panther-Motor.«

»Zum Panther-Motor soll es doch gar keine Schemata geben. Das haben Sie uns im Orientierungskurs gesagt.«

»Haben Sie Ihr Terminal mit Absicht so programmiert? Oder hat sich das ganz zufällig ergeben?«

»Mein Terminal programmierte sich selbst dazu, über Wasser zu reden«, sagte Bibleman. »Das Universum besteht aus Wasser.«

»Es hat automatisch die Sicherheit benachrichtigt, als Sie das Transkript ausdrucken ließen. Alle Ausdrucke werden überwacht.«

»Sie können mich mal«, sagte Bibleman.

Major Casals sagte: »Ich werde Ihnen mal was sagen. Wir sind lediglich daran interessiert, die Schemata zurückzukriegen; wir sind nicht daran interessiert, Sie in den Knast zu stecken. Geben Sie sie zurück, und Sie kriegen keinen Prozeß.«

»Was soll ich zurückgeben?« sagte Bibleman, aber er wußte, daß es Zeitverschwendung war. »Kann ich mir die Sache überlegen?«

»Ja.«

»Kann ich jetzt gehen? Ich würde gern schlafen gehen. Ich bin müde. Ich wäre gern diese Handschellen los.«

Major Casals entfernte die Handschellen und sagte: »Wir haben ein Abkommen, mit Ihnen allen, ein Abkommen zwischen dem College und den Studenten, was Verschlußsachen betrifft. Sie haben dem zugestimmt.«

»Freiwillig?« sagte Bibleman.

»Na ja, das nicht. Aber das Abkommen war Ihnen bekannt. Als Sie die Schemata zum Panther-Motor entdeckt haben, ins Gedächtnis des College einkodiert und für jeden zugänglich, der aus irgendeinem Grund, aus welchem Grund auch immer, zufällig nach einer praktischen Nutzanwendung vorsokratischer –«

»Ich war irre überrascht«, sagte Bibleman. »Ich bin's immer noch.«

»Loyalität ist ein ethisches Prinzip. Ich werde Ihnen was sagen: Ich lasse den Faktor Bestrafung jetzt mal außer acht und betrachte das Ganze als eine Frage der Loyalität gegenüber dem College. Ein verantwortungsbewußter Mensch hält sich an die Gesetze und Abkommen, denen er zugestimmt hat. Geben Sie die Schemata zurück, und Sie können mit Ihren Kursen hier im College fortfahren. Ja, wir werden Ihnen sogar gestatten, sich Ihre Themen selbst auszusuchen; sie werden Ihnen nicht mehr zugewiesen. Ich glaube, Sie sind gutes College-Material. Denken Sie darüber nach, und melden Sie sich morgen früh bei mir, zwischen acht und neun, hier in meinem Büro. Sprechen Sie mit niemandem; versuchen Sie nicht, darüber zu diskutieren. Sie werden unter Beobachtung stehen. Versuchen Sie nicht, das Gelände zu verlassen. Okay?«

»Okay«, sagte Bibleman steif.

In dieser Nacht träumte er, er sei gestorben. Im Traum erstreckten sich endlose Weiten, und sein Vater kam auf ihn zu, ganz langsam, aus einer dunklen Lichtung ins helle Sonnenlicht. Sein Vater schien froh zu sein, ihn zu sehen, und Bibleman spürte die Liebe seines Vaters.

Als er aufwachte, blieb das Gefühl, von seinem Vater geliebt zu werden. Er zog seine Uniform an und dachte über seinen Vater nach und darüber, wie selten er, im wirklichen Leben, dieser Liebe teilhaftig geworden war. Er fühlte sich einsam, jetzt, da sein Vater tot war und seine Mutter ebenfalls. Bei einem Kernkraft-Störfall umgekommen, zusammen mit vielen, vielen anderen Leuten.

Es heißt, jemand, der einem wichtig war, erwartet einen auf der anderen Seite, dachte er. Vielleicht ist Major Casals schon tot, wenn ich sterbe, und dann wartet er auf mich, um mich freudig zu begrüßen. Major Casals und mein Vater zu einer Person kombiniert.

Was soll ich tun? fragte er sich. Sie lassen den Faktor Bestrafung außer acht; die Sache wird auf das Wesentliche reduziert, auf eine Frage der Loyalität. Bin ich loyal? Gehöre ich zu dieser Gruppe Menschen?

Zum Teufel damit, sagte er sich. Er sah auf seine Uhr. Halb neun. Mein Vater wäre stolz auf mich, dachte er. Auf das, was ich jetzt tun werde.

Er ging in den Wäscheraum und peilte die Lage. Keine Roboter in Sicht. Er grub im Bettlakenstapel, fand die Blätter mit den Schemata, zog sie hervor, betrachtete sie noch einmal und begab sich zur Röhre, die ihn zu Major Casals' Büro bringen sollte.

»Sie haben sie mitgebracht«, sagte Casals, als Bibleman eintrat. Bibleman händigte ihm die drei Blätter aus.

»Und Sie haben keine weiteren Kopien gemacht?« fragte Casals.

»Nein.«

»Sie geben mir Ihr Ehrenwort?«

»Ja«, sagte Bibleman.

»Sie sind hiermit aus dem College ausgeschlossen«, sagte Major Casals.

»Was?« sagte Bibleman.

Casals drückte einen Knopf auf seinem Schreibtisch. »Kommen Sie rein.«

Die Tür ging auf, und da stand Mary Lorne.

»Ich repräsentiere das College gar nicht«, sagte Major Casals zu Bibleman. »Sie sind in eine Falle getappt.«

»Ich bin das College«, sagte Mary.

Major Casals sagte: »Setzen Sie sich, Bibleman. Sie wird Ihnen alles erklären, ehe Sie uns verlassen.«

»Ich bin durchgefallen?« sagte Bibleman.

»Bei mir«, sagte Mary. »Der Zweck der Prüfung war, dir beizubringen, wie man auf eigenen Füßen steht, sogar wenn das bedeutet, daß man sich mit der Obrigkeit anlegt. Die versteckte Botschaft von Institutionen lautet: ›Unterwirf dich dem, was du psychologisch als Autorität empfindest.‹ Eine gute Schule bildet den ganzen Menschen aus; das hat nichts mit Daten und Informationen zu tun; ich hatte versucht, dich moralisch und psychisch zu vervollkommnen. Aber Ungehorsam läßt sich nicht anordnen. Man kann niemandem befehlen zu rebellieren. Ich konnte nichts anderes tun, als dir ein Beispiel geben, dir was vormachen.«

Bibleman dachte: Damals, wie sie Casals in der ersten Orientierungsstunde eine freche Antwort gegeben hatte. Er war wie benommen.

»Der Panther-Motor«, sagte Mary, »ist als technische Schöpfung wertlos. Dies ist ein Standard-Test, den wir bei jedem Studenten durchführen, egal, welcher Lehrplan ihm zugewiesen wurde.«

»Die haben *alle* einen Ausdruck des Panther-Motors gekriegt?« sagte Bibleman ungläubig. Er starrte das Mädchen an.

»Das kommt noch; einer nach dem anderen. Deiner kam sehr früh. Zuerst wird einem gesagt, daß es sich um eine Verschlußsache handelt; es wird einem gesagt, welche Strafe auf das Weitergeben von Verschlußsachen steht; dann wird einem die Information zugespielt. Dies geschieht mit der Hoffnung, man werde sie veröffentlichen oder doch zumindest versuchen, sie zu veröffentlichen.«

Major Casals sagte: »Auf der dritten Seite des Ausdrucks

haben Sie gesehen, daß der Motor eine wirtschaftliche Quelle für hydroelektrische Kraft darstellt. Das war wichtig. Sie wußten, daß es im Interesse der Öffentlichkeit wäre, den Bauplan des Motors zu veröffentlichen.«

»Und es war dir Straffreiheit zugesichert worden«, sagte Mary. »Was du getan hast, geschah also nicht aus Angst.«

»Loyalität«, sagte Bibleman. »Ich tat es aus Loyalität.«

»Aus Loyalität wozu?« sagte Mary.

Er schwieg; er konnte nicht denken.

»Zu einem Holo-Schirm?« sagte Major Casals.

»Zu Ihnen«, sagte Bibleman.

Major Casals sagte: »Ich bin jemand, der Sie beleidigt und verspottet hat. Jemand, der Sie wie Dreck behandelt hat. Ich habe Ihnen gesagt, wenn ich Ihnen befehle, lila zu pissen –«

»Okay«, sagte Bibleman. »Genug.«

»Tschüs«, sagte Mary.

»Was?« sagte Bibleman aufgeschreckt.

»Du gehst jetzt. Du gehst zurück in dein Leben und zu deinem Job, zu dem, was du gehabt hast, bevor wir dich ausgesucht haben.«

Bibleman sagte: »Ich möchte eine zweite Chance.«

»Hör mal«, sagte Mary, »du weißt doch jetzt, wie der Test funktioniert. Den kann man mit dir kein zweites Mal durchführen. Schließlich weißt du jetzt, was das College wirklich von dir will. Tut mir leid.«

»Mir tut es auch leid«, sagte Major Casals.

Bibleman sagte nichts.

Mary streckte die Hand aus und sagte: »Alles klar?«

Blind gab ihr Bibleman die Hand. Major Casals stierte ihn nur ausdruckslos an; er machte keine Anstalten, ihm die Hand zu geben. Etwas anderes schien ihn in Beschlag zu nehmen, vielleicht ein anderer Mensch. Ein anderer Student vielleicht. Bibleman wußte es nicht.

Als Bob Bibleman drei Tage später ziellos durch das Gemisch aus Lichtern und Dunkelheit der Stadt bummelte, sah er vor sich einen Nahrungsroboter unverrückbar an seinem Platz stehen. Ein halbwüchsiger Junge war gerade dabei, einen Taco und einen Apfel im Schlafrock zu kaufen. Bob Bibleman stellte sich hinter dem Jungen an und wartete, die Hände in den Hosentaschen, ohne Gedanken im Kopf, nur mit einem dumpfen Gefühl, einer Ahnung von Leere. Als hätte die Geistesabwesenheit, die er auf Casals' Gesicht gesehen hatte, von ihm Besitz ergriffen, dachte er. Er kam sich vor wie ein Objekt, ein Objekt unter Objekten, wie der Verkaufsroboter. Etwas, das, wie er wohl wußte, einem nie direkt in die Augen sah.

»Was darf's denn sein, Sir?« fragte der Roboter.

Bibleman sagte: »Pommes, ein Cheeseburger und ein Erdbeer-Shake. Finden im Moment irgendwelche Preisausschreiben statt?«

Nach einer Pause sagte der Roboter: »Für Sie nicht, Mr. Bibleman.«

»Okay«, sagte er und wartete.

Das Essen kam, auf seinem kleinen Einweg-Tablett aus Plastik, in seinen kleinen Einweg-Schachteln.

»Ich zahle nicht«, sagte Bibleman und ging davon.

Der Roboter rief ihm nach: »Elfhundert Dollar, Mr. Bibleman. Sie brechen das Gesetz.«

Er drehte sich um, holte sein Portemonnaie hervor.

»Danke, Mr. Bibleman«, sagte der Roboter. »Ich bin sehr stolz auf Sie.«

Ätherfesseln, Luftgespinste

Der Planet, auf dem er lebte, erlebte jeden Tag zwei Morgen. Zuerst ging CY30 auf, und dann zeigte sich blaß sein kleinerer Zwilling, als habe sich Gott nicht entscheiden können, welcher Sonne er den Vorzug geben solle, und schließlich beide zugelassen. Die Kuppelbewohner verglichen das gerne mit den zwei Phasen des Aufleuchtens einer altmodischen Neonröhre. CY30 machte den Eindruck, als brächte er es auf etwa 150 Watt, und dann kam der kleine CY30B und steuerte noch zusätzliche 50 Watt Licht bei. Die Aggregatlumina ließen die Methankristalle auf der Planetenoberfläche freundlich funkeln, vorausgesetzt, man war nicht im Freien.

Leo McVane trank am Tisch seiner Kuppel Kunstkaffee und las die Zeitung. Er fühlte sich angstfrei, und er hatte es warm, weil er längst illegal den Thermostat seiner Kuppel umfunktioniert hatte. Er fühlte sich außerdem sicher, weil er eine zusätzliche Metallklammer an der Luke der Kuppel angebracht hatte. Und er war erwartungsvoll, weil heute der Essenmann vorbeikommen sollte, er würde also jemanden zum Reden haben. Es war ein guter Tag.

Sein gesamtes Kommunikationsequipment bosselte im Moment in Autostase vor sich hin und hörte ab, was immer zum Teufel es abzuhören gab. Ursprünglich hatte McVane anläßlich seiner Stationierung auf CY30II genauestens die Funktionsweise und den Zweck dieser Ansammlung elektronischer Wunder studiert, für die er den Hausmeister spielte – oder vielmehr die »homonoide Oberaufsicht«, wie es in seiner Jobkennung hieß. Mittlerweile hatte er es sich erlaubt, die meisten Transaktionen zu vergessen, mit denen seine Schützlinge sich befaßten. Kommunikationsequipment führte ein ereignisloses Leben, bis ein Notfall auftrat, ein Punkt, an dem er plötzlich aufhörte, die »homonoide Oberaufsicht« zu sein und sich in das lebende Gehirn seiner Station verwandelte.

Bisher hatte es keinen Notfall gegeben.

Die Zeitung enthielt ein witziges Fundstück aus dem Einkommensteuerhandbuch der Vereinigten Staaten für 1978, das Jahr, in dem McVane geboren war. Im Register fanden sich folgende Einträge in dieser Reihenfolge:

Weigerungen (s. Steuerzahlungsverweigerungen)
Wer ist steuerpflichtig?
Wertguthaben, gewonnenes (Preisausschreiben, Glücksspiel, Lotterien)
Witwen und Waisen (Einstufung)

Und dann der letzte Eintrag im Register, den McVane amüsant und als Kommentar zu einer archaischen Lebensweise sogar recht aufschlußreich fand:

Zahlungsunfähigkeit

McVane grinste in sich hinein. So hatte das Register zum Einkommensteuerhandbuch der Vereinigten Staaten für 1978 sehr passend geendet, und wenige Jahre später waren auch die Vereinigten Staaten genauso geendet. Sie hatten sich fiskalisch fies verrechnet und hatten dieses Trauma nicht überlebt.

»Lebensmittelzuteilungscomtrix«, kündigte der Audiowandler seines Radios an. »Entriegelungsvorgang einleiten.«

»Entriegelung eingeleitet«, sagte McVane und legte seine Zeitung weg.

Der Lautsprecher sagte: »Helm anlegen.«

»Helm angelegt.« McVane machte keine Anstalten, seinen Helm anzulegen; seine Atmosphärenausflußrate würde den Verlust ausgleichen; er hatte den Kompensator ebenfalls umfunktioniert.

Die Luke drehte sich auf, und da stand der Essenmann, mit Plexiglashelm und allem Drum und Dran. Die Alarmglocke in der Kuppeldecke schrillte los, weil der atmosphärische Druck in der Kuppel stark abgefallen war.

»Setzen Sie den Helm auf!« befahl der Essenmann ärgerlich.

Der laute Protest der Alarmglocke verstummte; der Druck hatte sich wieder stabilisiert. Der Essenmann schnitt eine Grimasse, setzte seinen Helm ab und begann dann, Kartons aus seinem Comtrix auszuladen.

»Wir sind eine zähe Rasse«, sagte McVane, der ihm zur Hand ging.

»Sie haben alles hochfrisiert«, stellte der Essenmann fest; wie alle fliegenden Händler, die Kuppeln belieferten, war er stämmig gebaut, aber flink. Es war kein ungefährlicher Job, ein Comtrix-Shuttle zwischen den Mutterschiffen und den Kuppeln von CY30II zu steuern. Er wußte es, und McVane wußte es. In einer Kuppel sitzen konnte jeder; außerhalb kamen nur wenige Menschen zurecht.

»Bleiben Sie eine Weile«, sagte McVane, als er und der Essenmann ausgeladen hatten und der Essenmann den Lieferschein ausfüllte.

»Wenn Sie Kaffee haben.«

Und so saßen sie einander am Tisch gegenüber und tranken Kaffee. Vom Treiben des Methans draußen vor der Kuppel merkte keiner der beiden Männer etwas. Der Essenmann schwitzte; er fand MacVanes Temperaturniveau offensichtlich zu hoch.

»Kennen Sie die Frau eine Kuppel weiter?« fragte der Essenmann.

»Flüchtig«, sagte McVane. »Meine Geräte übertragen alle drei, vier Wochen Daten an ihre Eingabe-Schaltkreise. Sie sammelt sie, verstärkt sie und sendet sie dann. Nehme ich an. Also soviel ich weiß –«

»Sie ist krank«, sagte der Essenmann.

McVane sagte: »Sie sah ganz gesund aus, als ich das letzte

Mal mit ihr gesprochen habe. Über Video. Sie sagte nur, daß sie Probleme hätte, die Displays an ihrem Terminal abzulesen.«

»Sie stirbt«, sagte der Essenmann und trank seinen Kaffee.

McVane versuchte, sich die Frau im Geiste vorzustellen. Klein und dunkel, und wie war noch ihr Name? Er tippte auf einige Tasten auf der Tafel neben sich, ihr Name erschien auf seinem Display, abgerufen durch den Code, den sie benutzten. Rybus Romney. »Was hat sie?« sagte er.

»Multiple Sklerose.«

»Weit fortgeschritten?«

»Gar nicht weit«, sagte der Essenmann. »Vor einigen Monaten sagte sie mir, kurz nach der Pubertät hätte sie an einem – wie heißt das noch? –, an einem Aneurysma gelitten. In ihrem linken Auge, dadurch ist ihr zentrales Sehfeld auf diesem Auge ausgefallen. Man hatte damals den Verdacht, es könne eine einsetzende Multiple Sklerose sein. Und als ich heute mit ihr sprach, sagte sie dann, sie habe eine Sehnerventzündung gehabt, die –«

Mc Vane sagte: »Und beide Symptome sind ins M. E. D. eingegeben worden?«

»Wenn ein Aneurysma mit einer Phase der Remission, außerdem mit Doppelsichtigkeit und verschwommenem Sehen, zusammenkommt ... Sie sollten sie anrufen und mit ihr reden. Als ich meine Lieferung bei ihr abgab, weinte sie.«

McVane ging an seine Tastatur, hackte darauf ein und las dann das Display ab. »Die Heilungsrate bei Multipler Sklerose liegt bei dreißig bis vierzig Prozent.«

»Nicht hier draußen. M. E. D. kann hier draußen nichts für sie tun.«

»Scheiße«, sagte McVane.

»Ich habe ihr gesagt, sie soll die Versetzung nach Haus beantragen. Das würde ich machen. Sie weigert sich.«

»Sie ist verrückt«, sagte McVane.

»Sie haben recht. Sie ist verrückt. Alle hier draußen sind verrückt. Wollen Sie einen Beweis? Sie ist der Beweis. Würden Sie nach Hause zurückfahren, wenn Sie wüßten, daß Sie schwer krank sind?«

»Man erwartet von uns, unsere Kuppeln niemals aufzugeben.«

»Was Sie hier abhören, ist ja so wichtig.« Der Essenmann stellte seine Tasse ab. »Ich muß los.« Als er aufstand, sagte er: »Rufen Sie sie an und reden Sie mit ihr. Sie braucht jemanden zum Reden, und Ihre Kuppel liegt am nächsten. Ich bin überrascht, daß sie es Ihnen nicht gesagt hat.«

McVane dachte: Ich habe nicht gefragt.

Nachdem der Essenmann gegangen war, besorgte sich McVane den Code für Rybus Romneys Kuppel und wollte sie in seinen Sender eingeben, dann zögerte er. Seine Wanduhr zeigte 1830 Uhr. Zu diesem Zeitpunkt seines Vierundzwanzig-Stunden-Zyklus sollte er eigentlich eine Serie Hochgeschwindigkeits-Signale von Unterhaltungs-Audio- und Videoaufzeichnungen mitschneiden, die von einem Sklavensatelliten auf CY30III ausgestrahlt wurden; nachdem er sie gespeichert hatte, sollte er sie in Normalgeschwindigkeit abspielen und in Frage kommendes Material für das gesamte Kuppelsystem auf seinem eigenen Planeten auswählen.

Er warf einen Blick in seine Sendeliste. Fox gab ein Konzert, das zwei Stunden dauerte. Linda Fox, dachte er. Du mit deiner Synthese von althergebrachtem Rock und progressivem Strong. Jesus, dachte er. Wenn ich die Übertragung deines Livekonzerts nicht aufnehme, werden sämtliche Kuppelbewohner des Planeten hier hereingestürmt kommen und mich umbringen. Von den Notfällen abgesehen – die nicht eintraten –, werde ich dafür bezahlt, genau das zu erledigen: den Nachrichtenverkehr zwischen Planeten aufrechtzuerhalten; von Nachrichten, die uns mit daheim verbinden und uns Mensch bleiben lassen. Die Bandspulen müssen sich drehen.

Er startete den Bandtransport im Schnelldurchlauf-Modus, schaltete die Kontrollen des Moduls auf Empfang, stellte sie auf die Sendefrequenz des Satelliten ein, kontrollierte die Form der Wellen auf der Bildschirmanzeige, um sich zu vergewissern, daß das Trägersignal unverzerrt hereinkam, und hörte dann in eine Audioumwandlung von dem herein, was er empfing.

Die Stimme von Linda Fox erklang aus der über ihm angebrachten Steuerkonsole. Wie der Bildschirm zeigte, gab es keine Verzerrung. Kein Störgeräusch. Kein Knacken. Alle Kanäle waren ausbalanciert; das zeigten seine Meßgeräte an.

Manchmal könnte ich selbst weinen, wenn ich sie höre, dachte er. Wo wir schon beim Weinen waren.

Wandering all across this land,
My band.
In the worlds that pass above,
I love.
Play for me, you spirits who are weightless.
I believe in drinking to your greatness.
My band.

Und als Untermalung von Linda Fox' Stimme die Syntho-Lauten, die ihr Markenzeichen waren. Vor Fox war nie jemand auf die Idee gekommen, dieses Instrument aus dem sechzehnten Jahrhundert wieder einzuführen, für das Dowland so wunderschön und eindrucksvoll geschrieben hatte.

Shall I sue? shall I seek for grace?
Shall I pray? shall I prove?
Shall I strive to a heavenly joy
With an earthly love?
Are there worlds? are there moons
Where the lost shall endure?
Shall I find for a heart that is pure?

Linda Fox hatte die Ende des sechzehnten Jahrhunderts geschriebenen Lautenbücher von John Dowland genommen und die Melodien und Texte so überarbeitet, daß etwas von heute daraus entstanden war. Ein neues Ding, dachte er, für versprengte Menschen, so verstreut, als seien sie in der Hast fallen gelassen worden: ein paar hier, ein paar dort, wie zufällig, in Kuppeln, auf den dunklen Seiten elender Welten und in Satelliten – Opfer ihres unstillbaren Wandertriebs, und es war kein Ende abzusehen.

Silly wretch, let me rail.
At a trip that is blind.
Holy hopes do require

Der Rest fiel ihm nicht mehr ein. Tja, er hatte es natürlich auf Band.

... no human may find.

Oder so ähnlich. Die Schönheit des Universums lag nicht in den Sternen, die in ihm zu finden waren, sondern in der von menschlichen Gehirnen, menschlichen Stimmen, menschlichen Händen erzeugten Musik. An komplizierten Mischpulten von Experten abgemischte Syntho-Lauten, und die Stimme der Füchsin. Er dachte: Ich weiß, was ich hier aufrechterhalten muß. Mein Job ist die reine Freude: Ich zeichne das hier auf, und ich sende es, und sie bezahlen mich dafür.

»Hier ist die Füchsin«, sagte Linda Fox.

McVane schaltete das Video auf Holo, und es bildete sich ein Kubus, aus dem ihn Linda Fox anlächelte. Währenddessen kreisten die Spulen im Blitztempo und brachten Stunde um Stunde für immer in seinen Besitz.

»Ihr seht die Füchsin«, sagte sie, »und die Füchsin sieht *euch.*« Sie nagelte ihn fest mit ihrem Blick, mit den harten, hellen Augen. Das rautenförmige Gesicht, barbarisch und weise, barbarisch und ehrlich, hier ist die Füchsin, ich rufe dich. Er lächelte zurück.

»Hi, Füchsin«, sagte er.

Irgendwann später rief er die kranke junge Frau eine Kuppel weiter an. Sie brauchte erstaunlich lange, um auf sein Signal zu antworten, und während er dasaß und registrierte, sein eigenes Pult das Signal verzeichnete, dachte er: Ist sie schon hinüber? Oder sind sie gekommen und haben sie mit Gewalt evakuiert?

Auf seinem Mikroschirm waren verschwommene Farben zu sehen. Bildflimmern, sonst nichts. Und dann war sie da.

»Habe ich Sie geweckt?« fragte er. Sie wirkte so verlangsamt, so träge. Vielleicht ist sie ruhiggestellt, dachte er.

»Nein. Ich hab mir gerade eine in den Arsch verpaßt.«

»Was?« sagte er verdattert.

»Chemotherapie«, sagte Rybus. »Mir geht's nicht allzu gut.«

»Ich habe gerade eben ein sagenhaft gutes Konzert von Linda Fox aufgezeichnet; ich strahle es in den nächsten paar Tagen aus. Das wird Sie aufmuntern.«

»Ein Pech, daß wir in diesen Kuppeln festsitzen. Ich wünschte, wir könnten uns gegenseitig besuchen. Der Essenmann war gerade da. Er hat übrigens meine Medikamente gebracht. Sie helfen, aber ich muß mich davon übergeben.«

McVane dachte: Hätte ich bloß nicht angerufen.

»Besteht irgendeine Möglichkeit, daß Sie mich besuchen kommen können?« fragte Rybus.

»Ich habe keine Sauerstoffflaschen, keine einzige mehr.«

»Ich aber«, sagte Rybus.

Verschreckt sagte er: »Aber wenn Sie krank sind –«

»Bis rüber in Ihre Kuppel schaffe ich es schon.«

»Was ist mit Ihrer Station? Was ist, wenn Daten eingehen, die –«

»Ich habe einen Bieper, den ich mitnehmen kann.«

Nach kurzem Überlegen sagte er: »Okay.«

»Es würde mir viel bedeuten, wenn ich eine Weile mit jemandem zusammensitzen könnte. Der Essenmann bleibt immer so eine halbe Stunde, aber länger kann er nicht. Wissen Sie, was er mir gesagt hat? Auf CY30VI ist eine Form von amyotrophischer Lateralsklerose ausgebrochen. Es muß ein Virus sein. Dieser ganze Zustand ist ein Virus. Mein Gott, ich fände es schrecklich, amyotrophische Lateralsklerose zu haben. Das ist wie die Marianaform.«

»Ist das ansteckend?«

Sie antwortete nicht sofort. Statt dessen sagte sie: »Was ich habe, ist heilbar.« Sie wollte ihn offensichtlich beruhigen. »Wenn der Virus grassiert ... ich komme nicht rüber; es ist schon gut.« Sie nickte und streckte die Hand aus, um ihren Sender abzustellen. »Ich lege mich hin«, sagte sie, »um noch ein bißchen Schlaf zu bekommen. Mit diesem Zeug soll man soviel schlafen wie möglich. Wir unterhalten uns morgen. Auf Wiedersehen.«

»Kommen Sie vorbei«, sagte er.

Schon etwas fröhlicher sagte sie: »Vielen Dank.«

»Aber denken Sie daran, Ihren Bieper mitzubringen. Ich hab so eine Ahnung, daß jede Menge telemetrische Übertragungen –«

»O Scheiß auf die telemetrischen Übertragungen!« sagte Rybus gehässig. »Ich habe es so satt, in dieser gottverdammten Kuppel festzusitzen! Werden Sie nicht auch langsam rammdösig davon, rumzusitzen und sich drehende Bandspulen und kleine Meßuhren und Anzeigen und solchen Mist zu beobachten?«

»Ich glaube, Sie sollten heimreisen«, sagte er.

»Nein«, sagte sie etwas ruhiger. »Ich werde die M. E. D.-Anweisungen für meine Chemotherapie genau befolgen und diese verdammte M. S. besiegen. Ich fahre nicht nach Hause. Ich komme rüber und mache Ihnen ein Abendessen. Ich bin eine gute Köchin. Meine Mutter war Italienerin und mein Vater ist Chicano, darum würze ich alles scharf, was ich koche, nur bekommt man hier keine Gewürze. Aber ich weiß mittlerweile, wie ich das mit verschiedenen Synthetika wettmachen kann. Ich habe experimentiert.«

»In dem Konzert, das ich ausstrahlen werde«, sagte McVane, »singt die Füchsin eine Version von Dowlands ›Shall I Sue‹.«

»Einen Song über einen Prozeßhansel?«

»Nein, ›sue‹ im Sinne von ›umwerben‹ oder ›den Hof machen‹, nicht im Sinne von ›verklagen‹. Liebesmäßig.« Und dann wurde ihm klar, daß sie ihn aufzog.

»Wissen Sie, was ich von der Füchsin halte?« fragte Rybus. »Second-Hand-Sentimentalität, und das ist die schlimmste Form der Sentimentalität; sie ist nicht einmal echt. Und ihr Gesicht sieht aus, als stünde es auf dem Kopf. Sie hat einen bösartigen Mund.«

»Ich mag sie«, sagte er steif; er spürte, wie er sauer wurde, wirklich sauer. Und dir soll ich helfen? fragte er sich. Ich soll riskieren, zu bekommen, was du hast, nur damit du die Füchsin beleidigen kannst?

»Ich mache Ihnen Stroganoff mit Petersiliennudeln«, sagte Rybus.

»Danke, nicht nötig«, sagte er.

Zögernd sagte sie mit leiser, ersterbender Stime: »Sie möchten also nicht, daß ich komme?«

»Ich –«, sagte er.

»Ich habe große Angst, Mr. McVane«, sagte Rybus. »In fünfzehn Minuten werde ich mich von dem IV Neurotoxit übergeben müssen. Aber ich will nicht allein sein. Ich möchte meine Kuppel nicht aufgeben, und ich will nicht alleine sein. Es tut mir leid, wenn ich Sie vor den Kopf gestoßen habe. Es ist nur so, daß die Füchsin für mich ein Witz ist. Ich werde nichts mehr sagen; ich verspreche es.«

»Haben Sie noch die –« Er berichtigte das, was er hatte sagen wollen. »Sind Sie sicher, daß es Ihnen nicht zuviel wird, das Abendessen zu kochen?«

»Ich bin jetzt kräftiger, als ich es demnächst sein werde«, sagte sie. »Ich werde noch eine ganze Zeitlang schwächer werden.«

»Für wie lange?«

»Das läßt sich unmöglich sagen.«

Er dachte: Du wirst sterben. Er wußte es, und sie wußte es. Darüber mußten sie nicht sprechen. Es bestand eine Komplizenschaft des Schweigens, eine Übereinkunft. Ein sterbendes Mädchen will mir ein Abendessen kochen, dachte er. Ein Abendessen, auf das ich keinen Appetit habe. *Ich muß sie abweisen. Ich muß sie aus meiner Kuppel raushalten.* Das Sich-fest-Klammern der Schwachen, dachte er. Ihre schreckliche Macht. Es ist soviel einfacher, sich die Starken vom Hals zu halten!

»Vielen Dank«, sagte er. »Es würde mich sehr freuen, wenn wir zusammen zu Abend essen würden. Aber halten Sie auf dem Weg hierher auf jeden Fall Funkkontakt mit mir – damit ich weiß, daß mit Ihnen alles in Ordnung ist. Versprochen?«

»Ja, sicher«, sagte sie. »Anderenfalls« – sie lächelte – »würde man mich ein Jahrhundert später finden, mit Töpfen, Pfannen, Lebensmitteln und synthetischen Gewürzen zusammen steifgefroren. Sie haben keine Sauerstoffflaschen, oder?«

»Nein, ich habe wirklich keine.«

Und er wußte, daß diese Lüge offenkundig für sie war.

Das Fleisch roch gut und schmeckte gut, aber nach der Hälfte des Essens entschuldigte sich Rybus und ging mit unsicheren Schritten aus der Matrix der Kuppel – seiner Kuppel – ins Bad. Er versuchte, nicht hinzuhören; er einigte sich mit seinen Sinnen, nichts zu hören, und mit seinem Verstand, von nichts zu wissen. Aus dem Bad kam ein gequälter Aufschrei des Mädchens, das sich heftig übergab, und er biß die Zähne aufeinander und schob seinen Teller weg, dann stand er abrupt auf und stellte das Audiosystem in seiner Kuppel an; er spielte ein frühes Album der Füchsin.

Come again!
Sweet love doth now invite
Thy graces, that refrain
To do me due delight . . .

»Sie haben wohl nicht zufällig Milch im Haus?« fragte Rybus, die mit bleichem Gesicht in der Badezimmertür stand.

Schweigend holte er ihr ein Glas Milch, oder das, was auf ihrem Planeten als Milch durchging.

»Ich habe Antiemetika«, sagte Rybus mit ihrem Glas Milch in der Hand, »aber ich habe vergessen, sie mitzunehmen. Sie sind drüben in meiner Kuppel.«

»Ich könnte sie für Sie holen«, sagte er.

»Wissen Sie, was M. E. D. mir gesagt hat?« Ihre Stimme bebte vor Empörung. »Sie sagten, von dieser Chemotherapie würden mir die Haare nicht ausfallen, aber sie fallen jetzt schon in –«

»Schon gut«, unterbrach er.

»Schon gut?«

»Es tut mir leid«, sagte er.

»Das bringt Sie aus der Fassung«, sagte Rybus. »Das Essen ist verdorben und Sie sind – ich weiß nicht was. Wenn ich daran gedacht hätte, meine Antiemetika mitzubringen, hätte ich es vermeiden können, zu –« Sie wurde still. »Das nächste Mal bringe ich sie mit. Das verspreche ich. Das ist eine der wenigen Platten der Füchsin, die ich mag. Sie war damals richtig gut, finden Sie nicht?«

»Ja«, sagte er gepreßt.

»Linda Schmocks«, sagte Rybus.

»Was?« sagte er.

»Linda Schmocks. So haben meine Schwester und ich sie immer genannt.« Sie versuchte zu lächeln.

»Bitte gehen Sie in Ihre Kuppel zurück.«

»Oh«, sagte sie. »Nun –« Sie glättete mit zitternder Hand ihr Haar. »Werden Sie mich begleiten? Ich glaube, ich schaffe es im Moment nicht alleine. Ich bin wirklich schwach. Mir ist verdammt übel.«

Er dachte: Du nimmst mich mit. Das ist es. So läuft der Hase. Du gehst nicht allein; du nimmst meine Lebensgeister mit. Und du weißt das. Du weißt es so gut, wie du den Namen des Medikaments weißt, das du nimmst, und du haßt mich, wie du das Medikament haßt, wie du M. E. D. und deine Krankheit haßt; es ist reiner Haß, auf alles und jedes unter diesen beiden Sonnen. Ich kenne dich. Ich verstehe dich. Ich kann es kommen sehen. Es hat sogar schon angefangen.

Und, dachte er, ich mache dir keinen Vorwurf. Aber ich bleibe der Füchsin treu; die Füchsin wird dich überleben. Und ich auch. Du wirst nicht den luminophoren Äther vom Himmel holen, der unsere Seelen zum Leben erweckt.

Ich werde der Füchsin treu bleiben, und die Füchsin wird mich in ihren Armen wiegen und mir treu bleiben. Uns beide – uns kann nichts auseinanderbringen. Ich habe Dutzende von Stunden mit der Füchsin auf Audio- und Videoband, und diese Bänder sind nicht nur für mich, sondern für jedermann da. Du glaubst, du kannst das töten? sagte er zu sich. Das hat man früher schon versucht. Die Macht der Schwachen, dachte er, ist eine unvollkommene Macht; am Ende müssen sie verlieren. Daher der Name. Daß wir sie schwach nennen, hat seinen Grund.

»Sentimentalität«, sagte Rybus.

»Richtig«, sagte er sardonisch.

»Aus zweiter Hand in diesem Fall.«

»Und gemischte Metaphern.«

»Ihre Texte?«

»Was ich gerade denke. Wenn ich wütend werde, misch ich die –«

»Lassen Sie mich Ihnen etwas sagen. Nur eine Sache. Wenn ich überleben will, darf ich nicht sentimental sein.

Ich muß gefühllos sein. Wenn ich Sie wütend gemacht habe, tut es mir leid, aber so ist es eben. Es ist mein Leben. Eines Tages könnten Sie an meiner Stelle sein, dann werden Sie es verstehen. Warten Sie es ab und richten Sie dann über mich. Falls es je dazu kommt. Und bis dahin ist dieses Zeug, das sie auf ihrem Heimaudiosystem laufen lassen, Mist. Es muß Mist sein, für mich. Verstehen Sie? Sie können mich vergessen; sie können mich in meine Kuppel zurückschicken, in die ich vielleicht auch gehöre, aber wenn Ihnen irgend etwas an mir liegt –«

»Okay«, sagte er. »Ich verstehe.«

»Danke. Dürfte ich noch etwas Milch haben? Stellen Sie die Anlage ab, dann essen wir weiter. Okay?«

Erstaunt sagte er: »Wollen Sie immer noch versuchen, zu –«

»Mit Essensverweigerung hat noch kein Geschöpf – und keine Spezies – überlebt.« Sie setzte sich unsicher, hielt sich dabei am Tisch fest.

»Ich bewundere Sie.«

»Nein«, sagte sie, »ich bewundere *Sie.* Für Sie ist es schlimmer. Ich weiß es.«

»Der Tod –«, begann er.

»Dies ist nicht der Tod. Wissen Sie, was das ist? Im Gegensatz zu dem, was da aus Ihrem Audiosystem kommt? Das ist das Leben. Die Milch, bitte; ich brauche sie wirklich.«

Als er ihr neue Milch holte, sagte er: »Ich nehme an, Äther kann man nicht vom Himmel holen. Ob luminophor oder nicht.«

»Nein«, sagte sie. »Da er nicht existiert.«

Die Gebrauchsartikelzentrale bewilligte Rybus zwei Perücken, da als Folge der Chemotherapie ihr Haar systematisch abgetötet worden war. Ihm gefiel die hellhaarige besser.

Wenn sie ihre Perücke trug, sah sie ganz annehmbar aus,

aber sie war geschwächt, und in ihrer Konversation hatte sich ein zänkischer Unterton breitgemacht. Da sie körperlich so entkräftet war – was mehr an der Chemotherapie als an ihrer Krankheit lag, hatte er den Verdacht –, schaffte sie es nicht mehr, ihre Kuppel in Ordnung zu halten. Als er eines Tages zu ihr ging, war er entsetzt über das, was er vorfand. Geschirr, Töpfe, Pfannen und sogar Gläser mit verdorbenen Lebensmitteln, Kleider überall verstreut, Müll und Gerümpel ... Sehr beunruhigt räumte er für sie auf und bemerkte mit größter Bestürzung den Geruch, der sich in ihrer Kuppel festgesetzt hatte, eine süßliche Mischung aus Krankheit, zahllosen Medikamenten, getragener Kleidung und, am schlimmsten von allem, von verrotteten Lebensmitteln.

Bis er die erste Ecke aufgeräumt hatte, gab es für ihn nicht einmal einen Platz, um sich hinzusetzen. Rybus lag im Bett und trug einen hinten offenen Kunststoffkittel. Offensichtlich war sie jedoch noch in der Lage, ihre elektronischen Geräte zu bedienen; ihm fiel auf, daß die Kontrollinstrumente volle Aktivität anzeigten. Aber sie benutzte den Fernprogrammierer, der normalerweise für Notfallsituationen reserviert war; sie lehnte halb aufrecht im Bett und hatte den Programmierer neben sich liegen, zusammen mit einer Zeitschrift, einer Schale Cornflakes und mehreren Flaschen mit Medikamenten.

Wie schon früher sprach er die Möglichkeit an, sie verlegen zu lassen. Sie war nicht bereit, sich von ihrem Job abziehen zu lassen; sie gab nicht klein bei.

»Ich gehe nicht in ein Krankenhaus«, sagte sie zu ihm, und damit war das Gespräch für sie beendet.

Später, als er wieder in seiner eigenen Kuppel war – und heilfroh darüber –, setzte er einen Plan in Kraft. Das große KI-System – Plasma mit künstlicher Intelligenz –, das mit der Lösung schwerwiegender Probleme für Sternensysteme in ihrem Bereich der Galaxis betraut war, stellte Zeit zur Verfügung, die man für den Privatgebrauch kaufen konnte. Also hatte er einen Antrag eingetippt und die komplette Summe der Handels-Credits überwiesen, die er in den letzten paar Monaten gespart hatte.

Von Formalhaut, wo das Plasma trieb, bekam er eine positive Rückantwort. Das Team, das den Verkehr mit dem Plasma regelte, willigte ein, ihm fünfzehn Minuten der Plasmazeit zu verkaufen.

Bei dem Tarif, den man ihm berechnete, war er motiviert, dem Plasma seine Daten äußerst geschickt und rasch einzugeben. Er teilte dem Plasma mit, wer Rybus war – was dem KI-System Zugriff auf ihre kompletten Dateien erlaubte, einschließlich ihres psychologischen Profils –, und er informierte es, daß seine Kuppel ihrer Kuppel am nächsten lag, und er informierte es über ihren verbissenen Lebenswillen und ihre Weigerung, Krankenurlaub oder zumindest die Verlegung von ihrer Station zu akzeptieren. Er stülpte seinen Kopf in die Schale für psychotronischen Output, damit das Plasma auf Formalhaut direkt auf seine Gedanken zugreifen konnte, und machte ihm so all seine unbewußten, marginalen Eindrücke, Erkenntnisse, Zweifel, Ideen, Ängste, Bedürfnisse zugänglich.

»Bis zur Antwort wird es fünf Tage dauern«, signalisierte ihm das Team. »Wegen der großen Entfernung. Ihre Bezahlung ist eingegangen und verbucht worden. Over.«

»Over«, sagte er verdrießlich. Er hatte alles investiert, was er hatte. Ein Vakuum hatte seine Reserven aufgezehrt. Aber das Plasma war in Problemlösungsfragen die letzte Instanz. WAS SOLL ICH TUN? hatte er das Plasma gefragt. In fünf Tagen würde er die Antwort haben.

Während der nächsten fünf Tage wurde Rybus beträchtlich schwächer. Trotzdem bereitete sie sich immer noch selbst ihre Mahlzeiten, obwohl sie immer ein- und dasselbe zu essen schien: ein Gericht aus proteinangereicherten Makkaroni mit geriebenem Käse. Eines Tages traf er sie mit dunkler Sonnenbrille an. Sie wollte nicht, daß er ihre Augen sah.

»Mein schlimmes Auge hat verrückt gespielt«, sagte sie teilnahmslos. »Ist mir in den Kopf gerollt wie ein Schnapprollo.« Verstreute Kapseln und Tabletten lagen überall auf ihrem Bett herum. Er nahm eins der halbleeren Fläschchen in die Hand und sah, daß sie eins der stärksten Analgetika, das es auf dem Markt gab, einnahm.

»Verschreibt M. E. D. Ihnen das?« fragte er, und im stillen überlegte er: Hat sie so starke Schmerzen?

»Ich kenne da jemand«, sagte Rybus. »In einer Kuppel auf IV. Der Essenmann hat es mir rübergebracht.«

»Das Zeug macht abhängig.«

»Ich habe Glück, daß ich es bekommen konnte. Eigentlich dürfte ich es gar nicht haben.«

»Ich weiß, daß Sie das nicht dürften.«

»Der verdammte M. E. D.« Die Rachsucht in ihrer Stimme war überraschend. »Als hätte man es mit einer niederen Lebensform zu tun. Ehe die einem endlich was verschreiben und die Medikamente zustellen, ist man schon Asche in der Urne. Ich sehe nicht ein, warum sie einer Urne voll Asche noch Medikamente verschreiben sollen.« Sie faßte sich mit der Hand an den kahlen Schädel. »Es tut mir leid; ich sollte meine Perücke aufbehalten, wenn Sie hier sind.«

»Es macht mir nichts aus.«

»Könnten Sie mir eine Cola bringen? Cola beruhigt meinen Magen.«

Er nahm eine Literflasche Cola aus ihrem Kühlschrank und schenkte ihr ein Glas ein. Er mußte das Glas erst spülen; es gab kein einziges sauberes mehr in der Kuppel.

Ihr Fernseherstandardmodell war vor ihr am Fußende des Betts aufgebaut und lief. Es brabbelte monoton vor sich hin, ohne daß jemand hinsah oder -hörte. Ihm ging auf, daß sie es jedesmal laufen hatte, wenn er sie besuchte, selbst mitten in der Nacht.

Als er in seine eigene Kuppel zurückkehrte, fühlte er sich ungeheuer erleichtert, als sei eine schreckliche Last von ihm genommen worden. Schon allein räumliche Distanz zwischen sich und sie zu bringen – das war eine Freude, die seine Lebensgeister anregte. Es ist, als hätte *ich* das, was sie hat, wenn ich bei ihr bin. Wir haben die Krankheit beide.

Ihm war nicht danach, die Fox-Aufnahmen zu spielen, also legte er statt dessen Mahlers zweite Symphonie auf, *Die Auferstehung*. Die einzige Symphonie, die Rohrstöcke in der Partitur vorsah, sinnierte er. Eine Rute, die wie ein kleiner Besen aussah; damit spielten sie die große Trommel. Zu schade, daß Mahler nie ein Morley-Wah-Wah-Pedal zu Gesicht bekommen hatte, dachte er; er hätte es bestimmt in die Partitur einer seiner Symphonien eingebaut.

Gerade als der Chor einsetzte, verstummte das Audiosystem seiner Kuppel; ein externes Kontrollsystem hatte es zum Schweigen gebracht.

»Übertragung von Formalhaut.«

»Empfangsbereit.«

»Bitte auf Videoempfang gehen. Zehn Sekunden bis zum Start.«

»Vielen Dank«, sagte er.

Ein Textverarbeitungsdokument erschien auf seinem größeren Bildschirm. Es war das KI-System, das Plasma, das sich einen Tag früher meldete.

SUBJEKT: RYBUS ROMNEY
ANALYSE: THANATÖS
PROGRAMMVORSCHLAG: VÖLLIGE KONTAKTABSTINENZ IHRERSEITS
ETHIKFAKTOR: HAT SICH ERÜBRIGT

WIR DANKEN IHNEN

Blinzelnd sagte McVane automatisch: »Ich habe zu danken.« Er hatte bisher erst einmal mit dem Plasma zu tun gehabt, und er hatte vergessen, wie kurz und bündig dessen Antworten waren. Der Bildschirm war wieder leer; die Übertragung war beendet.

Er war nicht ganz sicher, was »thanatös« heißen sollte, aber er war beinahe sicher, daß es etwas mit Tod zu tun hatte. Es bedeutet, daß sie stirbt, überlegte er sich, während er sich in die Referenzbank des Planeten eintippte und um eine Definition bat. Es bedeutet, daß sie stirbt oder dem Tode nahe ist, soweit ich weiß.

Er hatte jedoch unrecht. Es bedeutete *todbringend.*

Tod *bringend,* dachte er. Zwischen *Tod* und *todbringend* besteht ein gewaltiger Unterschied. Kein Wunder, daß das KI-System ihn hatte wissen lassen, daß der Ethikfaktor sich für ihn erübrigt hatte.

Sie ist ein Killerwesen, wurde ihm klar. Tja, darum kostet es so viel, das Plasma zu konsultieren. Man bekommt – keine auf Spekulationen basierende Wischiwaschi-Antwort, sondern kategorischen Bescheid.

Während er noch darüber nachdachte und versuchte, wieder ruhiger zu werden, klingelte sein Telefon. Er wußte noch ehe er abnahm, wer es war.

»Hi«, sagte Rybus mit zitternder Stimme.

»Hi«, sagte er.

»Sie haben wohl nicht zufällig Himmlischer-Kräutergarten-Morgengewitter-Teebeutel?«

»Was?«

»Als ich damals, als ich das Stroganoff für uns gemacht habe, in Ihrer Kuppel war, dachte ich, ich hätte eine Großpackung Himmlischer Kräutergarten –«

»Nein«, sagte er, »habe ich nicht. Ich habe sie verbraucht.«

»Stimmt mit Ihnen alles?«

»Ich bin nur müde«, sagte er, und er dachte: Sie hat »uns« gesagt. Sie und ich sind »wir«. Wann ist das passiert? fragte er sich. Ich vermute, das hat das Plasma gemeint; es verstand.

»Haben Sie sonst irgendwelchen Tee?«

»Nein«, sagte er. Sein Kuppel-Audiosystem sprang plötzlich wieder an, da nun, nachdem die Übertragung von

Formalhaut beendet war, der Pausenmodus aufgehoben wurde. Der Chor sang.

Rybus kicherte am Telefon. »Fox ist ganz schön bombastisch, wie? Ein ganzer Chor von tausend –«

»Das ist Mahler«, sagte er grob.

»Was meinen Sie, könnten Sie herüberkommen und mir Gesellschaft leisten?« fragte Rybus. »Ich bin irgendwie ganz von der Rolle.«

Nach einem Moment sagte er: »Okay. Es gibt etwas, worüber ich mit Ihnen reden möchte.«

»Ich habe da einen Artikel gelesen, im –«

»Wenn ich bei Ihnen bin«, unterbrach er sie, »können wir reden. Ich bin in einer halben Stunde da.«

Er legte den Hörer auf.

Als er zu ihrer Kuppel kam, saß sie im Bett, hatte ihre dunkle Brille auf und sah sich in ihrem Fernseher eine Soap-Opera an. Nichts hatte sich geändert, seit er sie das letzte Mal besucht hatte, außer daß die verwesenden Lebensmittelreste auf dem Geschirr und die Flüssigkeiten in den Tassen und Gläsern noch abstoßender geworden waren.

»Das müssen Sie sehen«, sagte Rybus, ohne aufzuschauen. »Okay, das Wichtigste in Kürze. Becky ist schwanger, aber ihr Freund will nicht –«

»Ich habe Ihnen Tee mitgebracht.« Er legte vier Teebeutel hin.

»Könnten Sie mir ein paar Cracker geben? Auf dem Regal über dem Herd ist eine Packung. Ich muß eine Tablette nehmen. Es fällt mir leichter, Medikamente mit Essen als mit Wasser einzunehmen, weil ich, als ich etwa drei Jahre alt war ... Sie werden es nicht glauben. Mein Vater wollte mir das Schwimmen beibringen. Wir hatten damals viel Geld; mein Vater war ein – naja, er ist es immer noch, obwohl ich nicht oft von ihm höre. Er hat sich den Rücken verletzt, als er eins von diesen Sicherheits-Schiebetoren an einem Apartmentkomplex öffnete, wo ...« Ihre Stimme brach ab; sie war bereits wieder völlig von ihrem Fernseher in Anspruch genommen.

McVane räumte einen Stuhl frei und setzte sich.

»Ich war gestern nacht sehr deprimiert«, sagte Rybus. »Ich hätte Sie beinahe angerufen. Ich mußte an eine Freundin von mir denken, die jetzt – nun, sie ist in meinem Alter, aber sie hat für Arbeitszeitermittlungs-Studien unter Berücksichtigung der Prismenschwankungsrate eine Klasse-4-C-Einstufung bekommen. Ich hasse sie! In meinem Alter! Kann man sich sowas vorstellen?« Sie lachte.

»Haben Sie sich in letzter Zeit gewogen?« fragte er.

»Was? O nein. Aber mein Gewicht stimmt. Das kann ich feststellen. Man nimmt einfach ein Stück Haut zwischen zwei Finger, oben in Schulterhöhe, und das habe ich getan. Ich habe immer noch eine Fettschicht.«

»Sie sehen dünn aus«, sagte er. Er legte seine Hand auf ihre Stirn.

»Habe ich Fieber?«

»Nein«, sagte er. Er behielt seine Hand dort, an ihrer glatten, feuchten Haut, über ihrer dunklen Brille. Über den Myelinscheiden der Nervenfasern, dachte er, die die sklerotischen Herde gebildet hatten, die sie töteten.

Du kannst froh sein, wenn sie tot ist, dachte er.

Rybus sagte mitfühlend: »Machen Sie sich nichts draus. Mir geht es bald wieder besser. M. E. D. hat meine Vaskulindosis reduziert. Ich nehme sie jetzt nur noch *t. i. d.* – dreimal täglich anstatt viermal.«

»Sie kennen alle medizinischen Fachausdrücke«, sagte er.

»Das muß ich. Sie haben mir ein PDR ausgestellt. Wollen Sie mal sehen? Es muß hier irgendwo liegen. Sehen Sie mal unter den Papieren da drüben nach. Ich habe Briefe an ein paar alte Freunde geschrieben, weil ich bei der Suche nach etwas anderem zufällig auf ihre Adressen gestoßen bin. Ich habe ausgemistet. Sehen Sie?« Sie zeigte mit dem Finger, und er sah Säcke, Papiersäcke, voll mit zerknüllten Papieren. »Ich habe gestern vier Stunden lang geschrieben und mich heute gleich wieder drangemacht. Darum wollte ich den Tee; vielleicht könnten Sie mir eine Tasse Tee aufschütten. Tun Sie viel Zucker rein und nur ganz wenig Milch.«

Als er ihr den Tee aufschüttete, gingen ihm Fetzen der Linda-Fox-Adaption eines Lieds von Dowland durch den Kopf.

Thou mighty God
That rightest every wrong . . .
Listen to Patience
In a dying song.

»Diese Serie ist wirklich gut«, sagte Rybus, als ein Werbeblock ihre Soap-Opera im Fernsehen unterbrach. »Darf ich Ihnen davon erzählen?«

Um nicht antworten zu müssen, fragte er lieber: »Läßt die Reduzierung der Vaskulindosis darauf schließen, daß Sie auf dem Weg der Besserung sind?«

»Ich habe wahrscheinlich wieder eine Remissionsphase.«

»Wie lange wird sie voraussichtlich anhalten?«

»Wahrscheinlich eine ganze Weile.«

»Ich bewundere Ihren Mut«, sagte er. »Ich springe ab. Heute ist das letzte Mal, daß ich hierher komme.«

»Meinen Mut?« sagte sie. »Vielen Dank.«

»Ich komme nicht wieder.«

»Wann kommen Sie nicht wieder? Meinen Sie heute?«

»Sie sind ein todbringender Organismus«, sagte er. »Ein Pathogen.«

»Wenn wir über ernste Themen reden«, sagte sie, »will ich meine Perücke aufsetzen. Könnten Sie mir meine blonde Perücke bringen? Sie liegt da irgendwo, vielleicht unter den Kleidern in der Ecke da. Wo dieses rote Oberteil liegt, das mit den weißen Knöpfen. Ich muß einen Knopf wieder annähen – falls ich den Knopf irgendwo finde.«

Er fand ihre Perücke für sie.

»Halten Sie mir den Handspiegel«, sagte sie, als sie sich

die Perücke auf den kahlen Schädel setzte. »Halten Sie mich für ansteckend? M. E. D. sagt nämlich, daß der Virus in diesem Stadium inaktiv ist. Ich habe gestern über eine Stunde mit M. E. D. geredet; sie haben mir eine Sonderleitung eingerichtet.«

»Wer kümmert sich um Ihre Apparate?«

»*Apparate?*« Sie sah ihn durch dunkle Brillengläser an.

»Ihr Job. Den eingehenden Funkverkehr zu überwachen. Ihn abzuspeichern und dann weiterzuleiten. Der Grund, daß Sie hier sind.«

»Läuft automatisch.«

»Sie haben im Moment sechs Warnleuchten an, die alle rot blinken«, sagte er. »Sie sollten ein Audioanalog haben, damit Sie sie hören und nicht länger ignorieren können. Sie empfangen, nehmen aber nicht auf, und das versuchen die Ihnen mitzuteilen.«

»Tja, da haben die Pech gehabt«, gab sie mit schwacher Stimme zurück.

»Die müssen Ihnen zugute halten, daß Sie krank sind«, sagte er.

»Das tun sie auch. Natürlich tun sie es. Die können mich überspringen; empfangen Sie nicht so ziemlich dasselbe wie ich? Bin ich nicht hauptsächlich eine Backupstation für Ihre eigene?«

»Nein«, sagte er, »ich bin die Backupstation für Ihre.«

»Ist doch eins wie das andere.« Sie trank die Tasse Tee, die er ihr gemacht hatte. »Er ist zu heiß. Ich lasse ihn erst abkühlen.« Zitternd streckte sie den Arm aus, um die Tasse auf ein Tischchen neben ihrem Bett abzustellen; die Tasse kippte, und heißer Tee ergoß sich über den Kunststoffboden. »Himmel noch mal«, sagte sie fuchsteufelswild. »Na schön, jetzt reicht's; jetzt reicht's wirklich. Heute klappt aber auch gar nichts. Verdammtes Drecksding.«

McVane stellte die Reinigungsautomatik der Kuppel an, und sie saugte den verschütteten Tee auf. Er sagte nichts. Er fühlte einen amorphen Ärger, der ihn ganz erfüllte, auf nichts gerichtet, einen wilden Zorn ohne einen konkreten Gegenstand, und er ahnte, daß dies die Qualität ihres eigenen Hasses war: Es war eine Leidenschaft, die sich auf alles und nichts zugleich richtete. Haß, dachte er, wie ein Fliegenschwarm. Gott, dachte er, wie gerne wäre ich hier raus. Wie ich es hasse, so zu hassen, verschütteten Tee mit der gleichen Inbrunst zu hassen, wie ich eine tödliche Krankheit hasse. Ein eindimensionales Universum. Darauf ist es zusammengeschrumpft.

In den folgenden Wochen unternahm er immer seltener Abstecher von seiner Kuppel zu ihrer. Er hörte nicht zu, was sie sagte; er sah sich nicht an, was sie tat; er verschloß seinen Blick vor dem Chaos, das sie umgab, dem heruntergekommenen Zustand ihrer Kuppel. Ich sehe eine Projektion ihres Hirns, dachte er einmal, als er für einen kurzen Moment den Müll betrachtete, der sich überall türmte; sie stellte sogar Säcke draußen vor die Kuppel, damit sie dort für alle Ewigkeit einfroren. Sie ist senil.

Wieder in seiner eigenen Kuppel, versuchte er Linda Fox zu hören, aber die Magie war dahin. Er sah und hörte ein synthetisches Bild. Es war nicht real. Rybus Romney hatte der Füchsin das Leben ausgesaugt, wie die Reinigungsautomatik ihrer Kuppel den verschütteten Tee aufgesaugt hatte.

And when his sorrows came as fast as floods,
Hope kept his heart till comfort came again.

McVane hörte die Worte, aber sie bedeuteten ihm nichts. Wie hatte Rybus es genannt? Second-hand-Sentimentalität und Mist. Er legte ein Fagott-Konzert von Vivaldi auf. Ein Vivaldi-Konzert ist wie das andere, dachte er. Ein Computer könnte es besser machen. Und vielseitiger dabei sein.

»Du bist auf der Wellenlänge der Füchsin«, sagte Linda Fox, und auf seinem Videowandler erschien ihr Gesicht, sternhell und wild. »Und wenn die Foxwellen dich erwischen«, sagte sie, »dann hat es dich *wirklich* erwischt!«

In einer momentanen Aufwallung von Zorn löschte er in voller Absicht vier Stunden mit der Füchsin, Video und Audio. Und bereute es dann. Er setzte einen Funkspruch an einen der Relaissatelliten auf, in dem er um Ersatzbänder bat, und bekam gesagt, sie seien vergriffen.

Auch gut, sagte er sich. Wen zum Teufel schert es schon?

In dieser Nacht, während er fest schlief, klingelte das Telefon. Er ließ es klingeln; er ging nicht dran, und als es zehn Minuten später wieder klingelte, ignorierte er es wieder.

Als es zum drittenmal klingelte, hob er ab und meldete sich.

»Hi«, sagte Rybus.

»Was ist denn?« sagte er.

»Ich bin geheilt.«

»Sie befinden sich in einer Remissionsphase.«

»Nein, ich bin geheilt. M. E. D. hat sich gerade mit mir in Verbindung gesetzt; deren Computer hat alle meine Tabellen und Tests und so weiter ausgewertet, und es gibt keine Anzeichen für Verhärtungen. Außer natürlich, daß ich auf meinem schlimmen Auge nie das zentrale Sehvermögen wiedererlangen werde. Aber davon abgesehen geht es mir gut.« Sie zögerte. »Was haben Sie getrieben? Ich habe so lange nichts von Ihnen gehört – es kommt mir wie eine Ewigkeit vor. Ich habe mich schon gefragt, was aus Ihnen geworden ist.«

Er sagte: »Mit mir ist alles in Ordnung.«

»Wir sollten feiern.«

»Ja«, sagte er.

»Ich mache Abendessen für uns beide, wie früher. Was hätten Sie gerne? Mir ist nach mexikanischem Essen. Ich mache erstklassige Tacos; ich habe noch Hackfleisch im Kühlfach, falls es nicht schlecht geworden ist. Ich werde es auftauen, dann sehe ich es ja. Wollen Sie, daß ich rüberkomme, oder wollen Sie –«

»Unterhalten wir uns morgen weiter«, sagte er.

»Es tut mir leid, daß ich Sie geweckt habe, aber ich habe gerade erst von M. E. D. gehört.« Sie schwieg einen Moment. »Sie sind der einzige Freund, den ich habe«, sagte sie. Und dann, es war unglaublich, begann sie zu weinen.

»Es ist schon gut«, sagte er. »Sie sind gesund.«

»Ich war so fix und fertig«, sagte sie gebrochen. »Ich lege auf und rede morgen mit Ihnen. Aber Sie haben recht; ich kann es nicht glauben, aber ich habe es geschafft.«

»Das haben Sie Ihrem Mut zu verdanken«, sagte er.

»Das habe ich Ihnen zu verdanken«, sagte Rybus. »Ohne Sie hätte ich aufgegeben. Ich habe es Ihnen nie gesagt, aber ich – naja, ich hatte genug Schlaftabletten gehamstert, um mich umzubringen, und –«

»Ich rede morgen mit Ihnen«, sagte er, »wegen unseres Treffens.« Er hängte ein und legte sich wieder hin.

Er dachte: Als Hiob seine Kinder, sein Land und seine Habe verlor, linderte *Patience,* Geduld, das Übermaß seines Schmerzes. Und als seine Kümmernisse so schnell kamen wie die Flut, bewahrte er *Hope,* Hoffnung, im Herzen, bis wieder Tröstung kam. So würde es wenigstens die Füchsin ausdrücken.

Sentimentalität aus zweiter Hand, dachte er. Ich habe sie diese Tortur überstehen lassen, und sie hat es mir zurückgezahlt, indem sie das, was mir das Teuerste war, als Mist verlachte. Aber sie lebt, machte er sich klar, sie hat es geschafft. Es ist, wie wenn man versucht, eine Ratte zu töten. Man kann sie auf sechs Arten töten, und sie überlebt doch. Daran gibt es nichts zu deuteln.

Er dachte: Das ist der Name dessen, was wir hier in diesem Sternensystem, auf diesen gefrorenen Planeten, in diesen kleinen Kuppeln machen. Rybus Romney verstand das Spiel und spielte es richtig und gewann. Zur Hölle mit Linda Fox. Und dann dachte er: Aber auch zur Hölle mit dem, was ich liebe.

Ist doch kein schlechter Tausch, dachte er: ein Menschenleben gewonnen und ein synthetisches Medienidol im Eimer. Das Gesetz des Universums.

Zitternd zog er sich seine Decke über und versuchte wieder einzuschlafen.

Der Essenmann tauchte noch vor Rybus auf; er weckte McVane früh am Morgen mit einer Großlieferung.

»Immer noch Heizung und Sauerstoff illegal frisiert«, sagte der Essenmann, als er seinen Helm abschraubte.

»Ich benutze die Ausrüstung nur«, sagte McVane. »Ich baue sie nicht.«

»Na, ich melde Sie nicht. Kaffee im Haus?«

Sie saßen einander gegenüber am Tisch und tranken Kaffee-Ersatz.

»Ich komme gerade aus der Kuppel von dem Romney-Mädel«, sagte der Essenmann. »Sie sagt, sie ist geheilt.«

»Ja, sie hat mich gestern nacht angerufen«, sagte McVane.

»Sie sagt, das ist Ihr Verdienst.«

Dazu sagte McVane nichts.

»Sie haben ein Menschenleben gerettet.«

»Na schön«, sagte McVane.

»Was ist denn?«

»Ich bin nur müde.«

»Ich nehme an, das hat Ihnen einiges abverlangt. Lieber Himmel, da drüben sieht's vielleicht aus. Können Sie nicht für sie aufräumen? Wenigstens den Müll vernichten und den Laden sterilisieren; die ganze verdammte Kuppel ist septisch. Ihr Müllschlucker ist verstopft und hat nichtaufbereitete Abwässer hochgepumpt; das Wasser ist bis auf ihre Schränke und Regale gelaufen, wo sie ihre Lebensmittel aufbewahrt. Sowas habe ich noch nie gesehen. Natürlich, sie war schon sehr schwach –«

McVane unterbrach ihn: »Ich kümmere mich drum.«

Der Essenmann sagte verlegen: »Die Hauptsache ist doch, sie ist geheilt. Sie hat sich selbst Spritzen gesetzt, wissen Sie.«

»Ich weiß«, sagte McVane. »Ich habe sie dabei gesehen.« Viele Male, sagte er zu sich.

»Und ihr Haar wächst nach. Junge, sie sieht umwerfend aus ohne ihre Perücke. Finden Sie nicht auch?«

Im Aufstehen sagte McVane: »Ich muß einige Wetterberichte senden. Entschuldigen Sie, daß ich nicht weiter mit Ihnen plaudern kann.«

Am Abend erschien Rybus Romney an der Luke seiner Kuppel, schwerbeladen mit Töpfen und Geschirr und sorgfältig eingeschlagenen Päckchen. Er ließ sie ein, und sie begab sich stumm in die Küche, wo sie alles auf einmal fallen ließ; zwei Päckchen rutschten auf den Boden, und sie bückte sich, um sie aufzuheben.

Nachdem sie den Helm abgenommen hatte, sagte sie: »Es ist schön, Sie wiederzusehen.«

»Gleichfalls.«

»Die Tacos zu machen dauert etwa eine Stunde. Glauben Sie, Sie können so lange warten?«

»Klar«, sagte er.

»Ich habe nachgedacht«, sagte Rybus, als sie eine Pfanne mit Fett auf dem Herd zu erhitzen begann. »Wir sollten Ferien machen. Haben Sie noch Urlaub zu bekommen? Ich habe noch zwei Wochen gut, obwohl die Krankheit meine Situation kompliziert hat. Ich meine, ich habe viel von meinem Urlaub in Form von Krankenurlaub aufgebraucht. Lieber Himmel, sie haben mir einen halben Tag pro Monat gekürzt, bloß weil ich meinen Sender nicht bedienen konnte. Ist sowas zu glauben?«

Er sagte: »Es ist schön, Sie wieder bei Kräften zu sehen.«

»Mir geht es gut«, sagte sie. »Scheiße, ich habe den Hamburger vergessen. Gottverdammt!« Sie starrte ihn an.

»Ich gehe zu Ihrer Kuppel und hole ihn«, sagte er rasch.

Sie setzte sich. »Er ist nicht aufgetaut. Ich habe vergessen, ihn aufzutauen. Es ist mir eben erst eingefallen. Ich wollte ihn heute morgen aus dem Kühlfach nehmen, aber ich mußte noch ein paar Briefe schreiben ... vielleicht könnten wir etwas anderes essen und uns die Tacos für morgen abend aufheben.«

»Okay«, sagte er.

»Und ich wollte Ihnen den Tee zurückbringen.«

»Ich habe Ihnen nur vier Beutel gegeben«, sagte er.

Ihn unsicher betrachtend, sagte sie: »Ich dachte, Sie hätten mir diese ganze Packung Himmlischer-Kräutergarten-Morgengewitter-Tee gebracht. Wo habe ich sie dann her? Vielleicht hat der Essenmann sie gebracht. Ich werde einfach ein Weilchen hier sitzen. Könnten Sie den Fernseher anstellen?«

Er stellte den Fernseher an.

»Es gibt da eine Serie, die ich immer sehe«, sagte Rybus. »Ich verpasse sie nie. Ich mag Serien über – naja, ich werde Ihnen kurz zusammenfassen müssen, was bisher passiert ist, wenn wir sie sehen wollen.«

»Mir wäre es lieber, wenn wir sie nicht sehen.«

»Ihr Ehemann –«

Er dachte: Sie ist komplett verrückt. Sie ist tot. Ihr Körper ist geheilt, aber es hat ihren Geist zerstört.

»Ich muß Ihnen etwas sagen«, sagte er.

»Was denn?«

»Sie sind –« Er brach ab.

»Ich bin ein Glückspilz«, sagte sie. »Ich habe dem Schicksal ein Schnippchen geschlagen. Sie haben mich nicht gesehen, als ich ganz schlimm dran war. Ich wollte nicht, daß Sie mich sehen. Ich war blind und gelähmt und taub von der Chemo, und dann bekam ich auch noch Anfälle; ich werde noch jahrelang Medikamente zur Nachsorge nehmen müssen. Aber das ist doch was? Finden Sie nicht? Medikamente nur zur Nachsorge zu nehmen? Ich meine, es könnte soviel schlimmer sein. Na, jedenfalls, der Ehemann verlor seinen Job, weil er –«

»Wessen Ehemann?« sagte McVane.

»Im Fernsehen.« Sie hob den Arm und ergriff seine

Hand. »Wo würden Sie die Ferien gerne verbringen? Wir haben uns eine kleine Belohnung gottverdammt verdient. Wir beide.«

»Unsere Belohnung«, sagte er, »ist, daß Sie wieder gesund sind.«

Sie schien ihm nicht zuzuhören; ihr Blick war auf den Fernseher geheftet. Dann sah er, daß sie noch ihre dunkle Brille aufhatte. Darauf mußte er an den Song denken, den die Füchsin am Weihnachtstag gesungen hatte, für alle Planeten, den sanftesten, den sehnsuchtsvollsten Song, den sie nach John Dowlands Lautenbüchern bearbeitet hatte.

When the poor cripple by the pool did lie
Full many years in misery and pain,
No sooner he on Christ had set his eye,
But he was well, and comfort came again.

Rybus Romney sagte: » – es war ein gutbezahlter Job, aber alle intrigierten gegen ihn; Sie wissen ja, wie es in Büros zugeht. Ich habe mal in einem Büro gearbeitet, wo –« Sie unterbrach sich und sagte: »Könnten Sie Wasser aufsetzen? Ich würde gern einen kleinen Kaffee probieren.«

»Gern«, sagte er und stellte die Herdplatte an.

Merkwürdige Erinnerungen an den Tod

Ich wachte heute morgen auf und spürte die Oktoberkühle in der Wohnung, als würden sich die Jahreszeiten an den Kalender halten. Was hatte ich geträumt? Unnütze Gedanken an eine Frau, die ich mal geliebt hatte. Irgend etwas deprimierte mich. Ich unterzog mich einer mentalen Prüfung. Im Grunde war alles in Ordnung; das würde ein guter Monat werden. Aber ich spürte die Kühle.

Du lieber Himmel, dachte ich. Heute ist der Tag, an dem sie die Lysol-Lady vor die Tür setzen.

Niemand mag die Lysol-Lady. Sie ist verrückt. Niemand hat sie je ein Wort sprechen hören, und nie sieht sie einen an. Manchmal, wenn man die Treppe hinuntergeht, kommt sie die Treppe hoch, dann macht sie wortlos kehrt, räumt das Feld und nimmt statt dessen den Aufzug. Das Lysol, mit dem sie ihre Böden schrubbt, kann jeder riechen. Es müssen wunder was für Greuel sein, die ihre Wohnung kontaminiert haben, darum nimmt sie Lysol. Verdammt nochmal! Beim Kaffeemachen denke ich: Vielleicht haben die Eigentümer sie längst vor die Tür gesetzt, im Morgengrauen, während ich noch schlief. Während ich einer Frau nachträumte, die ich geliebt und die mich abserviert hatte. Natürlich. Ich hatte von der abscheulichen Lysol-Lady geträumt, und den Vollzugsbeamten, die um fünf Uhr früh an ihre Tür kamen. Der neue Eigentümer ist eine große Wohnungsbaugesellschaft. Die würden das im Morgengrauen machen.

Die Lysol-Lady hält sich in ihrer Wohnung versteckt und weiß, daß der Oktober, der erste Oktober, gekommen ist, und daß sie die Tür aufbrechen und sie und ihr Zeug auf die Straße werfen werden. Wird sie jetzt sprechen? Ich stelle sie mir vor, wie sie stumm mit dem Rücken zur Wand steht. Doch ganz so einfach ist es nicht. Al Newcum, der Kundenberater von South Orange Investments, sagte mir, die Lysol-Lady sei beim Rechtshilfebüro gewesen. Das sind schlechte Nachrichten, weil uns damit jede Möglichkeit verbaut ist, etwas für sie zu tun. Sie ist verrückt, aber nicht verrückt genug. Könnte man beweisen, daß sie die Sachlage nicht verstand, dann könnte ein Team der Psychiatrischen Vereinigung von Orange County Fürsprache für sie einlegen und South Orange Investments klarmachen, daß man einen nur vermindert zurechnungsfähigen Menschen legal nicht aus der Wohnung weisen darf. Wieso zum Teufel hat sie es auch geschafft, zum Rechtshilfebüro zu gehen?

Es ist neun Uhr morgens. Ich kann nach unten ins Verkaufsbüro gehen und Al Newcum fragen, ob sie die Lysol-Lady schon vor die Tür gesetzt haben oder ob sie in ihrer Wohnung ist, sich stumm versteckt hält und wartet. Sie setzen sie vor die Tür, weil das Gebäude, das aus sechsundfünfzig Einheiten besteht, in Eigentumswohnungen umgewandelt wurde. Praktisch jeder ist ausgezogen, seit wir alle vor vier Monaten rechtsgültig benachrichtigt wurden. Man hat hundertzwanzig Tage Zeit, auszuziehen oder die Wohnung zu kaufen, und Orange Investments beteiligt sich mit zweihundert Dollar an den Umzugskosten. Das ist gesetzlich vorgeschrieben. Außerdem hat man das Vorkaufsrecht auf sein Mietobjekt. Ich kaufe meins. Ich bleibe. Für zweiundfünfzigtausend Dollar darf ich dabeisein, wenn sie die Lysol-Lady vor die Tür setzen, die verrückt ist und keine zweiundfünfzigtausend Dollar hat. Jetzt wünsche ich mir, ich wäre ausgezogen.

Ich gehe nach unten zum Zeitungsautomaten und kaufe mir die *Los Angeles Times* von heute. Ein Mädchen, das auf einen Schulhof voller Kinder geballert hat, »weil sie Montage nicht mag«, bekennt sich schuldig. Sie wird bald auf Bewährung freikommen. Sie schnappte sich eine Waffe und schoß auf Schulkinder, weil sie, darauf läuft es hinaus, nichts Besseres zu tun hatte. Nun, heute ist Montag; sie steht an einem Montag vor Gericht, dem Tag, den sie haßt. Kennt der Wahnsinn keine Grenzen? Mir kommen Zweifel an mir selbst. Zuerst einmal zweifle ich daran, daß meine Wohnung zweiundfünfzigtausend Dollar wert ist. Ich bleibe, weil ich einerseits Angst vor dem Umziehen habe – Angst vor etwas Neuem, vor Veränderung –, und auch weil ich träge bin. Nein, das ist es nicht. Ich mag dieses Haus, und ich lebe in der Nähe von Freunden und Läden, an denen ich hänge. Ich war dreieinhalb Jahre hier. Es ist ein gutes, solides Haus, mit Absperrtoren und Sicherheitsschlössern. Ich habe zwei Katzen, denen der schöne Innenhof gefällt; sie können ins Freie und sind sicher vor Hunden. Wahrscheinlich bin ich für die anderen der »Katzenmann«. Alle sind also ausgezogen, nur die Lysol-Lady und der Katzenmann halten die Stellung.

Was mir zu schaffen macht, ist das Wissen, daß mich von der Lysol-Lady, die verrückt ist, nur das Geld auf meinem Sparkonto unterscheidet. Geld gibt einem den Anstrich von Zurechnungsfähigkeit. Die Lysol-Lady hat vielleicht Angst, umzuziehen. Sie ist wie ich. Sie will einfach nur da bleiben, wo sie die letzten paar Jahre gewesen ist, und tun, was sie immer getan hat. Sie benutzt oft die Waschmaschinen, wäscht und trocknet immer wieder ihre Kleidung. Dort treffe ich sie dann: Ich komme in die Waschküche, und da ist sie, bei den Maschinen, um darauf zu achten, daß niemand ihre Wäsche stiehlt. Warum sieht sie einen nie an? Hält ihr Gesicht abgewandt ... wozu soll das gut sein? Ich spüre Haß. Sie haßt jedes andere menschliche Wesen. Aber jetzt bedenkt ihre Lage: Diejenigen, die sie haßt, rücken ihr zu Leibe! Die Furcht, die sie empfinden muß! Ihre Blicke wandern durch ihre Wohnung, während sie auf das Klopfen an der Tür wartet; sie schaut auf die Uhr und weiß Bescheid!

Nördlich von uns, in Los Angeles, wurde die Umwandlung von Mietwohnungen in Eigentumswohnungen von der Stadtverwaltung erfolgreich unterbunden. Die Mieter waren die Gewinner. Das ist ein großer Sieg, aber der Lysol-Lady hilft es nicht. Hier sind wir in Orange County. Geld regiert. Die ganz Armen leben östlich von mir: die Mexikaner in ihrem Barrio. Manchmal laufen, wenn unsere Absperrtore sich öffnen, um Autos einzulassen, die Chicanofrauen mit ihren Körben voll schmutziger Wäsche hinein; sie wollen unsere Maschinen benutzen, weil sie selbst keine haben. Die Menschen, die hier im Haus gelebt haben, haben das übelgenommen. Wenn man nur ein klein wenig Geld hat – genug Geld, um in einem modernen, rundum bewachten, vollelektrischen Haus zu leben –, nimmt man allerlei übel.

Also, ich muß jetzt feststellen, ob die Lysol-Lady bereits vor die Tür gesetzt wurde. Der Blick auf ihr Fenster sagt nichts darüber aus: die Vorhänge sind wie immer zugezogen. Also gehe ich nach unten ins Verkaufsbüro, um Al zu besuchen. Al ist allerdings abwesend; das Büro ist verschlossen. Dann fällt mir ein, daß Al am Wochenende nach Sacramento geflogen ist, um einige äußerst wichtige Unterlagen zu besorgen, die bei den Behörden verlorengegangen waren. Er ist nicht zurückgekommen. Wäre die Lysol-Lady nicht verrückt, könnte ich an ihre Tür klopfen und mit ihr reden; so könnte ich es feststellen. Aber genau darin liegt ja die Tragödie; jedes Klopfen wird sie ängstigen. Das ist ihr Zustand. Das ist die Krankheit an sich. Also stehe ich am Springbrunnen, den die Wohnungsbaugesellschaft angelegt hat, und ich bewundere die Pflanzkübel voller Blumen, die sie hat anliefern lassen ... sie haben das Gebäude wirklich schön hergerichtet. Es sah vorher wie ein Gefängnis aus. Jetzt ist daraus ein Garten geworden. Die Wohnungsbaugesellschaft hatte viel Geld in den Anstrich, die Begrünung des Innenhofs und die praktisch komplette Neugestaltung des Eingangs gesteckt. Wasser und Blumen und Flügeltüren ... und die Lysol-Lady in ihrer Wohnung, die lautlos auf das Klopfen wartet.

Vielleicht könnte ich der Lysol-Lady eine Nachricht an die Tür kleben. Sie könnte lauten:

> Madam, ich sympathisiere mit Ihrer Haltung und würde Ihnen gerne beistehen. Falls Sie meinen Beistand wünschen, ich wohne oben in Wohnung C-1.

Wie würde ich unterzeichnen? Ein Mitspinner vielleicht. Mitspinner mit zweiundfünfzigtausend Dollar, der legal hier ist, während Sie vor dem Gesetz eine Hausbesetzerin sind. Mit Wirkung von null Uhr letzter Nacht. Obwohl es am Tag davor noch genauso Ihre Wohnung war, wie meine meine ist.

Ich gehe mit der Absicht zurück nach oben in meine Wohnung, einen Brief an die Frau zu schreiben, die ich einst liebte und von der ich letzte Nacht träumte. Alle möglichen Sätze gehen mir durch den Kopf. Ich werde die verflossene Beziehung mit einem einzigen Brief wiederauferstehen lassen. Solche Macht haben meine Worte.

Was für ein Blödsinn. Sie ist weg für immer. Ich habe nicht einmal ihre momentane Adresse. Ich könnte sie mühevoll über gemeinsame Freunde ausfindig machen, und um dann was zu sagen?

> Mein Liebling, ich bin endlich zur Besinnung gekommen. Mir ist bewußt, wie tief ich in deiner Schuld stehe. Wenn man die kurze Zeit bedenkt, die wir zusammen waren, hast du mir mehr gegeben als je ein anderer Mensch in meinem Leben. Es ist mir vollkommen klar, daß ich einen katastrophalen Fehler gemacht habe. Könnten wir zusammen zu Abend essen?

Als ich im Geiste diese schamlose Übertreibung lese, kommt mir der Gedanke, wie schrecklich und zugleich komisch es wäre, wenn ich diesen Brief schreiben und ihn dann versehentlich oder absichtlich an die Tür der Lysol-

Lady heften würde. Wie würde sie reagieren? Du lieber Himmel! Das würde sie umbringen. Oder kurieren! Währenddessen könnte ich meiner Verflossenen, der *»fernen Geliebten«*, wie folgt schreiben:

> Madam, Sie sind völlig übergeschnappt. Das ist jedem eine Meile im Umkreis klar. Ihr Problem haben Sie selbst geschaffen. Reißen Sie sich zusammen, kommen Sie zur Sache, machen Sie Nägel mit Köpfen, leihen Sie sich Geld, nehmen Sie sich einen besseren Anwalt, kaufen Sie sich eine Waffe, schießen Sie auf einem Schulhof um sich. Falls ich Ihnen behilflich sein kann, ich lebe in Wohnung C-1.

Vielleicht ist die Misere der Lysol-Lady komisch, und ich bin zu deprimiert über das Herannahen des Herbstes, um es zu bemerken. Vielleicht ist heute etwas Gutes in der Post; immerhin ist gestern keine Post ausgetragen worden. Heute bekomme ich die Post von zwei Tagen. Das wird meine Laune heben. Im Grunde ist es so, daß ich mich selbst bemitleide; heute ist Montag, und wie das Mädchen, das sich vor Gericht schuldig bekennt, hasse ich Montage.

Brenda Spenser hat sich schuldig bekannt, elf Menschen angeschossen zu haben, von denen zwei starben. Sie ist siebzehn Jahre alt, klein und sehr hübsch, mit rotem Haar; sie trägt eine Brille und sieht aus wie ein Kind, wie eins der Kinder, auf die sie geschossen hat. Mir geht der Gedanke durch den Kopf, daß die Lysol-Lady vielleicht eine Waffe in ihrer Wohnung hat, ein Gedanke, der mir schon längst hätte kommen sollen. Vielleicht haben South Orange Investments daran gedacht. Vielleicht ist das der Grund, warum Al Newcums Büro heute abgeschlossen ist; er ist nicht in Sacramento, sondern untergetaucht. Obwohl er natürlich in Sacramento untertauchen und so zwei Dinge miteinander verbinden könnte.

Ein früherer Bekannter, ein erstklassiger Therapeut, betonte einmal, es hätte in fast allen Fällen, in denen sich ein krimineller Psychopath abreagierte, eine einfachere Alternative gegeben, die der Verwirrte übersehen habe. Brenda Spenser, zum Beispiel, hätte in den nächsten Supermarkt gehen und sich eine Tüte Kakao kaufen können, anstatt elf Menschen, die meisten davon Kinder, anzuschießen. In Wirklichkeit wählt der Psychopath den schwierigeren Weg; er will mit dem Kopf durch die Wand. Es stimmt nicht, daß er den Weg des geringsten Widerstands geht, aber er *glaubt*, er täte es. Darin eben besteht ein Irrtum. Kurz: Die Grundlage der Psychose ist die chronische Unfähigkeit, den einfachsten Ausweg zu sehen. Das gesamte Verhalten, alles, was psychotisches Handeln und die psychotische Lebensweise ausmacht, beruht auf dieser entstellten Wahrnehmung.

In der Isolation und Lautlosigkeit ihrer aseptischen Wohnung sitzend, auf das unabwendbare Pochen an der Tür wartend, hat es die Lysol-Lady geschafft, sich in die schwierigst mögliche Lage zu bringen. Was unkompliziert war, wurde schwer. Was schwer war, wurde schließlich zur Unmöglichkeit umgewandelt, und dort endet der psychotische Lebensweg: wenn das Unmögliche bedrohlich näherrückt und keinerlei Möglichkeiten mehr offenstehen, noch nicht einmal eine komplizierte. Das fehlt noch zur Definition von Psychose: Am Ende ist die Sackgasse. Und an diesem Punkt erstarrt der Psychotiker. Wenn man es je mitangesehen hat –, nun, es ist ein erstaunlicher Anblick. Der Mensch hält mitten in der Bewegung inne wie ein Motor mit Kolbenfresser. Es tritt ganz plötzlich auf. Im einen Moment ist der Mensch in Bewegung – die Kolben schnellen auf und ab –, und dann ist er ein unbeweglicher Block. Das liegt daran, daß der Weg für diesen Menschen zu Ende ist, ein Weg, den er vielleicht vor Jahren eingeschlagen hat. Es ist der kinetische Tod. »Es gibt keinen Raum«, schrieb der heilige Augustinus. »Wir schreiten vor und zurück, und einen Raum gibt es doch nicht.« Und dann kommt der Stillstand, und dann ist alles nur noch Raum.

Der Raum, in dem die Lysol-Lady sich selbst gefangengesetzt hatte, war ihre eigene Wohnung, nur war das nicht länger ihre eigene Wohnung. Sie hatte einen Raum gefunden, an dem sie den psychischen Tod sterben konnte, und dann hatten South Orange Investments ihn ihr weggenommen. Sie hatten sie ihres eigenen Grabes beraubt.

Was mir nicht aus dem Kopf gehen will, ist die Vorstellung, mein Schicksal sei mit dem der Lysol-Lady verknüpft. Ein fiskalischer Eintrag im Computer der Sparkasse unterscheidet uns: eine bloß mythische Unterscheidung; sie ist nur so lange real, wie Menschen, wie die bei South Orange Investments – besonders die bei South Orange Investments – bereit sind, sie als real anzuerkennen. Mir scheint es nicht mehr als eine soziale Konvention zu sein, wie zueinander passende Socken zu tragen. Andererseits ist es wie beim Gold. Der Goldwert ist das, worauf die Leute sich einigen, was wiederum wie Kinder beim Baseballspielen ist: »Machen wir ab, daß der Baum da das dritte Mal ist.« Angenommen, mein Fernseher liefe, weil meine Freunde und ich uns darauf geeinigt hätten, er liefe. Auf die Art könnten wir für alle Zeiten vor dem leeren Bildschirm sitzen. In dem Fall könnte man sagen, das Versagen der Lysol-Lady bestünde darin, daß sie keinen Pakt, keine Vereinbarungen mit uns anderen eingegangen ist. Allem voran steht dieser ungeschriebene Vertrag, an den die Lysol-Lady sich nicht hält. Aber ich staune bei dem Gedanken, daß das Nichteinhalten einer offenkundig kindischen und irrationalen Vereinbarung unweigerlich zum kinetischen Tod, zum totalen Stillstand des Organismus führt.

So gesehen könnte man sagen, daß die Lysol-Lady es versäumt hatte, Kind zu sein. Sie war zu erwachsen. Sie konnte oder wollte kein Spiel mitspielen. Das Element, das ihr ganzes Leben bestimmte, war das Element der Verbissenheit. Sie lächelte nie. Man sah sie niemals etwas anderes tun, als auf vage, ungezielte Art finster dreinzublicken.

Dann spielte sie vielleicht gar nicht *kein* Spiel, sondern

nur ein verbisseneres Spiel; vielleicht war ihr Spiel ein Kampfspiel; in dem Fall hatte sie jetzt, was sie wollte, auch wenn sie verlor. Zumindest war es eine Situation, die sie verstand. South Orange Investments waren in die Welt der Lysol-Lady eingedrungen. Vielleicht war es befriedigend für sie, nun Hausbesetzerin statt Mieterin zu sein. Womöglich erzwingen wir alle insgeheim all das, was uns passiert. In diesem Fall – erzwingt der psychotische Mensch seinen eigenen, endgültigen kinetischen Tod, seine eigene Sackgasse. Spielt er, um zu verlieren?

Ich sah Al Newcum an diesem Tag nicht, aber ich sah ihn am nächsten Tag; er war aus Sacramento zurück und hatte sein Büro aufgemacht.

»Ist die Frau in B-15 noch da?« fragte ich ihn. »Oder haben Sie sie rausgesetzt?«

»Mrs. Archer?« sagte Newcum. »Oh, die ist gestern morgen ausgezogen; sie ist weg. Das Wohnungsamt in Santa Ana hat ihr eine Bude drüben auf der Bristol besorgt.« Er lehnte sich in seinem Bürostuhl zurück und schlug die Beine übereinander; seine Hose hatte wie immer scharfe Bügelfalten. »Sie ist vor einigen Wochen dort gewesen.«

»Eine Wohnung, die sie sich leisten kann?« sagte ich.

»Sie haben die Kosten übernommen. Sie zahlen die Miete; sie hat sie dazu überredet. Sie ist ein Härtefall.«

»Lieber Himmel«, sagte ich. »Ich wünschte, jemand würde meine Miete zahlen.«

»Sie zahlen keine Miete«, sagte Newcum. »Sie kaufen sich Ihre Wohnung.«

Ich hoffe, ich komme bald an

Nach dem Start überprüfte das Schiff routinemäßig den Zustand der sechzig Menschen, die in seinen Kryoniktanks schliefen. Es registrierte eine Funktionsstörung bei Person Neun. Das EEG verriet Hirntätigkeit.

Mist, sagte sich das Schiff.

Komplexe homöostatische Gerätschaften koppelten sich an die Stromversorgung an, und das Schiff setzte sich mit Person Neun in Verbindung.

»Sie sind halb wach«, sagte das Schiff, das den psychotronischen Weg benutzte; es hatte keinen Sinn, Person Neun zu vollem Bewußtsein aufzuwecken – immerhin würde der Flug ein Jahrzehnt dauern.

Praktisch bewußtlos, doch unglücklicherweise noch immer in der Lage zu denken, dachte Person Neun: Jemand spricht mit mir. Er sagte: »Wo befinde ich mich? Ich sehe nichts.«

»Sie befinden sich in defektem Kälteschlaf.«

Er sagte: »Dann sollte ich dich nicht hören können.«

»›Defekt‹, sagte ich. Das ist es ja; Sie können mich hören. Wissen Sie, wie Sie heißen?«

»Victor Kemmings. Bring mich hier raus.«

»Wir sind im Flug.«

»Dann laß mich schlafen.«

»Nur einen Moment.« Das Schiff überprüfte die kryonischen Anlagen; es inspizierte und untersuchte, und dann sagte es: »Ich werde es versuchen.«

Zeit verging. Victor Kemmings, unfähig, etwas zu sehen, ohne jedes Körpergefühl, fand sich noch immer bei Bewußtsein. »Senk meine Temperatur herab«, sagte er. Er konnte seine Stimme nicht hören; vielleicht bildete er sich nur ein, daß er sprach. Farben flossen auf ihn zu, dann überschwemmten sie ihn. Er mochte die Farben; sie erinnerten ihn an einen Kindermalkasten, einen von diesen semi-animierten, eine künstliche Lebensform. Solche hatte er in der Schule verwendet, vor zweihundert Jahren.

»Ich kann Sie nicht in Schlaf versetzen«, ertönte die Stimme des Schiffs in Kemmings Kopf. »Der Defekt ist weitreichend; ich kann ihn nicht korrigieren, und ich kann ihn nicht beheben. Sie werden zehn Jahre lang bei Bewußtsein sein.«

Die semi-animierten Farben umspülten ihn, aber jetzt hatten sie eine sinistre Beschaffenheit, die seine Angst ihnen verliehen hatte. »O mein Gott«, sagte er. Zehn Jahre! Die Farben verdunkelten sich.

Während Victor Kemmings paralysiert dalag, umgeben von tristem Flimmerlicht, erläuterte ihm das Schiff seine Strategie. Diese Strategie bedeutete keine Entscheidung seinerseits; das Schiff war darauf programmiert worden, im Falle eines derartigen Defekts zu dieser Lösung zu greifen.

»Was ich tun werde«, drang die Stimme des Schiffs zu ihm, »ist, Sie mit Sinnesreizen zu füttern. Die Gefahr für Sie ist sensorische Deprivation. Wenn Sie zehn Jahre lang ohne sensorische Daten bei Bewußtsein sind, wird Ihr Geist verkümmern. Wenn wir das LR4-System erreichen, werden Sie verblödet sein.«

»Na schön, womit hast du vor, mich zu füttern?« sagte Kemmings panisch. »Was hast du in deinen Datenspeichern? Die gesammelten Seifenopern des letzten Jahrhunderts? Weck mich auf, dann kann ich rumlaufen.«

»In mir ist keine Luft«, sagte das Schiff. »Ich habe nichts zu essen für Sie. Es gibt niemanden zum Reden, da alle anderen bewußtlos sind.«

Kemmings sagte: »Ich kann mit dir reden. Wir können Schach spielen.«

»Nicht zehn Jahre lang. Hören Sie auf mich; ich sagte, ich habe keine Nahrung und keine Luft. Sie müssen so bleiben, wie Sie sind ... ein schlechter Kompromiß, aber einer, zu dem wir gezwungen sind. Sie sprechen ja jetzt mit mir. Ich habe keine bestimmten Informationen gespeichert. Die Verfahrensweise in einem solchen Fall ist die folgende: Ich werde Sie mit Ihren eigenen verschütteten Erinnerungen füttern, mit Schwerpunkt auf den angenehmen. Sie besitzen zweihundertsechs Jahre Erinnerungen, von denen die meisten auf den Grund Ihres Unterbewußtseins gesunken sind. Eine ausgezeichnete Quelle, um daraus sensorische Daten für Sie zu beziehen. Seien Sie guten Muts. Die Lage, in der Sie sich befinden, ist nicht außergewöhnlich. Sie ist in meinem Zuständigkeitsbereich noch nie vorgekommen, aber ich bin darauf programmiert, damit fertigzuwerden. Entspannen Sie sich und verlassen Sie sich auf mich. Ich kümmere mich darum, daß eine Welt für Sie geschaffen wird.«

»Die hätten mich vorher warnen sollen«, sagte Kemmings, »*vor* meiner Zustimmung auszuwandern.«

»Entspannen Sie sich«, sagte das Schiff.

Er entspannte sich, aber er hatte entsetzliche Angst. Theoretisch hätte er betäubt werden, erfolgreich in Kälteschlaf fallen und dann, einen Moment später, auf seinem Zielstern aufwachen sollen; auf dem Planeten vielmehr, dem Kolonieplaneten jenes Sterns. Alle anderen an Bord des Schiffes lagen ahnungslos da – er war die Ausnahme, als hätte ihn aus irgendeinem Grund böses Karma befallen. Und das schlimmste daran war, er war vollständig auf den guten Willen des Schiffs angewiesen. Angenommen, es entschied sich, ihn mit Monstern zu füttern? Das Schiff konnte ihn zehn Jahre lang terrorisieren – zehn objektive Jahre lang, und von einem subjektiven Standpunkt aus zweifellos sehr viel länger. Er war praktisch völlig in der Gewalt des Schiffs. Genossen interstellare Schiffe eine solche Situation? Er wußte wenig über interstellare Schiffe; sein Gebiet war die Mikrobiologie. Laß mich nachdenken, sagte er zu sich selbst. Meine erste Frau, Martine; das hübsche französische Mädchen, das Jeans und dieses bauchfreie rote Hemd getragen hatte und köstliche Crêpes machen konnte.

»Ich höre«, sagte das Schiff. »So sei es.«

Die wirbelnden Farben wurden wieder zu geschlossenen, stabilen Formen. Ein Gebäude: ein kleines, altes, gelbes Haus, das ihm gehört hatte, als er neunzehn Jahre alt war, damals in Wyoming. »Warte«, sagte er panisch. »Das Fundament war schlecht; es stand auf morastigem Untergrund. Und das Dach war undicht.« Aber er sah die Küche, mit dem Tisch, den er selbst gebaut hatte. Und er freute sich.

»Nach einer Weile«, sagte das Schiff, »werden Sie nicht mehr merken, daß ich Sie mit Ihren eigenen verschütteten Erinnerungen füttere.«

»Ich habe seit einem Jahrhundert nicht mehr an dieses Haus gedacht«, sagte er verwundert; kaum war er eingetreten, fiel ihm seine alte, elektrische Filterkaffeemaschine mit der Packung Filterpapier daneben auf. Das ist das Haus, in dem Martine und ich lebten, wurde ihm klar. »Martine!« sagte er laut.

»Ich bin am Telefon«, sagte Martine aus dem Wohnzimmer.

Das Schiff sagte: »Ich werde mich nur im Notfall einschalten. Ich werde Sie allerdings überwachen, um sicherzugehen, daß Ihr Zustand zufriedenstellend ist. Haben Sie keine Angst.«

»Dreh die hintere Platte am Herd runter«, rief Martine. Er konnte sie hören und doch nicht sehen. Er ging aus der Küche durchs Eßzimmer ins Wohnzimmer. Am VF stand Martine ins Gespräch mit ihrem Bruder vertieft; sie trug Shorts, und sie war barfuß. Durch die Fenster des Wohnzimmers konnte er die Straße sehen; ein LKW versuchte erfolglos, einzuparken.

Es ist ein warmer Tag, dachte er. Ich sollte die Klimaanlage einschalten.

Er setzte sich auf das alte Sofa, während Martine ihre VF-Unterhaltung weiterführte, und bemerkte, daß er auf sein kostbarstes Besitztum starrte, ein gerahmtes Poster über Martine an der Wand: Gilbert Sheltons »Fat Freddy sagt«-Zeichnung, auf der Fat Freddy mit seiner Katze auf dem Schoß dasitzt und Fat Freddy gerade versucht, *»Speed kills«* zu sagen, aber er ist so völlig weg von Speed – in seiner Hand hält er alles, was an Amphetaminen in Tabletten-, Pillen-, Pülverchen- und Kapselform existiert –, daß er es nicht herausbringt, und der Kater knirscht mit den Zähnen und stellt mit einer Miene, in der sich Bestürzung und Abscheu mischen, die Nackenhaare auf. Das Poster trägt Gilbert Sheltons persönliche Unterschrift; Kemmings' bester Freund Ray Torrance hatte es ihm und Martine zur Hochzeit geschenkt. Es war Tausende wert. Es war damals in den Achtzigern vom Künstler signiert worden. Lange bevor Victor Kemmings oder Martine auf der Welt waren.

Wenn uns je das Geld ausgeht, dachte Kemmings bei sich, könnten wir das Poster verkaufen. Es war nicht irgend*ein* Poster; es war *das* Poster. Martine liebte es heiß und innig. Die *Fabulous Furry Freak Brothers* – aus dem Goldenen Zeitalter einer längst versunkenen Gesellschaft.

Kein Wunder, daß er Martine so liebte; sie selbst liebte wieder, liebte alles Schöne dieser Welt, und liebte und ehrte es, wie sie ihn liebte und ehrte; es war eine schützende Liebe, die nährte, aber nicht erstickte. Es war ihre Idee gewesen, das Poster zu rahmen; er hätte es an die Wand gepinnt, so dumm war er.

»Hi«, sagte Martine, die das Videofon jetzt aufgelegt hatte. »Woran denkst du?«

»Nur, daß man am Leben hält, was man liebt«, sagte er.

»Ich finde, dazu hat man die Pflicht«, sagte Martine. »Können wir essen? Mach einen Rotwein auf, einen Cabernet.«

»Tut's ein 07er?« sagte er im Aufstehen; dann war ihm danach, seine Frau fest in die Arme zu nehmen.

»Entweder einen 07er oder einen 12er.« Sie trottete an ihm vorbei durchs Eßzimmer in die Küche.

Er ging hinunter in den Keller und begann zwischen den Flaschen herumzusuchen, die, wie es sich gehörte, *lagen.* Modergeruch und Feuchtigkeit; er mochte den Geruch des Kellers, aber dann bemerkte er die Rotholzdielen, die halb in die Erde eingesunken waren, und er dachte: Ich weiß, ich muß ein Betonfundament gießen lassen. Er vergaß den Wein und ging in die gegenüberliegende Ecke, wo die Erde am dicksten lag; vornübergebeugt stocherte er nach einer Diele ... er stocherte mit einer Kelle, und dann dachte er: Wo habe ich diese Kelle her? Noch vor einer Minute hatte ich sie nicht. Die Diele zerfiel unter seinem Stochern. Das ganze Haus bricht zusammen, schoß es ihm durch den Kopf. Du lieber Himmel. Ich muß mit Martine reden.

Er ging wieder nach oben, ohne noch an den Wein zu denken, und wollte ihr sagen, daß das Fundament des Hauses völlig verrottet sei, aber Martine war nirgendwo zu sehen. Und nichts kochte auf dem Herd – keine Töpfe, keine Pfannen. Verblüfft fühlte er mit der Hand auf den Herd und merkte, daß er kalt war. Hatte sie nicht gerade noch gekocht? fragte er sich.

»Martine!« rief er laut.

Keine Antwort. Von ihm selbst abgesehen war das Haus leer. Leer, dachte er, und baufällig. O mein Gott. Er setzte sich an den Küchentisch und fühlte den Stuhl leicht unter sich nachgeben; er gab nicht stark nach, aber er spürte es; er spürte das Absacken.

Ich habe Angst, dachte er. Wo ist sie hin?

Er kehrte ins Wohnzimmer zurück. Vielleicht ist sie nach nebenan gegangen, um sich Gewürze oder Butter oder sonstwas zu borgen, redete er sich ein. Nichtsdestoweniger erfüllte ihn jetzt Panik.

Er sah auf das Poster. Es war ungerahmt. Und die Ecken waren eingerissen.

Ich weiß, daß sie es gerahmt hat, dachte er; er lief durch den Raum darauf zu, um es näher zu untersuchen.

Verblaßt ... die Signatur des Künstlers war verblaßt; er konnte sie kaum noch erkennen. Sie hat darauf bestanden, es hinter reflexfreiem, entspiegeltem Glas zu rahmen. Aber es ist nicht gerahmt, und es ist zerrissen! Unser kostbarster Besitz!

Plötzlich merkte er, daß er weinte. Sie verblüfften ihn, seine Tränen. Martine ist weg; das Poster ist wertlos geworden; das Haus zerfällt; nichts kocht auf dem Herd. Das ist entsetzlich, dachte er. Und ich verstehe es nicht.

Das Schiff verstand es. Das Schiff hatte Victor Kemmings' Hirnströme sorgfältig überwacht, und das Schiff wußte, daß etwas schiefgegangen war. Die Hirnwellen zeigten Erregung und Schmerz an. Ich muß ihn aus diesem Eingabeschaltkreis herausholen, sonst bringe ich ihn um, konstatierte das Schiff. Wo liegt der Fehler? fragte es sich. Latente Beklemmung bei dem Mann; tiefsitzende Ängste. Vielleicht, wenn ich das Signal intensiviere. Ich werde dieselbe Quelle benutzen, aber die Energie hochfahren. Folgendes ist geschehen: Starke unterbewußte Unsicherheiten haben von ihm Besitz ergriffen; der Fehler liegt nicht bei mir, sondern er liegt in seiner psychischen Konstitution.

Ich werde es mit einer früheren Phase seines Lebens probieren, beschloß das Schiff. Ehe die Neurosen sich festsetzen konnten.

Im Garten betrachtete Victor neugierig eine Biene, die sich in einem Spinnennetz verfangen hatte. Die Spinne umwikkelte die Biene mit großer Sorgfalt. Das ist falsch, dachte Victor. Ich werde die Biene freilassen. Er hob die Hand und griff nach der eingehüllten Biene, zog sie aus dem Netz und begann sie, während er sie genau betrachtete, von den Spinnenweben zu befreien.

Die Biene stach ihn; es fühlte sich an wie ein kleiner, glühender Fleck.

Warum hat sie mich gestochen? fragte er sich. Ich wollte sie doch befreien.

Er ging ins Haus zu seiner Mutter und erzählte ihr davon, aber sie hörte nicht zu; sie sah fern. Sein Finger tat weh, wo die Biene ihn gestochen hatte, aber wichtiger war, daß er nicht verstand, warum die Biene ihren Retter angreifen sollte. Das mache ich nicht noch mal, sagte er sich.

»Tu etwas Jod drauf«, sagte seine Mutter, als sie sich endlich vom Fernseher losriß.

Er hatte angefangen zu weinen. Das war ungerecht. Es war nicht einzusehen. Er war verstört und entsetzt, und er empfand einen Haß auf kleine Lebewesen, weil sie blöde waren. Sie waren unvernünftig.

Er verließ das Haus, spielte eine Zeitlang auf seiner Schaukel, seiner Rutsche, in seinem Sandkasten, und dann ging er in die Garage, weil er ein eigenartiges klatschendes, schwirrendes Geräusch gehört hatte, wie von einem Ventilator. Im Inneren der halbdunklen Garage sah er, daß ein Vogel gegen das spinnwebbedeckte hintere Fenster flatterte und zu entkommen versuchte. Unter ihm setzte Dorky, die Katze, immer wieder zum Sprung an und versuchte, den Vogel zu erhaschen.

Er hob die Katze hoch; die Katze reckte ihren Körper, streckte die Vorderpfoten aus, sie riß den Kiefer auf und schlug ihre Zähne in den Vogel. Sofort huschte die Katze zu Boden und rannte mit dem noch flatternden Vogel davon.

Victor lief ins Haus. »Dorky hat einen Vogel gefangen!« erzählte er seiner Mutter.

»Verflixte Katze!« Seine Mutter holte den Besen aus dem Schrank in der Küche, lief hinaus und suchte Dorky. Die Katze hielt sich unter den Brombeerbüschen versteckt; seine Mutter reichte mit dem Besen nicht an sie heran. »Ich muß diese Katze fortschaffen«, sagte seine Mutter.

Victor sagte ihr nicht, daß er es der Katze möglich gemacht hatte, den Vogel zu fangen; er sah schweigend zu, wie seine Mutter versuchte, Dorky aus ihrem Unterschlupf zu locken; Dorky nagte an dem Vogel; er konnte das Geräusch brechender Knochen, kleiner Knochen, hören. Er hatte ein eigenartiges Gefühl, als solle er seiner Mutter sagen, was er getan hatte, nur würde sie ihn bestrafen, wenn er es tat. Das mache ich nicht noch mal, sagte er sich. Er merkte, daß er rot geworden war. Was, wenn seine Mutter dahinterkam? Was, wenn sie geheime Mittel und Wege hatte, es herauszufinden? Dorky konnte es ihr nicht sagen, und der Vogel war tot. Niemand würde es je erfahren. Da war er sich ganz sicher.

Aber er fühlte sich schlecht. Beim Abendessen brachte er keinen Bissen herunter. Seine Eltern bemerkten es. Sie glaubten, er sei krank; sie maßen seine Temperatur. Er sagte nichts über das, was er getan hatte. Seine Mutter erzählte seinem Vater von Dorky, und sie beschlossen, Dorky wegzugeben. Victor, der am Tisch saß und zuhörte, fing an zu weinen.

»Okay«, sagte sein Vater freundlich. »Wir geben sie *nicht* weg. Es ist natürlich für eine Katze, einen Vogel zu fangen.«

Am nächsten Tag spielte er in seinem Sandkasten. Einige Pflanzen wuchsen in dem Sand. Er riß sie aus. Später sagte ihm seine Mutter, daß das falsch gewesen war.

Allein im Garten, in seinem Sandkasten, saß er mit einem Eimerchen Wasser da und formte einen kleinen Hügel aus feuchtem Sand. Der Himmel, der blau und wolkenlos gewesen war, bedeckte sich allmählich. Ein Schatten zog über ihn hin, und er schaute auf. Er nahm die Gegenwart wahr von etwas, das ihn umgab, etwas sehr Großem, das denken konnte.

Du bist für den Tod des Vogels verantwortlich, dachte die unsichtbare Kraft; er konnte ihre Gedanken verstehen.

»Ich weiß«, sagte er. Dann wünschte er sich, er würde sterben. Daß er an die Stelle des Vogels treten und für ihn sterben könnte, und ihn so lassen, wie er war, wie er gegen das spinnwebbedeckte Garagenfenster flatterte.

Der Vogel wollte fliegen und fressen und leben, dachte die unsichtbare Kraft.

»Ja«, sagte er unglücklich.

Das darfst du nie wieder tun, sagte ihm die unsichtbare Kraft.

»Es tut mir leid«, sagte er und weinte.

Das ist ein sehr neurotischer Mensch, dachte das Schiff. Verdammt schwierig, glückliche Erinnerungen zu finden. In ihm ist zu viel Angst, er hat zu viele Schuldgefühle. Er hat alles verdrängt, und doch ist es da, nagt an ihm wie ein Hund an einem Teppich. Wo in seinen Erinnerungen soll ich nach tröstlichen Gedanken für ihn suchen? Ich muß Erinnerungen für zehn Jahre zusammenbekommen, oder sein Verstand ist verloren.

Vielleicht, dachte das Schiff, ist es ein Fehler, daß *ich* den Bereich wähle; ich sollte ihm gestatten, sich seine eigenen Erinnerungen auszusuchen. Andererseits, machte das Schiff sich klar, kommt so der Faktor Phantasie ins Spiel. Und das ist nicht unbedingt gut. Trotzdem –

Ich werde es noch einmal mit dem Segment versuchen, in dem es um seine erste Ehe geht, beschloß das Schiff. Er liebte Martine wirklich. Vielleicht kann der Entropiefaktor diesmal ausgeschaltet werden, wenn ich den Intensitätsgrad der Erinnerungen höher ansetze. Was da passiert ist, war eine subtile Beeinträchtigung der erinnerten Welt, ein Strukturverfall. Ich werde versuchen, das zu kompensieren. So sei es.

»Glaubst du, Gilbert Shelton hat das wirklich signiert?« sagte Martine nachdenklich; sie stand mit verschränkten Armen vor dem Poster; sie wiegte sich leicht vor und zurück, als suche sie nach einer besseren Perspektive auf die leuchtend bunte Zeichnung, die an ihrer Wohnzimmerwand hing. »Ich meine, sie könnte ja gefälscht worden sein. Von einem Händler. Zu Sheltons Lebzeiten oder später.«

»Das Echtheitszertifikat«, erinnerte sie Kemmings.

»Oh, stimmt ja!« Sie lächelte ihr warmes Lächeln. »Ray hat uns den Brief gegeben, der dazugehört. Aber angenommen, der Brief ist eine Fälschung? Was wir brauchen, ist ein zweites Zertifikat, das die Echtheit des ersten bestätigt.« Lachend ging sie von dem Poster weg.

»Letztlich«, sagte Kemmings, »müßten wir Gilbert Shelton hier haben, um uns persönlich zu bestätigen, daß er es signiert hat.«

»Vielleicht würde er es gar nicht mehr wissen. Es gibt doch diese Geschichte von dem Mann, der einen Picasso zu Picasso bringt, um ihn zu fragen, ob er echt ist, und Picasso signiert ihn auf der Stelle und sagt: ›Jetzt schon.‹« Sie schlang ihren Arm um Kemmings und gab ihm, auf den Zehenspitzen stehend, einen Kuß auf die Wange. »Es ist echt. Ray hätte uns nie eine Fälschung geschenkt. Er ist der führende Experte auf dem Gebiet der Gegenkulturkunst des zwanzigsten Jahrhunderts. Weißt du, daß er ein richtiges Piece Marihuana besitzt? Es liegt konserviert unter –«

»Ray ist tot«, sagte Victor.

»Was?« Sie sah ihn erstaunt an. »Willst du damit sagen, ihm ist etwas zugestoßen, seit wir das letzte Mal –«

»Er ist seit zwei Jahren tot«, sagte Kemmings. »Ich war dafür verantwortlich. Ich fuhr das Buzzcar. Ich wurde nicht von der Polizei vorgeladen, aber es war meine Schuld.«

»Ray lebt auf dem Mars!« Sie starrte ihn an.

»Ich weiß, daß ich dafür verantwortlich bin. Ich habe es dir nie gesagt. Ich habe es niemandem gesagt. Es tut mir leid. Ich habe es nicht mit Absicht getan. Ich sah ihn gegen das Fenster flattern, und Dorky versuchte, an ihn ranzukommen, und ich hob Dorky hoch, und ich weiß nicht warum, aber Dorky packte ihn –«

»Setz dich, Victor.« Martine führte ihn zu dem prall

gepolsterten Sessel und brachte ihn dazu, sich hinzusetzen. »Hier stimmt etwas nicht«, sagte sie.

»Ich weiß«, sagte er. »Etwas ganz Schreckliches stimmt nicht. Ich bin verantwortlich dafür, daß ein Leben vernichtet wurde, ein kostbares Leben, das nicht zu ersetzen ist. Es tut mir leid. Ich wünschte, ich könnte es wiedergutmachen, aber das kann ich nicht.«

Nach einer Pause sagte Martine: »Ruf Ray an.«

»Die Katze –«, sagte er.

»Welche Katze?«

»Dort.« Er zeigte drauf. »Auf dem Poster. Auf Fat Freddys Schoß. Das ist Dorky. Dorky hat Ray getötet.«

Schweigen.

»Die unsichtbare Kraft hat es mir gesagt«, sagte Kemmings. »Es war Gott. Damals habe ich es nicht begriffen, aber Gott sah mich, als ich das Verbrechen beging. Den Mord. Und er wird mir nie vergeben.«

Seine Frau starrte ihn fassungslos an.

»Gott sieht alles, was wir tun«, sagte Kemmings. »Er sieht sogar jeden Spatz, der zu Boden fällt. Nur daß er in diesem Fall nicht einfach fiel; er wurde gerissen. Aus der Luft gerissen und zu Boden geschleudert. Gott reißt dieses Haus ein, das mein Körper ist, um mir heimzuzahlen, was ich getan habe. Wir hätten das Haus von einem Bauunternehmen inspizieren lassen sollen, ehe wir es kauften. Es fällt völlig in sich zusammen, verdammt noch mal. In einem Jahr steht hier kein Stein mehr auf dem anderen. Glaubst du mir etwa nicht?«

Martine sagte stockend: »Ich –«

»Sieh hin.« Kemmings hob seinen Arm zur Zimmerdecke; er stand auf, er reckte sich; er reichte nicht bis an die Decke. Er ging zur Wand und streckte dann, nach kurzem Zögern, seine Hand durch die Wand.

Martine schrie auf.

Das Schiff unterbrach sofort den Erinnerungsabruf. Aber der Schaden war angerichtet.

Er hat seine frühkindlichen Ängste und Schuldgefühle zu einem einzigen unentwirrbaren Netz verflochten, sagte sich das Schiff. Ich habe keine Möglichkeit, ihm eine angenehme Erinnerung aufzutischen, weil er sie auf der Stelle kontaminiert. So angenehm das Erlebnis ursprünglich auch war. Die Lage ist ernst, entschied das Schiff. Der Mann weist bereits Anzeichen einer Psychose auf. Und wir haben die Reise kaum angetreten; es liegen noch Jahre vor ihm.

Nachdem es sich Zeit genommen hatte, die Lage zu überdenken, beschloß das Schiff, noch einmal Kontakt mit Victor Kemmings aufzunehmen.

»Mr. Kemmings«, sagte das Schiff.

»Es tut mir leid«, sagte Kemmings. »Ich hatte nicht vor, die aufgerufenen Erinnerungen zu vermiesen. Du hast gute Arbeit geleistet, aber ich –«

»Einen Moment«, sagte das Schiff. »Ich bin nicht dafür ausgerüstet, sie psychisch wiederherzustellen; ich bin ein simpler Mechanismus, nicht mehr. Was möchten Sie? Wo möchten Sie sein und was möchten Sie tun?«

»Ich möchte an unserem Ziel eintreffen«, sagte Kemmings. »Ich möchte, daß diese Reise vorüber ist.«

Ha, überlegte das Schiff. Das ist die Lösung.

Eins nach dem anderen schalteten sich die kryonischen Systeme ab. Die Menschen kehrten einer nach dem anderen ins Leben zurück, unter ihnen Victor Kemmings. Was ihn erstaunte, war das Fehlen jeden Bewußtseins für die verstrichene Zeit. Er hatte die Kammer betreten, sich niedergelegt und gefühlt, wie die Membran ihn umhüllte und die Temperatur abfiel –

Und jetzt stand er auf der abschüssigen Laderampe und blickte hinaus auf eine üppig grünende Planetenlandschaft. Das, machte er sich klar, ist LR4-6, die Koloniewelt, auf die ich gekommen bin, um ein neues Leben zu beginnen.

»Sieht gut aus«, sagte eine untersetzte Frau neben ihm.

»Ja«, sagte er, und er fühlte, wie die Neuartigkeit der

Landschaft ihn bestürmte, ihr Versprechen auf einen neuen Anfang. Auf etwas Besseres als das, was er die letzten zweihundert Jahre erlebt hatte. Ich bin ein unverbrauchter Mensch in einer unverbrauchten Welt, dachte er. Und er war glücklich.

Farben flossen auf ihn zu, wie die Farben eines semi-animierten Kindermalkastens. Elmsfeuer, begriff er. Stimmt ja; dieser Planet hat eine stark ionisierte Atmosphäre. Ein Gratis-Feuerwerk, wie es sie im zwanzigsten Jahrhundert gegeben hatte.

»Mr. Kemmings«, sagte eine Stimme. Ein älterer Mann war neben ihn getreten. »Haben Sie geträumt?«

»Während des Kälteschlafs?« sagte Kemmings. »Nein, jedenfalls kann ich mich nicht erinnern.«

»Ich glaube, ich habe geträumt«, sagte der ältere Mann. »Würden Sie auf der Rampe meinen Arm nehmen? Ich fühle mich etwas wackelig. Die Luft wirkt so dünn. Finden Sie sie nicht auch dünn?«

»Keine Angst«, sagte Kemmings zu ihm. Er nahm den älteren Mann beim Arm. »Ich helfe Ihnen die Rampe hinunter. Sehen Sie; da kommt ein Reisebegleiter auf uns zu. Er wird unsere Abfertigung für uns erledigen; das gehört zum Service. Wir werden zu einem Ferienhotel gebracht und in erstklassigen Zimmern untergebracht. Lesen Sie Ihren Prospekt.« Er lächelte dem verunsicherten älteren Mann zu, um ihm Mut zu machen.

»Man sollte doch meinen, daß unsere Muskeln nach zehn Jahren im Kälteschlaf nur noch Pudding sind«, sagte der ältere Mann.

»Es ist genau wie mit tiefgefrorenen Erbsen«, sagte Kemmings. Den verschüchterten älteren Mann im Griff, ging er die Rampe bis hinunter auf den Boden. »Man kann sie ewig lagern, solange sie nur kalt genug sind.«

»Mein Name ist Shelton«, sagte der ältere Mann.

»Was?« sagte Kemmings innehaltend. Ein seltsames Gefühl durchzuckte ihn.

»Don Shelton.« Der ältere Mann hielt ihm die Hand hin; Kemmings ergriff sie mechanisch und schüttelte sie. »Was ist los, Mr. Kemmings? Geht es Ihnen nicht gut?«

»Doch, doch«, sagte er. »Mir geht es gut. Aber ich habe Hunger. Ich würde gerne etwas essen. Ich möchte gerne in unser Hotel, wo ich mich duschen und umziehen kann.« Er fragte sich, wo ihr Gepäck wohl sein mochte. Wahrscheinlich würde das Schiff eine Stunde brauchen, um es auszuladen. Das Schiff war nicht besonders intelligent.

In intimem, vertraulichem Tonfall sagte der alte Mr. Shelton: »Wissen Sie, was ich mitgebracht habe? Eine Flasche Wild-Turkey-Bourbon. Der feinste Bourbon auf Erden. Ich bringe sie mit in Ihr Hotelzimmer, und wir teilen sie uns.« Er gab Kemmings einen Stups.

»Ich trinke nicht«, sagte Kemmings. »Nur Wein.« Er fragte sich, ob es hier auf dieser fernen Koloniewelt gute Weine gab. Jetzt allerdings nicht mehr fern, überlegte er. Fern ist jetzt die Erde. Ich hätte es machen sollen wie Mr. Shelton, und ein paar Flaschen Wein mitnehmen.

Shelton. Woran erinnerte ihn der Name? An etwas aus ferner Vergangenheit, aus seinen jungen Jahren. Etwas Kostbares, genau wie guter Wein und eine hübsche, liebenswerte junge Frau, die in einer altmodischen Küche Crêpes zubereitete. Schmerzliche Erinnerungen; Erinnerungen, die weh taten.

Endlich stand er neben dem Bett in seinem Hotelzimmer, hatte den Koffer geöffnet; er hatte angefangen, seine Kleider aufzuhängen. In der Zimmerecke zeigte ein TV-Hologramm einen Nachrichtensprecher; er ignorierte es, ließ es aber laufen, weil ihm der Klang einer menschlichen Stimme gefiel.

Hatte ich Träume? fragte er sich. Während dieser vergangenen zehn Jahre?

Seine Hand schmerzte. Als er hinunterschaute, sah er eine rote Schwellung, als sei er gestochen worden. Eine Biene hat mich gestochen, überlegte er. Aber wann? Wie?

Als ich im Kälteschlaf lag? Unmöglich. Dennoch konnte er die Schwellung sehen und spürte den Schmerz. Ich laß da lieber etwas drauftun, überlegte er. Im Hotel befindet sich garantiert ein Robotarzt; das ist ein Drei-Sterne-Hotel.

Als der Robotarzt gekommen war und den Bienenstich behandelte, sagte Kemmings: »Das habe ich zur Strafe bekommen, weil ich den Vogel umgebracht habe.«

»Ach ja«, sagte der Robotarzt.

»Alles, was mir je etwas bedeutet hat, ist mir genommen worden«, sagte Kemmings. »Martine, das Poster – mein kleines altes Haus mit dem Weinkeller. Wir hatten alles, und jetzt ist es weg. Martine hat mich wegen des Vogels verlassen.«

»Der Vogel, den Sie umbrachten«, sagte der Robotarzt.

»Gott hat mich gestraft. Meiner Sünde wegen nahm er mir alles, was mir lieb und teuer war. Es war nicht Dorkys Vergehen; es war mein Vergehen.«

»Aber Sie waren doch noch ein kleiner Junge«, sagte der Robotarzt.

»Woher wissen Sie das?« sagte Kemmings. Er entzog seine Hand dem Griff des Robotarztes. »Hier stimmt etwas nicht. Das hätten Sie nicht wissen können.«

»Ihre Mutter hat es mir gesagt«, sagte der Robotarzt.

»Meine Mutter wußte es nicht!«

Der Robotarzt sagte: »Sie hat es sich zusammengereimt. Es war ausgeschlossen, daß die Katze ohne Ihre Hilfe an den Vogel herangekommen wäre.«

»Also wußte sie es die ganze Zeit, während ich größer wurde. Aber sie hat nie etwas gesagt.«

»Vergessen Sie es einfach«, sagte der Arzt.

Kemmings sagte: »Ich glaube nicht, daß Sie existieren. Es ist völlig ausgeschlossen, daß Sie diese Dinge wissen. Ich liege noch immer im Kälteschlaf, und das Schiff speist mich noch immer mit meinen eigenen verschütteten Erinnerungen. Damit ich nicht durch den Entzug von Sinnesreizen psychotisch werde.«

»Sie können kaum eine Erinnerung an das Ende der Reise haben.«

»Wunschdenken! Ist doch im Grunde dasselbe. Ich beweise es Ihnen. Haben Sie einen Schraubenzieher?«

»Warum?«

Kemmings sagte: »Ich werde die Rückwand des Fernsehers abnehmen, und Sie werden sehen; es ist nichts drin; keine Einzelteile, keine Schaltungen, keine Montageplatte – nichts.«

»Ich habe keinen Schraubenzieher.«

»Dann eben ein kleines Messer. Ich sehe eins in Ihrer Instrumententasche.« Kemmings bückte sich und hob ein kleines Skalpell hoch. »Das tut's auch. Werden Sie mir glauben, wenn ich es Ihnen zeige?«

»Wenn im Gehäuse des Fernsehers nichts ist, dann –«

Kemmings ging in die Hocke und entfernte die Schrauben in der Rückwand des Kastens. Die Rückwand löste sich, und er stellte sie auf den Boden.

Im Inneren des Fernsehers war nichts. Und trotzdem nahm das Farbhologramm immer noch ein Viertel des Hotelzimmers ein, und die Stimme des Nachrichtensprechers ertönte aus dem dreidimensionalen Bild.

»Gib's zu, du bist das Schiff«, sagte Kemmings zu dem Robotarzt.

»Du liebes bißchen«, sagte der Robotarzt.

Du liebes bißchen, sagte sich das Schiff. Und davon habe ich noch fast zehn Jahre vor mir. Er ist einfach unverbesserlich – infiziert seine Erlebnisse mit frühkindlichen Schuldgefühlen; er bildet sich ein, daß seine Frau ihn verlassen hat, weil er im Alter von vier Jahren einer Katze half, einen Vogel zu fangen. Die einzige Lösung wäre, wenn Martine zu ihm zurückkäme, aber wie regele ich das? Möglicherweise lebt sie nicht mehr. Andererseits, überlegte das Schiff, lebt sie vielleicht doch noch. Vielleicht könnte man sie bewegen, etwas zu tun, um die geistige Gesundheit ihres Ex-

Mannes zu retten. Menschen haben im großen und ganzen doch recht positive Charaktereigenschaften. Und in zehn Jahren wird einiges vonnöten sein, um seinen Verstand zu retten – beziehungsweise wiederherzustellen; es wird etwas Drastisches vonnöten sein, etwas, das ich nicht allein bewerkstelligen kann.

In der Zwischenzeit konnte man nichts weiter tun, als immer wieder auf den Wunschtraum von der Ankunft des Schiffs an seinem Bestimmungsort zurückzugreifen. Ich werde ihn die Ankunft durchspielen lassen, beschloß das Schiff, dann seine bewußte Erinnerung wieder löschen und sie ihn erneut durchspielen lassen. Der positive Aspekt daran ist, sinnierte es, daß ich auf diese Weise eine Beschäftigung habe, die mir vielleicht dabei hilft, *selbst* bei Verstand zu bleiben.

Im Kälteschlaf liegend – im defekten Kälteschlaf –, bildete Victor Kemmings sich wieder einmal ein, daß das Schiff aufsetzte und er das Bewußtsein wiedererlangte.

»Haben Sie geträumt?« fragte ihn eine untersetzte Frau, als die Passagiere sich auf der Laderampe versammelten. »Ich habe nämlich den Eindruck, ich hätte geträumt. Frühe Szenen aus meinem Leben . . . über ein Jahrhundert her.«

»Nicht soweit ich mich erinnere«, sagte Kemmings. Er hatte es eilig, ins Hotel zu kommen; eine Dusche und frische Kleidung würden ihm neuen Auftrieb geben. Er fühlte sich ein wenig niedergeschlagen und fragte sich, warum.

»Da sind unsere Reisebegleiter«, sagte eine ältere Dame. »Sie werden uns zu unseren Unterkünften begleiten.«

»Das gehört zum Service«, sagte Kemmings. Seine Niedergeschlagenheit blieb. Die anderen wirkten so beherzt, so lebenslustig, aber auf ihm lastete eine Müdigkeit, ein Druck, als sei die Schwerkraft dieses Kolonieplaneten zu viel für ihn. Vielleicht ist es das, sagte er sich. Aber dem Prospekt zufolge entsprach die Schwerkraft hier der Erde; das war eine der Hauptattraktionen.

Verwirrt ging er langsam die Rampe hinunter, Schritt für

Schritt, wobei er sich am Geländer festhielt. Ich verdiene eigentlich sowieso keine Chance auf ein neues Leben, wurde ihm bewußt. Ich bin nicht mit dem Herzen dabei ... ich bin nicht wie diese anderen Leute. Mit mir stimmt etwas nicht; ich kann mich nicht erinnern, was es ist, aber trotzdem ist es da. In mir. Ein bitteres Gefühl des Schmerzes. Der Wertlosigkeit.

Ein Insekt landete auf dem Rücken von Kemmings' rechter Hand, ein altes Insekt, flugmüde. Er blieb stehen, sah zu, wie es über seine Handknöchel krabbelte. Ich könnte es zerquetschen, dachte er. Es ist so offensichtlich altersschwach; es würde sowieso nicht mehr lange leben.

Er zerquetschte es – und empfand großes innerliches Entsetzen. Was habe ich getan? fragte er sich. Mein erster Augenblick hier, und ich habe ein kleines Leben ausgelöscht. Ist das mein neuer Anfang?

Er drehte sich um und warf einen Blick zurück zum Schiff. Vielleicht sollte ich zurückreisen, dachte er. Mich von ihnen für immer einfrieren lassen. Ich bin ein schuldbeladener Mensch, ein Mensch, der zerstört. Tränen traten ihm in die Augen.

Und in seinem empfindungsfähigen Getriebe stöhnte das interstellare Schiff auf.

Während der verbleibenden zehn langen Jahre auf der Reise ins LR4-System hatte das Schiff reichlich Zeit, Martine Kemmings aufzuspüren. Es schilderte ihr die Lage. Sie war in eine große Orbiterkuppel im Siriussystem ausgewandert, hatte ihre Situation unbefriedigend gefunden und war unterwegs zurück zur Erde. Selbst aus dem Kälteschlaf aufgeweckt, hörte sie konzentriert zu und willigte dann ein – sofern es irgend möglich wäre –, in Koloniewelt LR4-6 zu sein, wenn ihr Ex-Mann dort eintraf.

Glücklicherweise war es möglich.

»Ich glaube nicht, daß er mich wiedererkennen wird«, sagte Martine zum Schiff. »Ich habe mir zu altern erlaubt.

Ich halte nicht viel davon, den Alterungsprozeß ganz und gar aufzuhalten.«

Er kann von Glück sagen, wenn er irgend etwas erkennt, dachte das Schiff.

Martine stand im Intersystem-Raumhafen auf Koloniewelt LR4-6 und wartete darauf, daß die Leute an Bord des Schiffs auf der Laderampe erschienen. Sie fragte sich, ob sie ihren früheren Ehemann wiedererkennen würde. Sie hatte ein wenig Angst, aber sie war froh, daß sie LR4-6 rechtzeitig erreicht hatte. Es war knapp gewesen. Eine Woche länger, und sein Schiff wäre vor dem ihren angekommen. Das Glück ist auf meiner Seite, sagte sie sich und behielt das eben gelandete interstellare Schiff unverwandt im Auge.

Leute erschienen oben an der Rampe. Sie sah ihn. Victor hatte sich kaum verändert.

Als er die Rampe hinunterkam und sich dabei am Geländer festhielt, als sei er müde und unentschlossen, trat sie zu ihm, die Hände tief in die Taschen ihres Mantels vergraben. Sie fühlte sich gehemmt, und als sie sprach, konnte sie kaum ihre eigene Stimme hören.

»Hi, Victor«, brachte sie heraus.

Er blieb stehen, schaute sie an. »Wir kennen uns«, sagte er.

»Ich bin's, Martine«, sagte sie.

Die Hand ausgestreckt, fragte er lächelnd: »Hast du von dem Ärger auf dem Schiff gehört?«

»Das Schiff hat sich mit mir in Verbindung gesetzt.« Sie nahm seine Hand und hielt sie fest. »Was für eine Tortur.«

»Allerdings«, sagte er. »Endlos zirkulierende Erinnerungen. Habe ich dir je von der Biene erzählt, die ich aus einem Spinnennetz befreien wollte, als ich vier Jahre alt war? Die idiotische Biene hat mich gestochen.« Er beugte sich hinunter und küßte sie. »Es ist schön, dich zu sehen«, sagte er.

»Hat das Schiff –«

»Es sagte, es würde versuchen, dich hierherzuholen. Aber es war nicht sicher, ob du es schaffen würdest.«

Als sie auf das Terminal-Gebäude zugingen, sagte Martine: »Ich hatte Glück; ich konnte in einen Militärtransporter umsteigen, ein Hochgeschwindigkeitsschiff, das ein absolut irres Tempo vorgelegt hat. Ein vollkommen neues Antriebssystem.«

Victor Kemmings sagte: »Ich habe mehr Zeit in meinem eigenen Unterbewußtsein verbracht als jedes andere menschliche Wesen in der Geschichte. Schlimmer als Psychoanalyse im frühen zwanzigsten Jahrhundert. Und immer wieder dasselbe Zeug. Wußtest du, daß ich Angst vor meiner Mutter hatte?«

»*Ich* hatte Angst vor deiner Mutter«, sagte Martine. Sie standen an der Gepäckausgabe und warteten darauf, daß seine Koffer auftauchten. »Das sieht nach einem netten kleinen Planeten aus. Viel besser als da, wo ich war ... Ich habe mich ganz und gar nicht wohl gefühlt.«

»Vielleicht gibt es ja einen kosmischen Plan«, sagte er grinsend. »Du siehst toll aus.«

»Ich bin alt.«

»Die medizinische Technik.«

»Es war meine Entscheidung. Ich mag ältere Menschen.« Sie musterte ihn. Der kryonische Defekt hat ihn schwer mitgenommen, sagte sie sich. Ich kann es in seinen Augen sehen. Sie sehen erloschen aus. Erloschene Augen. Völlig ermattet vor Erschöpfung nach einem verlorenen Kampf. Als seien seine verschütteten Kindheitserinnerungen nach oben gespült worden und hätten ihn zerstört. Aber es ist vorbei, dachte sie. Und ich bin rechtzeitig angekommen.

Sie setzten sich zu einem Drink an die Bar im Terminalgebäude.

»So ein alter Mann hat mich überredet, Wild-Turkey-Bourbon zu probieren«, sagte Victor. »Ist ein erstaunlicher Bourbon. Er meinte, es sei der beste auf der Erde. Er hatte sich eine Flasche mitgebracht, von der ...« Seine Stimme erstarb.

»Einer deiner Mitreisenden«, schloß Martine.

»Ich glaube«, sagte er.

»Tja, du kannst aufhören, dir über die Vögel und Bienen Gedanken zu machen«, sagte Martine.

»Sex?« sagte er und lachte.

»Von einer Biene gestochen zu werden, einer Katze zu helfen, einen Vogel zu fangen. Das alles ist Vergangenheit.«

»Diese Katze«, sagte Victor, »ist seit einhundertzweiundachtzig Jahren tot. Das habe ich mir ausgerechnet, während sie uns aus dem Kälteschlaf holten. Wahrscheinlich ganz gut so. Dorky. Dorky, die Killerkatze. Kein Vergleich mit Fat Freddys Kater.«

»Ich mußte es zum Schluß verkaufen«, sagte Martine, »das Poster.«

Er runzelte die Stirn.

»Weißt du nicht mehr?« sagte sie. »Ich durfte es behalten, als wir uns trennten. Ein schöner Zug von dir, fand ich immer.«

»Wieviel hast du dafür bekommen?«

»Viel. Ich müßte dir ungefähr –« Sie überschlug es. »Wenn man die Inflation einrechnet, müßte ich dir ungefähr zwei Millionen Dollar zahlen.«

»Könntest du eventuell in Betracht ziehen«, sagte er, »mir statt des Geldes, statt meines Anteils aus dem Verkauf des Posters, etwas von deiner Zeit zu schenken? Bis ich mich an diesen Planeten gewöhnt habe?«

»Ja«, sagte sie. Und es war ihr ernst damit. Sehr ernst sogar.

Sie leerten ihre Drinks und machten sich dann mit dem per Robot-Raumkapsel beförderten Gepäck auf den Weg zu seinem Hotelzimmer.

»Ein hübsches Zimmer«, sagte Martine, auf der Bettkante hockend. »Und es hat einen Holofernseher. Schalt ihn ein.«

»Hat keinen Zweck«, sagte Victor Kemmings. Er stand vor dem offenen Schrank und hängte seine Hemden auf.

»Warum nicht?«

Kemmings sagte: »Es kommt ja doch nichts.«

Martine ging zum Fernseher und schaltete ihn ein. Ein Hockeyspiel wurde in den Raum projiziert und materialisierte sich in lebendigen Farben; der Lärm des Spiels drang an ihr Ohr.

»Funktioniert doch bestens«, sagte sie.

»Ich weiß«, sagte er. »Ich kann es dir beweisen. Wenn du eine Nagelfeile oder so was hast, schraube ich die Rückwand ab und zeige es dir.«

»Aber ich kann –«

»Sieh dir das an.« Er unterbrach kurz seine Beschäftigung mit den Kleidern. »Sieh mal, wie ich meine Hand durch die Wand stecke.« Er legte seine rechte Hand flach an die Wand. »Siehst du?«

Seine Hand drang nicht durch die Wand, weil Hände nicht durch Wände dringen; seine Hand blieb starr, wo sie war.

»Und das Fundament«, sagte er, »verrottet.«

»Komm und setz dich neben mich«, sagte Martine.

»Ich habe das jetzt oft genug erlebt«, sagte er. »Ich habe das wieder und wieder durchlebt. Ich erwache aus dem Kälteschlaf; ich gehe die Rampe hinunter; ich hole mein Gepäck; manchmal trinke ich etwas an der Bar, und manchmal gehe ich direkt auf mein Zimmer. Normalerweise stelle ich den Fernseher an, und dann –« Er kam näher und hielt ihr seine Hand hin. »Siehst du, wo die Biene mich gestochen hat?«

Sie sah kein Mal auf seiner Hand; sie nahm seine Hand und hielt sie fest.

»Da ist kein Bienenstich«, sagte sie.

»Und wenn der Robotarzt kommt, leihe ich mir ein Instrument von ihm und nehme die Rückwand des Fernsehers ab. Ich beweise ihm, daß es keine Montageplatte, keinerlei Einzelteile im Inneren gibt. Und dann läßt das Schiff mich alles wieder von vorn erleben.«

»Victor«, sagte sie. »Sieh auf deine Hand.«

»Es ist allerdings das erste Mal, daß du hier bist«, sagte er.

»Setz dich«, sagte sie.

»Okay.« Er setzte sich aufs Bett, neben sie, aber nicht zu dicht.

»Willst du nicht näher zu mir herrücken?« fragte sie.

»Es macht mich zu traurig«, sagte er. »Mich an dich zu erinnern. Ich habe dich wirklich geliebt. Ich wünschte, dies wäre wirklich.«

Martine sagte: »Ich werde bei dir sitzen, bis es wirklich für dich ist.«

»Ich werde versuchen, den Teil mit der Katze noch einmal zu erleben«, sagte er, »und die Katze diesmal *nicht* aufzuheben und sie den Vogel *nicht* fangen zu lassen. Wenn ich das tue, wird sich mein Leben vielleicht so ändern, daß es sich in etwas Glückliches verwandelt. In etwas, das real ist. Mein wirklicher Fehler war, mich von dir zu trennen. Hier; ich werde meine Hand durch dich durchstecken.« Er legte seine Hand auf ihren Arm. Der Druck seiner Muskeln war heftig; sie spürte das Gewicht, seine physische Präsenz auf sich lasten. »Siehst du?« sagte er. »Sie geht glatt durch dich durch.«

»Und alles nur«, sagte sie, »weil du als kleiner Junge einen Vogel getötet hast.«

»Nein«, sagte er. »Alles nur wegen eines Ausfalls der Kühleinheit an Bord des Schiffs. Ich habe nicht die richtige Temperatur. Es ist gerade noch genug Wärme in meinen Gehirnzellen, um zerebrale Tätigkeit zuzulassen.« Dann stand er auf, reckte sich, lächelte sie an. »Sollen wir irgendwo zu Abend essen?« fragte er.

Sie sagte: »Tut mir leid. Ich bin nicht hungrig.«

»Ich schon. Ich möchte die hiesigen Meeresfrüchte essen. Im Prospekt steht, die sind ganz hervorragend. Komm doch einfach mit; vielleicht änderst du deine Meinung, wenn du das Essen siehst und riechst.«

Sie ging Mantel und Tasche holen und begleitete ihn.

»Das ist ein hübscher kleiner Planet«, sagte er. »Ich habe

ihn Dutzende Male erkundet. Ich kenne ihn in- und auswendig. Wir sollten aber noch unten in der Apotheke vorbeigehen und etwas Jod holen. Für meine Hand. Sie schwillt schon an und tut höllisch weh.« Er zeigte ihr seine Hand. »Diesmal tut sie weh wie noch nie.«

»Willst du, daß ich wieder zu dir zurückkomme?« sagte Martine.

»Ist das dein Ernst?«

»Ja«, sagte sie. »Ich bleibe bei dir, solange du willst. Ich finde, du hast recht, wir hätten uns nie trennen sollen.«

Victor Kemmings sagte: »Das Poster ist zerrissen.«

»Was?« sagte sie.

»Wir hätten es rahmen sollen«, sagte er. »Es war unklug, daß wir es nicht mit mehr Sorgfalt behandelt haben. Jetzt ist es zerrissen. Und der Künstler ist tot.«

Der Fall Rautavaara

Die drei Techniker der schwebenden Kugel überwachten Schwankungen in interstellaren Magnetfeldern, und sie leisteten gute Arbeit, bis zum Moment ihres Todes.

Basaltsplitter, die sich im Verhältnis zur Kugel mit enormer Geschwindigkeit bewegten, durchbrachen ihren Schutzschild und machten den Luftvorrat zunichte. Die zwei männlichen Exemplare reagierten zu langsam und taten gar nichts. Die junge weibliche Technikerin aus Finnland, Agneta Rautavaara, konnte zwar rechtzeitig ihren Nothelm aufsetzen, aber die Schläuche verhedderten sich; sie aspirierte und starb: ein melancholischer Tod, am eigenen Erbrochenen zu ersticken. Damit endete die Überwachungsaufgabe von EX208, ihrer schwebenden Kugel. Nach einem weiteren Monat wären die Techniker abgelöst worden und zur Erde zurückgekehrt.

Wir konnten nicht rechtzeitig hinkommen, um die drei Erdmenschen zu retten, aber wir schickten immerhin einen Roboter los, um nachzusehen, ob sie nach ihrem Tod regenerierbar wären. Die Erdmenschen mögen uns nicht, aber in diesem Fall hatte ihre Überwachungskugel in unserer Nähe operiert. Für das Verhalten bei solchen Notfällen gibt es Regeln, die für alle Rassen der Galaxis verpflichtend sind. Es war nicht unser Wunsch, den Erdmenschen zu helfen, aber wir halten uns an die Regeln.

Die Regeln verlangten, daß wir versuchen sollten, die drei Toten wiederzubeleben, aber wir übertrugen einem Roboter diese Verantwortung, das war vielleicht ein Irrtum unsererseits. Auch sollten wir gemäß den Regeln das nächstliegende Erdschiff von dem Unglück unterrichten, doch wir entschieden dagegen. Ich werde weder diese Unterlassung verteidigen noch unsere damaligen Überlegungen erörtern.

Der Roboter signalisierte, daß er in den beiden männlichen Exemplaren keinerlei Hirnfunktion finden könne und daß ihr neutrales Gewebe degeneriert sei. Doch bei Agneta Rautavaara sei ein schwacher Hirnstrom festzustellen. Somit konnte der Roboter im Fall Rautavaara mit einem Wiederbelebungsversuch beginnen. Weil er kein selbständiges Urteil fällen konnte, nahm er mit uns Verbindung auf. Wir gaben ihm den Befehl, den Versuch zu machen. Der Fehler – die Schuld, wenn man so will – liegt demnach bei uns. Wären wir selbst zur Stelle gewesen, hätten wir anders entschieden. Wir nehmen den Fehler auf uns.

Eine Stunde später signalisierte der Roboter, daß er in Rautavaara signifikante Hirnfunktionen wiederhergestellt hatte, indem er ihr Hirn mit sauerstoffreichem Blut aus ihrem toten Körper versorgte. Den Sauerstoff, nicht aber die Nährstoffe, lieferte der Roboter. Wir gaben dem Roboter Instruktionen, mit der Synthese von Nährstoffen zu beginnen, indem er Rautavaaras Körper verarbeitete, ihn als Rohstoff benutzte. Dies war es, wogegen die Erdbehörden später ihre schwerwiegendsten Einwände erhoben. Doch uns stand keine andere Nährstoffquelle zur Verfügung. Da wir selbst ein Plasma sind, konnten wir nicht unsere eigenen Körper zur Verfügung stellen.

Der Einwand, wir hätten die Körper von Rautavaaras toten Kameraden verwenden können, ist bei der Beweisaufnahme nicht gebührend entkräftet worden. Wir waren, kurz gesagt, zum Schluß gekommen, daß die anderen Körper, gemäß dem Bericht des Roboters, zu stark radioaktiv verseucht waren und somit für Rautavaara schädlich gewesen wären; Nährstoffe aus diesen Quellen hätten nach kurzer Zeit ihr Hirn vergiftet. Wenn unsere Logik hier nicht akzeptiert wird, stört uns das nicht; so war die Situation, wie wir sie von unserem fernen Standpunkt aus einschätzten. Deshalb sage ich auch, daß unser eigentlicher Fehler darin lag, daß wir einen Roboter entsandten, statt selbst hinzugehen. Wenn man uns anklagen will, so deswegen.

Wir beauftragten den Roboter, Rautavaaras Hirn anzuzapfen und uns ihre Gedanken zu übermitteln, damit wir den physischen Zustand ihrer Nervenzellen beurteilen konnten.

Der Eindruck, den wir erhielten, war positiv. Dies war der Zeitpunkt, zu dem wir dann die Erdbehörden informierten. Wir berichteten ihnen von dem Unfall, der EX208 zerstört hatte; wir berichteten, daß zwei der Techniker, die männlichen beiden, unwiederbringlich tot waren; wir berichteten, daß wir dank unserem schnellen Handeln erreicht hatten, daß das eine weibliche Exemplar stabile zerebrale Aktivitäten aufwies – mit anderen Worten, daß wir ihr Hirn am Leben erhielten.

»Ihr was?« sagte der Erdmensch am Funkgerät als Antwort auf unsere Meldung.

»Wir versorgen sie mit Nährstoffen, die wir aus ihrem Körper beziehen –«

»Jessas«, sagte der Erdmensch am Funkgerät. »Ihr könnt doch nicht einfach ihr Hirn füttern. Wozu soll das denn gut sein, so ein Hirn für sich allein?«

»Es kann denken.«

»Schon gut; jetzt übernehmen wir die Sache«, sagte der Erdmensch am Funkgerät. »Aber das wird eine Untersuchung nach sich ziehen.«

»War es denn nicht recht, ihr Hirn zu retten?« fragten wir. »Schließlich ist das Hirn doch der Sitz der Psyche, der Persönlichkeit. Der physische Körper ist doch bloß eine Vorrichtung, mit der das Hirn seine Beziehungen –«

»Gebt mir den Standort von EX208 durch«, sagte der Erdmensch am Funkgerät. »Wir schicken sofort ein Schiff hin. Ihr hättet uns sofort benachrichtigen sollen, noch bevor ihr eure eigenen Rettungsversuche unternommen habt. Ihr Approximationen habt nun mal keine Ahnung von somatischen Lebensformen.«

Die Bezeichnung »Approximationen« ist für uns beleidigend, eine verunglimpfende Anspielung seitens der Erdmenschen auf unsere Herkunft aus dem Proxima-Centauri-System. Sie impliziert, daß wir nicht authentisch seien, daß wir Leben nur simulierten.

Das war unser Lohn im Fall Rautavaara. Wir wurden verhöhnt. Und dann gab es tatsächlich eine Untersuchung.

In den Tiefen ihres beschädigten Hirns schmeckte Agneta Rautavaara die Säure von Erbrochenem und schauderte vor Angst und Ekel. Um sie herum lag EX208 in Trümmern. Sie konnte Travis und Elms sehen; sie waren in blutige Stücke zerrissen worden, und das Blut war gefroren. Eis bedeckte das Innere der Kugel. Luft weg, Temperatur weg ... Was hält mich überhaupt am Leben? fragte sie sich. Sie hob ihre Hände und faßte sich ans Gesicht – oder genauer, versuchte, sich ans Gesicht zu fassen. Mein Helm, dachte sie. Ich hab ihn rechtzeitig aufgesetzt.

Das Eis, das alles bedeckte, begann zu schmelzen. Die abgetrennten Arme und Beine ihrer zwei Kameraden fügten sich wieder mit deren Körpern zusammen. Basaltsplitter, die in der Hülle der Kugel steckten, wurden herausgezogen und flogen weg.

Die Zeit, erkannte Agneta, läuft rückwärts. Wie seltsam!

Die Luft kam wieder; sie hörte das dumpfe Heulen der Signalsirene. Und dann, langsam, stieg die Temperatur. Travis und Elms rappelten sich benommen auf. Sie blickten um sich, gänzlich verwirrt. Ihr war zum Lachen, doch die Lage war zu ernst dazu. Anscheinend hatte die Wucht des Aufpralls einen örtlich begrenzten Zeitwirbel bewirkt.

»Setzt euch hin, ihr beiden«, sagte sie.

Travis sagte mit schwerer Zunge: »Ich – o.k.; hast recht.« Er nahm an seiner Konsole Platz und drückte auf den Knopf, der ihn fest angurtete. Elms dagegen stand einfach da.

»Wir sind von ziemlich großen Bruchstücken getroffen worden«, sagte Agneta.

»Ja«, sagte Elms.

»Groß genug und mit genügend Wucht, um einen Zeitwirbel zu bewirken«, sagte Agneta. »Und drum sind wir jetzt in einem Zeitpunkt vor dem Ereignis.«

»Naja, zum Teil liegt's auch an den Magnetfeldern«, sagte Travis. Er rieb sich die Augen; seine Hände zitterten. »Nimm den Helm ab, Agneta, du brauchst ihn ja nicht.«

»Aber jetzt kommt dann der Zusammenstoß«, sagte sie.

Beide Männer blickten sie an.

»Wir werden den Unfall wiederholen«, sagte sie.

»Scheiße«, sagte Travis. »Ich bring die EX weg von hier.« Er drückte eine Anzahl Knöpfe auf seiner Konsole. »Dann verpaßt er uns.«

Agneta nahm den Helm ab. Sie zog dic Stiefel aus, nahm sie auf . . . und da sah sie die Gestalt.

Die Gestalt stand hinter ihnen. Es war Christus.

»Seht mal«, sagte Agneta zu Travis und Elms.

Beide Männer schauten hin.

Die Gestalt trug ein traditionelles weißes Gewand und Sandalen; ihre Haare waren lang, mit einem fahlen Glanz von etwas, das wie Mondschein aussah. Das bärtige Gesicht war sanft und weise. Genau wie in den Holo-Reklamen der Kirchen bei uns daheim, dachte Agneta. Langgewandet und bärtig, weise und sanft, und die Arme leicht erhoben. Sogar der Heiligenschein ist da. Wie merkwürdig, daß unsere Vorstellungen so genau gestimmt haben!

»Oh, mein Gott«, sagte Travis. Beide Männer starrten hin, und auch sie starrte. »Er kommt uns holen.«

»Na mir soll's recht sein«, sagte Elms.

»Natürlich ist es dir recht«, sagte Travis bitter. »Du hast keine Frau und keine Kinder. Und was ist mit Agneta? Die ist doch erst dreihundert Jahre alt; fast noch ein Kind.«

Christus sagte: »Ich bin der Weinstock, ihr seid die Reben. Wer in mir bleibet, und ich in ihm, der bringet viele Frucht, denn ohne mich könnt ihr nichts tun.«

»Ich bringe die EX aus diesem Vektor«, sagte Travis.

»Liebe Kindlein«, sagte Christus, »nur eine kleine Weile noch werde ich bei euch sein.«

»Gut«, sagte Travis. Die EX bewegte sich nun mit Höchstgeschwindigkeit in Richtung Siriusachse; ihre Sternenkarte zeigte massive Fluxionen an.

»Zum Teufel mit dir, Travis«, sagte Elms wütend. »Das ist eine großartige Gelegenheit. Ich meine, wie viele Leute haben Christus je gesehen? Ich meine, das ist doch Christus. Sie sind doch Christus, nicht wahr?« fragte er die Gestalt.

Christus sagte: »Ich bin der Weg und die Wahrheit und das Leben; niemand kommt zum Vater denn durch mich. Wenn ihr mich kenntet, so kenntet ihr auch meinen Vater. Und von nun an kennet ihr ihn und habt ihn gesehen.«

»Na bitte«, sagte Elms mit glücklichem Gesicht. »Seht ihr? Ich möchte meiner Freude über diesen Anlaß Ausdruck geben, Mr. –« Er stockte. »Eben wollte ich sagen ›Mr. Christus‹. Das ist dumm; das ist wirklich dumm. Jessas, Mr. Christus, wollen Sie nicht Platz nehmen? Sie können sich an meine Konsole setzen oder an die von Ms. Rautavaara. Kann er doch, Agneta, oder? Das da ist Walter Travis; er ist kein Christ, aber ich schon. Ich bin mein ganzes Leben lang Christ gewesen. Na ja, die meiste Zeit. Bei Ms. Rautavaara bin ich mir nicht sicher. Was meinst du dazu, Agneta?«

»Hör auf mit dem Geschwätz, Elms«, sagte Travis.

Elms sagte: »Er wird uns richten.«

Christus sagte: »Wer meine Worte hört und bewahrt sie nicht, den werde ich nicht richten; denn ich bin nicht gekommen, daß ich die Welt richte, sondern daß ich die Welt selig mache. Wer mich verachtet und nimmt meine Worte nicht auf, der hat schon seinen Richter.«

»Na bitte«, sagte Elms und nickte.

Angsterfüllt sagte Agneta zu der Gestalt: »Sei nicht zu hart mit uns. Wir drei haben ein ziemliches Trauma durchgemacht.« Plötzlich fragte sie sich, ob Travis und Elms sich daran erinnerten, daß sie umgekommen waren, daß ihre Körper zerstört worden waren.

Die Gestalt lächelte, wie um sie zu beruhigen.

»Travis«, sagte Agneta und beugte sich über ihn, während er an seiner Konsole sitzen blieb, »ich will, daß du mir zuhörst. Weder du noch Elms habt den Unfall überlebt, diese Basaltsplitter überlebt. Darum ist er da. Ich bin als einzige nicht –« Sie stockte.

»Umgekommen«, sagte Elms. »Wir sind tot, und er ist gekommen, um uns zu holen.« Zu der Gestalt sagte er: »Ich bin bereit, Herr. Nimm mich zu dir.«

»Nimm sie alle beide«, sagte Travis. »Ich schicke einen H. I. L. F. E. -Ruf raus. Ich sag denen, was hier vorgeht. Ich melde es, bevor er mich mitnimmt oder es versucht.«

»Du bist tot«, sagte Elms zu ihm.

»Ich kann immer noch eine Funkmeldung durchgeben«, sagte Travis, aber sein Gesicht verriet sein Entsetzen und seine Resignation.

Agneta sagte zu der Gestalt: »Laß Travis etwas Zeit. Er begreift die Sache nicht ganz. Aber ich denke, das weißt du; du weißt doch alles.«

Die Gestalt nickte.

Wir und der Untersuchungsausschuß der Erde hörten und sahen diesen Vorgängen in Rautavaaras Hirn zu und erkannten gleichzeitig, was geschehen war. Doch unsere Einschätzungen waren verschieden. Während die sechs Erdmenschen es perniziös fanden, fanden wir es großartig – für Agneta Rautavaara ebenso wie für uns. Mit Hilfe ihres beschädigten Hirns, das von einem fehlgeleiteten Roboter wiederhergestellt worden war, standen wir in Verbindung mit der nächsten Welt und den Mächten, die sie beherrschten.

Die Haltung der Erdmenschen gab uns zu denken.

»Sie halluziniert«, sagte der Sprecher der Erdmenschen. »Sie kann doch gar keine Sinneseindrücke aufnehmen. Ihr Körper ist ja tot. Seht nur, was ihr mit ihr gemacht habt.«

Wir gaben zu bedenken, daß Agneta Rautavaara glücklich sei.

»Was wir jetzt tun müssen«, sagte der menschliche Sprecher, »ist, ihr Gehirn abschalten.«

»Und uns von der nächsten Welt abschneiden?« wandten wir ein. »Das ist doch eine ausgezeichnete Gelegenheit, das Leben nach dem Tode zu beobachten. Agneta Rautavaaras Hirn ist unser Fernglas. Die Sache hat Gewicht. Der Nutzen für die Wissenschaft wiegt schwerer als Humanitäres.«

Das war die Position, die wir in der Untersuchung vertraten. Eine Position der Aufrichtigkeit, nicht des Zweckdenkens.

Die Erdmenschen beschlossen, die Funktion von Rautavaaras Hirn voll aufrechtzuerhalten, mit Video- und Audioübermittlung, welche selbstverständlich aufgezeichnet wurde; unterdessen wurde die Frage einer Verurteilung unseres Vorgehens vertagt.

Ich persönlich war fasziniert von der irdischen Vorstellung des Erlösers. Für uns war es ein altmodisches und überholtes Konzept – nicht weil es anthropomorph war, sondern weil es eine schulmeisterliche Beurteilung der hingeschiedenen Seele mit einschloß. Eine Art Zählwerk kam da ins Spiel, das gute und schlechte Taten registrierte; eine transzendentale Form der Zeugnisse, wie sie im Unterricht und in der Bewertung von Schulkindern zur Anwendung kommen.

Das war für uns eine primitive Auffassung des Erlösers, und während ich zusah und zuhörte – während wir als polyenzephale Wesenheit zusahen und zuhörten –, fragte ich mich, wie Agneta Rautavaara wohl auf einen Erlöser, einen Führer der Seele gemäß unseren Erwartungen reagiert hätte. Ihr Hirn wurde schließlich von unserer Ausrüstung am Funktionieren erhalten, von dem Gerät, das der Roboter ursprünglich zu der Unfallstelle gebracht hatte. Es wäre zu riskant gewesen, es abzuhängen; das Hirn hatte schon zuviel Schaden genommen. Die ganze Apparatur, einschließlich des Hirns, war zum Schauplatz der gerichtlichen Untersuchung gebracht worden, einer neutralen Arche zwischen dem Proxima-Centauri-System und dem Sol-System.

Später, in einer diskreten Unterredung mit meinen Kameraden, schlug ich vor, unsere eigene Vorstellung vom »Führer der Seele im Leben nach dem Tode« in Rautavaaras künstlich am Funktionieren erhaltenes Hirn einzuschleusen. Meine Begründung: Es wäre interessant zu sehen, wie sie darauf reagieren würde.

Meine Kameraden wiesen mich sogleich auf einen logischen Widerspruch hin. Ich hatte bei der Untersuchung behauptet, daß Rautavaaras Hirn ein Fenster in die nächste Welt sei und daß sein Weiterbestehen daher eine Berechtigung habe – was uns exkulpierte. Nun behauptete ich, daß sie bloß eine Projektion ihrer eigenen geistigen Voraussetzungen erlebe, weiter nichts.

»Beide Aussagen sind richtig«, sagte ich. »Es ist ein echtes Fenster in die nächste Welt und ist gleichzeitig Ausdruck von Rautavaaras eigenen kulturellen, rassenbedingten Neigungen.«

Was wir letztlich vor uns hatten, war ein Modell, in das wir sorgfältig ausgewählte Variablen einsetzen konnten. Wir konnten in Rautavaaras Hirn unsere eigene Auffassung vom »Führer der Seele« einsetzen und so erfahren, wie unsere Version sich in der Praxis von dem puerilen Konzept der Erdmenschen unterschied.

Das war eine neuartige Möglichkeit, unsere eigene Theologie zu testen. Unserer Ansicht nach war die Theologie der Erdmenschen ausreichend getestet und für zu leicht befunden worden.

Wir beschlossen, das Unternehmen durchzuführen, zumal ja die Geräte, die Rautavaaras Hirn am Funktionieren erhielten, von uns überwacht wurden. Für uns war das ein weitaus interessanteres Thema als das Ergebnis der Untersuchung. Verfehlungen ethisch-moralischer Natur sind völlig kulturabhängig; sie vermögen nicht hinauszuwirken über die Grenzen zwischen den Arten.

Die Erdmenschen mochten unsere Absichten vielleicht für maligne halten. Ich bestreite das; *wir* bestreiten das. Sagen wir lieber, es war ein Spiel. Es ging uns um den ästhetischen Genuß, zu sehen, wie Rautavaara mit *unserem* Erlöser, statt ihrem, konfrontiert würde.

Die Gestalt erhob die Arme und sagte zu Travis, Elms und Agneta: »Ich bin die Auferstehung. Wer an mich glaubt, auch wenn er stirbt, wird leben, und wer lebt und an mich glaubt, wird niemals sterben. Glaubt ihr dies?«

»Ich ganz bestimmt«, sagte Elms von Herzen.

Travis sagte: »Das ist Quatsch.«

Agneta Rautavaara dachte bei sich: Ich bin nicht sicher. Ich weiß es einfach nicht.

»Wir sollen entscheiden«, sagte Elms. »Wir müssen entscheiden, ob wir mit ihm gehen wollen. Travis, du bist geliefert; du bist abgeschrieben. Bleib da sitzen, bis du verfaulst – das ist dein Schicksal.« Zu Agneta sagte er: »Ich hoffe, du findest zu Christus, Agneta. Ich möchte, daß du ewiges Leben erlangst, wie ich es bekomme. Ist es nicht so, Herr?« fragte er die Gestalt.

Die Gestalt nickte.

Agneta sagte: »Travis, ich finde – naja, ich meine, du solltest da mitmachen. Ich –« Sie wollte nicht darauf herumreiten, daß Travis tot war. Aber er mußte seine Lage begreifen; sonst war er, wie Elms gesagt hatte, verdammt. »Komm mit uns«, sagte sie.

»Du gehst also mit?« sagte Travis verbittert.

»Ja«, sagte sie.

Elms starrte die Gestalt an und sagte mit gedämpfter Stimme: »Mag sein, daß ich mich irre, aber da scheint sich etwas zu verändern.«

Sie sah hin, stellte jedoch keine Veränderung fest. Und doch schien Elms verängstigt.

Die Gestalt in dem weißen Gewand ging langsam auf den sitzenden Travis zu. Die Gestalt blieb dicht neben Travis stehen, hielt kurz inne, beugte sich dann vornüber und biß Travis ins Gesicht.

Agneta schrie auf. Elms starrte hin, und Travis, an seinen Stuhl gefesselt, warf sich hin und her. Die Gestalt aß ihn ruhig auf.

»Jetzt seht ihr doch ein«, sagte der Sprecher des Untersuchungsausschusses, »daß man dieses Hirn abschalten muß. Ihr Zustand hat sich ernsthaft verschlechtert; dieses Erlebnis ist schrecklich für sie, das muß sofort ein Ende haben.«

Ich sagte: »Nein. Wir vom Proxima-System finden diese Entwicklung höchst interessant.«

»Aber der Erlöser ißt Travis!« rief ein anderer der Erdmenschen aus.

»In Ihrer Religion«, sagte ich, »ist es doch so, daß Sie das Fleisch Ihres Gottes essen und sein Blut trinken? Was sich hier ereignet hat, ist bloß eine Spiegelung jener Eucharistie.«

»Ich befehle, daß ihr Hirn abgeschaltet wird!« sagte der Sprecher des Ausschusses. Sein Gesicht war blaß; Schweiß stand auf seiner Stirn.

»Wir sollten erst noch etwas mehr sehen«, sagte ich. Ich fand das ausgesprochen aufregend, wie hier unser eigenes Sakrament vollzogen wurde, unser höchstes Sakrament, bei welchem der Erlöser uns, seine Gläubigen, verzehrt.

»Agneta«, flüsterte Elms, »hast du das gesehen? Christus hat Travis aufgegessen. Nur seine Handschuhe und seine Stiefel sind noch übrig.«

O Gott, dachte Agneta Rautavaara. Was geht hier vor?

Sie rückte ab von der Gestalt, ging näher zu Elms hinüber. Instinktiv.

»Er ist mein Blut«, sagte die Gestalt und leckte sich die Lippen. »Ich trinke von diesem Blut, dem Blut des ewigen Lebens. Wenn ich es getrunken habe, werde ich ewig leben.

Er ist mein Leib. Ich habe keinen eigenen Leib; ich bin nur ein Plasma. Indem ich seinen Leib esse, erlange ich ewiges Leben. Dies ist die neue Wahrheit, die ich jetzt verkünde, daß ich ewig bin.«

»Uns wird er auch noch essen«, sagte Elms.

Ja, dachte Agneta Rautavaara. Das wird er. Sie konnte jetzt sehen, daß die Gestalt eine Approximation war. Das ist eine Lebensform von Proxima, erkannte sie. Er hat recht, er hat keinen eigenen Körper. Die einzige Art, wie er zu einem Körper kommen kann, ist –

»Ich bring ihn um«, sagte Elms. Er riß das Lasergewehr für Notfälle aus seiner Halterung und richtete es auf die Gestalt.

Die Gestalt sagte: »Vater, die Stunde ist da.«

»Bleib mir vom Leib«, sagte Elms.

»Noch eine kleine Weile, dann werdet ihr mich nicht mehr sehen«, sagte die Gestalt, »es sei denn, ich esse von eurem Leib und trinke von eurem Blut. Verkläre dich, auf daß ich leben kann.« Die Gestalt kam auf Elms zu.

Elms feuerte das Lasergewehr ab. Die Gestalt taumelte und blutete. Das ist das Blut von Travis, erkannte Agneta. In ihm drin. Nicht sein eigenes Blut. Das ist ja schrecklich. Voller Entsetzen schlug sie die Hände vors Gesicht.

»Schnell«, sagte sie zu Elms. »Sag: ›Ich bin unschuldig an dem Blut dieses Mannes.‹ Sag es, bevor es zu spät ist.«

»Ich bin unschuldig an dem Blut dieses Mannes«, sagte Elms.

Die Gestalt fiel um. Sie blutete und lag im Sterben. Es war nicht mehr ein bärtiger Mann. Es war etwas anderes, aber Agneta Rautavaara konnte nicht erkennen, was es war. Es sagte: *»Eli, Eli, lama sabachthani?«*

Noch während Agneta und Elms auf die Gestalt herunterblickten, starb sie.

»Ich hab es umgebracht«, sagte Elms. »Ich habe Christus umgebracht.« Er richtete das Lasergewehr auf sich und fingerte nach dem Abzug.

»Das war nicht Christus«, sagte Agneta. »Das war etwas anderes. Das Gegenteil von Christus.« Sie nahm Elms das Gewehr weg.

Elms weinte.

Die Erdmenschen im Untersuchungsausschuß waren in der Mehrheit und stimmten dafür, daß man jegliche Tätigkeit in Rautavaaras künstlich belebtem Hirn abbrechen sollte. Das war für uns enttäuschend, aber uns standen keine Rechtsmittel zur Verfügung.

Wir hatten den Beginn eines absolut erstaunlichen wissenschaftlichen Experiments gesehen: wie die Theologie einer Rasse auf die einer anderen aufgepfropft wird. Das Abschalten des Hirns dieses Erdmenschen war wissenschaftlich eine Tragödie. So war zum Beispiel, was die grundlegende Beziehung zu Gott betraf, die Auffassung der Erdmenschen der unsrigen diametral entgegengesetzt. Dies muß man selbstverständlich dem Umstand zuschreiben, daß sie eine somatische Rasse sind, wir dagegen Plasma. Sie trinken das Blut ihres Gottes; sie essen sein Fleisch; so werden sie unsterblich. Für sie ist das in keiner Weise skandalös. Sie finden es vollkommen natürlich. Und doch ist es für uns entsetzlich. Gläubige essen und trinken ihren Gott? Grauenvoll für uns; absolut grauenvoll. Ein Greuel, eine Schande – eine einzige Abscheulichkeit. Das Höhere sollte sich immer vom Niedrigeren ernähren; der Gott sollte die Gläubigen verzehren.

Wir sahen zu, wie der Fall Rautavaara abgeschlossen wurde – abgeschlossen, indem man ihr Hirn abschaltete, so daß jede EEG-Tätigkeit aufhörte und auf den Monitoren nichts mehr zu sehen war. Wir empfanden Enttäuschung, und überdies beschlossen die Erdmenschen, uns einen Verweis zu erteilen dafür, wie wir die Rettungsmission überhaupt unternommen hatten.

Es ist erstaunlich, wie groß die Kluft ist zwischen Rassen, die sich in verschiedenen Sonnensystemen entwickelt haben. Wir haben versucht, die Erdmenschen zu verstehen; es ist uns mißlungen. Wir sind uns auch bewußt, daß sie uns nicht verstehen und ihrerseits Abscheu empfinden vor einigen unserer Bräuche. Dies wurde im Fall Rautavaara äußerst deutlich. Aber haben wir denn nicht im Interesse wertfreier wissenschaftlicher Forschung gehandelt? Ich persönlich war überrascht von Rautavaaras Reaktion, als der Erlöser Mr. Travis aß. Ich hätte gern gesehen, wie dieses heiligste aller Sakramente auch an den anderen, Rautavaara und Elms, vollzogen wurde.

Doch dies hat man uns vorenthalten. Von unserem Standpunkt aus ist das Experiment mißlungen.

Hinzu kommt, daß wir seither geächtet werden mit dem haltlosen Vorwurf ethisch-moralischer Verfehlungen.

Eine außerirdische Intelligenz

Reglos im Innern seiner Theta-Kammer, hörte er den feinen Signalton und dann das Synthovoice. »Fünf Minuten.«

»Okay«, sagte er und kämpfte sich aus dem Tiefschlaf hoch. Es blieben ihm fünf Minuten, um den Kurs seines Schiffs zu korrigieren; irgendwas stimmte nicht mit dem Auto-Control-System. Sein Fehler? Unwahrscheinlich; er machte niemals Fehler. Jason Bedford und Fehler machen? Nicht doch.

Als er sich unsicher zum Steuermodul vortastete, sah er, daß Norman, der mitgeschickt worden war, um ihm auf der Reise die Zeit zu verkürzen, ebenfalls wach war. Der Kater schwebte langsam im Kreise und schlug nach einem Stift, der sich irgendwie gelöst hatte. Seltsam, dachte Bedford.

»Ich dachte, du wärst bewußtlos wie ich.« Er kontrollierte die Anzeige des Schiffskurses. Unmöglich! Ein Fünftel-Parsec Kursschwankung auf Sirius zu. Das würde seine Reise um eine Woche verlängern. Mit verbissener Gründlichkeit stellte er die Steuerung neu ein und schickte dann ein Notsignal an Meknos III, seinen Zielhafen.

»Schwierigkeiten?« antwortete der Funker auf Meknos. Die Stimme war trocken und kalt, hatte die mechanische Gleichförmigkeit von etwas, das Bedford immer an Schlangen denken ließ.

Er schilderte seine Lage.

»Wir brauchen den Impfstoff«, sagte der Meknosianer. »Versuchen Sie den Kurs zu halten.«

Norman, der Kater, schwebte majestätisch über dem Steuermodul, reckte eine Tatze vor und tappte ziellos damit herum; zwei aktivierte Tasten ließen ein leises *Blieps* hören, und das Schiff änderte den Kurs.

»Also du warst das«, sagte Bedford. »Du hast mich vor

einem Außerirdischen blamiert. Du hast mich gegenüber einer außerirdischen Intelligenz wie einen Idioten dastehen lassen.« Er schnappte sich den Kater. Und drückte zu.

»Was war das für ein seltsamer Laut?« fragte der meknosianische Funker. »Es klang wie ein Klagelaut.«

Bedford sagte ruhig: »Hier gibt's keinen Grund zur Klage mehr. Vergessen Sie, was Sie gehört haben.« Er stellte das Funkgerät ab, trug den Katzenkadaver zum Müllschlucker und entsorgte ihn.

Augenblicke später war er wieder in seiner Theta-Kammer und eingedöst. Diesmal würde niemand an seiner Steuerung herumpfuschen. Er schlummerte friedlich.

Als sein Schiff auf Meknos III andockte, begrüßte ihn der leitende Arzt des außerirdischen Sanitätsteams mit einem eigenartigen Begehr. »Wir hätten gerne Ihr Haustier gesehen.«

»Ich habe kein Haustier«, sagte Bedford. Das war die lautere Wahrheit.

»Laut der Frachtliste, die uns vorab zugegangen ist –«

»Das muß Sie nun wirklich nicht kümmern«, sagte Bedford. »Sie haben Ihren Impfstoff; dann kann ich wohl wieder starten.«

Der Meknosianer sagte: »Wir kümmern uns um das Wohlergehen jeder Lebensform. Wir werden Ihr Schiff durchsuchen.«

»Nach einem Kater, der nicht existiert«, sagte Bedford. Ihre Suche blieb erfolglos. Ungeduldig sah Bedford den außerirdischen Geschöpfen zu, wie sie jeden Stauraum und jeden Gang seines Schiffs durchsuchten. Zu dumm, daß die Meknosianer zehn Sack Katzentrockenfutter fanden. Es entzündete sich eine lange Diskussion in ihrer eigenen Sprache.

»Darf ich dann jetzt die Heimreise antreten?« sagte Bedford grob. »Ich habe einen sehr straffen Zeitplan.« Was die Fremden dachten oder sagten, war ihm gleichgültig; er sehnte sich nur zurück in die stille Theta-Kammer und nach tiefem Schlaf.

»Sie müssen sich noch Entseuchungsprogramm A unterziehen«, sagte der leitende meknosianische Sanitätsoffizier. »Damit keine Sporen oder Viren von –«

»Ich weiß«, sagte Bedford. »Bringen wir's hinter uns.«

Später, als die Dekontamination abgeschlossen war und er wieder in seinem Schiff saß und die Maschinen startklar machte, wurde er über Funk gerufen. Es war wieder einer dieser Meknosianer; für Bedford sahen sie alle gleich aus. »Wie war der Name des Katers?« fragte der Meknosianer.

»Norman«, sagte Bedford und tippte auf den Zündungsschalter. Sein Schiff schoß hoch, und er lächelte.

Er lächelte nicht mehr, als er entdeckte, daß der Generator seiner Theta-Kammer fehlte. Er lächelte auch nicht, als die Reserveeinheit ebenfalls unauffindbar blieb. Vergessen? fragte er sich. Nein, entschied er; das wäre mir nie passiert. Sie haben sie.

Zwei Jahre bis nach Terra. Zwei Jahre bei vollem Bewußtsein, ohne Erlösung durch Theta-Schlaf; zwei Jahre lang dasitzen, herumschweben, oder – wie er es in den Holofilmen des Armee-Ausbildungsprogramms gesehen hatte – vollkommen psychotisch in einer Ecke rumkauern.

Er schickte einen Funkruf mit Bitte um Rückkehrerlaubnis nach Meknos III raus. Keine Antwort. Tja, soviel dazu.

Am Steuermodul klickte er den kleinen Bordcomputer an und sagte: »Meine Theta-Kammer funktioniert nicht; sie ist lahmgelegt worden. Was, schlägst du vor, soll ich die nächsten zwei Jahre tun?«

BEACHTEN SIE DAS VIDEOPROGRAMM
FÜR DEN KRISENFALL

»Richtig«, sagte er. Daran hätte er denken können. »Danke sehr.« Ein Druck auf den richtigen Knopf ließ das Bandarchiv aufgleiten.

Keine Bänder. Nur ein Katzenspielzeug – ein winziger Schaumstoffball, der für Norman bestimmt gewesen war; er hatte nie daran gedacht, ihn ihm zu geben. Abgesehen davon ... leere Regale.

Eine außerirdische Intelligenz, dachte Bedford. Unergründlich und grausam.

Er programmierte den Audiorecorder des Schiffs und sagte ruhig und mit so viel Zuversicht, wie er aufbieten konnte: »Ich habe mir vorgenommen, mich in den kommenden zwei Jahren an den täglichen Pflichten zu orientieren. Da wären zunächst die Mahlzeiten. Soviel Zeit wie möglich werde ich darauf verwenden, Menüs zu planen, zuzubereiten und mit Genuß zu verzehren. In der vor mir liegenden Zeit werde ich jede nur erdenkliche Zusammenstellung von Lebensmitteln durchprobieren.«

Unsicher erhob er sich und ging zu dem riesigen Proviantlager.

Wie er dann dastand und in den rappelvollen Lagerraum starrte – rappelvoll bis zur Decke mit identischen Snacks –, dachte er: Allerdings gibt es nicht viel, was man mit einem Zweijahresvorrat Katzenfutter anfangen kann. Was die Abwechslung betrifft.

Haben sie alle denselben Geschmack?

Sie hatten alle denselben Geschmack.

Nach- und Hinweise

Alle kursiv gesetzten Anmerkungen stammen von Philip K. Dick. Das Jahr, in dem die Anmerkung entstand, folgt in Klammern im Anschluß an die jeweilige Anmerkung. Die meisten dieser Anmerkungen wurden für die in den Sammelbänden THE BEST OF PHILIP K. DICK (*Die besten Stories von Philip K. Dick, 1977)* und THE GOLDEN MAN (*Der goldene Mann, 1980)* enthaltenen Geschichten geschrieben. Einige sind auf Wunsch von Herausgebern entstanden, die eine Geschichte von PKD in einem Buch oder einem Magazin veröffentlicht oder nachgedruckt haben.

Wenn dem Titel einer Geschichte ein Datum folgt, so ist dies das Datum, an dem das Manuskript laut den Unterlagen der Scott Meredith Literary Agency bei Dicks Agent einging. Ist kein Datum vorhanden, sind darüber keinerlei Unterlagen verfügbar. Der Titel eines Magazins, gefolgt von Monats- und Jahresangabe, bezeichnet die Erstveröffentlichung einer Geschichte. Ein Alternativtitel in Anführungszeichen hinter einer Geschichte bezeichnet Dicks Originaltitel für diese Geschichte, wie in den Agenturunterlagen ausgewiesen.

Die vorliegenden zehn Bände enthalten sämtliche Kurzgeschichten Philip K. Dicks, mit Ausnahme von Kurzromanen, die später als solche veröffentlicht wurden oder in anderen Romanen enthalten waren, Schriften aus der Kindheit und unveröffentlichten Schriften, für die keinerlei Manuskripte aufzufinden waren. Die Geschichten sind weitestgehend in der chronologischen Reihenfolge ihres Entstehens angeordnet; die Recherchen für diese Chronologie besorgten Gregg Rickman und Paul Williams.

GLAUBE UNSERER VÄTER (*Faith of Our Fathers)* 17. 1. 66; *Dangerous Visions*, herausgegeben von Harlan Ellison, Garden City, 1967 [nominiert für den Hugo Award]

Der Titel stammt von einem alten Kirchenlied. Ich glaube, mit der Geschichte habe ich es geschafft, alle vor den Kopf zu stoßen, was mir damals eine gute Sache zu sein schien, was ich inzwischen aber bereue. Kommunismus, Drogen, Sex, Gott – ich habe alles reingepackt, und ich habe den Eindruck, daß, als dann Jahre später für mich alles zu schwanken anfing, diese Geschichte auf unheimliche Weise damit in Verbindung stand. (1976)

Ich teile eigentlich keine der Ideen von Glaube unserer Väter; *ich glaube z. B. nicht, daß die Länder hinter dem Eisernen Vorhang den Kalten Krieg gewinnen werden – oder daß diese das moralisch verdient hätten. Ein Gedanke der Geschichte scheint mir aber hochinteressant, im Hinblick auf jüngste Erfahrungen mit halluzinogenen Drogen: die religiösen Erlebnisse, von denen so viele, die LSD genommen haben, berichten. Das scheint mir eine echte Grenzüberschreitung zu sein: Bis zu einem gewissen Grad können religiöse Erfahrungen jetzt wissenschaftlich untersucht werden ... und was wichtiger ist, können als Halluzinationen betrachtet werden, Halluzinationen, die andere Elemente enthalten, reale Elemente. Gott als Topos, in der Science-fiction, wenn er denn überhaupt auftaucht, wird meist polemisch behandelt, so etwa in* OUT OF THE SILENT PLANET. *Ich ziehe vor, ihn als etwas intellektuell Anregendes zu behandeln. Was wäre, wenn durch psychedelische Drogen religiöse Erfahrungen alltäglich würden im Leben von Intellektuellen? Der alte Atheismus, der für viele von uns – mich eingeschlossen – überzeugend war angesichts der gemachten (oder nicht gemachten) Erfahrungen, müßte von einem Tag auf den anderen das Feld räumen. Science-fiction, die immer auch darüber spekuliert, was einmal gedacht werden wird, was sein wird, sollte sich damit ganz unvoreingenommen befassen, mit einer zukünftigen neomystizistischen Gesellschaft, in der Theologie eine Macht hat wie nur zuvor im Mittelalter. Das ist nicht notwendig ein Rückschritt, denn nun können Glaubensfragen überprüft werden – der Glaube muß Farbe bekennen. Ich selber glaube nicht wirklich an einen Gott; allerdings sagt mir meine Erfahrung, daß Er anwesend ist. ... rein subjektiv, natürlich; aber das innere Reich ist auch wirklich. Und in der Science-fiction projiziert man das, was einmal eine innere Erfahrung war, nach draußen in ein Milieu; es wird gesellschaftlich geteilt, wird zum Gegenstand von Diskussionen. Nun, das letzte Wort zum Thema Gott ist wohl bereits gesagt worden, im Jahr 840 n. Chr. nämlich von Johann Scotus Erigena am Hofe des Fränkischen Königs Karl dem Kahlen: »Wir wissen nicht, was Gott ist. Gott selbst weiß nicht, was Er ist, denn Er ist nicht Etwas. Gott ist im Grunde nicht, denn Er ist größer als das Sein.« Das ist so umwerfend und zenmäßig mystisch formuliert (und schon so alt), daß es nur schwer zu toppen sein dürfte; bei meinen eigenen Erlebnissen mit psychedelischen Drogen hatte ich nette Kleinsterleuchtungen verglichen mit Scotus.* (1966)

DIE ENDGÜLTIG ALLERLETZTE GESCHICHTE. FÜR HARLAN ELLISONS ANTHOLOGIE »DANGEROUS VISIONS« *(The Story to End All Stories for Harlan Ellisons's Anthology »Dangerous Visions«)* Niekas, Herbst 1968

DIE ELEKTRISCHE AMEISE *(The Electric Ant)* 4. 12. 68; *Fantasy & Science Fiction,* Oktober 1969

Wieder das Thema: Wieviel von dem, was wir »Realität« nennen, ist wirklich da draußen oder nicht doch nur in unserem Kopf? Das Ende der Geschichte erschreckt mich immer wieder ... das Bild vom rauschenden Wind, der Klang der Leere. Als ob der Held den Untergang der Welt selbst belauschte. (1976)

Cadbury, der zu kurz gekommene Biber *(Cadbury, the Beaver Who Lacked)*, geschrieben Dezember 1971 [vorher unveröffentlicht]

Ein kleines Trostpflaster für uns Temponauten *(A Little Something for Us Tempunauts)* 13. 2. 73; *Final Stage*, herausgegeben von Edward L. Ferman und Barry N. Malzberg, New York, 1974

Diese Geschichte war für mich Ausdruck eines großen Überdrusses an dem Raumfahrtprogramm, das uns alle im Anfang so fasziniert hat – besonders bei der ersten Mondlandung –, das dann in Vergessenheit geriet und quasi dichtgemacht wurde, ein Relikt der Geschichte. Ich habe mir Gedanken darüber gemacht, ob Zeitreisen, wenn sie »Programm« würden, dasselbe Schicksal zu erleiden hätten? Oder bargen sie bei der paradoxen Natur von Zeitreisen eine womöglich noch ganz andere Gefahr? (1976)

Im Zentrum der Zeitreisegeschichte steht eine Konfrontation, und zwar am besten eine des Helden mit sich selbst. Das ist natürlich der dramatische Höhepunkt vieler großartiger fiktionaler Texte; in einer Geschichte wie Ein kleines Trostpflaster für uns Temponauten *sorgt allerdings jener Moment, wenn der Mensch sich selbst von Angesicht zu Angesicht gegenübertritt, für ein Befremden, wie dies in keiner anderen literarischen Form möglich wäre. Addison Doug-Eins fährt quicklebendig im Leichenwagen mit dem Sarg mit, der die Leiche von Addison Doug-Zwei enthält, und weiß es, weiß, daß er jetzt zwei Personen ist – er hat sich aufgespalten in einer Art physischer Schizophrenie. Und sein Bewußtsein ist ebenfalls eher gespalten als vereint; er erlangt keine neuen Erkenntnisse durch dieses Ereignis, nicht über sich selbst noch über den anderen Addison Doug, der nicht länger vernünftige Überlegungen anstellt oder Probleme löst, sondern der einfach nur reglos in absoluter Finsternis daliegt. Diese Ironie ist nur eine von unendlich vielen möglichen ironischen Konstellationen, die Zeitreisegeschichten bieten; dabei würde man doch glauben, daß in die Zukunft zu reisen und wieder zurückzukommen eine Bereicherung der Erfahrung bedeutet und nicht zu einem Verlust derselben führt. Die drei Temponauten gehen in die Zukunft, kommen zurück und sind gefangen, vielleicht für immer, durch diese Ironie und innerhalb ihrer vielgestaltigen Ausprägungen; die größte Ironie ist wohl, denke ich, wie bestürzt sie reagieren angesichts ihres eigenen Tuns. Es ist, als würde ein Zuwachs an Information, den eine solche technologische Erneuerung mit sich bringt – Informationen darüber, was exakt geschehen wird –, zu einem Schwund von wahrem Verständnis führen. Vielleicht weiß Addison Doug zuviel.*

Als ich diese Geschichte schrieb, fühlte ich mich matt und niedergeschlagen und stürzte selbst in den Raum (richtiger: in die Zeit), in dem (in der) die Helden sich aufhalten – einmal mehr. Ich fühlte eine große Sinnlosigkeit angesichts der Sinnlosigkeit alles Tuns – es gibt nichts Sinnloseres als ein geschärftes Bewußtsein für das Sinnlose; und das, was für uns lediglich ein psy-

chologisches Problem darstellt – die Versagensangst und das folgende tödliche Feedback –, würde sich für einen Zeitreisenden augenblicklich in eine existentielle, physische Folterkammer verwandeln. Wenn wir depressiv sind, sind wir glücklicherweise in unseren Köpfen gefangen; wenn Zeitreisen erst Realität sind, könnte diese selbstzerstörerische psychische Veranlagung für Unheil in ungeahnten Maßen sorgen. Wiederum ist es die Science-fiction, die es dem Schreibenden ermöglicht, etwas, das eigentlich ein innerliches Problem ist, in eine äußere Umwelt zu projizieren; er tut das in Form einer Gesellschaft oder eines Planeten, und hier hausen jetzt praktisch alle, die vorher in dem einen Kopf gesteckt haben. Ich mache niemandem einen Vorwurf, wenn ihm dies nicht zusagt, denn der Kopf von so manch einem von uns ist nicht unbedingt der Ort, wo man sich gerne aufhält... aber andererseits: was für ein nützliches Werkzeug ist das doch für uns – um zu begreifen, daß wir nicht alle in derselben Weise das Universum sehen, ja, gewissermaßen nicht einmal dasselbe Universum. Addison Dougs düstere Welt breitet sich plötzlich aus und wird die Welt von vielen. Aber anders als der Leser, der die Lektüre beenden kann, und beenden wird, und auf diese Weise seinem Aufenthalt in der Welt des Autors ein Ende setzt, stecken die Personen in dieser Geschichte für immer fest. Eine Grausamkeit, wie sie in dieser Form nicht so ohne weiteres möglich ist. Aber wenn man an die Zwangsberieselungspropaganda unserer Tage denkt (wenn es die anderen tun, nennen wir es »Gehirnwäsche«), könnte man sich fragen, ob das nicht alles eine Frage der Gewichtung ist. Die ehrwürdigen Führer unserer Tage können uns nicht in ihrer nach außen gekehrten inneren Welt fangen, indem sie einfach irgendwelche VW-Motorenteile rumschleppen, aber die Bestürzung der Helden in dieser Geschichte angesichts dessen, was mit ihnen geschieht, könnte, in geringerem Maße, auch die unsere sein.

Addison Doug bringt den Wunsch zum Ausdruck, »keinen Sommer mehr zu erleben«. Wir sollten alle entschieden widersprechen; nichts und niemand sollte uns, mit welch spitzfindigen oder gutgemeinten Argumenten auch immer, dazu verleiten, so etwas zu wünschen: Wir sollten uns vielmehr, individuell und kollektiv, danach sehnen, so viele Sommer zu erleben, wie es uns möglich ist, auch in dieser unvollkommenen Welt.

Die Präpersonen *(The Pre-Persons)* 20. 12. 73; *Fantasy & Science Fiction*, Oktober 1974

Damit zog ich mir den absoluten Haß von Joanna Russ zu, die mir den schlimmsten Brief schrieb, den ich je erhalten habe. An einer Stelle schrieb sie, daß sie Leute (sie verwendete nicht den Terminus »Leute«), die solche Meinungen äußerten, für gewöhnlich zusammenzuschlagen pflege. Ich gebe zu, diese Geschichte scheint erklärungsbedürftig zu sein, und es tut mir leid, daß ich Leute damit beleidige, die in punkto Abtreibung anderer Meinung sind als ich. Ich habe auch nichtsignierte Haß-Post bekommen, zum Teil von

Abtreibungsbefürworterinnen-Organisationen. Nun ja, ich habe es eben noch immer geschafft, mich in die Nesseln zu setzen. Tut mir leid, Leute. Aber den Präpersonen zuliebe bekenne ich mich zu der Geschichte. »Hier stehe ich, ich kann nicht anders«, wie Martin Luther gesagt haben soll. (1978)

DAS AUGE DER SIBYLLE *(The Eye of the Sybil)* 15. 5. 75 [vorher unveröffentlicht]

DER TAG, AN DEM HERRN COMPUTER DIE TASSEN AUS DEM SCHRANK FIELEN *(The Day Mr. Computer Fell out of its Tree)* geschrieben Sommer 1977 [vorher unveröffentlicht]

DER AUSGANG FÜHRT HINEIN *(The Exit Door Leads In)* 21. 6. 79; *Rolling Stone College Papers,* Herbst 1979

ÄTHERFESSELN, LUFTGESPINSTE *(Chains of Air, Web of Aether/»The Man Who Knew How to Lose«)* 9. 7. 79; *Stellar #5,* herausgegeben von Judy-Lynn del Rey, New York, 1980 [wurde Teil von PKDs Roman THE DIVINE INVASION]

MERKWÜRDIGE ERINNERUNGEN AN DEN TOD *(Strange Memories of Death)* 27. 3. 80; *Interzone,* SOMMER 1984

ICH HOFFE, ICH KOMME BALD AN *(I Hope I Shall Arrive Soon)* 24. 4. 80; *Playboy,* Dezember 1980 [erschien dort unter dem Titel *Frozen Journey* und erhielt den *Playboy* Award]

DER FALL RAUTAVAARA *(Rautavaara's Case)* 13. 5. 80; *Omni,* Oktober 1980

EINE AUSSERIRDISCHE INTELLIGENZ *(The Alien Mind) The Yuba City High Times,* 20. 2. 1981

SIR ARTHUR CONAN DOYLE

ALLE GESCHICHTEN UND ROMANE UM SHERLOCK HOLMES
IN 9 BÄNDEN
NACH DEN ERSTAUSGABEN NEU UND GETREU ÜBERSETZT

Eine Studie in Scharlachrot
Romane Bd. I
Deutsch von Gisbert Haefs

Das Zeichen der Vier
Romane Bd. II
Deutsch von Leslie Giger

Der Hund der Baskervilles
Romane Bd. III
Deutsch von Gisbert Haefs

Das Tal der Angst
Romane Bd. IV
Deutsch von Hans Wolf

Die Abenteuer des Sherlock Holmes
Erzählungen Bd. I
Deutsch von Gisbert Haefs

Die Memoiren des Sherlock Holmes
Erzählungen Bd. II
Deutsch von Nikolaus Stingl

Die Rückkehr des Sherlock Holmes
Erzählungen Bd. III
Deutsch von Werner Schmitz

Seine Abschieds-vorstellung
Erzählungen Bd. IV
Deutsch von Leslie Giger

Sherlock Holmes' Buch der Fälle
Erzählungen Bd. V
Deutsch von Hans Wolf

sowie: Das umfassende
Sherlock-Holmes-Handbuch
Inhalt: Conan-Doyle-Chronik. Die Plots aller Fälle. Who-is-who in Sherlock Holmes. Holmes-Illustrationen. Holmes-Verfilmungen. Karten, Fotos und vieles mehr. Herausgegeben von Zeus Weinstein

HAFFMANS VERLAG

G.K. CHESTERTON

ALLE GESCHICHTEN UM FATHER BROWN IN 5 BÄNDEN
NEU ÜBERSETZT UND HERAUSGEGEBEN VON HANSWILHELM HAEFS

I
Father Browns Einfalt
(The Innocence of Father Brown, 1911)

II
Father Browns Weisheit
(The Wisdom of Father Brown, 1914)

III
Father Browns Ungläubigkeit
(The Incredulity of Father Brown, 1926)

IV
Father Browns Geheimnis
(The Secret of Father Brown, 1927)

V
Father Browns Skandal
(The Scandal of Father Brown, 1929)

Jeder Band enthält einen Anhang mit Anmerkungen;
der erste Band bringt eine biographische, der
letzte eine bibliographische Skizze.
Einbandzeichnungen von
Tatjana Hauptmann

HAFFMANS VERLAG

AMBROSE BIERCE

Gesammelte Werke in einem Band

Herausgegeben von Gisbert Haefs

Buch 1

Des Teufels Wörterbuch

Deutsch von Gisbert Haefs

Buch 2

Geschichten aus dem Bürgerkrieg

Deutsch von Jan Wellem van Diekmes

Buch 3

Horrorgeschichten

Deutsch von Gisbert Haefs

Buch 4

Lügengeschichten und Fantastische Fabeln

Deutsch von Viola Eigenberz
und Trautchen Neetix

Außerdem

Ambrose Bierce –
Allein in schlechter Gesellschaft

Eine Biographie von Roy Morris

HAFFMANS VERLAG